LA MAISON ETCHEVERRY

ANDRÉ-JEAN LAFAURIE

LA MAISON ETCHEVERRY

Anaï

★★★

ÉDITIONS FRANCE LOISIRS

Édition du Club France Loisirs,
avec l'autorisation des Éditions Anne Carrière

Éditions France Loisirs
123, boulevard de Grenelle, Paris
www.franceloisirs.com

ISBN 2-7441-8750-X

Note de l'auteur

Quelques scènes de *Germaïna* (tome 1), *Iloba* (tome 2), *Anaï* (tome 3) ont été très librement inspirées de la vie de ma propre grand-mère – qui se nommait Germaine Etcheverry. De Bayonne à Uztarritz en passant par Arruntz, les souches familiales ont sans doute croisé les racines de la Maison Etcheverry. Mais toute ressemblance avec des personnages et des faits réels ne peut être que fortuite.

Avertissement

Les mots basques du texte sont écrits suivant leur orthographe la plus usuelle. Par souci de clarté, certains signes sont employés sans être authentiques (par exemple, le tréma : Anaï, afin que l'on entende « anahi », et non pas « anè »).

Anaï

« Germaïna va bien, je vous le confirme. Je vois vos yeux immobiles et vitreux qui s'inquiètent, je regarde vos yeux électroniques qui clignotent, mais je peux vous dire qu'elle va bien. Je le jure. Je sais toute cette histoire. J'en ferai une chanson. Un opéra virtuel plutôt : Santa Correaça, *sainte Coriace... Ou, mieux, des sons sans mots. Elle va bien, Germaïna, et quand on va bien, on ne dit rien, vous l'avez remarqué ? Or, je peux vous dire, vous certifier, vous jurer qu'elle est heureuse, Germaïna, au moment de mourir. Elle va mourir, en colère. Mais quand ? Ça !... »*

1

Quiconque affirme qu'il connaît toute l'histoire de la Maison Etcheverry est un menteur.

Chaque membre de la Maison, qui désigne autant le bâtiment que la famille, connaît sa part. Voilà tout. Ils parlaient si peu.

En 1935, Germaïna Etcheverry avait dix-huit ans, comme sa jumelle, Goïzane. Famille réduite après la Grande Guerre ; restaient le père, Mikel, et son frère, l'oncle Mattin. Et l'épouse de Mikel, Maritchu, une Basque ramenée du Sud.

Vivait là aussi Nabar, le valet agricole, un colosse. D'où arrivait-il ? Un enfant abandonné.

Durs comme des rochers – comme leur langue qui sortait de leurs bouches, malaxée avec des cailloux. Et les bêtes, et les champs.

Des makilas bien sûr : chaque homme possédait le sien, bâton de néflier torsadé, une pointe mortelle en acier enchâssée dans le manche vissé au bout.

Le béret... Les médecins faisant des piqûres avaient plus souvent vu les fesses d'un Basque que son crâne.

A l'église, oui, ils se découvraient, les hommes serrés dans les galeries. D'en bas, les femmes ne voyaient que leurs mentons et les grosses mains épaisses sur les rambardes. Ces mains qui pétrissaient tout, les pains, les seins, les foins.

Mais les femmes ne levaient pas les yeux. Elles ne les baissaient pas. Elles regardaient droit devant, profond, à transpercer ceux qui croisaient ces yeux courageux.

A dix-huit ans, Germaïna Etcheverry possédait ce regard. Une effrontée lançant à son père, un soir à table, alors que l'orage tapait contre les vitres, un soir brûlant en revenant des fêtes à Biarritz, à Guéthary, à Ciboure, où elle s'amusait de sa chair pleine et blanche, faite pour le bonheur, sans ciller elle prononça trois mots du tocsin familial : « Je suis enceinte. »

Elle passa la porte sans se retourner. Ou bien fut-elle chassée par ce père qui prononça la malédiction entre deux dents : *zorgina*... sorcière ? Cela dut se passer en même temps, l'une quittant l'autre qui la chassait. Voilà tout.

*

Vingt ans ont passé. Vingt ans d'une vie effroyable qui mériterait des livres.

Germaïna se réfugia au Sud avec son amour Maximilien – un Allemand ; elle aimait vraiment la bagarre – et leur petit Eder, *Eder*... le Beau, né au printemps.

Germaïna, devenue *pasionaria* des combattants basques de la guerre d'Espagne, y organisait les soins des réfugiés. Des batailles aussi, fusil leste. Mais dans son dos rôdait une menace. Un assassin venu d'Amérique, rejeton d'une famille reniée au début du siècle, la recherchait pour tuer et l'Allemand et le bébé – oui, le bébé : le péché.

Le drame se passa à Guernica le jour du bombardement.

Après s'être évanouie, elle s'éveilla avec ses cheveux devenus tout blancs. Guerrière veuve au bébé massacré, alors qu'il avait à peine commencé à vivre. Elle se vengea de l'assassin de son enfant. Elle lui coupa la tête.

La Maison, comme un être humain, se replia et rongea sa tristesse.

Germaïna, aux cheveux blancs à vingt ans, devint folle, du moins c'est ce qu'on disait dans la vallée. Elle prit les hommes qui passaient en les giflant, accapara l'enfant de sa jumelle Goïzane dont elle avait décrété qu'il s'appellerait *i-lo-ba*... le neveu, son fils de remplacement. Se cognant, comme une mouche en cage, contre ses propres vitres, elle tomba dans le coma.

C'est ainsi avec elle, comme ça, dans la Maison Etcheverry. Personne ne pourrait le raconter tout seul. De toute façon, ils ne parlaient pas.

*

La guerre d'Espagne est terminée. Mais elle reste une terre de malheur, ils n'aiment que la croix et le sang.

Elle sortit du coma, Germaïna, pour ne plus quitter des yeux nouveaux, noirs et fiévreux, première vision qu'elle reçut en ouvrant les siens, yeux noirs et fiévreux d'un séminariste réfugié. Il lui enseigna l'amour total, celui de Dieu, donc à s'aimer elle-même, puisque Dieu est Tout. En somme, elle continuait d'être folle.

Germaïna la sensuelle prononça ses vœux et devint religieuse. Une nonne guerrière aux cheveux blancs tirés en arrière, aux seins pleins contraints dans une robe grise. Personne ne comprenait. Qui comprend une sorcière... *zorgina* ? On la craint.

Une autre guerre, bien plus grande, s'approche. Germaïna s'y engloutit avec l'homme, Gudari, qui avait fait d'elle au Sud la madone des combattants basques. Il est revenu au Nord. Sa guerre à lui n'est pas finie.

La Maison Etcheverry, avec Germaïna la nonne, reste la maison des secrets. On s'y cache.

Germaïna va *tras los montes*. Une nuit, dans la neige, une patrouille surprend les évadés qu'elle passait.

Sa mère y meurt, et tous les réfugiés sont abattus dans l'embuscade. Germaïna en réchappe et ramène avec elle un bébé enfoui sous le manteau de sa jeune mère dont le sang rouge s'étalait sur le champ blanc du massacre. Ce petit, à la Maison, elle l'offrit à sa sœur Goïzane. De même qu'elle avait baptisé le neveu *iloba*, elle lui donne un nom : *anaï*... le frère.

*

Et la Maison ?

Les murs, les bâtiments, les toits, les arrondis des champs, les bêtes : tout coûte et rien ne rapporte. Il faut changer. La Maison Etcheverry devient « l'hôtel Etcheverry », tenu par Goïzane et son mari, Jon. L'oncle Mattin aide aux transports. Nabar aide à tout.

Le petit Anaï joue du piano en prodige dans le salon.

Tout va bien.

Et Gudari tient Germaïna par la taille. Il aime la soutenir quand elle boite. Germaïna n'est plus religieuse, Germaïna aime, Germaïna est aimée.

Tout va bien ?

Au pays, l'oncle Mattin disparaît. Triste traître. Les dénonciations, c'était lui. Il se suicide – Germaïna le manque de peu.

Gonfle une autre horreur. Elle naît en Algérie.

Germaïna a le coup de canne rapide et elle hait la guerre. Elle organise donc le départ du petit soldat Iloba vers le doux eldorado d'Amérique, mais lui, fera le berger dans une sierra barbare, au Nevada.

*

Germaïna est enfin de retour dans la Maison Etcheverry.

Vite, elle porte à nouveau la vie dans ses entrailles. Et tout de suite, affamée, la mort rôde.

2

La Vénus vagabonde, belle entêtée qui ne baissait jamais les yeux, sainte Coriace, c'est elle, là, de dos, Germaïna, alanguie au bord d'un torrent.

A l'image de ces lacets de montagne qui débouchent soudain sur une vallée en ligne, son chemin tortueux se redressait, peut-être.

De Gudari – elle l'appelait ainsi, un nom qui désignait les Basques combattants du Sud – elle connaissait la langueur. Quand lui avait-il offert l'enfant qui grossissait dans son ventre ? Il la prenait sans cesse dans ses bras, la caressait de la tête aux pieds pour la toucher à tout moment des jours et des nuits.

Toute sa vie, elle n'avait jamais fait de cauchemars, elle les avait vécus. Quand il remarquait qu'elle gardait les yeux ouverts trop longtemps à ses côtés, Gudari posait sa main large à plat sur son front et lissait la racine des cheveux vers l'arrière. Sous les doigts forts, le calme s'installait. Elle avait tant besoin de gentillesse. Ses paupières se fermaient d'un coup.

Germaïna aimait tant sa peau râpeuse, quand ils s'aimaient en bataillant, dressés dans le noir, retombant rompus, ébahis. Puis ils embrassaient à tour de rôle leurs paupières closes. A l'aube, Germaïna tressait ses cheveux blancs. Souvent elle descendait, comme ce matin, la colline qui mène au torrent. Elle écoutait le bruit de l'eau en cascade. Il suffisait parfois de ne pas penser pour retarder le réveil des douleurs.

Mais rien n'y faisait. Le massacre de son bébé Eder – le temps avait passé, vingt ans plus tôt, c'était comme en ce moment –, elle ne l'avait pas vengé en entier.

Jusqu'au dernier, ceux qui l'avaient fait, ou simplement voulu, mourraient.

En attendant cette délivrance, elle s'en voulait toujours de vivre. Personne ne lui expliquait qu'elle passait son temps à se prouver qu'elle n'avait pas le droit d'être heureuse. Moins depuis qu'elle portait une autre vie en elle ? A peine.

*

Germaïna s'assit sur la souche d'un arbre, près de l'eau. La lumière du soleil ne caressait que les cimes, mais les reflets du torrent l'éblouissaient. Elle ferma les yeux et pencha la tête sur le côté. Une tresse blanche vint battre sa joue.

Derrière elle, l'hôtel Etcheverry s'éveillait dans le bruit des volets qu'on claquait, le moteur d'une camionnette de livraison remontant l'allée goudronnée et les cliquetis de vaisselle. Jadis, l'aube naissait avec les meuglements des vaches et les grognements des cochons, le caquètement des poules surtout, qui cassait les oreilles, c'est pourquoi on les parquait loin.

Sa jambe lui faisait mal. Des années après son séjour à la prison franquiste de Pampelune, la souffrance persistait, supportable mais présente. Même loin, les bourreaux ne la quittaient pas, pervers jusqu'à la fin des temps. Les nazis l'avaient compris en tatouant un numéro sur les bras. Ils marquaient la chair afin qu'on ne les oublie jamais.

Des pas tranquilles écrasèrent les feuilles derrière elle. Germaïna n'entendit rien. Le bruit du torrent couvrait tout.

Elle sentit une main se poser sur sa nuque, une autre sur son épaule. Un souffle à son oreille :

— N'ouvre pas les yeux.

Gudari collait sa joue contre la sienne. Sa peau du matin sentait le savon. La main quitta son épaule et souleva son poignet. Les yeux toujours fermés, Germaïna sentit qu'il posait dans sa paume un objet rond, une sorte de bâton.

— Je l'ai finie à l'instant. Je viens de la polir.

Gudari avait tenu sa promesse : « Je te fabriquerai une canne. »

Germaïna ouvrit les yeux et reconnut le bois de néflier, l'arbre des makilas tordus, contraints, tailladés à leur naissance avant d'être soumis au fer de l'artisan plus tard. Celui-là, non. D'ailleurs, assez de toutes ces tortures, même aux arbres. Gudari avait dû chercher longtemps une branche droite d'un trait, rare.

Sans aspérité, la canne glissait, douce au toucher. Au bout, une poignée plate s'y vissait et un coussinet tressé de cuir protégeait la paume. Neuve et si parfaite que Germaïna se demanda si Gudari ne l'avait pas achetée. Mais il ne mentait jamais.

Tandis qu'elle appuyait la canne contre son flanc, il s'assit derrière elle et entoura sa taille élargie. Il posa son menton sur l'épaule. Germaïna était grande comme Gudari. Leurs quatre yeux formaient une ligne droite, sur laquelle glissa un rayon qui avait trouvé son chemin entre les branches.

Mais son gros ventre rond l'entraînait en avant. Ramenant les pans de sa jupe noire autour de ses cuisses, Germaïna posa ses coudes sur ses genoux et sa tête dans ses paumes. Ses tresses blanches battaient contre ses belles épaules de haute femme droite, aujourd'hui gonflée de vie.

Peu après, elle sentit des contractions. Vite, soutenue par Gudari, elle remonta le chemin jusqu'à la Maison, l'hôtel Etcheverry. Elle se hissa dans sa chambre au bout, agrippée à la rampe, rejointe par sa sœur Goïzane. Restèrent en bas les hommes de chacune, Gudari et Jon, sans se parler.

C'était le mois bleu, qui voit les feuilles de lin éclore.

Ce matin-là, en courant vers sa délivrance, Germaïna avait marché où son père Mikel en avait planté jadis un pied, au moment de sa naissance. Aujourd'hui, le béton de la cour couvrait ça.

Comme l'ancienne terre, Germaïna avait durci, jusqu'à l'indestructible.

Mais à peine relevée, elle planta une graine de lin dans un carré de terre préservé, derrière la Maison.

Chaque année, elle en prélèverait une feuille bleue, celle de *Neska*... la fille. Sa fille.

3

Mot après mot, l'oreille proche des lèvres que le vieux humectait d'un bout de langue grise, l'avocat prenait note :

— Je lègue... par la présente... qui de droit...

Sur le lit, à bout de souffle, l'homme vivait ses dernières heures.

La fournaise d'été à Chicago pénétrait dans la chambre aux volets clos. Déjà elle ressemblait à une morgue.

On y voyait peu. La pièce baignait dans la pénombre. Des bougeoirs brûlaient sur les tables de nuit de chaque côté. A chaque nouvelle phrase, le visage du jeune avocat s'approchait plus près des lèvres du vieil homme allongé sous la couverture. La voix faiblissait. Puis il se redressait pour transcrire ce qu'il avait entendu. Une page de son bloc de papier ivoire à l'en-tête de son cabinet était remplie.

Ses yeux s'habituaient à la pénombre, mais tout à l'heure il avait à peine distingué au fond de la chambre un autre individu, raide, en costume, les fesses au bord du fauteuil.

Sur le lit, la main épaisse de l'agonisant frôlait le document. Tout en écrivant, l'avocat apercevait les doigts crispés.

Fixant à nouveau les lèvres sèches du vieillard, le jeune homme posa sa main sur le poignet. Large et épais, dur de muscles... il fut surpris par la tension qu'il sentit sous ses doigts dans un corps qui semblait flotter dans l'au-delà.

— Oubliez les formules juridiques, souffla-t-il. Je les rédigerai moi-même. Dictez, simplement.

Le mourant bougea la tête pour le remercier. L'air poisseux de la chambre les faisait tous transpirer. De la buée obstruait les lunettes à grosse monture qui masquaient les yeux du vieillard. Collés aux tempes, ses cheveux ne retenaient plus la sueur qui perlait à son front. Des gouttes se perdaient dans la moustache drue au-dessus de sa lèvre.

Choqué qu'il ne vienne pas essuyer le visage ou redresser les oreillers, le jeune avocat jeta un coup d'œil à l'homme assis au fond – le fils ? son secrétaire ? L'autre ne bronchait pas.

Après une quinte de toux sèche, dont les postillons éclaboussèrent le papier, l'agonisant reprit d'une voix de caverne :

— Je lègue tous les terrains... qui m'appartiennent au nord de La Cienaga et à l'ouest de Bel Air, à Los Angeles... au vieil ami de ma jeunesse... mon très cher Anton Ferbentxajaurregui, dit *Jauna* Ferben...

L'avocat transcrivait vite. Il laissa le « très vieil ami de jeunesse, mon cher... » qui n'avait pas de valeur juridique et nota simplement les nom, prénom, adresse, et lui demanda de répéter.

— Fer, ben, txa... avec *tx*... confirma lentement le vieil homme, jau, re, gui.

Sous l'avalanche des syllabes, l'avocat s'y prit à deux fois, puis montra le bloc au vieil homme pour qu'il vérifie. Celui-ci tourna la tête de biais en soupirant, afin de lire par-dessus la monture de ses lunettes embuées. Il acquiesça.

— Jauna... comme ça ? insista le jeune homme.

Le vieux fit oui à nouveau. Puis, rejetant la tête en arrière, cherchant son souffle, il continua :

— Je désire que ces terrains, d'une valeur de... vingt millions de dollars...

Tout en écrivant, l'avocat déglutit avec difficulté. En cette fin des années cinquante, même dans ce Los Angeles lointain dont les excès grotesques écœuraient ce diplômé baptiste de l'université du Michigan, la somme faisait rêver.

— ... soient consacrés à l'édification d'un grand... ensemble de golf.

Sous la surprise, le jeune avocat laissa échapper son stylo, qui roula sous le lit. Il se pencha pour le récupérer, mais l'homme assis au fond de la chambre avait jailli de son fauteuil, en félin, et avant que l'autre ait eu le temps de s'accroupir, il lui rendait son stylo avec un sourire froid.

— Pas d'immobilier ! ahanait le vieillard sur son lit. Un grand country club... le plus prestigieux de la communauté. Mon... cher ami Jauna Ferben, je le lui donne.

Tout en écrivant, le jeune avocat, qui avait sauté le « vieil ami », calculait dans sa tête : cadeau somptueux, et ridicule.

Ces hectares au bord de Los Angeles, une fois transformés en condominiums, pouvaient rapporter cent fois la mise. Mais il n'avait pas à objecter. Son rôle consistait à recueillir, devant témoin, les dernières volontés d'un agonisant, volontés sacrées, opposables à quiconque dans le monde.

*

On contestait des testaments pour démence. Mais il pourrait témoigner que le donateur avait toute sa conscience, affaibli mais s'exprimant avec clarté malgré sa voix déformée par l'agonie. Aucun signe de dérèglement mental. Les riches obéissaient simplement à des lubies.

D'ailleurs, sur le lit, l'autre continuait :

— Notez en plus, Maître... retenir les trois dollars que j'ai gagnés en battant la dernière fois mon très cher... ami Ferben. Jamais réglés ! finit-il dans un hennissement.

L'avocat rit aussi, le stylo en l'air.

— Notez ! siffla sèchement le vieillard, et son index tapait avec violence sur le bloc-notes.

Lubies... Il inscrivit la dernière volonté et attendit la suite.

— J'ai fini.

L'avocat rédigea vite les formules de conclusion, puis signa avant d'inscrire son nom et son prénom en lettres capitales. Il se tourna vers l'homme au fond, raide au bord du fauteuil :

— Vous devez signer et mettre votre nom.

Après un regard quémandeur vers le mourant, qui fit oui de la tête, l'homme s'exécuta, puis le bloc repartit vers le vieillard :

— A vous, monsieur, bien sûr.

L'homme soupira, accablé. Il saisit le stylomine de ses doigts épais, et dans cette main l'objet ne semblait pas plus grand qu'une longue allumette.

Il griffonna sa signature et écrivit le nom dessous, en lettres tremblées.

— Ça ira, très bien ! confirma l'avocat.

Sur le lit, tête en arrière, le vieil homme sembla exhaler son dernier souffle. Un peu de bave vint blanchir le coin de ses lèvres. Il crispa ses doigts sur le drap, pris d'un tremblement pénible.

L'avocat avait replié son bloc et l'enfouissait dans sa serviette tout en se levant, faisant revenir d'un coup de main le rabat du cartable dont la fermeture en métal claqua.

Sur le lit, le vieil homme soufflait fort, la gorge prise, crachotant.

Mal à l'aise, l'avocat le salua de la tête. Sans doute le gisant ne le voyait-il plus.

L'autre l'accompagna dans l'escalier de cette demeure silencieuse et chaude, un hôtel particulier à Chicago, humide.

Le jeune juriste ne connaissait pas ces gens. On lui avait simplement expliqué au bout du fil, d'une voix impatiente, qu'il s'agissait d'une urgence. L'avocat habituel de la famille voguait en croisière au large de la Floride, injoignable. On l'avait choisi, lui, parce que, dans l'annuaire, l'adresse de son cabinet se trouvait la plus proche.

Il avait dit son prix au téléphone. Un prix élevé, les autres n'avaient pas bronché. Le testament officiel et contresigné ne traînerait pas dans le coffre de son étude, à son avis. Compte tenu de l'état du client, on allait l'ouvrir dès demain. Peu lui importait. Il étouffait dans cette maison.

Dehors, la chaleur moite trempa sa chemise dès qu'il s'installa sur les sièges en skaï de sa voiture. Il baissa les vitres pour aspirer de l'air et enfonça le poussoir de la radio qui équipait ces nouveaux modèles. Jetant un dernier coup d'œil sur la porte de bois verni qui venait de se refermer, il tourna la molette en déboîtant dans la rue, provoquant un concert de klaxons qui couvrit la voix de Frank Sinatra sortant du haut-parleur. Par décence, il baissa le son, avant de se fondre dans les bruits de la circulation.

Dans la maison, l'homme qui l'avait raccompagné remonta quatre à quatre les escaliers jusqu'à la chambre du mourant – du mort peut-être : il aurait bien pu rendre l'âme durant l'intervalle.

Le vieillard gisait, jambes allongées, maigres et droites. Mais la couverture ne les couvrait plus. Il s'était redressé, le buste à la verticale.

Son énorme poing serré tapait sur le drap, de rage :

— ... de Dieu, tu as mis du temps !

*

L'homme s'approcha du lit et passa son bras sous les genoux. Mais le vieux le repoussa :

— Enlève-moi ça d'abord. Je ne supporte pas.

Il désignait sa moustache.

Empruntant un rasoir et du savon dans le cabinet de toilette, il le rasa, très soigneux. Mais il le sentait bouillir. Il ne l'avait jamais vu patient – ni tendre, jamais.

Ensuite, l'homme – garde du corps au vrai sens du terme – le souleva dans ses bras, la tête haute, bien au-dessus du crâne, comme pour ne pas le voir. Son patron détestait ces moments où on devait le porter.

Dans l'escalier, les jambes heurtèrent la rampe et le vieux fit une grimace furieuse, mais sans grogner : il ne sentait rien, là. Plus rien depuis longtemps, mortes.

Malgré sa force, l'autre commençait à ployer. Le vieux pesait, massif. Sa grosse tête aux yeux froids surmontait un cou de taureau planté sur des épaules lourdes.

En bas, sans faire un bruit, il le déposa dans un fauteuil roulant et rabattit la couverture de laine à carreaux rouge et vert qui ne le quittait jamais, y compris au plus lourd de l'été.

— Fais vite ! On fout le camp !

Le garde du corps remonta à l'étage.

Dans la chambre où les bougies vacillaient, il s'accroupit au bout du lit et tendit les bras dessous. Ses mains tâtonnèrent. Puis il trouva ce qu'il cherchait. Tout à l'heure, il avait évité de justesse que l'avocat ne se penche.

D'un coup sec, il tira vers lui un homme.

Cette fois, il ne s'inquiéta pas des jambes flasques ou de la tête renversée en arrière, ballottant.

Il le posa à plat sur le lit et l'épousseta, lissa la moustache drue, de la forme de celle que portait le vieux tout à l'heure. Il humecta les mèches avec une pommade pour qu'elles collent au front et aux tempes. Enfin, il remit les lunettes qui traînaient sur le lit, bien en place. Pas besoin de buée : les morts ne transpirent plus.

L'homme redescendit et passa sur la pointe des pieds devant la porte d'un autre salon de cet hôtel particulier de Chicago, éteint et vide.

De l'autre côté gisait la gouvernante, bâillonnée, jupe noire relevée sur des bas marron qui ne cachaient plus ses varices. Assis sur un tabouret, un autre homme la surveillait, chapeau rabattu sur les yeux et un revolver au bout des doigts. Dans quelques minutes, il découperait la toile d'un tableau et la roulerait sous sa veste, emporterait des objets de valeur. Il quitterait à son tour la maison, laissant la gouvernante se défaire afin qu'elle donne l'alerte. Ils seraient loin.

La pauvre femme n'aurait jamais vu qu'un cambrioleur, si démunie alors qu'elle s'activait « seule dans la maison, pleurnichera-t-elle, au moment où mon maître venait de mourir là-haut, sur son lit. Je n'ai même pas eu le temps de prévenir la famille ! »

De fait, la police allait découvrir dans la chambre le cadavre tiède du seigneur des lieux, le vieux Prescott, un sénateur. On le savait très malade. Depuis longtemps, il ne quittait plus son hôtel particulier.

L'homme poussa le fauteuil hors de la maison, profitant de ce que la rue était déserte. Il le hissa à l'arrière d'une limousine noire au toit surélevé, aménagée avec une rampe pour les roues. Avant de démarrer, il dit ce que l'autre attendait, pas un mot de plus :

— C'est fait, *Jauna* Ferben.

*

Anton Ferbentxajaurregui : personne ne l'appelait ainsi, de son nom d'enfance, imprononçable en Amérique. Dès son arrivée à Ellis Island au début du siècle, exfiltré de sa ferme, voisine de celle des Etcheverry au Pays basque, fuyant la police, il avait rompu avec ce passé en sciant son nom : Ferben, plus court, plus américain. Le prénom, Anton, se disait Tony. Et le surnom plus tard, *Jauna*... Maître.

Tony Ferben avait fait halte à Chicago plutôt que de courir dans la sierra du Nevada ou du Wyoming à faire le berger pour un salaire misérable, si les doigts gelés pouvaient encore froisser les billets. Il se révéla malin, et cruel.

Des services rendus aux dockers aux premiers larcins, dans le grouillement de la cité malpropre d'avant la guerre de 14-18, Tony Ferben comprit vite que les bas-fonds régalaient les Italiens solidaires, que la police appartenait aux Irlandais mal payés et que les clubs de jazz fleurissaient sous la férule des Noirs montant du sud par le Mississippi.

Rien pour les Basques. On en croisait, plutôt serveurs dans les restaurants, parfois boxeurs, lutteurs de foire dans les cirques qui faisaient étape au bord du lac Michigan.

Ferben avait entrevu un champ d'action sans mettre ses mains épaisses et son œil acéré dans les cabarets, les cercles de jeu, les hôtels de passe ou l'alcool. Restait quoi ? La politique. Les voitures volées. Les restaurants. Les laveries – abasourdi par cette multiplication de pressings quand, au pays, on allait encore à la rivière taper les draps et les chemises à genoux sur des pierres mouillées.

Ses enfants étant nés, et ses comptes en banque s'arrondissant à l'image de ses joues et de son estomac, on l'appela bientôt le Père Ferben – avec crainte.

Puis le malheur l'avait frappé. Certains pensaient, sans oser le dire au curé en confession, que Dieu envoyait un châtiment d'acompte en réparation du mal déjà fait.

Devenu vieux, le Père Ferben, riche et toujours cruel, devenait *Jauna* Ferben – avec respect.

Cela signifiait Monsieur... Maître, comme les Italiens susurraient *Godfather*... Parrain... aux seigneurs silencieux de leur communauté et en baisant leur bague. Mais chez ceux regroupés autour de Ferben, nul folklore, pas de bague ou de « baiser de la mort ».

Jauna... les yeux dans les yeux. Chez les autres, on aimait simplement le mot, son exotisme.

Il possédait tout ce qu'il fallait, Jauna Ferben, des dollars, des immeubles, des golfs, des restaurants, des chaînes de laveries et de garages et une liste d'obligés à la mairie et au Sénat longue comme aurait pu l'être son casier judiciaire.

Pourtant, il avait perdu le principal : ses enfants.

D'abord, son fils Eddie, qu'il avait formé à sa main, un tueur. Il l'avait envoyé jadis à la guerre d'Espagne. Combattre aux côtés des Basques contre Franco, tel avait été le prétexte. En réalité, Ferben payait une dette de vie à son ami d'enfance, Mikel Etcheverry, qui lui avait permis de s'embarquer jadis sur un bateau à Bayonne à destination de l'Amérique, échappant à la guillotine. Vingt ans plus tard, le vieil Etcheverry avait fait appel à lui pour assouvir une vengeance : supprimer un jeune Allemand qui avait engrossé sa fille Germaïna – « à dix-huit ans, sorcière... *zorgina* ! » – et le bébé qui allait naître. Même lui, Ferben, en avait eu le ventre noué. Mais une dette se paye. Après, il ne voulait plus en entendre parler.

De fait, il n'avait plus entendu parler de rien et de personne, surtout pas de son fils. Disparu, englouti dans la guerre sans doute; plus de trace, pas de corps. Après avoir remué ciel et terre, il avait renoncé : personne ne savait. Son vieux complice, Mikel, mort, avait-il appris; Maritchu aussi, la mère, plus tard; l'autre, le frère, l'oncle Mattin, avait disparu, noyé au rocher de la Vierge à Biarritz, disait-on. Restaient les jumelles, dont cette Germaïna qu'il avait aperçue un jour à San Sebastián juste avant la guerre civile, vingt ans plus tôt, belle et droite comme une princesse effrontée qui aurait mérité des gifles – à son avis.

Leur guerre d'Espagne avait fait des dizaines de milliers de morts. Son fils pourrissait sans doute dans un charnier, tombe anonyme, ou en débris enfouis dans un fossé. Il avait fallu faire son deuil. Ici, les familles hors-la-loi avaient toutes payé le tribut d'un massacre, d'une rafale dans le ventre d'un fils, d'un noyé dans l'Hudson. Les gratte-ciel dressés avec orgueil plus haut que les précédents recelaient dans leurs piliers les cadavres coulés dans le béton d'un traître, d'un otage. Mais le teint du Père Ferben avait grisé – et il n'oubliait rien.

Dix fois plus douloureuse avait été une autre mort, quelques années plus tard. Dix fois... mille fois plus douloureuse : sa fille Elise, seule douceur dans son amas de brutes, était devenue diaphane, puis exsangue. Ses yeux s'écarquillaient de terreur, terreur qui assaillit le Père Ferben quand les médecins révélèrent le mal d'Elise. Il tomba à terre, colonne vertébrale bloquée comme celle des idiots qu'il faisait massacrer à la batte de base-ball dans des champs, en entendant le mot : leucémie.

Elise fut emportée, fétu de paille consumé par lui-même.

Le Père Ferben perdit d'un coup l'usage de ses jambes.

Il avait assisté aux obsèques grandioses en inaugurant son fauteuil roulant, visage sec. Il avait tout pleuré avant.

Sa femme mourut peu après, de chagrin ou de maladie, on ne savait pas et il ne l'avait jamais aimée. Elle n'avait été que la porteuse des enfants. Ceux-ci étant morts, autant qu'elle les rejoigne vite puisqu'elle n'avait pas su les former pour une vie plus longue.

Possédant tout mais ayant tout perdu, Ferben continua la sale vie. Ses jambes étaient molles, son cerveau restait vif. Ses affaires prospéraient, l'argent allant à l'argent. Il suffisait de vérifier qu'on lui obéissait. Parfois, il mettait la main à la pâte pour retrouver une gaieté oubliée. Mais elle se dérobait.

Même en organisant l'arnaque du testament détourné du vieux Prescott, il n'avait pas réussi à sourire. Ni quand sa moustache avait poussé afin qu'il ressemble à son vieil ennemi déjà agonisant, en prévision du jour où il se substituerait à lui et détournerait en une demi-heure vingt millions de dollars de terrains à Los Angeles. Ni quand le jeune avocat avait failli découvrir le vrai mort caché sous le lit. Pas un sourire.

Même pas grogné de joie lorsqu'on avait ouvert le testament, deux jours plus tard.

*

Le téléphone avait sonné chez Ferben, lui demandant de se faire conduire d'urgence au cabinet de l'avocat, car « une clause vous concerne, *Jauna* Ferben ». Aucun doute n'avait effleuré le jeune avocat en voyant un infirme glabre sur un fauteuil roulant, méconnaissable. Il avait commencé la lecture du testament.

Même pas souri lorsque les Prescott avaient hurlé à l'énoncé du legs que leur père avait fait, à lui, au Père Ferben, contre toute attente, une pure folie, incompréhensible. Les deux familles se haïssaient.

Depuis un demi-siècle, elles échangeaient coups et blessures, dans ce rapport de haine et de passion qu'entretiennent les immigrés de même origine dans un pays lointain. Le Père Ferben avait marqué le dernier point.

Les tantes, la veuve, les cousines, les gendres, les enfants de cette dynastie pouvaient bien glapir. Le juriste avait levé la main pour les calmer : « Tout est légal. J'ai moi-même recueilli les dernières volontés de votre père, époux et oncle. »

Parmi eux, une femme restait silencieuse, la main gantée de noir, une beauté blonde, la propre fille du sénateur défunt, Maylis.

Maylis Ibarra d'origine ; Maylis, dont le grand-père, émigré basque du siècle d'avant, n'avait pas fait longtemps berger dans les sierras : il avait épousé très vite la fille des propriétaires du ranch ; Maylis, dont la mère, née de cette union, avait à son tour épousé un coffre-fort, le beau Prescott, aujourd'hui le vieux sénateur mort ; Maylis, venue au pays pendant la guerre, connaissait très bien Germaïna Etcheverry. Et elle savait, elle, ce qu'était devenu le fils Ferben... Elle avait vu le crâne décapité, dans la terre de la Maison Etcheverry. Elle ne l'avait jamais révélé – secret mortel entre elle et Germaïna.

*

Surtout pas souri, Jauna Ferben, lorsque l'homme de confiance des Prescott lui avait adressé un signe pour le remercier de l'enveloppe trouvée dans sa serviette en récompense.

A la mort solitaire du vieux Prescott, c'est lui qui l'avait alerté comme convenu et ordonné à la gouvernante de ne pas bouger. Il se chargeait d'informer la famille dispersée dans diverses maisons de la ville. Mais il avait attendu trois heures au bar du Grand Central avant de donner l'alerte.

De retour, il avait été rassuré de voir un car de police stationner devant la maison. A l'intérieur, la vieille femme de chambre sanglotait en expliquant qu'elle avait été victime d'un cambriolage alors qu'elle était seule et que le « pauvre Monsieur » gisait dans sa chambre. « Ça » s'était bien passé. Même pas souri, Ferben. Homme de confiance ? Ça sonnait drôle. Les deux mots accolés, oui, à bien réfléchir, auraient pu lui arracher une grimace, à *Jauna* Ferben.

Mais plus rien ne l'amusait. Il lui tardait de filer en Californie. Après la fange et la poussière de sa vie à Chicago ne restait que l'espace pur de son nouveau jouet, son luxe et sa volupté, et respirer de nouveau, chauffer ses vieux os, oublier ses jambes mortes.

En outre, construire des golfs était l'un des moyens les plus simples de blanchir l'argent noir.

4

Anaï marcha droit vers le Maître.

Sur le parquet, le bruit de ses talons marquait un tempo régulier, rond et sonore. A cause du fouillis, la pièce semblait petite. Les meubles se touchaient, les partitions s'empilaient de travers. Aucun rideau n'encadrait les fenêtres, aucun tapis sur le sol.

Anaï savait pourquoi. Le son n'irait pas s'amollir dans les tissus. Les harmonies resteraient claires jusqu'à la dernière et sortiraient d'un piano à queue d'une taille telle qu'il n'en avait jamais vu de pareille. Le nez d'ébène laquée s'allongeait jusqu'au mur.

Il fallait survivre à la première audition. Vraountz acceptait un élève sur cent.

Deux siècles plus tôt, de nombreux Hollandais avaient été appelés au pays. Spécialistes de l'assèchement des marais, ils avaient fait merveille dans les landes. Mission accomplie, la plupart repartaient, mais certains avaient fait souche. Les frimousses effrontées des filles basques leur avaient donné des frissons dans le dos. En restaient comme témoignage des maisons d'architecture flamande – dont la plus célèbre à Ciboure, celle de Maurice Ravel – et des descendants aux noms imprononçables. De génération en génération, l'état civil avait mollement glissé d'un Gloanbostijn à un Glabetine. Vraountz était l'un deux. Quel nom impossible avait abouti à cette sorte d'éternuement ? Personne ne le savait. Mais dans l'univers des musiciens il cinglait comme un coup de fouet.

Chaque pas grandissait le Maître, qui se tenait au coin du piano, le coude appuyé sur le rebord. Ses mains – fameuses mains – sortaient de son costume noir, directement. Sa chemise blanche n'avait pas de manchettes. Cette fois encore, Anaï savait pourquoi. Auditionnés avant lui, les élèves de l'école de musique l'avaient prévenu de la tirade traditionnelle du Maître : « Le piano se joue avec les poignets et les bras. Si vous avez fait dix heures de gammes par jour depuis votre barboteuse, jeune homme, vous pensez bien que vos doigts savent à peu près bouger. Non ? Si. Tandis que les poignets... Ah ! les poignets. Jamais assez, hum... » Et Maître Vraountz de tendre ses mains en avant. Les manches de sa veste remontaient le long de ses bras. Il montrait les différentes positions du poignet. L'angle des phalanges s'en trouvait modifié. Le Maître ponctuait sa démonstration de « hum ! » marmonnés, comme s'il marquait les temps. « Voyez ? Les hum... poignets ! »

Anaï arriva au tabouret. Il attendit.

Vraountz redressa la tête, poussant vers l'avant sa barbe taillée en carré, verticale depuis les joues, coupée d'une horizontale parfaite sous le menton, formant un pinceau large. De près, Anaï distingua des filaments noirs dans la masse blanche, comme les touches du piano.

Un peu tordu contre l'instrument, Vraountz lui fit signe de s'asseoir. Le jeune homme se cala sur le tabouret, les mains posées sur ses genoux, essuyant la moiteur qui les collait.

Au-dessus de lui, Maître V. – on le surnommait ainsi – pencha la tête pour vérifier la place des jambes et des pieds sous le clavier. Ils touchaient à peine le sol. Il se redressa et, d'un mouvement de barbe, fit signe à Anaï de commencer.

Aucune partition sur le pupitre. Que jouer ? Anaï connaissait cent morceaux, les plus transcendants. Il pouvait improviser. Il plaça ses doigts au-dessus des touches, se concentra, puis se décida soudain pour une étude chromatique de haute technicité qui déroulait toute la panoplie du seigneur des instruments. Un morceau de roi qui laissait les auditeurs pantois quand Anaï plaquait le dernier accord, redressait sa courte silhouette de quinze ans aux cheveux bouclés et saluait sans avoir besoin de sourire : ses yeux doux suffisaient.

Il leva les doigts pour prendre l'élan et se lancer dans ce tourbillon redouté. Mais au moment de taper la première des milliers de touches qui allaient rebondir en quatre minutes, il se ravisa.

Les deux mains immobiles au-dessus du clavier, il laissa passer un silence. Puis il les abattit.

Il joua, à l'unisson, les dix doigts enchaînant les mêmes notes, en quatre secondes il joua : une simple gamme.

Huit notes. Le niveau le plus simple d'une phrase musicale, *dorémifasolasido*. Rapide, net. Le trait n'avait duré qu'un instant. Mais le son flottait dans la pièce, inouï.

Anaï gardait les yeux baissés vers le clavier. Ainsi ne vit-il pas Maître V. déglutir avec difficulté.

*

Une vibration venait de traverser le corps du vieux Maître. C'était un frôlement érotique entré par les oreilles, remuant les viscères et semblant sortir sous les ongles, qui picotaient. Vraountz n'avait connu ce choc qu'à deux ou trois reprises au cours de sa vie.

— Hum ! grogna-t-il.

Anaï entendit presque : « Grrr... »

Maître V. observa les mains du jeune homme, reposées sur ses cuisses. Elles n'étaient pas longues et fines, comme souvent celles des « petits prodiges », dont les mamans obtenaient une audition à force de ruse, ou en s'offrant au Maître, qui ne s'en privait pas. Les mains d'Anaï étaient larges et musclées. Après l'attache légère du poignet, le bras s'épaississait. Vraountz savait qu'Anaï venait de la campagne et que ses mains avaient travaillé la terre. Il n'y avait pas mieux pour se faire les doigts – « et hum... les poignets ».

D'un ton sec, il ordonna :

— Gamme de *ré*.

Anaï enfila les huit notes des deux mains, vite.

— Gamme de *mi*.

Anaï déroula un filet de sons tissé, une soie.

Maître V. le pressait, « ... de *fa*... *sol*... gamme de *la*... », puis les demi-tons, toutes les clés, tous les dièses et tous les bémols, et toujours huit notes seules, une minuscule tranche de clavier. Vraountz vérifiait si le frisson d'origine était dû au hasard. Il se reproduisit, chaque fois.

Alors Maître V. saisit sur un guéridon une partition en haut d'une pile. Pour tester les élèves, il les classait par ordre de difficulté croissante. Cela eût étonné Vraountz que le mince jeune homme aux boucles noires et aux mains charnues bute sur une page, même la plus ardue.

Anaï joua dans tous les tons, d'un son qui venait du ciel plutôt que des longues cordes à plat sous l'immense couvercle. Vraountz grognait de plus en plus en présentant, en la jetant sur le pupitre, chaque partition sous les yeux d'Anaï – qui les connaissait toutes. Après avoir vérifié la tonalité et le tempo, car les professeurs glissaient des pièges à l'insu des élèves, il jouait le morceau par cœur, sa sonorité se clarifiant au fur et à mesure que les doigts s'échauffaient.

Tout y passa, depuis les sonates denses jusqu'aux cadences de concertos les plus décalées. Des suites transcendantales semblaient requérir douze doigts ou trois mains pour arracher au clavier les notes écrites sur le papier. Tout y passa, et Anaï passa tout.

Pendant une heure, le salon de la villa près de Bayonne où le Maître accordait ses rares leçons à des élèves des cinq continents fut une bulle reliée au paradis. Vraountz avait la gorge sèche à force d'avaler sa salive.

Il faisait exprès de fatiguer Anaï. Virtuose lui-même, il savait doser ses tortures. Il choisissait une partition, sachant qu'à la suite de la précédente tel passage dangereux de doigté ou telle masse de muscles sollicitée doublait les difficultés. Aucun concertiste ne les aurait enchaînées au cours d'un récital, craignant la tétanisation des doigts. Ou bien il imposait une étude à l'infinie langueur à des doigts durcis après dix minutes d'un scherzo de bûcheron. Il aurait presque fallu greffer de nouvelles mains, reposées, à la place des anciennes, épuisées. Anaï ne flancha pas.

Une fausse note n'eût pas été grave et aurait fait enfin sourire Vraountz. Peut-être Anaï entama-t-il parfois une phrase musicale avec trop d'énergie dès les premiers traits, sans pouvoir monter en puissance à la fin, tout carburant épuisé. A ces exceptions près, et en leur absence, Vraountz se serait évanoui. Anaï traçait dans l'air un tableau moiré de sons et d'harmonies imparables.

Maître V. plaçait chaque nouvelle partition sans en dire le titre, ni grogner pour lancer Anaï. Aucun mot. Quelques secondes de silence suffisaient : un vide englouti par l'énergie gigantesque du premier son jailli au cœur du piano, bête énorme que domptait un jeune homme bouclé qui ne bougeait ni le buste ni la tête, et dont le corps semblait réuni en entier dans dix doigts magnifiques.

*

Laissant planer la vibration de la dernière note du dernier morceau, Maître V. fixa les cheveux bouclés d'Anaï qui baissait la tête. Puis il le raccompagna au salon. De nouveau, les talons claquèrent sur le plancher, mais à quatre cette fois et d'un même rythme.

Dès que la porte s'ouvrit, sa mère, Goïzane, assise genoux serrés sur une chaise comme dans une salle d'attente, se dressa, impatiente.

Les yeux brillants, Anaï s'avança vers elle. Goïzane l'embrassa sur les deux joues. Elle avait compris. Si Anaï rayonnait, lui qui ne se mettait jamais en avant, c'est qu'il avait réussi. Il avait séduit le Maître.

Celui-ci referma avec soin la porte du salon, comme s'il ne fallait pas qu'une onde s'échappe de ce repaire. Il leur fit face.

Il semblait moins grand qu'Anaï l'avait cru, quand il l'avait découvert au-dessus de lui, accoudé au rebord, la tête fixée vers le clavier. Goïzane et son fils attendaient en souriant le verdict d'un homme plutôt trapu, au torse large et à la tête absolument carrée, les cheveux blancs en brosse et la barbe taillée en lignes droites. Une tête de statue.

Le ton qu'il adopta n'était ni gai, ni sombre, ni triste. Il fut féroce :

— Nul.

Le sourire d'Anaï se figea. Goïzane sentit des larmes gonfler ses yeux.

Maître Vraountz reprit d'un ton cassant :

— Nul. Du cirque ! Vingt doigts au lieu de dix, et alors ?

Goïzane porta sa main devant sa bouche. Tentant de retenir un sanglot, elle se mit à tousser. Cela lui arrivait souvent, à chaque émotion. Anaï serra le bras de sa mère, mâchoires durcies.

Un long silence passa, que Maître V. coupa enfin, les yeux plantés dans ceux de Goïzane :

— Je le garde. Evidemment.

Semblant s'adoucir, il tourna lentement la tête vers Anaï :

— Tu fais du piano... hum ! sans doute mieux que quiconque de ton âge en ce moment sur terre.

— Mais... alors ? bredouilla Goïzane, inondée de larmes.

— Mais ? ricana Vraountz.

Il fit un tour complet sur lui-même, comme un petit taureau, très curieusement :

— Mais tu ne fais pas de musique.

Puis il précisa :

— Pas encore.

Goïzane se remit à tousser et Anaï lui serra le bras plus fort.

— La musique, c'est beaucoup plus difficile que le piano, précisa Vraountz.

Il se mit à marcher devant eux, à petits pas, comme s'il voulait danser sans bruit sur le tapis qui, là, couvrait le sol :

— Y a-t-il une chance d'en faire un musicien ? Hum... Une sur cent. On va la tenter. Madame, rassurez-vous ! ajouta-t-il d'un ton méchant. Avec ce qu'il sait faire il sera un concertiste exceptionnel. Il l'est déjà. A quinze ans ! On va le réclamer dans le monde entier. Oh, hum !... pas de doute. Il va gagner beaucoup d'argent. Célèbre ! Ce n'est pas difficile. Les salles sont pleines d'oreilles qui veulent le plus de notes possible, enchaînées le plus vite possible, avec des mains les plus agiles possibles, tellement agiles qu'on croit qu'ils sont plusieurs à jouer ensemble. Mais on n'entend pas de musique parce que... hum... parce que le pianiste fait du piano, pas de la musique ! Par conséquent, demain, ici, à six heures.

Maître Vraountz tourna les talons. Près de la porte du salon, il fit demi-tour sur un pied. Goïzane et Anaï, lui toujours transi, elle toujours reniflant, eurent un mouvement de recul tant ils craignaient que le Maître se ravise.

Il précisa simplement :

— Six heures : du matin, bien entendu.

— *Noski*... bien entendu, bredouilla par réflexe Goïzane.

*

Empruntant l'autobus à la gare de Bayonne, l'un de ceux qui sillonnaient le pays, toujours bondés sous leurs toits crème et bleu clair, Goïzane et Anaï ignorèrent le décor trop connu qui défilait derrière les vitres jusqu'à la Maison. Le gros moteur du car ronronnait et la mère s'endormit sur l'épaule de son fils, après avoir toussé sous l'odeur d'huile chaude et de cuir usé qui régnait à l'intérieur du car.

Anaï gardait les yeux fixes, trop énervé pour s'assoupir après la séance chez Maître V. Il fallait attendre qu'à l'intérieur de sa tête les sons s'épuisent à leur tour. Le bout de ses doigts piquait.

Le car stoppa en bas de l'allée montant à l'hôtel Etcheverry, sous un panneau fléché. Quelques années plus tôt, Germaïna avait obtenu du maire ce nouvel arrêt, pour ses chauffeurs : « Ils conduisent mes camions, ils ne vont pas venir à pied, non ? » Aujourd'hui, les véhicules des Transports G & G ne stationnaient plus à l'arrière de l'hôtel, comme au temps des trois guimbardes bâchées de marron de l'oncle Mattin. On les garait loin de la ville, en ligne, près d'un hangar abritant les ateliers et les bureaux de l'entreprise de Germaïna et de Gudari – G & G. Ils avaient été repeints en vert, avec des bandes rouges sur les côtés, les teintes du Pays basque, « pour les touristes, et quand on va ailleurs », avait dit Germaïna, que ce folklore énervait.

Pas très vaillante, Goïzane descendit du car en s'appuyant sur le bras d'Anaï. Le jeune homme aux cheveux bouclés noirs et au teint jaune pâle restait mince, à l'inverse du reste de la famille. Lui seul ignorait qu'il n'était pas de leur sang. Mais ses bras, forgés dans la campagne, soutenaient sa mère avec fermeté. Il jouait du piano, mais il aurait pu aussi bien déménager l'instrument d'une seule main.

Ils remontèrent l'allée bordée de fleurs, jusqu'à la cour en béton. Le jour baissait et la masse de l'hôtel se dressait à contre-jour, encore claire. Bientôt, les lampes éclaireraient les hautes lettres en bois, clouées sur la façade, fières : Hôtel Etcheverry. Les voitures des clients dessinaient un arc de cercle dans la cour, capots vers l'avant. A cette heure, Nabar les astiquait. Goïzane et Anaï l'aperçurent, frottant. L'ancien ouvrier agricole de la Maison Etcheverry, simple et colossal, leur adressa un signe de la main, grommelant de joie à leur vue. Sinon, il s'ennuyait.

Réveillée par l'air frais et la marche, Goïzane reprit des couleurs en approchant de l'entrée, mais son cœur se serra : elle n'entendait pas son mari, Jon, et elle préférait encore qu'il crie. Le silence signifiait qu'il buvait. Au moins ne la frappait-il plus.

Un jour, enjambant Goïzane affalée et sanglante, Nabar avait soulevé Jon de sa pogne gigantesque, par le cou, et l'avait plaqué au mur – du temps où la Maison était une ferme, il l'aurait bien fixé à un croc de boucher. Il l'aurait tué, mais Anaï s'était levé. De ses yeux doux et noirs, il avait fixé Nabar en secouant la tête. Le colosse avait laissé choir Jon, qui avait eu peur de la mort. Depuis lors, Jon ne frappait plus, il ne tapait sur rien, ou seulement sur les murs, poings écorchés, quand il arrivait au bout de sa nuit.

Il jaillit de son bureau. Tout le sommet de son crâne était chauve, et les cheveux filasse sur les côtés n'étaient pas peignés.

— Alors ? cria-t-il, c'est bon, petit génie ?

Anaï passa sans le saluer et monta dans sa chambre.

— J'ai posé une question ! éructa Jon tout en barrant le passage à Goïzane.

Elle soutint son regard :

— Tu l'as posée à Anaï. Et il ne t'a pas répondu. Laisse.

Jon faillit lever le poing, mais il aperçut la silhouette de Nabar occupant toute la porte. Le simplet s'approchait, alerté par les cris. Jon se détourna et Goïzane partit vers les cuisines. A une patère elle pendit son manteau, qui semblait trop long depuis qu'elle se voûtait, et le petit chapeau bleu foncé qu'elle portait lors des visites importantes ou à la messe.

*

Vierge Marie qu'il avait été svelte et joyeux, Jon !

Vingt ans plus tôt, lorsque le père Etcheverry, Mikel, avait ordonné à Goïzane : « Tu vas l'épouser », la jumelle de Germaïna avait pleuré de bonheur – et la mère, Maritchu, avec elle, en certifiant que ce n'était pas triste de sangloter, et bien au contraire, ma fille.

Et quand elle l'avait découvert, amoché, massacré, dans sa petite maison solitaire du village, et qu'elle l'avait pansé, nettoyé, habillé, avant d'entrer à l'église à son bras, noce qu'ils avaient inventée avant le vrai mariage, et ses chants, ses ripailles, et sa nuit où elle l'avait gardé en elle jusqu'à l'aube.

Elle y pensait tout le temps, et à cet instant, en nouant son tablier pour aider au dîner des clients, avant de virevolter dans la salle à manger, pimpante, même si les cernes gonflaient sous ses yeux et que souvent, à la fin d'une phrase, sa gorge crachait.

Surtout, elle pensait qu'à partir de la seconde où l'ordre du père avait retenti vingt ans plus tôt, les malheurs avaient suivi.

Germaïna, sa jumelle chassée comme une *zorgina*... sorcière. Revenue en jeune veuve harnachée en guerrière, son bébé mort, ses cheveux blanchis, folle. Et le père, mort, le visage en bouillie. Et la mère plus tard, abattue dans la montagne par les Allemands... Iloba, son fils, émigré aux Etats-Unis sans un au revoir. L'oncle Mattin, suicidé au rocher de la Vierge... et son deuxième enfant à elle, Goïzane, mort-né, remplacé par le bébé trouvé là-haut, au pas de la montagne, recueilli comme le nouvel enfant de la famille, Anaï, mais pas d'elle, pas de son ventre devenu un cimetière. Et Germaïna, après avoir été nonne, qu'on avait arrachée des griffes de Franco en Espagne, torturée, revenue boiteuse... Elle n'y était pour rien, Goïzane. Elle n'avait rien fait de mal. En toussant, de plus en plus, elle se sentait coupable.

5

Après avoir savonné ses vêtements, mis à sécher au soleil entre deux piquets, Iloba s'assit sur un rondin de bois en attendant son tour de se laver dans la bassine. Le Fils d'Indien y pataugeait.

Depuis quatre mois, ils partageaient la cabane et le travail. Le *campero* au ranch lui avait confié la formation de son remplaçant.

Iloba l'observa en biais. Il ignorait son prénom – il n'avait pas réussi à le prononcer. Depuis lors, il l'appelait Fils d'Indien parce que l'autre n'avait pas cessé de parler de son père, une sorte de chef à plumes, imaginait Iloba. Un Navajo, un Cheyenne? Iloba hésitait, encore une fois.

Dans sa solitude de berger au Nevada, Iloba ignorait par exemple l'existence de Neska depuis trois ans dans la Maison Etcheverry, à huit mille kilomètres de là. Il n'avait jamais reçu de nouvelles, il n'en avait jamais donné.

A la Maison, personne ne savait où il vivait, ni sa mère Goïzane, ni son père Jon, ni son petit frère Anaï – enfant trouvé, cela encore il l'ignorait –, ni sa tante Germaïna, celle qui l'avait nommé le jour de sa naissance *i-lo-ba*, le neveu.

Avant de s'envoler pour l'Amérique, il avait voulu téléphoner depuis une cabine de l'aéroport, à Paris, dire au revoir à sa maman Goïzane, qu'il quittait sans prévenir. D'autres jeunes émigrés l'avaient fait devant lui. Son tour venu, il avait parlé dans l'appareil, il avait hurlé : à l'autre bout, personne ne l'entendait. Après avoir introduit ses dernières pièces de monnaie dans la fente, il ignorait qu'il fallait appuyer sur un bouton à côté du cadran si l'on voulait brancher la communication. « Allô... allô ? » lui criait-on. « Maman !... maman » hurlait-il dans le vide. Il entendait sa mère mais, au pays, sa mère n'entendait rien. Elle avait raccroché. Trois ans plus tard, Iloba croyait toujours qu'on ne lui avait pas pardonné son départ. Il ne se le pardonnait pas davantage.

Mais il avait décidé d'écrire demain une longue lettre à la Maison puisque sa vie changeait aujourd'hui. Il quittait le ranch.

*

Dans la bassine, le Fils d'Indien s'aspergea d'un seau d'eau froide et sortit, le corps cuivré et luisant sous le soleil de la montagne. Iloba se leva et se mit nu à son tour. Ils se croisèrent et Iloba sauta à pieds joints dans la bassine, joyeux.

Il ramassa le seau par terre et commença à inonder son corps qui avait doublé de volume depuis son arrivée dans la sierra. Déjà puissant et charpenté en venant du pays, en trois saisons il s'était forgé à vingt ans un corps de colosse, aux muscles durs comme la pierre.

Ebouriffé, il sortit de la bassine. Le Fils d'Indien avait fini de se sécher avec une pelisse bariolée qu'il tendit à Iloba, et il commençait à enfiler sa grosse chemise à carreaux et sa salopette de toile, puis ses bottines pointues.

Iloba vit des larmes dans ses yeux. Il comprenait. Lui-même, combien de fois n'avait-il pas mordu ses poings, recroquevillé au fond de sa *meta* en rondins de châtaignier, abandonné avec ses moutons. A son tour, l'autre serait seul : Iloba partait.

Il essaya de faire le joyeux :

— Ho, Fils d'Indien ! Tu crieras des mots vers le soleil. Personne ne t'entendra, mais tu te sentiras moins seul.

L'autre hocha la tête, geste amplifié par le chapeau à larges bords, en cuir, qu'il venait d'enfoncer sur son crâne.

Ils avaient passé la journée à castrer des moutons. Iloba le lui avait enseigné, comme un vieux l'avait fait devant lui trois ans plus tôt. Le Fils d'Indien avait eu un haut-le-cœur au début.

Pourtant, l'opération durait peu, rapide et sèche. Iloba lui avait indiqué comment tenir l'agneau, une patte avant et une patte arrière dans une main, les deux pattes restantes dans l'autre. Puis il avait allongé la petite bête sur une planche de bois. D'un geste sec, il avait entaillé la chair des bourses, pris son couteau à trois lames, coupé l'extrémité et appuyé sur les testicules, qu'il avait retirés avec les dents. Le Fils d'Indien avait senti ses propres bourses se serrer.

Au troisième agneau, il n'avait plus envie de vomir. Au dixième, il ne se rendait plus compte du sang et de la poussière dont ils étaient couverts. Ensuite, on coupait la queue d'un coup net, pour éviter que les mouches ne viennent pondre leurs œufs dans l'anus.

— Demain, ils gambaderont. C'est terrible, à cet âge.

On castrait les agneaux très jeunes, encore sous la mère, avant le sevrage. Retrouver le lait maternel les rassurait aussitôt.

*

Iloba était l'un des derniers jeunes Basques émigrés dans le Nevada. Une ou deux vagues avaient suivi, pas davantage. Lors de ses retours au ranch, il avait croisé quelques nouveaux venus d'Hasparren ou de Saint-Jean-Pied-de-Port. Mais le flot était tari.

Au pays, l'âpreté de la vie jadis avait fait place à une aisance neuve, une abondance. Les enfants, moins nombreux dans les familles, n'étaient plus contraints de s'exiler pour exercer un métier effroyable, un métier de pauvres. D'autres pauvres leur succédaient, des Indiens d'abord, bientôt des Mexicains, des Chiliens, tous les affamés.

— On va finir la viande, annonça Iloba.

Il passa derrière la *meta* au nord et souleva un tapis tendu par quatre piquets. Il creusa avec ses mains la terre meuble, fraîche ici. Cinquante centimètres au-dessous, ses doigts sentirent le linge qui entourait les morceaux de cuisse et de poitrine qu'il y enterrait. Ainsi le lui avait enseigné un berger précédent, le meilleur moyen de conserver la viande.

Le Fils d'Indien avait allumé un feu au centre de la *meta*, dont l'ouverture en haut, à la façon des *tipis* de son peuple, mais en gros rondins, faisait cheminée. Ils posèrent les cuisseaux sur deux tiges de fer croisées. Sous une planche masquée par une toile, qui leur servait de fourre-tout, Iloba trouva son tonneau de bois et leur servit du vin dans des gobelets en fer.

Ils s'assirent en tailleur devant le feu. Le Fils d'Indien repoussa son chapeau en arrière, qui tenait autour de son cou par un lacet tressé et une plaque de nacre. Iloba allait nu-tête, en chemise à larges carreaux et salopette de toile bleue.

— Tu viens d'où, toi ? marmonna le Fils d'Indien.

— Tu me demandes ça le jour où je m'en vais ?

En quatre mois, à s'occuper des moutons, à les tondre au ciseau (« l'électrique, ils n'en ont qu'au ranch, avait expliqué Iloba, et puis ça rase trop près, ils peuvent prendre un coup de froid »), à les faire allaiter de force (« tu prends un agneau mort, tu le dépèces, et tu recouvres de cette peau, comme un gant, un agneau vivant mais que sa mère refuse d'allaiter ; tu l'amènes à la mère de l'agneau mort, elle croit que c'est le sien, à l'odeur. Elle fait le lait »), ils n'avaient pas eu le temps de raconter leur passé. Dans ce métier, on ne tournait plus la tête en arrière. C'était le point de non-retour.

Sans attendre la réponse, le Fils d'Indien indiqua :

— Moi, je viens de loin. De l'Idaho.

Iloba se tapa sur la cuisse, hilare :

— C'est loin, ça ? C'est l'Etat d'à côté ! Moi, je viens d'un endroit, tu ne sais pas où c'est sur Terre. Un bout de pays de l'autre côté des montagnes, de l'autre côté des plaines, de l'autre côté de l'eau, carrément.

— Pareil. Les anciens disent que notre peuple a fait le tour de la Terre pour aboutir ici.

— Possible que vous soyez passés chez nous, les Basques. Ou bien on vient du même endroit, soupira Iloba. Personne ne sait.

— En tout cas, on est arrivés ici, conclut le Fils d'Indien.

— Tu vois, la question n'était pas intéressante. Mange.

Le sommeil les saisit en même temps, un coup de massue sur la nuque. Chacun se traîna jusqu'à son châlit en marmonnant un *good night* empâté. Les vieux *camperos* avaient raison de dire : « On fait son lit à peine arrivé, sinon le soir on dormirait même dans la boue, on n'en peut plus. »

Au petit matin, Iloba quitta la sierra et les moutons, compagnons de ces trois années.

Les yeux dans les yeux avec le Fils d'Indien, ils se tapèrent sur l'épaule et, sans un mot, se détournèrent. L'Indien commença à rassembler quelques bêtes, déjà triste. Iloba monta sur son cheval, pas encore joyeux.

Il vérifia les sacoches, le fusil qui ne le quittait pas, et enfonça ses éperons dans les flancs de la bête, la dirigeant vers le sud-ouest. Un vent glacé passait entre deux montagnes et fouettait le pâturage de haute altitude. Le chemin descendait tout de suite. La bête le connaissait et trottina, réjouie.

*

Il fallait un jour et demi de ce bon pas avant d'atteindre le camp, l'immense ranch dans la vallée. La veille au soir, Iloba avait dressé sa petite tente au bord d'un ruisseau. Le cheval s'était désaltéré et nourri. Après l'avoir bichonné, Iloba avait dévoré un quart de fromage de brebis, emporté du pâturage, et du pain, fait la veille en plaçant la pâte sur la cendre et en la recouvrant de braises.

Juste au moment où ses paupières se fermaient brusquement comme une porte claquée devant ses yeux, il essaya de profiter en vain de cette dernière nuit à la belle étoile. Il en avait passé tant, dans la moiteur de l'été ou la glace de l'hiver, et cela ne lui avait jamais plu.

A la fin de la matinée suivante, il tourna sur la dernière colline et découvrit en bas, comme d'habitude, comme si souvent depuis trois ans, les bâtiments du ranch. Même les yeux fermés, il aurait deviné la silhouette du *campero*, planté sur les marches devant la porte de son bungalow, les poings sur les hanches et mâchouillant un vieux morceau de plante puante, jambes écartées – et arquées ! on y aurait fait passer un tonneau sans les frôler. Dieu ! qu'il l'avait craint en arrivant ici, trois ans plus tôt.

Il laissa le cheval se mener tout seul jusqu'à l'entrée, passer devant les granges en soulevant la poussière avec ses sabots, et s'arrêter devant sa stèle sans besoin de le guider.

Otant son chargement, Iloba dit des mots tendres à l'oreille de la bête, plutôt des grognements, un râle apaisant. Il la bouchonna longtemps avec de l'herbe, pour lui dire une dernière fois qu'il l'aimait.

Puis il s'approcha du *campero*. Celui-ci frappait son pantalon de toile bleue avec le bout de sa cravache sur le mollet, signe d'émotion.

Iloba s'arrêta devant lui et sourit. Le vieux *campero* secoua la tête :

— Alors, le gars, c'est fini ?

— C'est fini.

L'homme tourna sur les talons et pénétra dans le bureau plein de poussière et de meubles graisseux, suivi d'Iloba. Il avait préparé ses papiers et Iloba les signa sans perdre de temps à les relire.

L'homme lui remit des documents puis se dirigea vers le coffre collé au mur, un vieux modèle qui n'aurait pas résisté à un cambrioleur. Mais le camp possédait le meilleur des antivols contre tout rôdeur : la meute de chiens de berger. Ils vivaient là, en alternance avec ceux des pâturages, là-haut. Un bruit suspect, une ombre filante, une odeur inconnue, et le concert démarrait.

L'homme tourna plusieurs clés dans les serrures, fit pivoter des manettes, et s'énerva. Dans son dos, Iloba souriait. Les batailles du *campero* avec son vieux coffre-fort restaient l'un des sujets d'hilarité au ranch. Il y en avait peu d'autres.

Enfin, la porte en fer s'ouvrit en grinçant, vaincue. Le *campero* saisit une sacoche de cuir, bien rembourrée, et la tendit à Iloba. Elle contenait son argent depuis sa dernière descente à la ville. Le reste dormait déjà à la banque. Rien d'une fortune, même s'il avait peu dépensé depuis trois ans.

Ils se serrèrent la main, plus longuement que d'habitude. Au moment de partir, le *campero* glissa une enveloppe jaune, tenue par une ficelle, dans la poche d'Iloba. Celui-ci y reconnut des dollars, à nouveau. Il haussa les sourcils.

— Des primes, laissa tomber le *campero*. On ne vous le dit pas, mais pour les bons on rajoute des primes. Comme ça, les autres ne sont pas déçus. Tu étais un bon.

Iloba le remercia de la tête.

Juste avant qu'il ne passe la porte, le *campero* le rappela :

— Achète des bêtes. C'est vieux comme le monde.

Iloba leva le pouce et tendit le bras vers lui, un geste qu'il avait appris ici, avec la langue, avec les lignes droites, les rues au carré, lui dont toute la vie au pays avait été rythmée par les courbes, les lacets, les seins des collines. A la campagne, rien n'est droit. C'est l'homme qui trace à sec, qui sépare, qui coupe net. La nature, elle, n'existe que dans les arrondis, l'irrégularité.

Iloba ne traîna pas. Il passa dans la salle des placards où les bergers, les assistants, les palefreniers, les cavaliers avaient chacun une petite armoire.

Ils y conservaient ce qu'ils emporteraient le jour du grand départ. Sauf les *camperos*, anciens bergers fixés à cette terre comme des chiens à une niche, aucun n'envisageait de rester sa vie entière dans ce décor de bout du monde, sans rien ni personne. *Bakarkade*... solitude, le mot que l'on trouvait le plus souvent gravé au couteau sur les troncs d'arbres où les bergers basques faisaient étape. Classée juste après dans la fréquence, venait Gaya, le nom d'une prostituée de la ville, habile et joyeuse. Les nouveaux émigrants tombaient facilement amoureux. Elle les aimait beaucoup, ces corps neufs. Elle les choyait et ils repartaient avec une chaude-pisse. Cela se soignait au curetage, chez l'apothicaire, mi-rebouteux mi-vétérinaire, et la douleur durait, intense. Plus tard, sur le chemin des pâturages, seuls et malades, ils incrustaient son nom, Gaya... sur un tronc, afin de ne pas oublier de se venger au retour. Mais ils oubliaient.

*

Pour la dernière fois, Iloba ouvrit son placard. Il en sortit un gros sac avec des sangles, dans lequel il tassa les sacoches ôtées du cheval tout à l'heure, et celle que lui avait remise le *campero*. Quelques travailleurs du ranch entraient et sortaient, indifférents. Ils se connaissaient tous, ils se parlaient peu, sauf le soir dans les bivouacs quand ils accompagnaient les moutons dans la sierra. Tous redescendaient, sauf un qui restait là-bas, seul, des mois, et se pendrait à un arbre, fatigué de hurler son nom en direction du soleil, sans réponse.

Iloba serra bien les sangles et, d'une poche extérieure, il sortit son béret, un béret basque, un béret beige, le dernier cadeau de Germaïna avant qu'il ne s'échappe du pays et émigre sans prévenir, trois ans plus tôt.

Le vœu de ne plus le porter tant qu'il serait dans la sierra, il l'avait respecté. Pourtant, un vieux lui avait certifié : « Si tu as chaud à la tête, tu n'auras jamais froid aux pieds. » Alors, il avait coiffé d'autres galurins, de toutes formes, des chapeaux de cow-boy, des capuchons d'Indien... Ex-berger à partir de ce jour, il le vissa sur son crâne, pointe en avant.

Puisque personne ne l'avait vu coiffé ainsi, lorsqu'il traversa le corral, les gars relevèrent la tête. On le reconnut à sa démarche, à sa carrure. D'autres, bien sûr, nombreux, portaient des bérets, mais jamais beige – une couleur de femme. Personne ne se risqua à ricaner au passage d'Iloba.

Il pénétra dans le hangar. Plusieurs machines s'alignaient. La plupart servaient à la tonte des moutons, avec d'énormes entonnoirs évasés tout en haut où l'on enfournait la laine.

Iloba alla au fond et décrocha la chaîne de son nouveau « cheval », la bête d'acier achetée en prévision du jour où il quitterait le ranch à jamais. C'était aujourd'hui.

Il accrocha solidement son sac à ses épaules et poussa l'engin jusqu'à la porte. Dehors, les autres cessèrent un instant leur travail et sifflèrent la bête comme une magnifique femme qui jaillirait en haut d'un escalier, sous la lumière, sanglée dans un fourreau luisant.

La Duo Glide de Harley-Davidson scintillait sous le soleil. Ils auraient pu coiffer leurs cheveux huileux et remettre les mèches aux crans bien plaqués rien qu'en se regardant dans les chromes.

Iloba la mit en marche en trois coups de *kick*. Puis il adressa un salut à tous, qui lui répondirent à peine, fascinés par la machine.

Il l'enfourcha et partit sans se presser, soulevant tout de même un nuage de poussière en franchissant la porte du ranch, bras écartés sur le large guidon, dos droit, sans prendre la peine de jeter un coup d'œil dans les rétroviseurs.

Sur la route, la vitesse piqua ses yeux. Il remonta les lunettes qui pendaient autour de son cou, hublots teintés dont l'élastique serra sa nuque et dont les bords en caoutchouc firent ventouse sur son front et ses joues. Le souffle rejeta en arrière la pointe du béret beige, l'aplatissant, formant une traînée horizontale de feutre sur la nuque.

Sa moto pétaradait en dévalant les collines en ligne droite, sur une route neuve, noire, dansante au loin sous les effets de la chaleur. Ils voulaient tous des voitures, les bergers. Lui avait tant vécu à cheval qu'il continuait, un moteur d'acier entre les jambes.

La Duo Glide, sortie depuis peu des usines de Milwaukee, produisait des volutes de fumée bleue. Le moteur aurait assourdi des passants, mais la route était déserte et les collines pelées. Les fesses d'Iloba écrasaient la selle triangulaire, rebondissant sur l'énorme ressort qui l'attachait au cadre. Il avait demandé qu'on fixe un deuxième siège derrière, pour rien, pour personne. Il roulait seul, vers Bakersfield.

*

En déboulant de la dernière colline, Iloba reçut une bouffée d'air chaud en plein visage. La moto plongeait vers la vallée. Au fond, tranquille et silencieuse, attendait la ville.

Des nappes de fumée stagnaient au-dessus des maisons. Plus loin, des vieux puits de pétrole dressaient leurs pylônes. D'énormes dents de fer broyaient le sol à la recherche de l'or noir qui y dormait depuis des millénaires et qu'on avait presque épuisé. Dans les rues non goudronnées, les voitures projetaient de la poussière dans chaque recoin.

Nez au vent, le béret écrasé et les yeux protégés par ses grosses lunettes collées au visage, Iloba accéléra. A Bakersfield l'attendaient sa chambre d'hôtel, une place à table chez Maïama – Maya-la-Mère –, ses soupières de garbure avant le magret, les pommes rissolées, le fromage de brebis, la confiture noire, et du vin à brûler le corps. Où Maïama dénichait-elle ces réjouissances pour bergers de passage ?

Dans son restaurant décoré de quelques bérets cloués au mur et de chisteras usés, ils avaient l'impression de ne pas avoir quitté le pays. L'illusion ne durait que le temps de la halte. Il arrivait que ceux qui tardaient à quitter la sierra soient retrouvés pendus à un arbre, désespérés, ayant crié une dernière fois le nom de leur village, de leur mère, d'une fille aimée et qu'ils n'iraient jamais chercher, une dernière fois pour entendre un son, enfin.

Iloba fonça jusqu'à l'entrée de Bakersfield. Dès qu'il dut ralentir, il sentit la chaleur écraser sa machine et peser sur ses épaules. En quelques secondes, sa chemise fut trempée. D'une main, il ouvrit le devant de son blouson, pour sentir l'air. Puis il décolla ses lunettes, dont le bord caoutchouté collait à ses joues. Il les releva sur son front.

Il transpirait en roulant au pas dans Union Street, qui coupait la ville en deux et où il n'aurait pas été surpris de voir déboucher, à l'un des angles toujours droits, un chariot et des cow-boys au chapeau plein de poussière. Il n'y en avait plus, mais ils avaient dû partir la veille tant la ville semblait toujours prête pour eux.

A leur place, de grosses voitures glissaient dans les rues, souvent décapotées. Leurs ailerons brillaient autant que les flancs des chevaux de jadis. Des garçons en chemise à carreaux conduisaient d'une main, l'autre battant le flanc de la carrosserie au rythme du rock and roll qui s'échappait des haut-parleurs, poussés à fond, sous le tableau de bord et à l'intérieur des portières. Après avoir remis d'aplomb la mèche de cheveux savamment lustrée, les plus hardis se risquaient à poser une main sur le genou de la fille, blonde, rose, en foulard pour ne pas être décoiffée, assise à côté sur le siège en skaï, sans séparation au milieu. Il fallait traverser une rue déserte pour oser, ne pas être vus. Il fallait que la fille ne s'effarouche pas. Il fallait être de passage, ne pas habiter à deux rues d'ici. Il fallait ne pas rougir, ou seulement des effets du soleil de Californie qui avait déjà cuit les murs d'un blanc écrasant. Les mains restaient souvent sur le volant.

*

Iloba ne se rendit pas tout de suite au restaurant de Maïama, un bloc bas en béton, sans fenêtres, signalé d'une enseigne tarabiscotée clignotant jour et nuit, « Gentle Lamb » (« Doux Mouton »). Le néon clignotait jour et nuit, comme une étoile guidant les bergers basques vers leur soupe et leur ration d'amour sévère de Maya-la-Mère. Elle s'occupait de tout pour eux.

Emigrée avec son fiancé de Bidarray, mécanicien, elle avait quitté l'école plus tard que les autres et travaillé à la mairie de son village avant l'embarquement vers New York. De là, il fallait rejoindre l'ouest. Elle croyait qu'en une demi-journée le trajet serait accompli. La traversée dura six jours. Elle n'était que la cent millième découvrant l'immensité inhumaine de ce pays, ce désert, cette Amérique.

Ses parents tenaient un café-restaurant au pays. Elle y avait appris le métier en rentrant de l'école. Elle l'exerça très tôt à Bakersfield, tandis que son mari – ils étaient passés devant le maire quatre mois après leur arrivée – ouvrait un garage qui ne désemplissait pas. Les mécaniques sommaires des années cinquante et l'usage rude qu'en faisaient les ouvriers et les paysans faisaient aboutir les camions et les machines agricoles directement chez lui.

Les bergers s'arrêtaient chez la femme solide et sèche, qui les faisait manger d'abord. Ensuite, elle écoutait. Ils avaient tant à dire. Ils souffraient. « Je n'en ai jamais vu un seul vraiment heureux », confiait-elle. « On n'est jamais bien loin, de son pays. Même riche. Et qui est riche parmi eux ? »

La plupart resteraient pauvres car la plupart dépensaient tout. Les rabatteurs de Bakersfield avaient compris ce que désirait un berger qui descendait quatre jours ici. De l'alcool, du jeu, des filles. Tous les bars débordaient, toutes les tables étaient couvertes de cartes à jouer, toutes les cuisses offertes, tout se payait cher. En dollars d'abord, avant de consommer quoi que ce soit ; en coups si le vin tournait mal ; en boutons, en pustules, en déchéance quand les filles étaient sales.

Et quand on tombait amoureux, malheureux ! On redoutait cette maladie terrible, car le berger repartait seul dans sa sierra – quelle créature aurait suivi un crotteux qui baragouinait à peine la langue ? Rongé de chagrin, une boule serrée tous les jours et toutes les nuits au milieu de son ventre, le berger crevait. Leur vie n'était pas faite pour le bonheur. Pas ici en tout cas.

Les ascètes résistaient. En général, ils avaient été les mieux matés au pays par la religion, souvent anciens séminaristes chez qui la douleur était le juste prix à payer d'être né. Bien certains du péché originel, ils ne sentaient rien d'ardu dans le refus. Cependant, certains explosaient. Ouvrant soudain leurs vannes, ceux-là s'effilochaient à grande vitesse. Après de brèves semaines, on les retrouvait alcooliques, malades, sales, détruits très tôt.

Les sérieux économisaient. Gagnant cinq cent cinquante dollars au mois, ils en prélevaient cinquante pour vivre. Le reste, les cinq cents, une fortune pour eux qui n'avaient travaillé à la ferme au pays qu'au salaire de leur soupe, filait à la banque.

Bakersfield en comptait plusieurs, bâtiments édifiés au rythme des pionniers, quand il fallait ouvrir des rues, vendre des lots taillés au carré, prêter à ceux qui rêvaient de ruée vers l'or et qu'on avait convaincus que bêcher la terre, creuser des puits, voire être coiffeur, cuisinier, conducteur d'engin, valait mieux.

Ensuite étaient arrivés les bergers basques. Eux aussi cachaient leur paye à la banque la plus proche du Gentle Lamb. Puis ils s'effondraient à l'hôtel Noriega, épuisés. Ils retrouvaient à l'étage, le long d'une coursive surplombant les tables rondes du bar en dessous, la chambre qu'ils avaient occupée à leur arrivée. Après trois jours, le propriétaire du ranch était venu prendre livraison de ces bons bras de muscles et de silence, bien réputés.

*

Trois hommes descendaient de voiture devant l'entrée de la banque, au moment où la moto d'Iloba débouchait au coin de la rue. Le bruit haché de la Harley les fit se retourner. Puis ils s'engouffrèrent dans la banque et, très vite, des coups de feu partirent.

Iloba, assourdi par le vacarme de son moteur, ne les entendit pas. Il roulait au pas, heureux de la lumière et de ses couleurs, lui qui venait du ranch, de son silence et de son impensable étendue. Là-haut, tout allait plus loin que l'œil d'un homme pouvait voir. Quand c'était plat, ça l'était jusqu'à ne plus rien distinguer au bout de l'horizon. Si c'était vert, le même vert sans nuance fatiguait les yeux, où qu'on les porte. Ou ocre en automne, ou gris de tristesse les jours de brouillard, et blanc jusqu'à la fin du regard, blanc de neige, blanc comme si Dieu avait oublié sa palette le dernier jour.

Les trois hommes ressortirent en courant, chapeau rabattu sur les yeux. Leurs fusils, dissimulés en entrant sous le pan de leur longue veste, pendaient au bout de leurs bras. Deux portaient des sacs sur l'épaule, le troisième s'affolait, canon relevé, et faisait signe aux autres de se presser.

Il voulut s'engouffrer dans la voiture au moment où Iloba arrivait à sa hauteur. Le jeune Basque tendit la jambe pour atteindre la pédale chromée de son frein et appuya fort. Déjà au pas, la grosse Glide stoppa net et Iloba fut déséquilibré. L'homme, semblant le découvrir, dirigea le canon de son fusil vers sa tête. Iloba se jeta sur le côté et tomba, protégé un instant par la moto, puis roula sur lui-même, évitant qu'elle ne s'écrase sur lui.

Déjà l'homme démarrait. Les deux autres arrachèrent à moitié la portière arrière et se jetèrent à l'intérieur. L'un des sacs s'accrocha au montant et, dans le mouvement, tomba sur le goudron ramolli par la chaleur. Iloba entendit à la fois le juron hurlé depuis le véhicule et le claquement de la portière que l'homme refermait de l'intérieur en roulant.

Le silence revint d'un seul coup dans la rue.

Iloba se releva en se massant la hanche. La moto, à quelques mètres, ronronnait. Il alla couper le contact. Il faudrait qu'on l'aide à la relever. Un homme seul n'y arriverait pas. Il se retourna pour chercher de l'appui et aperçut le sac à terre. La toile se déchirait sur le côté, quelques billets verts en sortaient. Il s'approcha et en saisit un, par réflexe, au moment où jaillissaient de la banque des employés, des clients glapissant.

Iloba leva la main pour leur faire signe. Ils le désignèrent du doigt :

— Attention, il est armé. C'est lui !

*

Ils sautèrent sur lui et le piétinèrent. Entre les cris et les insultes, Iloba discerna au loin le très puissant sifflet des sirènes. Il évita le lynchage, car deux voitures de police débouchèrent tout de suite.

On le jeta à l'arrière de l'une d'elles sur le plancher. Il n'entrevit qu'un bref instant le grillage protégeant le chauffeur. Puis des godillots le plaquèrent au sol, du visage à l'abdomen.

Les autres policiers ramassèrent ses sacoches, empilèrent les sacs de billets dans le coffre. Certains se servirent au passage. Ils recueillirent les témoignages et attendirent qu'une dépanneuse vienne hisser la moto sur une camionnette, vers la fourrière.

Le nez écrasé sur le plancher, Iloba ne vit pas qu'ils passaient sous les yeux de sa chère Maïama. Les sirènes hurlantes l'avaient attirée sur le pas de son restaurant. Surprise, elle s'essuyait les mains sur son tablier et suivait des yeux la voiture, assourdie par le bruit, jusqu'à ce qu'il s'estompe, au bout, vers la sortie de la ville, vers la prison.

6

Au-dessus de la table en formica, l'ampoule se balançait et envoyait un cône jaune frémissant sur le visage émacié de Goïzane. Par la porte-fenêtre entrebâillée passait un souffle d'air. Germaïna se leva et la ferma d'un coup de pied.

Elle revint s'asseoir face à sa jumelle. Les cernes se creusaient au gré des tremblements de la lampe. Enervée, Germaïna tendit le bras pour la stabiliser. Goïzane tournait son bol de café au lait entre ses doigts. On aurait dit qu'elle n'avait plus la force de le soulever.

Exaspérée, Germaïna demanda :

— Qu'a-t-il dit ?

En soupirant, Goïzane lui montra des feuilles pliées sur la table de la cuisine de l'hôtel Etcheverry. Germaïna les prit et commença à les lire, avant de les repousser :

— Je ne suis pas médecin. Que t'a-t-il dit ?

Elle vit une larme couler sur la joue de sa sœur. Nul besoin d'être médecin, elle avait lu, même en diagonale, elle avait été infirmière, elle connaissait les mots effroyables. Mais il valait mieux les entendre, parce que Goïzane ne parlait presque plus, et ce silence l'insupportait.

Goïzane passa un doigt sur sa joue pour essuyer sa larme, mais elle en suivait plutôt le trajet :

— Tuberculose.

Au prix d'un grand effort, Germaïna ne cilla pas. A l'intérieur, elle bouillait de colère. Et voilà! Mais comment pouvaient-elles être jumelles? Dans leur enfance, on les appelait les *bizil*, l'une vive... *bizi*, l'autre effacée... *izil*. Sa sœur – à la vie calme et douce jusqu'à ces derniers temps – et elle – à la vie effroyable depuis plus de vingt ans : maintenant elles se croisaient, Germaïna, mère à nouveau et aimée, tandis que Goïzane froissait dans ses doigts son acte de mort, atteinte d'un mal dont on ne guérissait presque jamais.

— Dieu a encore frappé, ricana Germaïna.

— Je t'en prie, laissa tomber Goïzane, lasse.

Germaïna s'appuya sur le dossier de sa chaise et prit à pleines mains le bout de chacune de ses nattes blanches. Elle tira en alternance. Cela lui massait le cuir chevelu qui la démangeait, car elle avait sommeil. Elle observa les cheveux de sa jumelle, si noirs naguère comme les siens et qui grisaient – on aurait dit : un par un. Soudain elle comprit.

Les siens avaient blanchi d'un coup, dès le lendemain du massacre de son bébé à Guernica, vingt ans plus tôt. Tout avait été ainsi dans sa vie, brutal et direct. Elle avait tué, avait sombré dans le coma, était devenue religieuse au couvent! Elle avait aimé des hommes avec violence, elle avait quitté sa Maison sans se retourner, à dix-huit ans : elle ne gardait rien en elle. Même le fait de boiter à vie, après son passage entre les mains de ses bourreaux dans la prison de Pampelune quelques années plus tôt, l'aidait. Elle s'occupait de son pied abîmé au lieu de ressasser une douleur intime. Goïzane, elle, gardait enfouis ses remous.

Alors, le chaudron explosait. Son corps donnait enfin une réponse à l'amas de peines, de tristesses, de morts et de fatigues accumulées depuis aussi longtemps que Germaïna, mais à l'intérieur.

En haut, on dormait. Les clients de l'hôtel occupaient deux étages où l'on avait fait les chambres. Au-dessus ronflait Jon, l'époux de Goïzane, qui ne l'attendait plus depuis longtemps, pour s'affaler en travers de leur lit, soûl. A l'autre bout, dans trois petites pièces claires, Germaïna s'était installée dès son retour, avec Gudari, puis la petite Neska qui y était née. Nabar continuait à dormir dans son réduit près des cuisines, proche des bêtes qui n'existaient plus que dans son souvenir. Iloba, le fils de Goïzane et de Jon, était parti depuis trois ans en Amérique – personne ne savait où, personne n'avait la moindre nouvelle. Anaï, l'enfant recueilli, que tous au pays croyaient être l'autre fils, logeait désormais en pension à Bayonne, chez Maître Vraountz, son professeur de musique. Le piano ne résonnait plus dans le salon.

— Ça se soigne, dit Germaïna.

— Non.

— Comment ça, non ?

— Germaïna, je suis fatiguée, si fatiguée.

— Normal. Tu vas aller te coucher.

— Pour toujours.

— Pas de grands mots.

7

L'enterrement du vieux Prescott avait belle allure. Pour le dernier voyage de l'ancien sénateur, tout ce que Chicago comptait de bourgeois faisait allégeance, les dames derrière leurs voilettes, les hommes transpirant dans leurs costumes noirs.

Depuis trois jours, le défilé des personnalités n'avait jamais ralenti dans l'hôtel particulier du défunt. Enfin, la cohorte des limousines chargées de couronnes avait traversé la moitié de la ville, jusqu'au Grand Central Cemetery et la tombe historique des Prescott, en forme de temple romain.

La famille se tenait au premier rang. Deux pas devant, le pasteur égrenait les immenses qualités du défunt « et son incomparable générosité » en penchant la tête sur le côté comme s'il entendait les billets crisser. Au centre se détachait la silhouette de la fille du vieux Prescott, Maylis.

En tailleur noir, les cheveux blonds relevés en chignon sous un chapeau à voilette, elle avait passé son bras sous celui de son jeune époux. Lui-même tenait une charge de sénateur, léguée en somme par son beau-père, à la façon des dynasties nouvelles que créait l'Amérique, en manque de monarchies perdues. Jusqu'à ce jour, on nommait d'ailleurs l'héritier Aloys III. Le numéro I avait émigré d'Allemagne (Herr Aloïscht) au siècle dernier, le numéro II reposait en terre. Le III n'avait pas engendré de IV, et il lui tardait que sa belle épouse Maylis concrétise par un mâle les assauts qu'il menait sur son corps – il s'exprimait ainsi, Aloys numéro 3.

Pour l'instant, il serrait ses mâchoires carrées, sous ses cheveux châtains coiffés en brosse, la tenant collée contre lui, serrant son bras sous le sien. La crispation que Maylis sentit dans les muscles de son mari, sous le tissu du costume, l'alerta. Elle leva les yeux et croisa les siens. D'un bref mouvement de tête, Aloys lui indiqua l'allée bordée de gazon qui montait vers eux. Le visage de Maylis se figea.

Poussé par son garde du corps, le Père Ferben avançait vers le groupe dans son fauteuil roulant. Sa couverture de laine à carreaux rouge et vert couvrait ses jambes mortes. Son buste puissant et court débordait du dossier. Sur le visage rond et dur, il plaquait un air contrit. Son fauteuil passa entre les gens, jusqu'au premier rang.

— Il a osé... siffla Aloys entre ses dents.

Maylis lui serra le bras, lui signifiant de se taire. Aucun esclandre, jamais, ne devait entacher la famille.

Le pasteur interrompit son sermon pour faire une place au nouveau venu, sans sourire – il n'était pas généreux pour la paroisse, Jauna Ferben.

Des murmures couraient dans l'assistance. Le pasteur les fit taire en reprenant enfin son oraison. Chacun s'apprêta à défiler devant le cercueil. Jauna Ferben fit signe et son garde poussa le fauteuil devant tout le monde. Ferben s'empara le premier du goupillon, désignant ses jambes mortes pour justifier ce crime d'impolitesse, un rictus au bord des lèvres, qu'il parvint à maquiller en expression de douloureuse compassion.

Puis il passa le goupillon par-dessus son épaule, presque en le jetant, et il attendit que le suivant s'en saisisse. Il avait hâte de partir, il ne s'était pas amusé.

Par-derrière, une main féminine saisit l'objet, et le poignet du Père Ferben, puis ne le lâcha plus. Surpris, il tourna la tête et rencontra le regard de Maylis au-dessus de lui.

Lui tenant toujours la main, la jeune femme contourna le fauteuil, tenant son bras en l'air comme en pivotant autour d'un danseur. Arrivée devant lui, elle se pencha et s'abaissa lentement jusqu'à se trouver à sa hauteur, à moitié accroupie.

Derrière, tous les participants aux obsèques s'alignaient sur une colonne, piétinant avant de bénir le cercueil. Le pasteur se tenait de côté. Maylis se trouvait seule, face à Ferben, le visage près du sien qui transpirait, tenant toujours la main épaisse de l'homme dans la sienne, gantée de noir. Sa voilette masquait ses yeux bleus.

Elle la souleva lentement et approcha ses lèvres des doigts de Ferben. Surpris, celui-ci crut à un geste de politesse et murmura à l'oreille de Maylis :

— ... ne pouvais être absent... moment douloureux... mon si cher ami, ton père... on ne m'aime pas dans ta famille mais je ne...

Les derniers mots s'achevèrent dans un râle douloureux, que Ferben bloqua dans sa gorge pour ne pas hurler. Sous la voilette qui cachait la grosse main, Maylis avait planté ses dents et serrait, tordait à en arracher la chair.

— *Bitch*... putain ! siffla Ferben, et de la salive perla au coin de ses lèvres.

Angélique, Maylis releva la tête et rabaissa sa voilette devant son visage. Entre les mailles, Jauna

Ferben aperçut les yeux brillants et un mince sourire sur les lèvres.

— *Zure ahoa zikina da...* tu t'es taché la bouche, Tony, murmura Maylis à voix très basse, très douce.

Elle fouilla dans la poche de son tailleur et sortit un mouchoir blanc. Au passage, la main devant la bouche, elle cracha tout ce qu'elle put sur le linge, puis le passa sur les lèvres de Ferben, qui sentit qu'elle le maculait.

Les yeux du vieux devinrent fous. Il serra ses accoudoirs à les briser, tandis que Maylis se relevait lentement devant lui. Quand elle fut debout, elle se pencha, semblant poser sur le vieux front dégarni un baiser.

En réalité, elle murmura au bord de son oreille :

— Maintenant que papa est mort, tu auras affaire à moi. Et je te donnerai des nouvelles de ta merde de fils.

Jauna Ferben devint blanc. Mais Maylis s'était déjà reculée, affichant une douleur recueillie qui émut tout le monde. Elle passa le goupillon à son mari et s'écarta de la rangée, tout en prière.

D'un geste violent, Ferben fit signe à son garde de le pousser. Celui-ci, qui avait discrètement surveillé la scène, mais de trop loin pour saisir les murmures de son maître et de Maylis, empoigna les montants du fauteuil, et les deux disparurent dans l'allée. Maylis aperçut au coin le fourgon aménagé, bien connu dans la ville, dans lequel Ferben se déplaçait.

Aloys III, ayant donné sa bénédiction et passé le goupillon au suivant, rejoignit son épouse :

— Tu t'es montrée bien tendre avec ce salaud. Ça n'en finissait pas.

Maylis lui tapota le bras et lui sourit tristement :

— N'y pense plus. C'est un pauvre homme solitaire. En souvenir de mon père, il fallait bien.

— A ta place...

— Ne t'y mets pas, chéri. Ne t'y mets pas.

*

Ferben n'aimait pas l'avion. Même avant de perdre l'usage de ses jambes, il s'y sentait prisonnier. Depuis lors, contraint d'entreposer son fauteuil dans la soute à bagages, immobile des heures durant, ceinturé, exaspéré par la présence de son garde à ses côtés alors que, dans son fauteuil, il ne le voyait pas derrière lui, il devenait furieux.

Alors il quitta Chicago par la route. Direction la Californie. Les comptes en banque suivraient. Le testament, et les vingt millions de dollars escroqués à la famille Prescott et leur *bitch* de fille, Maylis, figuraient dans le lot. En plus, ça ne l'avait pas amusé, plus rien...

8

La fourgonnette penchait car l'abbé pesait lourd. Et la route vers Cambo tournait sans cesse, à travers la lande d'Ordoïtz, Souraïde et Espelette.

— Vous n'avez pas mal au cœur ?

— Je n'ai pas entendu parler de nausées dans la Bible.

Mais l'abbé retint de justesse un hoquet. Le café au lait du matin, et tout ce qui l'accompagnait, remontait. Il réussit à renvoyer le tout au fond de son estomac et avala sa salive par-dessus.

— On est d'accord ! tonitrua-t-il, vainqueur.

Germaïna éclata de rire. Les « on est d'accord » de l'abbé, elle les entendait depuis son enfance. Toute la vallée les entendait, les paroissiens, les danseurs, les *pelotaris*, toutes les familles qu'il avait baptisées, mariées, enterrées, aidées. Un saint homme à la taloche facile et douloureuse, car ses mains volaient comme des battoirs agiles.

Jadis, il jouait d'ailleurs à la pelote à main nue, en soutane et godillots, jusqu'à cracher ses poumons. Exsangue et cramoisi, il terminait les bras en croix contre les frontons roses des places. Recevant le soleil de plein fouet sur sa grosse tête cernée d'une couronne de cheveux blancs hirsutes, il levait les yeux vers le ciel : « Tu préfères que j'arrête, Seigneur, on est d'accord. »

A soixante-dix ans, son corps massif grossissait encore, un vrai bœuf de bonté et bagarreur, qui levait désormais le poing plus souvent pour menacer que pour assommer un récalcitrant à l'Evangile. Comme tout, les temps allaient plus vite que lui au pays. Certains n'assistaient plus à la messe. Parfois, un homme et une femme vivaient ensemble sans être mariés !

Le sourire de Germaïna s'estompa. Elle était triste et l'abbé le savait. Il ignorait pourtant des pans entiers de sa vie, ceux dont on ne parlait jamais ici, rien que des bruits, des racontars : sa guerre d'Espagne à peine adulte, la mort du père à son retour, d'un « accident de chasse », alors que l'abbé avait vu le visage en bouillie et savait bien qu'une cartouche de ferraille ne provoquait pas de tels dégâts. Rahh ! tout cela datait. Comme lui.

Il jeta un regard à la fille Etcheverry, qu'il avait vue naître. Ces cheveux tout blancs, qu'elle avait eus à vingt ans à peine, pourquoi ? La mère, Maritchu, morte aujourd'hui, n'avait jamais parlé, l'oncle Mattin disparu, jamais parlé. Une famille de taiseux, famille décimée. Ceux qui restaient soignaient leurs bosses.

Il l'avait vue ensuite dans le coma et, soudain, devenir nonne ! Il l'avait lui-même aidée à entrer au couvent, elle qui n'avait plus mis ses grandes jambes et son corps magnifique à l'église depuis l'adolescence.

— Tu as quel âge, maintenant ?

Germaïna tourna vers lui ses yeux noirs. Ses joues pleines se creusèrent en une moue de reproche.

Il se le tint pour dit, mais calcula tout seul. « Quarante ans ». Plus belle que mille gamines de la vallée. Pleine de chair, de seins, de hanches ondulantes

– mieux, avait-il remarqué, depuis qu'elle boitait un peu. A propos, d'où venait cette blessure ? Plus vivante sans bouger que mille danseuses des fêtes. Il notait le regard des hommes quand elle apparaissait. Cela leur valait dix Pater noster en pénitence : on est d'accord. Lui aussi la détaillait, sans se sentir coupable, à son âge canonique.

Il la plaignait, devinant tant de blessures, mais impuissant à les panser malgré leurs dialogues du soir, en tête à tête. S'il posait une question, elle se fermait.

— Et... à l'hôtel, tout fonctionne ? Les camions ?

Germaïna retint le volant, parce que l'abbé bougeait, mal à l'aise. L'engin cahotait. Elle grinça :

— Vous faites la conversation pour éviter de savoir où l'on va ?

— Je le sais, où l'on va, et pourquoi.

Il se renfrogna, s'agita derechef sur le siège pour détendre ses jambes, douloureuses depuis quelques mois.

— Et arrêtez de gigoter, vous déséquilibrez la voiture !

La Juvaquatre tanguait. Le modèle, qu'on appelait une « Commerciale Luxe », avec l'arrière d'une fourgonnette mais éclairé par trois vitres latérales, était comme neuf. Germaïna l'avait acquis avec un lot de deux camions supplémentaires, nécessaires aux Transports G & G, qu'elle dirigeait avec Gudari.

Si les camions portaient, peintes sur les flancs, leurs initiales et des bandes rouges et vertes, la Juvaquatre avait été modifiée sur ses ordres. Un beige doux la couvrait, depuis le capot allongé tout droit au-dessus de la calandre de métal strié jusqu'à la porte arrière qui s'ouvrait en grand et permettait d'engouffrer des quintaux de matériaux, ou d'y aménager des sièges, une banquette, voire un lit étroit : y reposait ce jour-là Goïzane, les yeux clos, retenant une nausée.

Les enjoliveurs avaient été chromés, brillant au point d'être des miroirs pour la petite Neska qui, à trois ans, debout, s'y voyait entière, et drôlement déformée.

Un employé des Transports G & G astiquait le véhicule tous les matins. Germaïna exigeait une propreté maniaque pour tout, pour tous. Jadis, quand elle dirigeait un commando de guerriers basques durant la guerre d'Espagne, elle l'imposait – pourtant, certains s'avouaient plus résistants au récurage que n'importe quelle carrosserie bringuebalant dans la campagne.

Par sa couleur unique et ses chromes, la Juvaquatre de Germaïna devenait un emblème. Quand, sur une place de la ville, elle en sortait, lançant ses longues jambes puis se dressant, haute et droite, cheveux blancs tressés comme l'auréole d'un mystère, superbe comme à vingt ans mais désormais majestueuse, des gamins sifflaient entre leurs doigts. Elle se penchait vers l'intérieur de la portière et saisissait sa canne. Puis elle faisait face, claquait la porte dans son dos et avançait. On ne sifflait plus.

L'abbé, enfin stabilisé sur le siège avant, laissa tomber :

— Je l'aime bien, ton Gudari. Il est communiste ?

— Bien sûr.

— Non ! Tu plaisantes.

— Bien sûr.

Ils parlaient à voix basse pour ne pas réveiller Goïzane à l'arrière. L'abbé n'en tirerait rien d'autre.

Peu lui importait. Elle disait vrai : il conversait pour éviter le motif qui les amenait à Cambo.

Mais lui-même ne disait pas faux. Il l'aimait bien, son Gudari. L'ancien combattant basque de la guerre d'Espagne, réfugié côté nord avec le gouvernement en exil de José-Antonio Aguirre, l'ancien résistant, comme elle, le passeur des montagnes, comme elle, le père de *Neska*... la fille, sa fille, le rassurait.

*

Germaïna passait voir l'abbé moins souvent que naguère. La veille pourtant, elle était revenue sans raison avouée, décidée à parler ou à se taire. Il lui servit une ration de *patxaran*, la liqueur de baies d'anis dont il raffolait. Elle n'avait pas touché au verre et avait vu, en partant, qu'il avalait le sien en cachette.

Au hasard des phrases, elle avait plusieurs fois cité le nom de sa jumelle Goïzane. L'abbé n'avait rien demandé, l'abbé savait. Goïzane se confessait, elle. Goïzane se montrait fervente à l'église, elle.

Maintenant, Goïzane toussait, grise et maigre. Des familles, anéanties en quelques années, payaient cher le tribut au bacille. La maladie restait si contagieuse et l'hygiène si précaire. L'abbé portait trop souvent en terre des cercueils légers, où les corps décharnés revenaient de Cambo, la ville pour les poumons en dentelle.

— Je m'en vais maintenant, monsieur l'abbé. Je me lève tôt demain, avait soudain conclu Germaïna, la veille au soir.

— Livraison ? Les camions ?

— Je vais à Cambo.

Et le lendemain matin, l'abbé avait barré la route venant de l'hôtel Etcheverry, attendant le passage de la Juvaquatre. Germaïna l'avait aperçu au dernier moment, agitant ses gros bras pour la faire stopper – ou pour bénir la voiture, on confondait souvent, il bougeait tout le temps et avait la bénédiction approximative, en vrac.

Tout de suite, il s'était affalé sur le siège avant, torturant l'amortisseur de ce côté, et la voiture allait ainsi, emportant Goïzane à l'arrière et Germaïna au volant, jusqu'à Cambo, comme en biais, comme la vie de ces gens, ici, depuis tout le temps.

A peine assis, l'abbé avait annoncé :

— Elle tousse, tu vas à Cambo, j'ai compris. Me voilà.

Devant son silence, il crut bon d'ajouter :

— Je ne te force pas. On ne te force à rien, toi. Si tu n'es pas d'accord, arrête et laisse-moi sur la route. Je ne vais pas m'incruster...

... sans réaliser qu'il emplissait tout l'avant.

— Vous finiriez même à quatre pattes jusqu'à Cambo, alors...

— On est d'accord.

Débouchant enfin des derniers lacets et des bois confortables, ils arrivèrent sur les sommets de la ville. Le soleil la baignait mais le calme les oppressa. Germaïna jeta un coup d'œil dans le rétroviseur et aperçut Goïzane redressée sur son oreiller, emmitouflée dans des couvertures, si pâle. Blanche aussi, Germaïna préféra surveiller de nouveau la route.

Les allées ombragées défilèrent, les kiosques et les villas silencieuses, beaucoup de jardins, des gens marchant à petits pas, un crachoir à la main. Il fallait bien que la vie se donne des raisons de continuer. On revenait rarement de là.

Tout de suite, après avoir appris la maladie de Goïzane, Germaïna s'était renseignée. Elle avait contacté le maire. Elle ne demandait jamais un service, mais on lui répondait toujours. La guerre d'Espagne, la Résistance, son mystère et ses secrets forçaient les réticences, sa force aussi, sa beauté glaciale sur un corps émouvant, et sa puissance, seule femme à la ronde à la tête d'une entreprise d'hommes, comme un homme.

A Cambo, elle savait où aller. Elle serait à l'heure au rendez-vous avec le médecin-chef du sanatorium. Mais elle oublia le plan et se perdit d'abord, s'engageant dans un sous-bois qui menait à un bâtiment de briques rouges et de meulières grises. Elle déboucha sur le terre-plein et vit le nom gravé sur la pierre : Guernica.

Elle fit aussitôt demi-tour. Mauvaise adresse, et puis Guernica...

Le corps de son petit Eder dormait dans la terre là-bas, à côté des chênes millénaires de la ville martyre, au sud. Sa gorge se serra. Elle se serrait depuis vingt ans, se serrerait jusqu'au dernier jour. Elle avait si souvent eu envie qu'il arrive, ce dernier jour. Mais elle respira, plus à l'aise, en songeant à Neska quittée le matin, endormie comme un poupon, ses tresses brunes étalées sur l'oreiller en haut de l'hôtel.

La voiture redescendit les collines de Cambo, dépassant d'autres bâtiments du même style épais, surélevés et silencieux, avec des galeries vitrées, plein sud, où l'on allongeait les lits afin que les malades prennent le soleil. Des sanatoriums.

Elle plongea jusqu'aux rives de la Nive, qu'elle suivit pendant quelques centaines de mètres. Le bout d'une de ses tresses blanches, longues désormais, rentrait dans sa bouche. Elle mâchouillait, signe de concentration.

D'un nouveau coup d'œil vers l'arrière, elle vit que sa sœur Goïzane suivait le décor à travers les vitres. Ses yeux agrandis par la maladie, peut-être par la terreur, creusaient son visage. Germaïna faillit fondre en larmes.

— C'est là ! glapit l'abbé en se retournant sur le siège. Ils venaient de dépasser un grand porche avec un écriteau : Beaulieu.

La Juvaquatre fit une embardée.

— Vous jallez finir de vous jajiter à la fin ! chuinta Germaïna à cause de sa tresse dans la bouche.

— Mais tu m'as dit : le beau lieu. On vient de passer devant !

— Le beau lieu oui, le vrai, en basque... *Toki Eder*.

Ils firent demi-tour et remontèrent. De mémoire, le plan lui revint dans la tête. Cette fois, elle trouva ce qu'on lui avait décrit : dans un virage de la côte, deux colonnes en pierre surmontées d'un gros ballon de granit, marquées *sana* sur l'une, *toki eder* sur l'autre, avec la croix basque. Ici on finissait de vivre. *Eder*... encore. Décidément, dans sa vie, le nom du Beau côtoyait toujours la Mort.

Le bâtiment écrasait les alentours, peint en blanc et surmonté, là-haut, si haut, à plus de six étages, d'un toit de briques rouges, tout long et étroit. Autour, des bois et des jardins en espaliers, et personne.

La fourgonnette fut garée sous un arbre. L'abbé s'extirpa en grognant. Germaïna se retourna. Le tangage de la voiture avait fatigué sa sœur, épuisée. Deux valises sanglées cognaient l'une contre l'autre.

Germaïna leva la main :

— On va venir te chercher.

Goïzane lui sourit avec tristesse.

Germaïna referma la portière. Aussitôt, Goïzane l'alerta en tapant du doigt sur la vitre. Germaïna revint et se pencha vers l'arrière.

— Laisse ouvert, dit Goïzane avec ferveur, en levant le visage vers elle.

Elle avait eu l'impression qu'un couvercle de cercueil se refermait.

Germaïna traversa le parc et aperçut enfin des malades qui se promenaient seuls, déjà loin de tout. Quelques pas en arrière, l'abbé les saluait de la tête et d'un signe de croix, sans trop détailler. Il bénit ainsi une infirmière en parfaite santé, et même enjouée au spectacle de la grande femme aux tresses blanches marchant en reine avec sa canne, suivie d'un curé colossal dont la soutane virevoltait comme la cape noire d'un torero.

*

Rien n'impressionnait Germaïna ici. Partout, les antres de la souffrance avaient ces demi-teintes. Que ce fût jadis la caserne de Bilbao où elle avait soigné les orphelins et les soldats espagnols, que ce fût La Roseraie de Bidart où elle avait émergé de son coma puis avait guéri les réfugiés basques, ou encore l'hôpital militaire de Bayonne où elle avait vécu nuit et jour en se cachant et en raccommodant les blessés d'Indochine, tous avaient la même odeur, piquant la gorge. Il fallait s'habituer. Germaïna avait eu le temps.

Quelques minutes plus tard, l'abbé et elle furent introduits dans le bureau du médecin-chef.

— Nous manquons de place et d'assistince, déclara-t-il tout de suite.

L'abbé, debout dans le fond de la pièce, tendit l'oreille. C'était curieux.

— Avez-vous déjà vu un hôpital vide ? jugea Germaïna avec gentillesse, mais en retenant un sourire : la diction du médecin sortait nasillarde, drôle.

Elle en eut confirmation dès la phrase suivante :

— Compte tenu des circonstinces et malgré l'affluince, j'ai obtenu une dispince.

Il devait le faire exprès, mais non : il ne se rendait compte de rien, à voir ses yeux ronds derrière ses lunettes – il semblait myope en outre – qui fixaient les sourires retenus de Germaïna et de l'abbé.

Il persista :

— En conséquince, nous avons pu trouver une chimbre. C'est une chince dans ce bâtiment de souffrince. Bien entendu, je vous demanderai de garder le silince à l'extérieur sur cette préférince.

— Simple bon sins, enchaîna l'abbé sans y mettre malice, entraîné par le nasillement qui venait du bureau.

Au mur, de gros blocs lumineux éclairaient par l'arrière des radiographies de poumons, agrafées, blafardes sous la lueur de néon.

En peu de mots, ils évoquèrent les frais, l'installation de Goïzane, les visites. Quelques instants plus tard apparut à la porte le visage d'une infirmière, coiffée d'un bonnet blanc, qui informa le médecin que la patiente reposait désormais dans sa chambre. Les trois la suivirent à travers les couloirs gris, montèrent deux étages, se garèrent au passage des lits roulants, puis l'infirmière ouvrit une porte percée d'un hublot.

Le soleil inondait la pièce. Goïzane attendait dans le lit, blanche. Seuls ses bras posés sur les draps jetaient une touche de couleur, celle de la jolie robe de chambre jaune vif, glissée dans sa valise avant de partir.

Germaïna inspecta les placards, vit qu'on avait accroché les quelques robes de Goïzane, empilé son linge, rangé ses affaires de toilette. Dans son dos, le médecin bavardait avec la malade, lui expliquait le fonctionnement du sanatorium, les repas (« dites-le, si vous avez une préférince »), les soins, bonhomme.

Germaïna et l'abbé ne parlaient pas. Ils attendirent que le docteur ait fini, puis s'approchèrent de Goïzane et posèrent chacun un baiser sur son front. Goïzane ne dit pas un mot. Ils étaient tout amour pour elle, et elle pour eux, et ne savaient pas montrer leur tendresse autrement. Ils n'avaient pas appris.

Le médecin les raccompagna jusqu'à l'entrée. La chaleur du matin les enveloppa. Il ne leur cacha pas son pronostic, sombre :

— Tout dépendra de sa résistince.

A bout de nerfs, tristes, Germaïna et l'abbé mordirent leurs lèvres. A nouveau, le fou rire les guettait, celui qui allège les atmosphères épaisses, lors des enterrements par exemple. Ils résistèrent, mais de loin le médecin leur cria :

— Ayez confiiiiince !

Ils rejoignirent la voiture, épaule contre épaule. A l'intérieur, à l'abri de tous, l'abbé essuya ses yeux qui pleuraient d'un tic nerveux et Germaïna éclata enfin de rire, le buste secoué. Elle se pencha vers l'abbé, qui l'entoura d'un bras énorme. La tête de Germaïna tressautait contre la soutane et peu à peu l'abbé sentit que le fou rire s'était transformé en sanglots.

Il la laissa pleurer longtemps, gardant le visage caché contre lui.

9

— *Guapo*... tout mignon.

Nue, elle tapotait la joue d'Anaï, qui rosissait.

Quand il voyageait, Maître Vraountz organisait ses étapes suivant deux circuits, celui des salles de concert et celui des bordels. L'un public, l'autre clandestin, et il honorait l'un et l'autre avec vigueur, question d'émotion, question de besoin.

Ce besoin, il l'avait deviné l'après-midi chez son élève Anaï, merveille – « le reste est hum... fait comme les autres ! » – qu'il produisait de ville en ville aux Etats-Unis et qu'il traitait durement.

A Cincinnati, cité plate hérissée d'immeubles pointant vers le ciel leurs étages empilés comme les manches d'un orchestre de cordes en pierres, arrondie de dômes abritant cent salles de concert, Anaï venait de rater son dernier concours. Du moins avait-il décroché le deuxième prix, une honte.

Depuis le milieu de la matinée, la salle du RKO Southern Theater résonnait sous les trilles et les arpèges des petits musiciens virtuoses, débarqués de tous les coins de la planète, qui avec ses parents énamourés, qui avec son directeur de conservatoire, qui seul – les plus âgés, moins de vingt ans, mais déjà canoniques dans ces compétitions où des prépubères accomplissaient parfois leur troisième tournée de galas.

Arrivé à Cincinnati avec Maître Vraountz, Anaï disputait des concours internationaux lors de tournées où naissaient les réputations et la célébrité en un jour, à condition de tout gagner et de filer dès le soir vers l'étape suivante.

Agé d'à peine seize ans, Anaï s'était plié à cette discipline d'acier, heureux et facile. Des mois de tracasseries administratives avaient été nécessaires avant d'obtenir les visas, l'autorisation parentale. Goïzane, déjà malade, avait constaté que la vie ne lui laissait rien. Après Iloba, Anaï. Mais elle savait au moins où il allait, avec qui et pourquoi, contrairement à l'aîné englouti depuis trois ans dans le silence des pâturages d'une sierra. Jon était tellement content qu'il avait signé sans regarder.

Avaient suivi les inscriptions, l'organisation de la traversée en bateau, les hôtels à New York, Cleveland, Saint Louis, l'inscription aux concours, toute la mécanique qui n'épargnait personne, fût-il prodige. Encore cette paperasserie avait-elle été facilitée par la réputation internationale de Vraountz, son influence dans ces milieux de grande musique sans frontières. Il n'organisait pas sa première tournée de concours, il n'en était plus à son premier élève présenté aux jugements magistraux, et il ne comptait plus les bordels visités – bien qu'un carnet, qui ne le quittait jamais, recelât les adresses, et les étoiles décernées.

Petit faune court sur pattes, à la barbe pointée, il connaissait les adresses de ces salons clandestins. D'après ses nombreuses tournées, Maître Vraountz avait divisé le monde en deux camps : celui des pays où, disait-il, « on baise hum... libre », et les autres où « on n'a pas hum... envie ». L'Amérique logeait dans le premier camp, même s'il fallait sacrifier au puritanisme, rester discret.

Cincinnati constituait un choix majeur dans la tournée, à la fois grande cité musicale et merveilleuse métropole érotique. Lors de chaque séjour de Vraountz dans la ville, le salon de Consuelo recevait sa visite. Il y serait volontiers revenu seul, comme la veille et l'avant-veille. Mais ce soir-là, il avait décidé d'emmener Anaï. Urgence.

Consuelo en personne, belle malgré des années dans ce métier, les avait accueillis. Brune pleine aux cheveux bruns et bouclés, peau mate et seins généreux qui bouleversaient tout Américain jamais libéré des plantureuses poitrines maternelles, elle avait froncé les sourcils à la vue du jeune homme que Vraountz poussait dans le dos. Plus un enfant mais si lisse, pas grand, pas fragile, timide oui.

— *Master*, tu veux m'envoyer en prison, avait-elle ronchonné, évoquant l'évidente minorité du protégé.

Elle appelait Vraountz Maître, comme partout dans le monde... *Master*. Elle l'admirait, elle l'adorait, parce qu'il se montrait généreux, enjoué et viril, exotique pour elle quand il parlait anglais ou espagnol avec un accent rocailleux, et parce que la télévision retransmettait les concerts des virtuoses. Vraountz y était célébré.

Il arrivait qu'elle fermât les portes de son salon et se réunît avec les filles autour d'un gros poste bombé, afin de suivre ensemble un gala, depuis un théâtre à trois *blocks* de là. Cela émoustillait ses pensionnaires d'accueillir ensuite dans leurs bras le petit homme vorace qui avait triomphé une heure plus tôt, dans l'écran. La magie opérait. Les autres pays du monde ignoraient encore cette hypnose.

Masquant Anaï de son dos large, Maître Vraountz avait interrompu Consuelo :

— Il faut me purger ce gosse. Plus foutu de faire hum... trois notes.

Du coin de l'œil, Consuelo avait observé Anaï :

— Déjà fait ?

— M'étonnerait.

— Alors, c'est à moi. *Guapo*... il est beau, ajouta-t-elle avec appétit.

*

Dans l'après-midi, lorsque sonna le tour d'Anaï de présenter son concours, une *Etude transcendantale* de Liszt ignoble de difficultés, mais qu'il pouvait jouer à faire s'écrouler les tentures de tous les théâtres et pleurer les hommes du jury, Maître Vraountz l'avait senti absent. Il savait pourquoi.

Depuis qu'ils avaient investi les loges et la scène, Anaï n'avait d'yeux que pour une Japonaise, candidate au premier prix de violon. Cheveux mal teints, jaunâtres : « Et voilà, avait grogné en lui-même Vraountz, la hum... première blondasse. »

Les Asiatiques commençaient d'arriver par la côte Ouest et avaient absorbé, à la stupéfaction de tous, les structures de la grande musique occidentale. Qui en Europe aurait intégré dans ses neurones les musiques japonaise ou chinoise ? Et ces cheveux mal teints, pourquoi ? Sans doute en imaginant qu'on se fondrait dans le peuple *yankee* blond platine qu'imposaient le cinéma, les affiches sur les murs et les publicités télévisées. Le talent fait bon ménage avec la bêtise, il n'y a pas que la méchanceté.

Elle avait un petit corps potelé et un visage tout plat, avec des yeux fendus, un sourire rond. Anaï ne voyait qu'elle. La concentration requise à ces concours, dense comme l'est sans doute la matière d'un noyau atomique, l'avait quitté.

Maître d'élèves dont les hormones adolescentes prenaient le pas un jour sur leurs doigts musclés, Vraountz avait deviné, alerté par un simple détail. Depuis les coulisses, où l'on obligeait les professeurs à se tenir pour éviter qu'ils tétanisent leurs élèves ou leur envoient des signes depuis la salle, Maître Vraountz avait voulu hurler dès qu'il avait vu Anaï s'asseoir au clavier. Trop loin ! Au centimètre près il le voyait.

Anaï avait attaqué l'*Etude* sans fausse note, bien aérien dans les trilles, bien puissant dans les accords, une merveille, sans génie. Ils n'étaient pas nombreux sur terre à jouer aussi bien, il était même sûrement le seul à jouer ainsi. Cela n'avait pas été le cas. Le verdict l'avait catastrophé, deuxième prix.

A l'énoncé du résultat, Anaï s'était raidi. Il avait croisé le regard de la Japonaise attendant au centre d'une horde de compatriotes agités. Par sa sensibilité aiguë, Anaï avait perçu dans les yeux bridés qu'un voile tombait, une déception. Il avait baissé la tête, incapable d'affronter Maître Vraountz. Celui-ci lui avait envoyé une bourrade dans les côtes :

— Ce soir, on sort.

Anaï était resté coi. D'ordinaire, s'il avait raté ou n'avait pas exécuté divinement le moindre passage d'un morceau, un silence glacial occupait la soirée entre lui et Vraountz. En ce qui concernait les concours, il ne savait pas : il avait remporté le premier prix dans tous ceux où on l'avait inscrit. Avec l'aisance de son talent, avec l'humour qui l'accompagnait, il songea que « cela valait le coup de rater des concours si on sortait ».

En effet, depuis qu'il avait été pris en charge par Maître Vraountz à Bayonne, depuis qu'il avait logé au conservatoire, depuis qu'ils avaient entamé ces tournées en Europe et en Amérique, la vie d'Anaï ressemblait à celle d'un jeune moine : « Travail et hum... sommeil, ordonnait Vraountz, laisse tes mains sur le drap dans ta chambre », et il ajoutait en pensée : « Pourrait s'user les poignets, ce petit con, à se hum... tripoter. »

Mais en silence, au gré de leurs étapes, Vraountz avait guetté le moment redouté. Le danger avait jailli ici, à Cincinnati, sous les traits d'une Asiatique potelée et blondinette, n'importe quoi ! A sa vue, Anaï devenait tout chose, tétanisé.

Le soir, il avait donc glissé à Consuelo, cru, direct :

— Il est amoureux. Il a les couilles pleines.

Et il faisait le geste, comme s'il tenait un ballon.

*

On dînait bien dans le salon de Consuelo. On buvait sec. Ni au fond des fauteuils moelleux, ni autour de la table, les filles ne se vautraient. Elles n'accueillaient pas en nuisette, les jambes nues. Toutes portaient des robes moulantes, souvent fendues, souvent noires, de beaux décolletés de satin sous leurs visages maquillés et leurs cheveux soignés. Des lampes douces éclairaient le salon.

Un lumignon clignotait parfois au coin de la tenture masquant l'entrée. Toujours la même fille se levait, belle dame, et passait de l'autre côté pour accueillir un visiteur. Soit elle revenait avec lui, passant son bras sous le sien, accueillie par des badineries, et l'habitué rejoignait les autres, dansait un moment et montait plus tard ; soit elle repassait la tête, faisait signe à une fille qui prenait la relève, s'isolait avec le client par un escalier dérobé, peureux d'être reconnu.

Vraountz avait enlacé les filles qui l'embrassaient sur les joues, bien joyeuses. Il avait commandé du champagne, sans un regard vers le piano fermé qui dormait au fond du salon. Il avait dîné avec elles, les chatouillant du bout de sa serviette. Elles gloussaient, elles l'adoraient. Plus tard il monterait. L'élue, parfois deux, serait épatée par sa vigueur malgré sa barbe grisonnante et son petit ventre arrondi qui trahissaient son âge.

Plus tôt, Consuelo avait saisi gentiment la main d'Anaï, sans un geste de trop. Malgré son métier cruel, rien n'avait entamé sa bonté. Très jeune, elle avait su que la « première fois » d'un jeune homme valait en délicatesse celle d'une jeune fille. La sienne s'était si mal passée, au sud du Mexique, d'où elle venait, bien avant guerre...

Elle avait promené Anaï à petits pas, tenant son bras, s'arrêtant devant les tableaux aux murs, à peine érotiques. Elle lui expliquait la ville, les souvenirs qu'un objet sur un guéridon évoquait pour elle, l'amadouant. Il avait la main brûlante.

Tout en poursuivant la visite, elle avait gravi avec lui les premiers degrés de l'escalier menant aux chambres. Les rires des autres plus bas s'estompaient. S'interrompant sur une marche, Consuelo détaillait pour Anaï une gravure qu'ils dépassaient. A l'étage, elle avait écarté le rideau d'une fenêtre pour lui montrer la ville et ses lumières. Il fallait le rassurer. Vraountz avait prononcé une phrase lourde : « Il est amoureux. »

Une fois nu devant elle, Anaï n'avait pas réagi. Elle n'en fut pas inquiète. Elle l'avait déshabillé et, en même temps, peu à peu, sans provocation, avait ôté ses propres vêtements, un par un, habile. Elle tournait autour de lui, à sa hauteur, sur les talons qu'elle avait gardés et qui allongeaient ses jambes gainées de noir où la peau mate devenait si blanche entre les porte-jarretelles qu'elle ne quittait pas.

Tendu, sauf son sexe qui ne bougeait pas, Anaï lui souriait, voyant ce premier corps de femme à demi nu, ivoire et noir, comme le clavier arrondi d'un piano souple où il brûlait de poser ses mains. Mais il les gardait devant lui. Consuelo l'entraîna sur le lit. Puis elle prit la main du jeune homme, qu'elle trouva forte, sachant comment ses doigts couraient sur des touches, et la passa sur son propre cou, ses seins, son ventre.

Elle se jucha sur lui et lui ferma les paupières de ses doigts soyeux. Et tout se déclencha.

En lui masquant les yeux, elle savait bien que son esprit s'enfuirait enfin vers la gamine à qui il pensait. Son corps désinhibé jaillirait alors, vers elle.

Ce ne fut pas long, bien sûr.

*

Anaï releva les paupières et, tout gêné, se rhabilla, forcené, fripant son petit costume noir en se prenant les pieds dans le bas du pantalon et nouant sa cravate de travers.

Dissimulée derrière un paravent près du cabinet de toilette afin de se rhabiller aussi vite que lui, Consuelo l'avait rappelé de justesse à la porte :

— Ne me laisse pas.

Vraountz avait eu raison en la choisissant. Elle connaissait les gestes, elle trouvait les mots. Consuelo savait le petit flot de honte qui assaille un jeune homme neuf tout de suite après. Plein de secrets, un adolescent s'en veut d'avoir exposé, en explosant, son âme nue, beaucoup plus indécente que sa peau.

Elle avait rattrapé Anaï à la porte. Pour en faire un vrai homme, il fallait maintenant qu'il protège la femme qui l'avait découvert – toutes les femmes qui le découvriraient ensuite seraient protégées. Qu'il soit fier d'être sans secret : la honte disparaîtrait à jamais.

Cela devait se passer tout de suite, à l'instant. Sinon Consuelo échouait. Elle aussi réussissait ses concours.

D'un geste à peine perceptible, elle remit la cravate en face du col et passa ses doigts dans les cheveux d'Anaï pour les ordonner, puis dans les siens, les mêmes, noirs et bouclés. Tout à l'heure, elle avait été surprise, si persuadée à le voir – et elle en avait vus, et tant ! – que celui-ci venait de Brooklyn, un petit juif, mais pas circoncis. « Ils ont oublié ? » avait-elle failli dire. Bien sûr elle s'était tue. Elle se tairait tout à l'heure face à Vraountz.

Consuelo se colla à Anaï sans s'appuyer et lui saisit le bras pour qu'il le passe sous le sien. Ils descendirent ainsi l'escalier, en couple, Anaï une marche devant. Il avait failli s'enfuir et maintenant il redressait la tête. Elle sut qu'elle avait gagné lorsqu'il la laissa près de la table, à côté de Maître Vraountz déjà bien cramoisi, à qui elle adressa un clin d'œil furtif.

Le jeune homme se dirigea sans demander la permission vers le piano, au fond, qu'il ouvrit. Il s'assit, joua des airs doux, des petites chansons pour les filles accoudées à l'instrument, qui le dévoraient des yeux, l'amertume dans le cœur. Ici, des pères amenaient leurs fils pour la première fois. Maîtresse du lieu, Consuelo officiait, comme un droit de cuissage. Il arrivait que, absente ou souffrante, elle déléguât la cérémonie à l'une des pensionnaires, ou bien que celle-ci, dans une autre vie, ait initié bien des puceaux. Ce n'était jamais grandiose, mais émouvant, toujours. Or, ces femmes, et leurs sœurs dans le monde, bouillonnaient d'amour à verser, filles enchaînées à un métier rude et sale.

A la table plus loin, Maître V. avait glissé une liasse de billets enroulés dans la main de la Maîtresse qui gloussait :

— Au début, j'ai cru qu'il n'y arriverait pas.

— Normal.

Elle se pencha vers son oreille :

— Moi-même, *I felt like a breathless girl of seventeen...* j'avais le souffle coupé, comme une gamine de dix-sept ans. Tu te rends compte ?

— Parfait, il a cet âge hum... à peine moins.

Elle avait repris son ton gouailleur :

— T'es des nôtres pour longtemps, *Master* ?

— Pas du tout. Départ hum... demain.

— Dommage. Tu vas où, avec ton prodige ?

— Los Angeles.

— *Yeah !* grasseya Consuelo. Soleil, soleil !

Sa tête partit en arrière avec un rire de gorge et de la chaleur dans son corps.

Plus tard, alors qu'Anaï, qui s'amusait beaucoup, tombait de sommeil d'une chanson à l'autre, Maître Vraountz redescendit et salua tout le monde, vieux coq joyeux.

A la porte de l'immeuble bas et cossu dont rien à l'extérieur ne dévoilait l'activité, Consuelo ne tapota plus la joue d'Anaï, mais lui serra le bras en lui répétant comme à l'arrivée :

— *Guapo*...

Il lui sourit cette fois, sans rosir.

10

Lui qui n'avait vécu qu'en plein air étouffait. On laissait les prisonniers croupir, par indifférence. Iloba ne comptait plus. Deux mois ? Trois mois ? Les nuits et les jours en prison s'enchaînaient, identiques et lents.

Iloba avait appris que certains s'abîmaient ici depuis parfois deux ans, des Mexicains clandestins, des Noirs seuls sur terre, d'autres qui, comme lui, se trouvaient en réserve jusqu'à la fin d'une enquête menée ailleurs. Iloba n'était nulle part. Il n'existait pour personne.

Depuis son arrestation devant la banque après le hold-up, il attendait. On ne lui avait pas signifié d'inculpation. Elle était automatique, flagrant délit...

Debout dans la rue, sa moto tombée à côté (« avec laquelle il voulait s'enfuir, ses complices ayant déguerpi en auto »), brandissant des billets arrachés du sac répandu à ses pieds (« les billets de la caisse, nous avons les numéros, et il a un sac bourré de dollars »), un passeport étranger et des papiers d'un autre Etat dans sa sacoche (« sans doute un faux, on attendra que quelqu'un se manifeste »), il faisait désormais partie des « provisoires », ceux dont on ne s'occupe pas avant l'heure dite. L'heure ne venait jamais.

Outre les périodes au mitard qu'il fréquentait souvent, ayant le coup de poing facile, le silence restait de rigueur dans la cellule qu'il partageait avec deux autres. Comme dans chaque prison du monde, les détenus murmuraient malgré tout, la nuit venue, presque bouche contre bouche.

— Tu es là pour quoi ? avait soufflé son voisin.

— Rien. Je n'ai rien fait.

— Bien sûr. Tout le monde. Tu n'es pas d'ici ? avait-il continué, décelant un accent étranger chez Iloba.

— Non.

— Ça peut durer. Tu peux prévenir quelqu'un ?

— Mais qui ?

L'autre s'était tourné face au mur, en haussant les épaules.

La prison offrait un mélange de cruauté et de bonhomie. Epuisés par la chaleur de l'été, sans une parcelle d'ombre où se réfugier, et soumis à l'interdiction de s'asseoir, les détenus prenaient toutefois une douche chaque soir. De même, le silence absolu pouvait être interrompu une fois, à la fin des travaux. Alignés, les détenus s'avançaient un par un vers le gardien-chef attablé devant un tréteau dans la cour. Ils avaient le droit de poser une question, pas deux, et pas longue. Le gardien ne répondait jamais sur-le-champ, il notait. Le lendemain, chacun recevait sa réponse, même brève (« Non », le plus souvent), une réponse tout de même. Parfois, il avait droit à une explication complète, scolaire, appliquée :

— Les étrangers sont soumis au *State Application Form 20048*. C'est ton cas. L'enquête pour retrouver tes complices se poursuit. S'ils sont américains, ils tomberont sous le *State Enrolment 345* et tu seras associé à eux. Alors viendra le procès. Et la peine. Suivant !

Iloba avait quitté la file, les épaules basses. Le soir, dans sa cellule, il avait réussi à raconter à voix feutrée à un codétenu.

— C'est ça, tu n'es rien, avait conclu celui-ci.

— Bon sang !

— Chut ! C'est comme ça ici. Tu es étranger, tu n'as pas d'avocat, tu n'as pas de famille, ils cherchent tes complices.

— Mais je...

— Chut ! T'es pas unique.

*

Le bruit d'un bâton qu'on laissait traîner sur les barreaux métalliques de la grille au-dessus de sa tête le fit sursauter. Il leva les yeux. Un gardien le dévisageait, tout déformé vu de là. La semelle de ses godillots masquait une partie de son ventre au-dessus, et tout au bout, tout petit, son chapeau à dôme rond et aux bords plats ressemblait à une soucoupe volante posée sur une tête. Iloba ne voyait que la mâchoire lourde et les narines ouvertes.

Ainsi, les gardiens surveillaient les détenus, les punis, ceux du mitard. Ils portaient parfois des chaussons afin de surprendre ceux qui dormaient pendant le jour ou qui tentaient de communiquer avec la cellule voisine en grattant le mur. Dans ces cages à moitié creusées dans le sol, le silence oppressait, l'ennui coupait le souffle.

Il fit signe à Iloba de se placer devant la porte et reprit sa marche, en tapant sur les grilles qui remplaçaient les plafonds.

Une minute plus tard, la porte s'ouvrit. Un autre gardien fit sortir Iloba, surveillant ses mains, attentif à deviner la rage qui saisissait parfois les prisonniers après leur période d'isolement. Mais Iloba passa devant lui, la tête basse, le pas lourd dans sa combinaison de toile blanche, peinte dans le dos d'énormes initiales en rouge : DCB, Detention Center of Bakersfield.

Il monta les escaliers qui menaient au niveau du sol et sembla retrouver la vie. Dans la cour de la prison, l'heure de la promenade réunissait les prisonniers. Iloba rejoignit le groupe qui logeait dans le même bâtiment que lui. Il connaissait le chemin. Les autres lui tapèrent dans la main, sans plus.

Au passage, il croisa le grand efflanqué aux rouflaquettes, contre lequel il s'était battu quelques jours plus tôt. La bagarre lui avait valu ce nouveau séjour au mitard. Ils se saluèrent du regard. Souvent, les prisonniers se tapaient dessus parce qu'ils n'avaient que cela à se dire. L'autre portait encore sur la pommette la trace du poing énorme d'Iloba.

Les jours recommenceraient leur valse lénifiante. Trois temps, un pour dormir, un pour manger, un pour attendre. Les mineurs et les « provisoires » ne travaillaient pas. Il eût mieux valu casser des cailloux le long d'une route dans la poussière de pierre, enchaînés par les pieds, que de moisir ici sans parler. Mieux valu, oui, s'occuper aux abattoirs où l'on conduisait les autres chaque matin et s'épuiser au transport de carcasses plus lourdes qu'eux, écœurantes d'une odeur de sang, avant de replonger dans la fournaise extérieure, que de perdre patience ici, sans rien devant soi qu'un tout petit bout d'avenir.

Le lendemain, Iloba fut appelé au bureau de la prison.

*

Maïama reconnut le bruit.

Elle ne l'avait plus entendu depuis des mois. Le roulement épais du moteur de la moto avait souvent retenti devant la porte de son Gentle Lamb, avant de s'éteindre avec réticence, pétaradant une ou deux fois avant le silence. Puis le grand corps d'Iloba s'encadrait dans l'entrée, à contre-jour.

Cette fois, dès qu'il eut fait trois pas à l'intérieur, Maïama s'étouffa :

— Hou, la mine que tu as, fils ! La mauvaise mine !

Petite femme au corps solide, elle levait les yeux jusqu'à ses cheveux bruns et courts, sa mâchoire de jeune homme qui avait dû serrer souvent les dents, et sa peau de vingt ans tannée, mais terne aujourd'hui. Et lui se sentait dominé.

— D'où sors-tu donc ?

— De prison.

Maïama marqua un temps. Rien ne surprenait cette maman de remplacement chez ces bergers du pays qu'elle traitait comme il fallait, avec une tendresse rugueuse. Mais elle restait interloquée de n'avoir pas su, concernant Iloba. En général, rien ne lui échappait ici.

— Je ne savais pas.

Décrochant la sacoche de son épaule, Iloba la posa sur une chaise et s'affala au bout de la longue table qui courait au centre de la salle. Le long des murs s'ouvraient des boxes pour quatre personnes. Plus loin, des tables rondes, sous un ventilateur, pouvaient en accueillir six ou huit. Au centre, le grand plateau rectangulaire attendait les passagers solitaires, qui le rempliraient au gré de leur arrivée, côte à côte, et souvent sans un mot jusqu'à la fin du repas. A cette heure du matin, le restaurant était désert.

— Je te fais une omelette.

Iloba la remercia de la tête.

Entendant Maïama s'affairer vers la cuisine, il passa sa main dans ses cheveux graisseux, impatient de s'échapper vers l'hôtel Noriega, à trois rues de là, pour prendre une douche, dormir, se changer et repartir. Il repensa à l'aube : il avait été conduit dans un bureau, face à l'homme qui avait enregistré son arrivée plusieurs mois plus tôt. On déroulait une bobine de film à l'envers. Les mêmes mots, les mêmes documents à signer, cette fois pour tout lui rendre au lieu de tout lui prendre, ses papiers, ses sacoches, et le laissez-passer pour récupérer sa moto dans un entrepôt à l'autre bout de la ville. Le responsable égrenait les droits et les devoirs qui incombaient à Iloba, y compris celui de se retourner contre l'Etat, mais sur un ton signifiant le contraire.

L'odeur de l'omelette lui fit relever la tête. Maïama posait devant lui une assiette fumante et du pain. Il dévora tout en quelques minutes, sans un mot, sans mâcher, se gavant. S'essuyant les lèvres du revers de la main, il soupira enfin. Assise de l'autre côté, les coudes sur la toile cirée, Maïama attendait. Elle savait qu'après manger il parlerait. S'il se taisait, elle ne dirait rien.

— Tu es au courant du hold-up, il y a quelques mois, à côté ?

Maïama acquiesça.

— On m'a accusé, reprit Iloba. Je passais là, au même moment. Ils ont retrouvé les gars, avant-hier. Ils ont compris que je n'y étais pour rien. On m'a relâché ce matin. C'est tout.

— Tu aurais pu prévenir. Moi, par exemple.

— Rien. Impossible. Silence, isolement, secret... « tant que l'enquête durait », disaient-ils. Après, oui, j'aurai pu : téléphoner, voir un avocat, tout. Mais comme entre-temps ils ont eu la preuve de mon innocence... Tu sais quoi ? Mon argent, je l'avais mis dans cette banque. Je n'allais pas me voler moi-même. Maintenant, je pourrais attaquer l'Etat !

— Bien sûr que non.

— Non, bien sûr.

Ils restèrent silencieux un moment.

Iloba renifla une mauvaise odeur. Il porta sa manche à ses narines. Cela sentait le moisi. Enfermés depuis des mois dans un sac, ses vêtements puaient. Sur la moto, l'air fusant, il n'avait rien remarqué.

Avec une grimace, il se leva :

— Je vais nettoyer tout ça.

— Va, fils. Reviens tout à l'heure.

Elle sous-entendait : « Tu continueras à me raconter, tu en as gros sur le cœur, je connais cela. »

Laissant devant la porte sa moto penchée sur la grosse béquille chromée, comme un cheval au licol, Iloba marcha jusqu'à l'hôtel Noriega, en respirant à fond. C'était un bloc carré, comme les autres, posé sur la terre, comme au bout d'un désert, à trois rues de là derrière un fronton. Après avoir réalisé le rêve de manger un steak chaque jour, luxe inouï, les jeunes émigrés souffraient en revanche d'un manque douloureux, abandonné au pays : celui d'un trinquet. Et surtout, celui d'avoir le temps d'y jouer.

Iloba entendit claquer des pelotes de l'autre côté d'un haut mur de ciment qui protégeait la place. Il n'eut pas le courage de faire le tour pour assister à la partie. Et puis un mur...

*

Deux heures plus tard, Iloba revint vers l'*Euskal Maïama*... la Mère Aimée des Basques, tout frais mais toujours triste. L'injustice subie au cours de ces mois, la solitude, la fracture dans sa vie dure mais jusque-là sans accrocs, tout se nouait en une boule nichée sous ses poumons.

Pourtant, trois ans plus tôt, en arrivant, il avait subi un échec cuisant. Mais il n'en conservait pas comme cette fois un souvenir d'humilié.

Réfugiée à la Maison Etcheverry pendant la guerre quand il n'avait que cinq ans, sa « tata d'Amérique » Maylis l'avait guéri d'une maladie au nom inconnu au pays, qui le faisait bouger tout le temps. Ainsi croyait-il rendre les gens heureux puisque l'immobilité – la mort – les rendait malheureux : il l'avait vérifié peu avant en voyant Maritchu, sa grand-mère, allongée dans une caisse capitonnée, ne bougeant plus. Or, tout le monde pleurait ! Donc il avait commencé à bouger, infatigable. Maylis l'avait piégé avec un petit appareil en lui montrant des photos – donc des gens immobiles (morts), puis les mêmes gens devant lui se remettant à bouger... Depuis lors, l'image le fascinait, la « vraie vie » se passait là, dans un viseur.

Plus tard, Iloba s'était entiché d'une petite actrice séduite lors du tournage d'un film au pays. Elle lui avait glissé son adresse. Il ne songeait qu'à la rejoindre. A l'origine, il avait fait croire qu'il partait en Amérique faire le berger, seul contrat autorisé aux émigrés. Mais il s'était échappé du ranch pour filer vers Hollywood – seul mot connu de ce monde. Ce n'était à son sens que l'endroit où se passait « la vraie vie », celle qui bouge dans un viseur. Et puis l'adresse indiquée par la petite actrice avant son départ se trouvait dans cette ville. Donc on l'attendait, on l'espérait, déjà ivre de ciel bleu.

L'Amérique l'avait vite dessoûlé.

Ejecté méchamment, il avait été ramassé par la police sur un trottoir de Bel Air – c'était un piéton, un danger. Penaud, il était revenu au ranch sous peine d'être expulsé du pays. Il y était resté trois ans, jusqu'à ces jours-ci, fin de son contrat. Cruelle, l'expérience l'avait formé. Il avait échoué ? Il avait appris.

Cette fois, et pour la première fois, il se sentait vieillir. A vingt ans.

Trop souvent passait dans sa tête l'image de sa mère Goïzane, à qui il n'avait pas pu parler avant son départ. Il n'arrivait plus à la chasser, ni celle de Germaïna, sa tante. Il avait perdu ici son premier compagnon du ranch, Tchema, dévoré par les coyotes dans la neige. Il oubliait son père, Jon – il essayait. Il se souvenait trop d'Anaï, ce frère inconnu et surgi dans la nuit à la Maison, à qui il faisait faire ses devoirs naguère. Ses arpèges au piano résonnaient dans sa tête. Il avait mal. Que lui restait-il ? Une somme de dollars économisés jour après jour pour louer des terrains dans la vallée et acheter ses premières vaches. Quitter les moutons et s'établir dans la laiterie, telle restait l'ambition majeure des bergers économes.

— Où ça ? demanda Maïama, en essuyant son front avec un pan de son tablier.

Le service achevé, elle s'était de nouveau assise en face d'Iloba, au bout de la grande table.

— A Chino.

— Bien. C'est mieux qu'ici. La terre est grasse, en bas.

Chino, à l'est de Los Angeles, déjà grande banlieue de la mégapole, conservait d'immenses prairies plates, arrosées par les eaux de Santa Ana et de San Gabriel qui dévalaient dans le sous-sol rocailleux des collines au nord desquelles, à plus d'une heure de route, s'étendait Bakersfield.

En un siècle, Chino s'était transformé en annexe du Pays basque. Les vachers s'y regroupaient avec leurs troupeaux. Les élevages s'allongeaient sur des kilomètres, les mangeoires infinies traçant jusqu'à l'océan des lignes hérissées de foin. Seuls des terrils de fumier rompaient la monotonie des champs. Des commerces, restaurants et bars, des maisons et des hôtels avaient fleuri au cours des ans, tenus par des familles du pays. Elles s'aggloméraient. Les nouvelles vagues d'émigrés y trouvaient des emplois offerts par des cousins, sans avoir besoin d'aller crever de rage et de solitude dans la sierra du Nevada. La vie s'améliorait, Iloba voulait en être.

— Tu as combien ? interrogea Maïama.

Iloba lui dit le chiffre.

— Pas mal. Pas assez.

— Je sais. Je vais emprunter à la banque. Ils me connaissent.

— Non. Ils ne te connaissent plus.

— Je veux dire, la banque d'ici. J'ai tout mis chez eux.

— Pas possible.

Iloba ouvrait de grands yeux.

Maïama se pencha vers lui et lui tapota la main :

— Tu as été en prison, fils.

— Innocent ! Ils le savent.
— Bien sûr.
— Bon alors.
— Tu crois que ces Américains vont prêter de l'argent à un étranger qui sort de prison ?

Iloba sentit le ciel s'effondrer sur ses épaules. Elle disait vrai, il le savait.

— Mais tu peux demander à un gars du pays. Il y en a de riches maintenant.
— Je n'ai pas de famille ici.
— A un autre, je t'indiquerai.
— Non.

« Idiot, pensa-t-elle ; ces Basques – elle-même – et leur orgueil ! Têtus, des mules. Emprunter à un membre de la famille, c'était entre soi, oui ; emprunter à une banque, c'était un contrat, oui ; emprunter à un autre Basque, c'était s'affaiblir : non. L'aider à construire sa maison, transpirer pour lui, pour rien, oui toujours. Mais l'argent, jamais. On rend un service, on ne demande pas la charité. Butés comme pierre de tombe. » Elle se souvenait d'une histoire qu'on racontait ici : quand tu as faim, l'étranger te donne un poisson. Le Basque, il te donne l'appât pour le pêcher. Et tu te débrouilles seul. Du coup, tu manges plus.

*

A une table au coin riaient des gars, gras sauf un, leurs chopes de bière à bout de bras. Le teint mat désignait des Indiens. Leurs moustaches tombaient en parallèle avec leurs cheveux attachés dans le dos. Sinon, les gens gardaient la coiffure courte, bien lisse. Quelques jeunes laissaient leurs cheveux pousser au-dessus des oreilles, les Noirs gonflaient leurs boucles crépues, certains portaient des chemises fleuries, mais ceux-là déclenchaient les risées. Les Indiens, non.

Le bruit attira l'attention d'Iloba. Il dévisagea le groupe et se figea.

Même de trois quarts, il avait reconnu les rouflaquettes fournies de l'un d'eux, le moins gros, grand efflanqué. C'était le nerveux qui le défiait dans la cour de la prison, contre lequel il s'était battu ; enragé, un vrai chien. Iloba l'avait assommé de son poing de berger avant d'aller croupir une fois de plus au mitard.

Maïama vaquait plus loin, occupée au service. D'ailleurs, qu'avait-elle à ajouter ? Elle proposait, une fois. Elle n'avait pas le temps de répéter.

Iloba retourna vers son assiette devant lui, tête basse. Il entendait à peine le brouhaha du restaurant, perdu dans ses pensées sombres. Un moment passa et soudain il vit deux poings s'appuyer sur la table, sous ses yeux. Il releva la tête. L'efflanqué se tenait devant lui, bras tendus, tête en avant. Les rouflaquettes épaisses descendaient jusqu'au bas de ses maxillaires :

— On se retrouve.

Iloba porta vivement sa main à sa ceinture. Le couteau à trois lames qui ne le quittait jamais y pendait. Il attira le regard de Maïama, venue servir un vieil ouvrier à côté, mais qui avait l'œil à tout, devinant une tension près d'elle.

Mais l'efflanqué leva la main vers elle, en signe d'apaisement :

— Rien de grave. On s'est connus à... enfin, justement je te cherchais, enchaîna-t-il en dévisageant Iloba.

— Comme ça, ici, par hasard ?

— Non, je savais. J'ai vu la moto, il n'y en a pas beaucoup dans le coin.

— D'accord. Et puis ?

— Je peux m'asseoir.

Ça ne ressemblait pas à une question. Alors, Iloba ne réagit pas tandis que l'autre tirait une chaise :

— Je ne cherche pas la bagarre. Je te la propose.

— Tu n'as pas eu ton compte ?

— Si. Je suis payé pour ça. Je recrute.

— Je ne cherche pas de travail, mentit Iloba qui enchaîna sans malice : tu recrutes pour quoi ?

Du bout de ses doigts, l'autre caressa sa pommette gonflée :

— Tu sais te battre.

— Ce n'est pas un vrai travail.

— Ah, tu en cherches donc.

— Admettons.

Iloba observait les mains de l'efflanqué. Elles bougeaient vite, sèches et nerveuses. Dans la cour de la prison, il avait su s'en servir, frapper net, vif, s'esquiver en un éclair, faire mal. Lui savait se battre, vraiment. Il connaissait les astuces qu'on apprend *downtown*, dans les bandes.

Iloba serra lentement ses poings devant ses yeux. Ses mains à lui valaient le triple, développées par les travaux des champs, puis la vie dans les pâturages et au ranch. Elles terminaient des bras déjà noueux à vingt ans, des épaules larges sur un torse épanoui, une chair dure et pleine de santé :

— C'est faux, moi je ne sais pas. Je sais me défendre, c'est différent.

— On peut t'apprendre. Ça paye bien.

Du pouce, l'autre désignait dans son dos la table où continuaient de boire les types aux cheveux longs et gras et au teint cuivré, qui riaient entre eux.

— Les *Crazy Fighting*, tu connais ?

— Non.

— Un petit cirque. Enfin... il n'y a pas d'animaux. Il y a des hommes. Combats de boxe, au plus offrant, tu vois ? On se déplace de ville en ville.

— Loin ?

— Non... dans le coin, la Californie du Sud, en Arizona, parfois un détour au Mexique. Tu prendras ta moto, tu vas te régaler.

— Qu'est-ce que j'aurai à faire ?

L'autre posa ses coudes sur la table et s'approcha d'Iloba, qu'il sentait accroché :

— Les Basques, vous êtes très demandés. Des costauds, continua-t-il en riant, pliant son bras pour faire saillir le biceps. Des bêtes ! Te vexe pas, souligna-t-il en voyant l'œil d'Iloba noircir. C'est une façon de dire. Dans le coin, c'est bourré de gros cons pleins de bière qui aiment la bagarre, dans les bars, quand ils sont cuits. Ils ne savent pas. Nous, on t'apprendra.

— Pour la deuxième fois, qu'est-ce que j'aurai à faire ?

— On te trouvera un surnom, comme disons... je ne sais pas... oui : le Berger Muet, voilà ! On te fera une légende, on sait faire. Comme ça, quand tu arriveras sur le ring et que tu lanceras le défi, les types seront dingues, ils voudront te massacrer. Parce qu'on aura fait des paris. Ça montera haut. A la fin, on partage.

— C'est ça, et je touche ma part à l'hôpital.

L'autre éclata de rire et lui tapa sur l'épaule. Iloba se raidit.

— T'es un marrant. Mais n'oublie pas : Berger Muet. Ne la ramène pas. Il n'y a pas de risque : les deux premiers adversaires, c'est toujours des gars à nous.

— Ensuite ?

— Ah... ensuite, c'est des gars du coin, des vrais. Comme tu seras allé au tapis une ou deux fois, pour la frime, contre nos types qui ne sont pas des géants, ils seront persuadés de te descendre. Mais entre-temps, nous, on aura triplé les enchères, vu ? Et là, tu gagnes.

— Ou je perds.

— Vaut mieux pas, siffla-t-il, soudain sec. Mais il y a peu de chances. J'ai goûté à tes poings, mon gars. Avec ce qu'on va t'apprendre, tu ne seras pas souvent battu par un gros bouseux. Ils sont forts comme des taureaux, mais ils se déplacent comme des ânes.

— Combien ?

L'autre comprit qu'Iloba accrochait. Il annonça un chiffre.

Iloba siffla entre ses dents.

— Et pendant combien de temps ?

— Tant que tu verras la couleur des dollars, tu n'auras pas envie de quitter, crois-moi. Et tant qu'on ne sera pas revenus deux ou trois fois dans le même coin, sinon à force, tu serais repéré.

— Et pourquoi je te croirais ?

— Ben... parce que tu vas venir avec nous. Je me trompe ?

*

Avec leurs deux camions et trois roulottes attachées par un triangle de fer à l'arrière des camionnettes *pick-up* où ils entassaient du matériel, les Indiens parvenaient à faire impression dans les villes.

Iloba les nommait Indiens parce qu'ils avaient tous le teint cuivré, des visages larges, des cheveux longs, très noirs, mais il s'agissait sans doute d'un mélange entre Cheyennes, Comanches et Latinos. Certains, il est vrai, portaient des bandeaux bariolés autour du front et des ceintures avec des dents de bison incrustées sur la plaque de métal, sous le nombril. Ils parlaient entre eux à voix basse, un dialecte dont Iloba saisissait un mot ou deux, souvenir de l'Indien là-haut, dans la sierra. Sinon, ils s'exprimaient en espagnol, en américain, en mélangeant tout. Pour ce qu'ils avaient à dire !

Les grandes villes, ils les évitaient. Les camions et roulottes se mettaient en rond dans des bourgades, sur une place où la poussière n'était pas retombée des va-et-vient de la journée.

Le ballet commençait, pour dresser un chapiteau, une estrade, quelques barrières et un gros haut-parleur qui braillait sa musique country dès la fin de l'après-midi pour attirer les passants. A l'arrière, sous le chapiteau, on avait dressé le ring, entouré de quatre cordes, un ring rond, une arène au plancher de bois.

*

Les bras écartés jusqu'au bout du guidon de la Harley-Davidson et les jambes allongées, presque à plat sur les cale-pieds chromés, Iloba suivait le convoi, ignorant où ils feraient étape. Ils roulaient vers le sud. Dans les côtes, il se laissait distancer car le dernier camion peinait et crachait une fumée sombre. Ses lunettes collées au visage et le béret beige aplati vers l'arrière, Iloba les laissait s'éloigner jusqu'à retrouver du bon air.

Fatigué de ce manège, il les doubla. Le long d'une interminable ligne droite qui semblait se perdre à l'infini, il remonta le convoi et s'installa en tête. En doublant l'une des roulottes, deux yeux noirs l'avaient suivi.

Sans vérifier souvent dans ses deux rétroviseurs dont les tiges en biais élargissaient l'assise de la moto, s'appliquant à ne pas prendre d'avance sur le premier camion, Iloba pénétra dans San Gadino. Il alluma son phare avant. Les camions l'imitèrent, klaxonnant dans les rues. Mené par la moto chromée, le convoi prenait une allure de fête.

— *Terrific !* avait lancé le grand efflanqué quand tous avaient stoppé, en rond. Déjà les hommes s'affairaient à sortir les bâches et les pieux du chapiteau.

— *Maravillosa...* soupira un homme en promenant son doigt sur le capot chromé du réservoir. Et il leva le pouce vers Iloba, en lui souriant. Il lui manquait deux dents en haut, deux trous noirs.

L'arrière de la remorque de l'un des camions faisait office de vestiaires, et de couchettes réservées aux employés. On avait dit à Iloba qu'il dormirait là. Les autres, les chefs, logeaient dans les roulottes. En démarrant, quelques heures plus tôt, Iloba avait aperçu deux grosses femmes, avec des jupes amples, et une autre, plus jeune, moins épaisse. Elles ne traînaient pas, s'affairaient avec des bassines, sans parler à leurs maris ou à leurs fils, qui déchargeaient le matériel.

Le soir tombait vite. Ils laissèrent tourner le moteur de l'un des camions et tirèrent des câbles depuis un générateur hors d'âge qui permit d'allumer de grosses lampes devant le chapiteau et à l'intérieur. Sinon, Iloba vit des ombres danser derrière les vitres des roulottes et vers l'estrade. Des lampes à huile assuraient l'éclairage.

L'enclos n'était pas vaste, et pourtant Iloba se perdit au moment de rejoindre le chapiteau. Il ne trouvait plus l'entrée. Du vent arrivait des collines et il frissonna, moulé dans son short, une couverture jetée sur les épaules. De l'autre côté, il entendait les flonflons des disques et les vociférations de l'aboyeur qui présentait les attractions.

On comptait un couple de lanceurs de poignards et un avaleur de feu. Iloba avait reconnu l'un des hommes attablés chez Maïama, quand on l'avait recruté. Chacun participait, installant le matériel d'abord, exécutant son numéro ensuite, hurlant dans le micro, ou encaissant les tickets d'entrée, et plus tard les paris. Les femmes tenaient la caisse ou préparaient les accessoires. L'une d'elles, la moins âgée, se collait contre sa planche en attendant, crispée, la rafale de poignards que le lanceur envoyait, frôlant sa peau.

Ailleurs, tout était vide. Chacun s'affairait quelque part dans le chapiteau. Hors le vent qui sifflait, le silence régnait sur le terre-plein des roulottes.

Serpentant entre les véhicules, Iloba faisait le tour, cherchant l'issue.

Le bruit grinçant d'une porte l'attira.

Elle avait dû s'ouvrir sous une rafale. Il s'approcha pour la tirer vers lui. Au même instant, dans la lueur chancelante de la lampe de la roulotte, s'avança un bras vif, vers la poignée. Et suivit un corps entier, nu sauf un vieux peignoir léger et chamarré aux pans ouverts, qui flottaient autour, sous le vent.

La fille poussa un cri en découvrant Iloba plus bas, sur la première marche de l'escabeau. Lui ne bougeait plus, comme un chien à l'arrêt.

Elle commença à ramener prestement les pans contre son corps, puis se ravisa, les yeux toujours plantés dans ceux d'Iloba.

Il recula pour ne pas la gêner, mais aussi pour la voir, en entier. Elle le laissa faire. Lui s'offrait aussi, dépouillé, sauf son short et ses chaussures hautes, et la couverture qui avait glissé contre son bras. Les lampes à huile pendues à des crochets qui grinçaient au-dessus de la roulotte ou sur des filins tendus entre deux autres les éclairaient à peine et faisaient frémir leurs formes.

Ils sourirent en même temps.

Le moment leur sembla infini, parce que la Terre ne tournait plus et que leurs poumons ne s'emplissaient plus. Mais leur face-à-face ne dura que quelques secondes.

La fille ferma enfin son vêtement, mais avec lenteur, sans se cacher. Puis elle poussa la porte. Il semblait qu'elle retardait le mouvement, tordant le cou pour que ses yeux, au fur et à mesure que l'espace se rétrécissait, ne se détachent pas des yeux d'Iloba, jusqu'à la fermeture totale.

Dès que l'ultime rai de lumière fut gommé, Iloba ferma à son tour ses paupières. L'image de l'instant miraculeux se gravait dans sa tête.

Des cheveux noirs, lisses sur le haut du crâne enserré dans un bandeau et terminés par des tresses le long des joues ; le corps ondoyait derrière ses yeux ; une onde onctueuse dans le contre-jour, une taille fluide ; ses seins allant et venant au rythme de sa surprise ; elle avait eu un regard rieur.

Il sut à cet instant qu'il ne se passerait plus d'elle et elle, à l'intérieur, sut qu'elle ne l'oublierait pas.

— Tss...

Iloba se retourna d'un coup.

Se déhanchant sur ses bottines pointues, le grand efflanqué se détacha du coin d'un camion et s'avança comme un chat vers Iloba :

— Je crois qu'on t'attend.

— Ouais, je ne trouvais pas l'entrée.

— Par là, et il lui montra l'autre côté d'une bâche. Et pas par là, continua-t-il en désignant la porte de la roulotte. Surtout pas.

Iloba ne répondit rien.

*

Présenté à coups de cymbale comme le fameux, le redouté, l'indestructible Berger Muet, poussé sur le ring où il leva les bras sous les huées, repoussant du pied des bouteilles qui jonchaient déjà le plancher, Iloba fit tournoyer au-dessus de sa tête sa couverture, qu'il jeta à terre et se frappa la poitrine en poussant des cris rauques, comme on le lui avait dit. Il fit le tour des cordes, les poings serrés, défiant la foule braillarde.

L'un des Indiens, celui qui aboyait à l'entrée durant la préparation, jaillit sur le ring en habit rouge satin, un haut-de-forme sur la tête. Il harangua les clients, lança les paris, présenta Iloba, « invaincu, de Los Angeles à San Diego, une bête, *guys and gals*... les mecs et les gonzesses... Vous pouvez... non, vous devez le défier ! Il y en a un parmi vous, toi... oui, toi, mon gars, tu es solide, hein ? », et il désigna un comparse, qui monta sur le ring, le menton en avant, les poings rageurs, et bomba le torse devant Iloba.

On leur enfila de vieux gants de boxe et le combat débuta, vite achevé. Iloba abattit mollement l'autre, qui se coucha avant que le poing n'atteigne son visage. La foule hurla de joie. Le second fut plus long, à peine, juste le temps de faire croire qu'Iloba flanchait.

En bas, pleins de bière, tous voulaient prendre leur tour, abattre le colosse qui avait vacillé. L'Indien en haut-de-forme fit patienter, relança les paris, choisit les adversaires : il voyait juste, il devinait les faux durs, les lourds, les fanfarons.

Iloba s'en tira à merveille.

Ils lui avaient enseigné comment charger, puis décrocher, comment s'appuyer sur l'autre pour le frapper en dessous, au foie, et dans le même mouvement tournant, sous la ceinture. Ils lui avaient montré comment mouliner largement d'un bras et frapper avec l'autre, derrière la nuque, juste en se reculant, et les coups de tête dans le nez pendant un corps à corps. Ou les gants qu'on chargeait de plomb. Ou encore, si l'autre n'avait pas de gros croquenots, lui écraser du talon – les chaussures d'Iloba étaient ferrées – le bout des orteils, dans un pêle-mêle pour se dégager. Et, dans les vieux gants striés de rainures, tapisser la paume de piment fort et, quand la pommette ou l'arcade sourcilière de l'autre saignait, ouvrir la main en frappant et frotter le piment sur la plaie à vif. On lui avait appris à mimer le souffle coupé, bras loin du corps, et mettre un genou à terre pour récupérer : bien utile pour jouer les faibles quand son adversaire n'était qu'un compère de la troupe.

Et pendant tout ce temps il avait réussi à penser, chaque seconde, à la fille indienne qu'il avait entrevue nue.

Les soirs suivants, il repassa devant la roulotte. Pendant la journée, on ne voyait jamais la fille. Iloba n'avait pas le temps de flâner. Après les combats du soir et les rangements, il s'affalait sur sa couchette dans le camion et dormait jusqu'au matin. On repartait aussitôt. Il fallait faire la route, aller jusqu'au prochain spectacle.

La nuit tombée, la lampe faisait danser les ombres derrière le rideau de la vitre, mais la porte restait fermée. De loin, Iloba fixait cette porte, comme le premier soir. Devant ses yeux, sa forme et sa chair... Et il savait, sans la voir, il avait la certitude chevillée en lui que la fille indienne le regardait en cachette.

Elle le regardait.

*

Pour la deuxième fois avec eux, Iloba prenait l'initiative. En passant le premier jour en tête du convoi, il avait inauguré un brin d'opérette dans l'arrivée du cirque en ville – parce qu'il pestait sous la fumée derrière le camion de queue.

Maintenant, il arrivait sous le chapiteau en traversant la foule, une grande cape attachée au cou et son béret beige sur la tête, en vrai Basque de comédie, puisqu'ils aimaient cela. La raison était qu'il détestait les vieux gants pourris qu'on lui mettait sur le ring et préférait s'équiper à l'arrière du camion vestiaire et choisir son équipement.

Cela impressionnait les braillards de le voir de si près, si costaud, le buste huilé, coiffé comme un berger et les bras puissants terminés par ces gants. Quand il les promenait sous le nez des gens en cheminant vers le ring sous une musique de cirque, les plus bagarreurs frémissaient de joie. Ce serait tout bénéfice dans les paris à venir.

Tous les trois jours environ, à l'étape, il filait sur sa moto jusqu'à la banque de la ville et déposait les liasses accumulées, qu'il faisait transférer à Bakersfield. Il était loin du total indispensable pour s'établir sans emprunter et créer sa laiterie. Mais que faire d'autre ? Tous les trois jours ou plutôt... dès que ses chaussures lui faisaient mal.

Les premières fois, tandis qu'il se changeait dans le camion, un autre, le cracheur de feu, l'avait vu enfouir un rouleau de dollars au fond de son blouson, qu'il enfermait ensuite dans une cantine. Il avait dressé le doigt et fait signe que non, puis avait désigné les chaussures à tige montante, lacées jusqu'à mi-mollet, qu'Iloba portait lors des combats :

— Ne te sépare jamais de ton argent. Tu le gardes sur toi.

Pour rire, Iloba avait désigné son short – sinon il allait nu, sauf les gants rembourrés de crin et de plomb.

— Pas mieux, ça peut glisser, avait répondu l'autre, tout joyeux. Ou alors ça va faire une bosse, ça rendra folles les filles. Elles vont t'arracher le short, pas mieux...

— D'accord, mais où ?

— Les chaussures. Avant qu'on te le prenne là...

Tout en finissant de s'équiper, l'autre avait continué :

— Tu sais qui m'a appris ça ? Un vieux joueur de blues, à Saint Louis. Toujours payé d'avance et l'argent dans le soulier. Il battait la mesure avec son fric. Ça le rassurait bien.

La musique... Iloba eut un coup dans la tête à la pensée de son petit frère, Anaï... Où vivait-il maintenant ? il avait grandi... seize ans au moins ? Et le piano qui résonnait dans l'hôtel Etcheverry avant qu'il n'en parte... ces sons doux et ronds... les seins de la fille indienne... Il ferma les yeux, la tête balayée par la nostalgie, un sale vent âcre.

Sa maman Goïzane, à qui il n'avait pas réussi à parler une dernière fois au téléphone depuis l'aéroport à Paris. Il l'avait trahie, sa mère. Son père Jon, avec qui il s'était battu, qui buvait déjà : était-ce alors, contre son propre père, qu'il avait appris à se battre ? Germaïna, sa tante, la seule qui l'adorait... La lettre, qu'il avait promis d'écrire...

Que lui arrivait-il à lui, Iloba, de n'avoir jamais donné signe de vie ? Etait-ce l'Amérique qui le rendait dur, donc bête ?

— Ho ! le berger, tu es muet ?

Au pied du camion, le grand efflanqué qui dirigeait la troupe en second l'appelait, sans doute depuis un moment.

Iloba se secoua et fit signe qu'il arrivait. L'autre attendait en bas de la passerelle. Iloba enfonça son béret, pointe en avant, et le rejoignit. Ils marchèrent ensemble vers le chapiteau. Le cirque faisait étape près de l'océan, en dessous de San Diego. Chaque soir, le vent soufflait.

— Je connais le chemin, c'est bon, frissonna Iloba en accélérant et ramenant sa cape autour de lui.

— Oui... je voudrais pas que tu te perdes, tu vois, vers les roulottes.

— Ah, c'est ça, grinça Iloba en stoppant.

L'autre lui mit les deux mains sur les épaules. Sans être devenus amis, ils se respectaient. D'abord parce qu'Iloba l'avait vu à l'œuvre en prison, ensuite parce que l'efflanqué admirait maintenant le savoir-faire du Basque.

— Tous les soirs je t'ai vu fixer la roulotte. N'y va plus. Tu ne la verras pas.

— Elle est partie ? ne put s'empêcher de demander Iloba, regrettant aussitôt.

L'autre secoua la tête. Il avait compris. La question incontrôlée d'Iloba venait de confirmer son intuition. Le Basque risquait sa vie. Il expliqua :

— C'est une fille d'Indien.

— La fille du patron du cirque ?

— Bah ! Si son père te voyait rôder autour d'elle, il te couperait les couilles, c'est tout. Une fille... ça, elle vaut cher, celle-là ! Ce n'est pas pour toi.

« Et moi pour elle », songea Iloba.

— Pas question que je paye, énonça-t-il.

L'autre appuya plus fort sur ses épaules :

— Et quand bien même tu voudrais ! *God,* t'es buté, bien comme un Basque, continua-t-il sans le penser vraiment. Tout ton argent n'y suffirait pas. C'est elle qui va en rapporter. Elle. Toute sa vie. Enfin, tant qu'elle a un cul comme ça.

Iloba serra les poings dans ses gants, mais à quoi bon ? Il n'allait pas se battre à nouveau contre l'autre, cela n'avait pas de sens. A son tour, il avait compris.

Ils la vendaient.

Pendant ses congés à Bakersfield, en descendant du ranch, il avait appris. Les bordels regorgeaient pour les bergers, les vachers, tous les ouvriers. Un soir de confidences, Maïama lui avait expliqué : les Indiennes, surtout les filles de chefs – et il y avait belle lurette que les grands chefs minés d'alcool vendaient tout –, ces filles-là valaient de l'or parce qu'au sud, de l'autre côté, au Mexique, on adorait ces jeunes pousses de liane sucrée. Encore plus succulentes quand elles prenaient de l'âge et de la graisse : ils en raffolaient.

— Allez, en route, n'y pense plus. Demain, on passe au Mexique, annonça l'autre en reprenant sa marche. Deux soirées. Tu verras, ça paye très bien. Mieux qu'ici.

*

Ils ne s'éloignaient pas de la côte, après Tijuana. Sans s'enfoncer dans le pays, ils dressaient le chapiteau à La Joya ou El Rosarito. Le vacarme reprenait.

Une simple frontière avec ses policiers et ses barrières passées sans encombre. Le cirque traversait souvent. Iloba se doutait que les douaniers contrôlaient des passeports gonflés de dollars et s'en tenaient là. De ce côté, ils étaient pauvres.

Même terre, même océan, même soleil, et pourtant des hommes en haillons. Des pêcheurs le plus souvent, quelques paysans, et la paye de la semaine pour les filles, la tequila et les paris sur la boxe. Ils misaient davantage qu'au nord parce qu'ils avaient en eux le rêve intact de la fortune. La première ville en Amérique se nommait Spring Valley... la Vallée du Printemps ; ici au Mexique, le village d'arrivée, on lisait El Testarudo... l'Obstiné. Tout était dit.

Seul dans le camion où l'on s'équipait pour les numéros, cintres pendus à une corde, cantines d'accessoires au sol, chaussures en vrac, Iloba s'agitait. Son tour approchait. Dès que le cracheur de feu ou l'avaleur de sabres reviendrait, cela dépendait des soirs, il devait être prêt.

Or, l'un des gants qu'il avait enfilé venait de se déchirer. Du crin sortait du pouce. A force d'user ces vieilleries sur tous les nez rustauds des candidats au défi, à force de les bourrer de poids de plomb, le cuir craquait. Ce n'était pas le premier, mais hélas le dernier. Iloba fourrageait dans une cantine à la recherche de gants neufs. Ceux qu'on destinait aux boxeurs amateurs restaient accrochés sur un panneau au bord du ring. Ils choisissaient eux-mêmes leur paire, une façon de les conforter. Ils ignoraient que ces gants n'étaient gonflés que de plumes d'oie, mollassons à la frappe.

Dans le camion, Iloba balançait tous ses vieux gants par-dessus son épaule après un coup d'œil, dégoûté. Il s'en voulut de ne pas avoir vérifié plus tôt. Etait-ce le Mexique ou la pleine lune ? Depuis deux jours, l'ambiance devenait électrique.

Il transpirait sous son béret beige, malgré le vent du soir qui s'engouffrait dans la bâche béante du camion. Bon sang ! il en avait vu, des gants ici. Des neufs, car il fallait bien remplacer les vieux, pourris, le plus tard possible, mais un jour... S'il s'y était pris à temps, le grand efflanqué ou l'un des patrons du cirque lui auraient déniché une paire neuve. Mais comme les autres, il était tendu depuis deux jours, mal concentré, avec en prime le ventre noué de penser à l'Indienne, future chair à Mexicains.

Il souleva le couvercle d'une autre cantine, n'y vit que des vêtements et la repoussa du pied, de rage. Elle glissa sur le bord et s'écrasa par terre dans un bruit de ferraille. En dessous, une autre qu'Iloba n'avait jamais vue, dont la tige tenait par un cadenas. Les gants ne pouvaient qu'être là. Il avait fouillé partout.

Il tapa du talon ferré sur la serrure, tout en essuyant son visage ruisselant de sa main droite, dont il avait jeté le gant déchiré, la gauche toujours enfoncée et lacée dans l'autre, moins abîmé.

Il tourbillonna sur lui-même à la recherche d'un objet pour faire sauter le cadenas et avisa une masse dans le fond, qui servait à enfoncer les pieux du chapiteau. D'une seule main, il la saisit et l'abattit sur le coin de la tige, qui sauta.

Soulevant le couvercle, il soupira. Les gants s'entassaient au fond, bien neufs, jolis, en cuir rouge. Iloba en saisit un et l'enfila en tirant sur la languette avec les dents. Un gant trop léger, il manquait de temps pour y glisser du plomb, tant pis.

Tout en s'acharnant à faire entrer sa main jusqu'au fond, il entendit des pas sur les marches en bas du camion. Le cracheur de feu revenait, hochant la tête comme pour dire : « Dépêche-toi, *boy*. J'ai fini. »

— Aide-moi ! lui lança Iloba en lui présentant le poing pour qu'il serre les lacets autour du poignet.

— Et l'autre ? marmonna le gars.

Il désignait le vieux gant marron de l'ancienne paire, qui ressemblait maintenant à la peau d'un vieillard à côté de celle d'un enfant.

— Pas le temps, haleta Iloba.

Le béret en bataille, il dévala les marches de la remorque et, deux minutes plus tard, il traversait la foule hurlante, les bras levés ou boxant contre son ombre tout en marchant et en faisant rouler ses muscles sous les yeux des gens, sans remarquer au fond le visage ahuri des deux patrons du cirque qui découvraient les deux gants disparates. Après avoir échangé un signe, ils voulurent intervenir, mais Iloba grimpait déjà sur le ring où le hurleur faisait son numéro et déclenchait les paris.

*

Ce fut le troisième adversaire qui fut transformé en clown blanc.

Comme toujours, avec les complices du début, Iloba n'avait frappé qu'avec mollesse. De toute façon, le gant neuf, avec son cuir fin, pas assez craquelé, pas assez lourd, Iloba le sentait mal. Avec le troisième boxeur, un vrai, un méchant qui avait misé tous ses pesos, Iloba commença à être bousculé. Il utilisait le plus souvent son bras gauche où le vieux gant plombé faisait merveille. Mais l'autre esquivait bien ou encaissait sans trop broncher.

Menacé, Iloba décida de le marteler à répétition, des deux mains, de taper partout, au foie, à la nuque et aux tempes, sous la ceinture, comme si un éboulis de pierres s'abattait.

L'autre vacillait et Iloba termina alors par le plus large coup latéral possible, armé depuis l'épaule, entraîné par le buste, sa force énorme amenant le poing à une vitesse d'enfer sur le visage découvert de l'autre, sur le nez, la pommette et l'œil gauche.

Et le gant explosa.

Une gerbe blanche recouvrit le visage, aussitôt mélangée au sang qui coulait de l'arcade. L'homme porta ses deux poings à sa face et tomba à genoux, aveuglé et hurlant. Tout recouvert de poudre et de filaments rouges, il était grotesque. La foule lança des bouteilles vides sur le ring.

Hébété, Iloba regardait son poing. D'une longue déchirure sur le côté s'échappait une poussière si fine qu'on la croyait fumante.

L'un des hommes qui avaient observé l'entrée d'Iloba jaillit sur le ring avec deux serviettes. Il essuya rapidement la tête du boxeur à genoux en frottant fort et l'autre cria de douleur. Alors, il le repoussa et se tourna vers Iloba pour emmailloter le gant dans l'autre serviette et défaire les lacets, en évitant de le regarder.

— Hé hé hé ! lança le hurleur en haut-de-forme, monté à la hâte sur le ring pour amuser les spectateurs. Comme la *Santa Maria,* il a un voile tout blanc ! C'est un don de Dieu, ça, un miracle en désignant le blessé, mettant les rieurs de son côté. Applaudissez-le, on va le soigner !

Ils emportèrent le pauvre gars toujours saignant vers l'arrière du chapiteau. Ils ne le soignèrent pas. Ils lui remboursèrent son pari et le chassèrent à coups de pied. De son œil valide, il distingua dans leurs pupilles froides de quoi le faire taire, pour toujours.

Sur le ring, Iloba se sentait moitié nu avec sa main sans gant. Dans le brouhaha autour de lui et le vacarme venu de la salle qui faisait trembler le chapiteau, il fit un tour de piste en dressant son poing droit, nu, bien serré, presque aussi gros que ganté, comme un matamore.

— Il va revenir, le Berger ! reprit le hurleur. Il ne parle pas, vous savez, mais il va re-ve-nir ! Préparez vos pesos ! Il y en a un parmi vous, c'est sûr, qui va le battre, non ? Vous n'êtes pas des mauviettes, *amigos*, vous avez des *cojones*, hein ?

Une clameur de rage monta de la salle.

— En attendant...

Déjà le son des guitares couvrait sa voix. Deux musiciens, qui assuraient la parade dans les rues en fin d'après-midi pour ameuter la population, avaient occupé le plancher et chantaient. En bas, ils aimaient ça. Ils tapèrent dans leurs mains. Iloba descendit et sortit du chapiteau par l'arrière.

Une main s'abattit sur son épaule. Il se retourna d'un bloc, prêt à frapper, et reconnut l'un des hommes vus sur le ring, l'un des Indiens, qui gronda :

— Où tu vas ?

Iloba montra son poing nu :

— Me changer.

— Tu as fait assez de conneries.

— J'ai signé pour des combats, je les fais.

— Et tu vas remettre des vieux gants.

— Ils sont pourris.

— Je t'accompagne.

Iloba marcha devant et passa sa langue sur ses lèvres. Un goût désagréable stagnait dans sa bouche. Aux commissures restaient des traces du nuage de poudre qui avait explosé. Il avala sa salive et comprit.

Les gants neufs étaient bourrés de drogue.

La tension énervante de ces deux jours... les yeux brillants du grand efflanqué quand il avait évoqué le Mexique...

Ils devaient repasser la frontière au petit matin, quand les contrôles se relâchaient. A l'arrière d'un camion, dans une cantine sous les autres empilées, les gants neufs pleins de poudre, blanche – plus chère que l'or. Peut-être y en avait-il dans d'autres camions, tous pleins.

Iloba eut une illumination : vide, la roulotte le serait, elle, au retour ; la roulotte de l'Indienne... plus chère que l'or, que la poudre.

Arrivés au bas du camion, l'Indien dépassa Iloba et monta le premier les marches de la remorque. Il découvrit la cantine ouverte sur la pile de gants neufs et le couvercle tordu. Il le rabattit d'un coup de pied et se tourna vers Iloba, campé au fond.

Il lui désigna les vieilleries jonchant le sol :

— Mets tes gants, vite. On t'attend là-bas. Je ne te quitte pas, moi.

Les épaules basses, Iloba se pencha et dénicha un gant droit à peu après identique au vieux marron qu'il portait encore à la main gauche. Il l'enfila avec maladresse et, avec les dents à nouveau, tira sur la languette pour enfoncer sa main. L'autre s'impatienta :

— Laisse, je vais le serrer.

Iloba tendit le bras et l'homme commença à tirer sur les lacets, sans quitter le jeune Basque des yeux.

Deux secondes plus tard, Iloba était certain que l'autre n'avait pas pu voir son poing gauche arriver. Il l'avait fait jaillir par en dessous, de toute sa force. Pourtant, avant que la masse atteigne sa tempe, l'homme s'était esquivé et un claquement sec avait retenti.

Iloba baissa les yeux : une lame brillait dans la main de l'Indien.

Elle monta vers sa gorge, qu'Iloba protégea, par réflexe, de ses avant-bras repliés. La pointe traça une estafilade sur la peau nue, puis vint se ficher dans le gras d'un gant. Sans cela, elle atteignait la carotide.

Dans le mouvement, l'homme s'était penché en avant, déséquilibré. Toujours par réflexe, Iloba envoya son genou dans l'entrejambe et l'homme s'affaissa avec un râle aussitôt terminé, Iloba ayant planté son coude de toute sa force sur la nuque. L'Indien s'effondra, une masse. Iloba ne vérifia pas s'il l'avait tué.

Il enfonça son béret jusqu'au milieu du front, se débarrassa de sa cape et fouilla dans sa cantine, maladroit avec ses gants de boxe. Il mordit avec rage le lacet du premier et réussit à le défaire puis, le coinçant dans un interstice, le libéra de sa main.

Pour le second, avec une main nue, ce fut plus rapide et il replongea dans la caisse à ses pieds pour retrouver son blue-jean, qu'il enfila par-dessus son short, sa chemise et un blouson, enfouissant le reste de ses affaires, dont ses bottines de motard, dans la sacoche tapie au fond.

Il décrocha au hasard une longue veste verte pendue à un cintre, des gants comme ceux d'un clown, une casquette au bord relevé, tout un attirail, y compris deux couvertures roulées par terre, et entassa le tout sur le sac, qu'il jeta sur son épaule. Il courut au bout de la remorque, enjambant l'homme à terre, lui écrasant le nez sans le vouloir avec l'une de ses chaussures cloutées. Il ne les avait pas quittées, pas le temps – et il sentait les liasses contre ses mollets et sous la plante des pieds.

Iloba dévala les marches de la remorque et, se glissant entre les camions, parvint jusqu'à sa moto. Derrière les bâches, le vacarme de la musique lui parvenait comme s'il était sous le chapiteau, et la harangue du hurleur qui faisait patienter le public.

Iloba enfourcha son engin et posa le pied sur le *kick* du démarreur. Puis il se ravisa. Le moteur puissant s'entendrait. Il mit pied à terre.

Soufflant fort car l'engin pesait, il poussa sur le guidon et manœuvra la machine, avec beaucoup de difficulté, jusqu'à l'enclos de roulottes, vide et silencieux. La terre meuble se défilait sous les pneus et il s'y mêlait du gravier. A chaque pas, Iloba retenait la moto, qui ne demandait qu'à se coucher sur lui. En ahanant, il parvint jusqu'à la roulotte du fond. Il plaça la moto en biais, roue vers l'avant, et la pencha sur sa béquille. Les minutes avaient passé et sans doute commençait-on à le chercher.

Il harnacha le sac sur les sacoches, enfila ses gants de cuir et mit le contact sans allumer le phare. Comme chaque soir, la lampe à huile faisait danser les ombres des objets derrière la vitre de la roulotte. Il tendit l'oreille. Pas un bruit.

Un peu tremblant, il actionna enfin le démarreur. La moto s'y prit à trois fois avant de mouliner ses cylindres en ronronnant fort. Il ne pouvait pas mettre les gaz. Déjà le bruit s'étendait. Il lui restait quelques secondes avant d'attirer l'attention.

Alors il gravit les trois marches, s'arc-bouta et se jeta sur la porte. Il l'ouvrit à la volée, faisant tanguer la roulotte. En un clin d'œil, il vit la fille indienne, assise sur un pliant, qui se retenait à un montant. Leurs yeux s'ouvrirent, tétanisés. Mais elle n'avait pas l'air surpris, plutôt rieur, comme la première fois.

Tout de suite, Iloba aperçut au fond, derrière la table rabattue devant elle, une matrone, les yeux écarquillés, sa grosse bouche fardée grande ouverte. Elle réagit vite, saisissant contre la cloison un fusil à deux coups, essayant de viser, mais la crosse s'accrocha dans les plis de son énorme ventre et elle jura en espagnol.

Iloba l'entendit à peine. Déjà il avait saisi le bras de la jeune Indienne. Le cuir de son gant sur cette peau fraîche avait les allures d'une griffe d'aigle sur un agneau. Il l'arracha du pliant. Elle ne résista pas et réussit à saisir un sac ventru posé sur la table. Iloba vit un manteau au clou d'un mur, il l'empoigna. Puis il poussa la fille dehors, lui montrant la moto qui ronronnait en dessous.

Elle dévala les trois marches et sauta sur le siège arrière, serrant son sac sur son ventre et s'enroulant dans le manteau pendant qu'Iloba jetait à travers la roulotte ce qui lui passait sous la main, le pliant, une bouteille, un coussin, pour retarder la matrone ressaisie qui tentait de contourner la table en éructant, le fusil à la main.

Puis il jaillit dehors, sauta d'un bond sur terre et, d'un coup de pied, décrocha le cliquet qui maintenait les trois marches en métal à la roulotte, envoyant le tout à plusieurs mètres. Il bondit sur le siège, remit la moto droite d'un coup de reins et cette fois tourna la poignée à fond, jusqu'au coin.

La machine sembla piquée comme un cheval par des éperons. Elle se cabra sur sa roue arrière, projetant des cailloux sur la porte de la roulotte qui s'ouvrait à nouveau. La matrone les cherchait des yeux, enragée. Elle ne vit pas le vide sous elle et s'affala contre le sol, le fusil en travers. Un coup de feu partit. La balle se perdit dans le ciel et le bruit ne couvrit pas celui, gigantesque, de la moto qu'Iloba lançait vers la sortie, phare éteint, le moteur à fond.

Dans son dos, la fille se retourna au moment où la grosse femme se répandait sur le sol, en rebondissant sur son ventre énorme. Elle rit.

*

Elle rit et Iloba l'entendit pour la première fois. Un cliquetis dans ses oreilles, qui suivit des chemins inconnus et finit par ruisseler derrière ses yeux – ou était-ce le vent qui fouettait, car il n'avait pas eu le temps de fixer ses hublots sur son nez ? En tout cas, le tintement descendit le long de son cou et s'installa entre ses dents, l'obligeant à sourire à son tour. Ses lèvres s'étiraient de plus en plus, jusqu'à ouvrir sa bouche en grand, ou était-ce la vitesse cette fois qui déformait son visage ? Mais aucun son ne sortit. Il lui semblait chanter, mais non : le rire entendu tourbillonnait dans ses oreilles, il n'avait pas besoin de répondre. C'était un chant, celui qu'il attendait.

Ils filèrent droit, tout droit dans une seule direction, vers le nord, il suffisait de suivre la route et sinon, de fixer les étoiles. Iloba connaissait le ciel, il avait assez compté les lumières, des nuits durant dans la sierra, en songeant au pays, en se disant qu'ils regardaient là-bas les mêmes diamants au même moment, sans réaliser que la nuit d'ici était le jour d'ailleurs.

Jusqu'à la frontière, ils foncèrent, stoppant pile devant la cahute du contrôle. Sans descendre, Iloba tendit son passeport, sorti d'une poche de la sacoche ramenée sur son ventre. Pendant que le gardien jetait un coup d'œil en bâillant, il tira deux billets de la tige de sa chaussure et les laissa tomber. Le type lui rendit son passeport et leur fit signe de passer. Peut-être n'avait-il pas vu les billets. Iloba en douta.

Sans un mot ils tracèrent leur route, à l'infini, toujours au nord, et sans se regarder autrement, quand il fallait stopper, que les yeux ne quittant pas les yeux, rien d'autre. La fille avait remonté un foulard sur son nez – comme Iloba, pour éviter la poussière et calmer la morsure du froid –, et enfoncé sur son front un galurin en feutre d'où pendait de chaque côté un collier de pierres bleues.

A l'arrêt, elle enfouissait ses mains dans les manches du manteau, et Iloba ne quittait pas ses gants, ni pour remplir le réservoir, ni pour acheter des fruits chez le pompiste. Il les posait sur le sac de la fille sans la quitter du regard. Elle les rangeait dans une poche, avant de les croquer plus loin, en roulant, et d'en passer des bouchées à Iloba par-dessus son épaule. Parfois elle tapotait son bras. La première fois, il avait jeté un coup d'œil à l'arrière, croyant qu'elle l'appelait. Non, elle voulait lui dire qu'elle l'encourageait, comme on flatte un cheval à l'encolure. Alors il la laissa taper, quand elle en avait envie. Il frissonnait, mais la nuit, il est vrai, piquait la peau.

Ils remontèrent la côte californienne, éclairée au gré des comtés qu'ils traversaient, puis replongeaient dans le noir. Dans le faisceau du phare ne se découpait qu'un mur d'arbres et de rochers que la moto fendait en deux. Après des heures, le soleil se leva. Ils continuèrent, sans arrêts, sans cesse, avalant des miles et des miles, impatients d'aller loin. Ils roulèrent tout le jour.

Le soleil avait tourné autour d'eux, irisant le Pacifique puis les écrasant à la verticale, continuant sa route jusqu'à les éblouir de biais. Enfin, comme s'il n'avait pas réussi à les mater, il entama à son tour son couchant. San Diego, Long Beach, Malibu, Santa Barbara, San Luis Obispo... et la Duo Glide ronronnait, trop heureuse de mouliner dans son huile, d'avaler la route.

Iloba colla la machine le plus à gauche possible, remontant une vallée au ras des flots du Pacifique. Tournant après tournant, dans le jour qui baissait, il suivit une corniche majestueuse, aux piles d'ardoises géantes posées en biais dans l'océan, brisant les lames. Iloba l'avait déjà vue, même soleil rouge qui s'enfonçait à l'horizon, même corniche, même eau, mêmes embruns que sur la route du pays, qui mène à Hendaye. Il n'y en avait que dix kilomètres là-bas, et ici quatre cents, mais il se crut chez lui. Pour la première fois depuis longtemps, il respira mieux.

Et il décida de s'arrêter enfin.

*

Abandonnant les forêts qui tombaient à pic vers le fossé à droite, il engagea la moto à gauche dans un chemin étroit. Il descendit au ralenti entre les lacets qui plongeaient vers l'océan. Des panneaux verts surgissaient entre les arbres et signalaient Big Sur. Maintenant, la pénombre les enveloppait, mais la fraîcheur tardait. Iloba connaissait bien ce temps. La nature chargée de chaleur depuis le matin ne le dilapidait pas trop vite le soir.

Parvenus à un recoin, une clairière d'où ils voyaient les vagues luire en bas entre les branches, Iloba arrêta la moto. Ils ne pouvaient pas descendre davantage et ils n'en avaient pas envie.

Il coupa le moteur dont le bruit les soûlait depuis un jour et une nuit. La forêt autour devait bruire de mille couinements animaux, mais ils n'entendaient pas car le vacarme des pignons et des pistons persista dans leurs oreilles. Il continua tout le temps qu'ils mirent à se mettre debout en chancelant, à se déshabiller en vacillant.

Dans le silence du jour finissant, au bout de la corniche, si près de l'eau et loin de la route au-dessus où ils n'entendaient pas quelques voitures passer, le tapage continua en eux jusqu'au dernier instant, sans qu'ils disent un mot, pas un murmure, juste un cri enfin.

Un cri, un rire ? Le son se valait. Pourtant elle avait eu très mal, l'Indienne. Elle était vierge.

Voilà pourquoi elle valait si cher pour les autres, si précieuse, la sauvageonne neuve...

— ... *basa*, murmura à peine Iloba, mais elle l'entendit et cessa de rire – ou de crier ? furieuse.

Elle se tortilla sous lui :

— Comment le sais-tu ?

— Quoi ?

— Mon nom.

— Mais je ne le sais pas !

— Tu mens. Tu viens de le dire, et elle le tapa de son petit poing fermé sur le nez. Pim ! comme ça.

— Mais pas du tout. Je songeais tout haut... *basa*... Chez nous, cela veut dire : la sauvage.

Iloba se souleva sur les coudes pour l'alléger. Et même il roula sur le côté pour la libérer. Il savait bien qu'elle ne partirait jamais. Ou alors il mourrait.

— Tu mens ! glapit-elle.

S'il avait eu vingt ans de plus, il aurait souri. Quel beau souvenir ils s'inventaient, en débutant leur amour par une scène ! Mais ils venaient de naître.

— Attends. Quel est ton nom, tu dis ?

— Basa.

— C'est le mot qu'on emploie chez moi pour...

— C'est où, chez toi ?

— Loin, Basa. Loin.

Iloba se redressa. Il ne savait plus quoi dire. Il venait de l'aimer, d'explorer tous les pores de sa peau, mais à cet instant seulement il eut l'impression de l'inventer. Cette fois, elle était sienne car il l'avait baptisée, et de son propre nom qu'il avait su avant de la connaître.

En promenant de nouveau sa main sur le corps de Basa, il la connut vraiment, du bout des seins au creux des genoux, du ventre au nez, elle glissait, douce comme la mousse au pied d'un arbre, il la retourna sur la couverture, et Iloba reconnut son dos, des talons jusqu'aux fesses, et la nuque qu'il mit à nu en soulevant – il l'avait fait cent fois la nuit, mais ce fut la première fois – les cheveux noirs et longs dont les tresses s'effilochaient dans ses doigts. Elle se laissa faire, riant comme une bienheureuse. Puis, sauvage enfin, elle fut comme un cabri, lui sautant au cou, serrant sa poitrine avec ses jambes. Elle resta là, les bras autour de ses épaules en le devinant qui revenait en elle, sans bouger, tout seul, comme pour remettre du bon ordre dans le monde. Iloba fondit de tendresse.

11

Tout au bout du boulevard de Sainte-Monique, où croise la route numéro 1 des Anges, Maître Vraountz et Anaï occupaient deux chambres du Castel Valmont. L'un des hôtels les plus célèbres de Los Angeles étendait ses bâtiments fleuris au-dessus de bungalows loués par les stars, de piscines bordées de palmiers, et de terrasses où de doux musiciens enchaînaient fox-trot, rumbas et blues sirupeux.

De leurs fenêtres, ils avaient vue sur le Bois de Houx (Hollywood), les Collines Biseautées (Beverley Hills) ou le Banc Accrocheur (Burbank).

— Ça m'amuse de les appeler comme ça, exultait Vraountz. Santa Monica, Los Angeles, Hollywood, Beverley Hills, les gens rêvent en entendant ces noms. J'y viens depuis vingt ans. Pour mon oreille, c'est en français qu'ils sont exotiques, tu comprends ?

Anaï hochait la tête. Pourquoi objecter ?

La tournée des concours musicaux s'achevait. Après Cincinnati, un dernier à réussir ici, dans le temple des impresarios, dans la ville aux contrats, la cité de télévision et de cinéma. Anaï reviendrait au pays les bras chargés de trophées. Reviendrait-il ? L'enthousiasme se propageait au point que Maître Vraountz savait que son prodige serait happé. Il ne le quitterait pas. Il n'allait se consacrer qu'à lui. Les huit premières notes entendues un jour dans son salon à Bayonne sonnaient dans sa tête, les plus pures de sa vie.

Anaï allait bien. La mâchoire décrochée et les yeux tout ronds d'adolescent transi quand il voyait la petite Japonaise, c'était oublié. Ils avaient quitté Cincinnati et poursuivi leur périple vers le succès, et la mignonne « qui lui rendait les doigts idiots » était partie vers d'autres concerts. De temps à autre, Vraountz emmenait Anaï dans sa tournée personnelle des maisons closes, « et c'est très bien ainsi, qu'il ne tombe pas amoureux, malheureux ! »

— Malheureux... hum ! murmura-t-il d'ailleurs en observant Anaï, le nez collé à la fenêtre.

— Comment ?

— Rien. Je pensais que les diamants sont nommés « solitaires », tu comprends ?

Anaï hocha derechef la tête... et pourquoi objecter ?

Dans sa tête, Maître Vraountz voyait l'image d'une énorme pierre précieuse découverte dans une mine où brillaient des pépites plus ternes, ses précédents élèves. « Alors, un diamant comme ça, on ne l'enchâsse pas avec une... hum ! autre pierre, hein ? On l'expose tout seul dans son écrin. Unique au monde. »

— Tu comprends ? répéta Vraountz.

Anaï fit signe que oui, pour être tranquille.

— Descends, je te rejoins. Commande ton jus de tomate, et ma marie sanglante.

Dans chaque hôtel, le rituel revenait. Avant de dîner, s'ils n'avaient pas de concert le soir, Anaï attendait Maître Vraountz au bar, et le vieux faune descendait, ventre sanglé dans un gilet sous sa veste noire, allongée comme une petite redingote, la barbe en avant, pinceau rectangulaire qui balayait l'air devant lui.

La marie sanglante, Anaï le savait maintenant, se fabriquait avec du bon jus de tomate additionné d'une solide quantité de gin invisible, un *bloody mary*. Le premier soir d'ailleurs, le serveur avait posé les verres devant lui, et quand Vraountz avait pris place – Anaï l'attendait toujours avant de boire la première gorgée –, il avait saisi le mauvais verre et Vraountz le simple jus. Ils avaient recraché à l'unisson. Pour la première fois, Anaï avait goûté à l'alcool. Etonnant.

*

Anaï traversa le hall du palace, sans reconnaître d'une table à l'autre vedettes de cinéma et chanteurs à la mode, dont il ignorait l'existence. Il tomba dans le fond d'un fauteuil club trop grand pour lui, près du piano où jouait en sourdine un Noir en costume blanc. Il se laissa bercer par les ballades et les blues que l'autre enchaînait, sans qu'on l'écoute, et il ferma les yeux.

Au bout d'un moment, il n'entendit plus rien. Soulevant les paupières, il vit le piano vide. Le Noir passait juste à côté de lui, s'accordant une pause. Anaï accrocha le revers de son costume et leva vers lui des yeux suppliants : « Je peux ? » L'autre sembla découvrir ce petit jeune homme doux, seul dans son fauteuil, vêtu d'un costume de velours noir et d'une chemise blanche, au col large, presque un jabot. Il haussa les épaules. Anaï n'attendit plus et s'installa sur le tabouret, bien droit devant l'instrument.

Sa vraie récréation, il la vivait ces soirs-là, au piano-bar de leurs hôtels. D'abord, il y laissait courir sous ses doigts dix rengaines, des chansons entendues à la radio – une fois suffisait –, ou des airs du Pays basque qui chassaient un moment la tristesse de n'y être plus, même si, le couvercle refermé, elle revenait prendre sa place, plus méchante de s'être absentée de force.

Et puis il aimait le regard des clients sur lui. Il ne le sentait jamais pendant les concerts, car il pénétrait alors le piano, faisant crier l'instrument sous ses mains à la façon dont un autre aurait dit qu'il rendait une femme heureuse, sans s'apercevoir qu'on l'observait – par chance, sinon il eût quitté la scène, cramoisi. Tandis qu'au piano-bar, il flirtait, pas davantage. Il avait remarqué que dans cet exercice il voyait tout, entendait tout, remarquait tout.

Conversant doucement avec les touches, de même qu'à chaque table les gens discutaient sans élever la voix, Anaï s'amusa. Au bar, sur un tabouret, le pianiste noir tendait l'oreille et se crispait. Comme tous ses collègues, il laissait des clients jouer pendant les pauses, pas inquiet : en général, ils connaissaient, et mal, deux vieilleries et tentaient simplement d'impressionner la créature entraînée dans cette étape, avant la chambre à l'étage, tout à l'heure. Cette fois, l'oreille du pianiste tiqua.

Le gamin produisait peu de notes, ne faisait pas de numéro à l'intention de quiconque, mais le piano dansait. Il décida d'écourter la pause, de reprendre son siège dès la fin du morceau, une ballade douce à pleurer, dont il ne retrouvait pas le titre.

Mais près du clavier, une main épaisse s'abattit sur le rebord, faisant sursauter Anaï. Le bras semblait venir d'en bas.

— Rejoue ça.

Anaï tourna la tête et découvrit sur le côté, à toucher le tabouret, la tête large d'un homme aux cheveux gris et aux yeux durs. Sortant d'une veste chamarrée en soie, son bras tendu pour atteindre le bord du piano revint se poser sur une couverture de laine enserrant ses jambes. Anaï aperçut sur le clavier un billet vert. La coutume voulait qu'on demande au pianiste un air... « *Special request...* » Mais Anaï secoua la tête. Il ne pouvait pas accepter. Au bar, le Noir avait frémi.

Le vieil homme à côté d'Anaï crut que le gamin refusait de rejouer le morceau. Son regard changea. Anaï prit peur. Un peu tremblant, il posa ses doigts solides sur les touches et recommença la chanson.

Dès les premières notes, l'homme bougea et Anaï distingua du coin de l'œil qu'il avait posé ses lourdes mains sur des montants ronds, en acier, des cerceaux. Il imprimait un mouvement alternatif, une fois sur la droite, une fois sur la gauche. Comme aurait fait un autre pour se dandiner en accompagnant la mesure, le vieil homme tirait sur les roues d'un fauteuil roulant qu'Anaï découvrit enfin, plus bas que lui. Et il fredonnait entre ses dents, à l'unisson de la musique :

— *Jeiki Jeiki, etchekoak, argia da zabala...*

Anaï sourit, tout heureux.

— ... *argia da zabala*, fredonna-t-il à son tour, par réflexe.

Mais l'autre s'était soudain tu. Anaï sentit sur son bras une poigne terrible :

— *Eskualdun ?...* Basque ? demandait le vieil homme, sa forte tête penchée vers celle d'Anaï.

— *Baï...* oui.

Le mot était venu à Anaï comme une évidence, avant de réaliser qu'il chantonnait là, à Los Angeles, dans un autre monde. La musique avait fait son ouvrage, le transportant chez lui, par télépathie.

Le pianiste de l'hôtel s'approchait afin de reprendre sa place. Il détestait les clients qui jouaient mieux que lui. Il craignait le moindre froncement de sourcils du manager. Il redoutait tout, il était noir. Il ne voulait pas d'esclandre : depuis des semaines, le vieil homme en fauteuil roulant passait ici ses soirées, accompagné d'hommes sérieux qui déroulaient devant lui des plans de papier, des dossiers. Il dégageait une intense autorité, celle de l'argent.

Le découvrant, attentif et patient, le vieil homme lui adressa une grimace de mépris et claqua des doigts. Aussitôt, un type costaud, semblant sortir de nulle part, saisit les poignées du fauteuil et le poussa jusqu'à sa table où siégeait un groupe d'hommes cravatés. Au passage, le vieil homme avait fait signe de la main à Anaï, lui ordonnant de le suivre. Le jeune homme chercha Maître Vraountz, mais il ne le vit pas. Libérant le tabouret pour le Noir, enfin soulagé, il marcha dans le sillage du fauteuil.

A table, l'homme fit signe qu'on approche un fauteuil près de lui, pour Anaï. Il souriait :

— Magnifique, magnifique, messieurs. Ça me rajeunit de cent ans ! Le jeune est de chez moi.

— Tu viens de Chicago ? interrogea un homme, souriant à son tour comme pour imiter le vieux.

— Imbécile. De chez moi, je te dis. Tu ne sais pas ce que c'est, les Basques ?

— Bien sûr.

Il continuait de sourire, bêtement cette fois. Dans son esprit, les Basques faisaient les bergers. Pas des pianistes. Ou alors, des... enfin, des gens avec lesquels on faisait du business, sans dire un mot de trop, comme l'homme dans le fauteuil roulant dont il était un fournisseur.

— Bien sûr, Jauna Ferben, redit-il.

Mais le Père Ferben n'écoutait plus, déjà penché vers Anaï, presque mielleux. Le jeune garçon, ses sens toujours exacerbés, devinait une tension chez le vieil homme, qui demandait :

— Dis-moi ton nom.

Dans son dos retentit une voix :

— Il ne s'appelle pas.

Chacun releva la tête et Anaï se retourna, rassuré. Maître Vraountz se dressait, autant qu'il pouvait sur ses jambes courtes, la barbe impérieuse, les toisant :

— Messeigneurs hum ! j'ai bien l'honneur...

*

Enfin descendu de sa chambre, Vraountz avait cherché Anaï des yeux, s'approchant des fauteuils vides pour vérifier si un montant ne masquait pas le petit. Puis, au fond du hall, il avait aperçu un groupe d'hommes autour d'une longue table basse, avec des papiers étalés, un homme dans un fauteuil roulant, et son Anaï enfoncé dans un autre, à le toucher. Il s'était approché.

— Qui c'est, lui ? demanda Ferben à Anaï en basque.

— Moi, c'est moi, lança Vraountz dans la même langue – il en savait peu, quelques phrases, sa vie à Bayonne l'ayant cependant initié, son oreille fabuleuse aspirant sans effort les intonations. Mais il n'avait jamais poussé au-delà cet apprentissage : quel langage terrestre pouvait rivaliser avec la musique, le ciel ?

Il prit la main d'Anaï et le fit se lever, entraînant le jeune homme vers une table éloignée, sous l'œil apeuré des autres qui craignaient la réaction de Jauna Ferben sous l'affront. Mais celui-ci roulait des yeux ronds. Deux Basques en une minute ! Avant qu'il ne réagisse, Vraountz et Anaï étaient partis.

Deux minutes plus tard, alors qu'ils discutaient du prochain programme devant leurs verres de jus de tomate (« sanglant ! » s'étrangla Vraountz, son *bloody mary* contenait double dose de gin), un garçon déposa sur le guéridon un seau à champagne, où une bouteille ruisselait de rosée.

D'abord surpris, Maître Vraountz vit s'approcher l'homme qui jusqu'alors tenait les poignées du fauteuil roulant, loin là-bas, au bout du hall.

— Mr. Ferben vous prie de bien vouloir l'excuser pour tout à l'heure. Il ne savait pas. Il vous prie donc de bien vouloir accepter ce champagne ou, mieux, de venir le boire avec lui. Il se sent seul.

Vraountz jeta un coup d'œil au fond. Tous les autres avaient disparu. La table où s'étalaient les plans et les dossiers était nette. Seul, vraiment, le vieil homme attendait dans son fauteuil, fixant le plafond.

Vraountz se tortilla :

— Si nous revenons à de plus suaves relations, dans ce cas, bien entendu hum ! s'il s'agit de...

Mais le reste de la phrase se perdit. Il fonçait déjà vers la table de Ferben, dos bien droit pour ne pas perdre un centimètre de sa taille. Anaï le suivait, et le garde du corps les fit s'installer devant Ferben.

— Quel bonheur, c'est un don du ciel tout cela !

— Si vous le dites, grommela Vraountz.

Ferben, qui comprenait vite, eut la certitude que le bonhomme, lui, n'avait pas saisi la phrase en basque. Il ne devait en savoir que quelques mots, contrairement au gamin. Cela pourrait servir.

— Vous avez raison, parlons comme ici, reprit-il en anglais. Ou, tenez, pourquoi pas en français ?

— Cher monsieur, ami très cher, l'hôte a tous les droits, énonça doctement Vraountz, désignant la bouteille de champagne qu'un serveur venait de reposer devant lui.

Puis il se présenta :

— Maître Vraountz.

« A vos souhaits », faillit répondre Ferben, que l'humour traversait pourtant à de rares fréquences.

Les mains bien à plat sur sa couverture de laine, Jauna Ferben expliqua pendant plusieurs minutes à Maître Vraountz, de la façon la plus édulcorée possible, la raison de sa présence ici. Homme d'affaires à Chicago (« Quelles affaires ? Pas de la violette », remarquait en lui-même Vraountz, ses sens en alerte, il n'aimait pas le ton de cet homme), il prenait sa retraite, si seul, sans femme ni enfants, ravis à lui par la guerre et la maladie, et il voulait finir ses jours ici, en Californie. Il avait hérité de terrains splendides, « au-dessus, vous voyez, Bel Air, le coin là-bas ? », à condition d'y construire un grand country club de prestige. Ça lui allait très bien, la dernière volonté de son « vieil ami Prescott, vous voyez, messieurs ? Je convoque tous les soirs les architectes et les fournisseurs avec leurs plans, leurs... Et tout à l'heure, soudain j'entends un air de mon pays ! J'ai pleuré, oui, hein, gamin : j'ai pleuré, pas vrai ? Vous serez donc mes invités, le jour de l'inauguration. J'y tiens. Je loge ici, en attendant la fin de la construction. C'est pratique, cet hôtel, c'est tout plat et j'occupe un bungalow dans les jardins. Facile pour le fauteuil, vous voyez ? Très discret, ah si je vous disais, les actrices, l'après-midi, discrètes, que voulez-vous ! » Et il distinguait l'œil brillant de l'homme à la barbe... comment déjà ? Vronze ? Vrantz ? –, et il nota que l'homme avait soudain, il en aurait juré, la barbe qui se dressait carrément quand une créature traversait le hall. « Je pourrai le tenir par les femmes, celui-là. » Cela pouvait servir.

Et Vraountz lui indiqua que le petit passait un concours demain soir, le dernier, « disons un concert ».

— Il va nous jouer des airs basques ? interrogea Ferben, les yeux brillants.

— Nous ?

— Oui. Je viens.

— C'est que...

— Alors ?

— Alors ?

— Des airs basques ?

— Un peu plusss, un peu moinsss... Du Ravel, et encore !

— Qui ?

— Ravel. Maurice.

— Il faudra qu'il joue *Jeiki, Jeiki*... Et *Ikhusten Duzu Goizean*... à celui-là, je pleure, c'est toute mon enfance.

— Ce n'est pas hum ! prévu.

— Il les jouera.

— Je ne crois pas.

— Tu ne m'as toujours pas dit ton nom, dit Ferben, sans tenir compte de Vraountz.

— Anaï.

— De qui ?

— Comment, de qui ? interrompit Vraountz.

— C'est le frère de qui ? redemanda sèchement Ferben, qui ne supportait pas d'attendre.

— Anaï, c'est mon nom, enfin mon prénom.
— Cela veut dire : le frère, précisa Vraountz.
— Je sais ! Et le nom ?
— Aguirre.

Un nom bien banal, comme l'aurait été Etcheverry, qu'on avait toujours associé à Anaï parce qu'il faisait partie comme les autres, comme Germaïna, Goïzane, Jon, et les autres, morts récemment ou depuis trois siècles, de la Maison Etcheverry, au pays. Elle donnait son nom, la maison, à ses habitants, même si, pour l'état civil, Anaï s'appelait comme son père et sa mère, ceux qu'il croyait être ses parents, Jon Aguirre et Goïzane. Depuis son arrivée en Amérique, il avait fallu présenter son passeport tant de fois !

12

Le soir du concert, la salle du Hollywood Bowl, espace immense ouvert en plein air sur un théâtre naturel de milliers de places, frissonnait, impatiente. Dans l'attente, la pelouse bruissait de murmures et aurait pu se joncher de papiers et des restes des pique-niques autorisés avant le spectacle, si une armée de valets munis de petites piques ne les avaient enfouis au fond de sacs en bandoulière, avant qu'ils n'atteignent le sol.

Au fond, des colonnades qui semblaient creusées dans la roche abritaient un auvent gigantesque dont les courbures renvoyaient les sons vers les pelouses.

Sans doute pour combler une partie de l'espace démesuré, de la scène où l'interminable piano noir, au nez sans fin, ressemblait à un animal perdu sous le soleil couchant, des sièges avaient été installés, à gauche. A droite, devant de petites tables recouvertes de feutrine verte, siégeaient les membres du jury.

Des loges, aménagées comme des marinas dans une piscine où le gazon eût remplacé l'eau, accueillaient les personnalités qui les louaient à l'année. Il fallait être là, être vu là. Clark Gable, Cecil B. DeMille, Charlie Chaplin, Dorothy Chandler s'y bousculaient, gardant en souvenir, qui le premier concert donné en plein air par Horowitz en 1941, qui le tournage d'un de ses propres films, car le canyon qui enserrait la cavité grandiose servait de décor aux studios tout proches, Metro Goldwyn Mayer, Warner Bros. ou RKO.

Les projecteurs avaient été allumés de bonne heure. Leur lumière blafarde ne pouvait lutter contre les derniers rayons du soleil sur l'amphithéâtre. L'astre prenait du recul, avec lenteur. Peu à peu, les artistes et les instruments avaient émergé, pris leur relief sous le faisceau des lumières devenues crues. Ici, en plein air, chacun pénétrait doucement dans la magie, au lieu d'y être projeté avec brutalité, dans les théâtres clos où le noir est immédiat et la scène éclairée d'un coup.

*

Tout le flanc gauche du public avait assisté à l'arrivée d'un groupe d'hommes, habillés de sombre. L'un poussait un homme, âgé mais raide, dans son fauteuil roulant, les jambes recouvertes d'une couverture de laine. Il portait une veste chamarrée, une chemise jaune et brillante. On l'avait installé dans l'allée, près du premier rang. Depuis lors, il attendait, immobile. On aurait dit un massif de fleurs criardes au milieu d'un parterre sombre de smokings et de costumes. Assis de part et d'autre, ses acolytes occupaient plusieurs sièges, le plus proche par l'homme chargé du fauteuil.

Depuis les coulisses où il se tenait avec Anaï, Maître Vraountz l'avait aperçu. Il n'avait pas revu Jauna Ferben depuis leur rencontre, au bar du Castel Valmont, la veille. Comment avait-il obtenu des billets, alors que tout le Bowl était loué depuis des semaines ? Et plusieurs sièges ? Et au bord des premiers rangs ?

Les premiers jeunes virtuoses se succédèrent sur la scène. Ils jouaient chacun un morceau, que Ferben trouvait trop long. « Emmerdant ! » grinça-t-il entre ses dents. Son premier garde du corps, sans comprendre mais alerté, faisait déjà mine de se lever, mais Ferben le fit rasseoir, avec un grognement de bouledogue. Les applaudissements, parfois les ovations, qui éclataient à l'issue de chaque prestation, le décontenançaient.

La belle musique, il en avait peu entendu au pays dans son enfance, trois quarts de siècle plus tôt, et jamais à Chicago. Il n'allait pas s'y mettre ici. Et ces gamins, ces gamines... des singes savants ! D'où il venait, on élevait autrement les enfants qu'à les laisser tripoter un instrument en levant des yeux de biche jusqu'au ciel. Il sourit en songeant aux étuis de violon dont on se servait, à Chicago, en son temps, quand il était tout jeune, mais qui contenaient un autre matériel pour une autre musique, tac tac tac tac... Sa tristesse le reprit. Rien ne l'amusait plus, sauf les chansons jouées par le gamin brun.

Heureusement qu'il y avait le « petit du pays », comme il avait dit à ses sbires en arrivant dans son fourgon aménagé. On entendrait les belles chansons basques comme la veille à l'hôtel. Ah ! oui... En attendant, il tapotait sur les bras de son fauteuil, impatient. Entre deux candidats, il fredonna très bas le *Jeiki Jeiki...* sans se rendre compte qu'il montait le ton, presque à clamer. Autour, des « chut ! » impératifs se multiplièrent. Ferben tourna la tête en tous sens, transperçant les uns et les autres de ses yeux froids. Mais il se tut. « Connards », grinça-t-il entre ses dents.

Quand vint le tour d'Anaï, il applaudit à s'en casser les mains, mais tout seul. Il n'avait pas fait attention que l'on acclamait chaque participant après son exercice, jamais avant.

Anaï s'installa et le silence se fit. Il monta ses doigts, allongés à plat, juste au-dessus des touches, et les abattit brusquement.

Il projeta ainsi dans l'air doux la *Polonaise héroïque* de Chopin. Le premier accord s'achevait par un silence. Anaï en réduisait à peine la durée, pour attaquer le roulement progressif qui montait les deux mains vers le deuxième accord, suivi d'un deuxième silence. Mais celui-ci, Anaï l'allongeait, afin de créer l'inquiétude. Puis les dix doigts martelaient les touches à l'unisson jusqu'au troisième accord et son troisième silence. Il durait davantage que le précédent. Le cœur des gens arrêtait de battre. Anaï entamait alors la progression suivante, feulante, et celle-ci retournait sur elle-même, comme un guépard piégé et comme l'avait voulu Chopin, exaspérée des retards qu'Anaï avait provoqués lors des silences d'avant. Un rugissement.

Alors, les notes, les innombrables notes cristallines roulaient, cascades, se cognaient contre les accords qui les emprisonnaient, comme des bêtes énervées cherchant la sortie d'un tunnel. Enfin, vers la trentième seconde, la porte s'ouvrait à la volée sur un chant lumineux, celui d'un noyé qui retrouverait l'air et le goberait goulûment. Les spectateurs respiraient, au sens propre.

Anaï avait bloqué à nouveau leurs sens, tout de suite après ce premier chant. Il les libérerait au moment où il l'avait décidé – où ses doigts le voudraient. Ce moment était loin.

Tel était son génie : l'hypnose sonore. Aucun pianiste au monde ne l'avait pratiquée avant lui.

Tous ici, à part Ferben et ses sbires, avaient entendu mille fois Chopin et la *Polonaise*. Jamais ils ne l'avaient écoutée ainsi. Ils réalisaient qu'ils ne respiraient plus depuis un moment quand leur glotte irritée se soulevait de force. Ils avalaient une goulée d'air, plutôt gênés.

Sur scène, Anaï continuait en bougeant peu. Ça, Ferben appréciait. Avant lui, les autres s'étaient souvent balancés devant l'instrument, un rictus douloureux sur leurs jeunes visages, ou secouant la tête « comme s'ils avaient envie de chier, ces minables ». Le petit demeurait digne, comme au pays quand on chante dans les chorales, droit, sans plisser les yeux, les mains dans les poches pour éviter tout geste du corps. Il lui plaisait, de plus en plus. Et le morceau, c'était beau, on aurait dit une chanson. Il en jouerait ensuite, sûrement, des vraies. Mais c'était bien déjà, ça. Ça durait, mais c'était bien.

A la troisième minute, Anaï avait entamé la série de quatre accords répétitifs de la main gauche qui roulait en marche militaire, accompagnée à la main droite par un chant de fifrelin. A chaque silence, Anaï laissait le temps suspendu jusqu'à la dernière harmonie vibrant dans l'air, exactement au moment où les gens allaient regonfler leurs poumons. Aussitôt, il replongeait ses mains dans la masse blanc-noir du clavier, les poignets vigoureux comme des câbles d'acier, et tendus. « Les poignets, hum !... répétait Vraountz en coulisses, jamais assez. »

Il tint ainsi les milliers de spectateurs sous sa volonté pendant sept minutes.

Il les menait d'un chant à l'autre, d'une reprise jusqu'au roulement suivant, exactement comme il le voulait. Il en aurait fait ses chiens, de ce public, de ce jury. Aurait-il glissé une valse musette, un tagada tsoin tsoin, qu'ils n'auraient pas bronché, soumis. A chaque retour du thème, il les menait au bord du précipice et les récupérait, d'un doigt tombé sur la touche au moment précis où, dans la salle de plein air, ils allaient tomber.

Quand il plaqua les huit accords de la fin, il agit comme un hypnotiseur claque dans ses mains pour réveiller un patient maté. Et celui-ci ne sait plus où il est en rouvrant les yeux, ne sait plus d'où il vient, ni ce qu'il a connu, de l'autre côté. D'ailleurs, le silence s'installa.

Dans l'immense amphithéâtre de verdure, pas un bruit ne suivit la dernière onde. Anaï gardait ses mains juste au bord du clavier, laissant le son vivre jusqu'à rouler là-bas, au-delà des dernières oreilles du dernier spectateur, en rejoignant le ciel désormais noir.

Il avait vécu souvent ce moment du silence absolu. Ce soir, il savait qu'il se prolongerait, que rien ne se passerait tout de suite. Il les avait menés où lui-même trônait. Jamais il n'avait atteint une telle altitude. Si haut, on ne respirait plus. Il aurait pu mourir au piano. Personne n'aurait bougé.

Ils restaient tétanisés. Il fallait qu'il les ramène à lui.

Alors, il se leva avec lenteur, se tourna face au champ noir du public. Il s'inclina si bas qu'on ne vit bientôt que le sommet de son crâne bouclé et brun. Ses bras écartés comme les ailes d'un oiseau, la tête descendue au niveau des genoux, il resta là, à nouveau immobile. L'ovation éclata.

Elle fut brutale, de la force d'un raz de marée. Déclenchée au premier rang, où les gens avaient jailli de leurs sièges et hurlaient, elle parcourut tout le Bowl, jusqu'au fond. Chaque rangée se dressait, masquée par la précédente, dans une forêt de bras levés, vociférant, tapant dans leurs mains à s'en rompre les phalanges, et de leurs pieds martelant le sol, forcenés. En transe.

Le vacarme durait, sans baisser d'intensité. Anaï demeurait courbé en avant, très bas, les bras toujours allongés de chaque côté, paumes vers le ciel, son domaine. Il ne bougeait pas. Face au déferlement des vagues hurlantes qui balayaient la scène, on aurait dit qu'il s'arc-boutait pour ne pas s'envoler.

Enfin, il commença à se redresser, le buste d'abord, le visage toujours incliné vers le bas, puis il déroula complètement son cou, les paumes toujours vers le ciel, offert. A la fin, le projecteur qui l'enserrait dans un halo éclaboussa le visage. On le vit baigné de larmes.

Il tourna lentement la tête de chaque côté, heureux, les dents éclatantes sous la lumière, les joues inondées. Devant lui, dans l'infinie masse noire allant jusqu'au contrefort des rochers, au fond, seuls les premiers rangs éclaboussés dérobaient un brin des feux de l'archange qui pleurait en scène. Anaï baissa les yeux vers eux, et il croisa le regard de Ferben.

Le vieux bandit le fixait, exorbité, sans applaudir, ses fortes mains serrant les montants du fauteuil. Lui aussi sentait des larmes monter à ses yeux. Il ne l'aurait jamais cru.

Ces milliers de gorges, oppressées si longtemps, continuaient à crier, à appeler Anaï. Les mains avaient mal de taper. La houle agitant le Bowl roulait sans ralentir.

Anaï se prosterna soudain à genoux. Puis il se releva d'un bond et se tourna vers les rangs du jury, à droite sur la scène, dont les membres se penchaient à l'oreille les uns des autres, un stylo à la main, hochant la tête. Il les salua, les paumes sur les genoux, et sortit de scène.

Au bord de la coulisse, Maître Vraountz saisit ses deux mains dans les siennes qui brûlaient, et les referma, comme pour emprisonner un dieu qui s'y serait réfugié. Puis il fit bouger les poignets (« Hum !... hum »), à la façon dont un masseur récupère son champion à l'issue d'un exploit inouï.

*

Quelques minutes plus tard, le jury prononça son verdict. A l'unanimité, mention spéciale, et le reste, la routine à laquelle Anaï s'habituait, il obtenait le premier prix, hors concours, tout. « Pardi », murmura Ferben, furieux.

Dès la dernière note, le résultat n'avait fait de doute pour personne. Seulement, les autres ignoraient deux particularités de ce moment magique. D'abord, Anaï avait transpercé le cœur de Jauna Ferben – et cela signifiait pour le vieil homme qu'Anaï lui appartenait désormais. Ensuite, il n'avait pas joué de chanson basque, ni à l'instant, dans le *bis* dévolu à chaque lauréat. Il interprétait une musique lourde, un extrait du *Scarbo* de Ravel, comme le lui avait conseillé Maître Vraountz avant le concours : « Un musicien de Ciboure, cela devrait lui faire plaisir, au gros type. » Or, Ferben ne comprenait rien à ce qu'il entendait. Il attendait sa chanson – cela, il allait leur faire comprendre, tout de suite. Il avait été assez patient.

A peine les dernières notes évanouies dans l'air, avant que ne crépitent les nouveaux applaudissements, Jauna Ferben hurla depuis son fauteuil :

— *Jeiki ! Jeiki !* Tu vas la jouer, oui ?

Une vague d'acclamations déferla de tous les recoins, sauf du carré où se tenait Ferben. Il continuait de vociférer et, tout autour, les spectateurs outrés en oubliaient d'applaudir, découvrant ce vieil homme massif dans son fauteuil, habillé en vulgaire, crachant des mots inconnus, qui s'agitait sous sa couverture de laine. Les hommes de son escorte s'étaient dressés, l'entourant, le protégeant, car le charivari venu de ce réduit avait alerté les employés chargés de la sécurité. Très vite, quelques *policemen* en casquette étoilée traversèrent l'allée pour calmer l'agitation.

Les hommes de Ferben formaient un arc de cercle autour de leur patron, main déjà glissée sous leur veston. Ferben leur fit un signe discret de ne pas bouger. Un policier fendit le rang et s'approcha :

— *Sir, I suggest you quit...* Monsieur, veuillez partir.

Ferben fit un énorme effort pour ne pas ordonner, d'un geste, qu'on lui tranche le cou. Mais ce temps était fini, il le savait. Même à Chicago ! Alors, dans cet Etat de fanfreluches, de dévoyés, de pingouins, ce n'était pas le moment.

Blême, ravalant sa colère, il ordonna à son garde du corps de le pousser. Ses hommes l'escortèrent, frôlant les matraques des policiers.

Ils remontèrent l'allée, coupèrent en biais vers le bout de la pelouse, qu'on avait éclairée aux quatre coins après le concert, et ils rejoignirent la voiture transformée qu'utilisait Jauna Ferben. Quand l'autre hissa le fauteuil sur les rails aménagés pour rouler dans l'habitacle, Ferben l'attira vers lui :

— C'est le barbu qui n'a pas voulu. Le barbu, tu vois, celui qui fait toujours « hum ! » ? C'est lui qui m'a trahi. Celui-là, tu ne le quittes pas. Je veux tout savoir.

*

Nuit et jour, Ferben développait sa rage blanche, la plus redoutée par les hommes de Ferben, venus de Chicago ou recrutés sur place. Le *Jauna* évitait soigneusement tout rapport avec Las Vegas, pourtant proche et riche, mais tenue par les Italiens. Chacun chez soi pour toujours ! Il n'avait pas eu à s'en plaindre depuis qu'il avait émigré.

Autour de lui, on s'épiait. Le *Jauna* pouvait ordonner la mort, et le tueur désigné aurait exécuté son collègue sans broncher. La troupe aux ordres lui servait de protection, de factotums, de surveillants du chantier du golf qui sortait de terre plus haut dans la contrée, vers Bel Air. Certains avaient du cerveau dans les muscles seulement. D'autres en auraient remontré à des diplômés, en comptabilité par exemple. Entre autres, on ne rackettait pas le Père Ferben, il l'avait assez pratiqué à Chicago. Mais ce temps datait. La fureur du moment, il la dirigeait contre « le barbu ».

Trois jours après le concert du Bowl, Ferben enrageait toujours. Il enragerait jusqu'à ce que Anaï soit à lui, en vrai, à sa main. Dans l'immédiat, il offrait à Maître Vraountz le visage avenant du serpent charmeur.

— Cher musicien, dit-il d'un ton doucereux, vous semblez soucieux.

Il ne l'appelait pas « cher musicien » par ironie, mais parce qu'il n'arrivait pas à prononcer son nom. A chaque erreur, l'autre l'avait repris : Vra-oun-... tzeu ! On aurait dit un aboiement.

Assis en face de lui dans le hall du Castel Valmont, Vraountz se grattait la barbe par-dessous, vers la glotte. Avançant le menton, il la tendait presque à l'horizontale :

— Un hum !... concert annulé.

— Diable, mais vous m'avez dit la même chose hier.

Vraountz avala une gorgée de son *bloody mary* en soupirant :

— Eh oui. Deux fois déjà. Même trois. J'oubliais une nouvelle proposition qui n'a pas abouti, comme les précédentes.

— Que se passe-t-il ?

— Des bêtises hum... des contrôles de sécurité qui refusent l'autorisation, des locations chez d'autres qu'on redécouvre hum... soudain. Des syndicats qui se mettent en grève, folie !

— Folie. La loi des séries.

Après le triomphe d'Anaï trois jours plus tôt à l'Hollywood Bowl, Maître Vraountz croulait sous les propositions de concerts. Au téléphone dans sa chambre, en réunion dans les salons de l'hôtel, il se démenait en transpirant. Mais depuis la veille, il consacrait davantage de temps à s'occuper des annulations que des réservations. L'un après l'autre, les projets s'effondraient.

— Comment va notre petit ? demanda Ferben.

— Il se ronge les sangs. Très mauvais pour lui.

Vraountz n'aimait pas que Ferben dise « notre », il n'aimait d'ailleurs pas grand-chose de lui, mais à qui d'autre parler ? Les femmes dans les bordels des environs ne pouvaient rien comprendre.

— Je peux arranger cela ? fit semblant de demander Ferben.

— Je ne vois pas comment, merci.

Vraountz n'avait décelé aucun double sens dans la phrase de l'autre – car Ferben « arrangeait » déjà bien : les annulations, Vraountz les lui devait, sans le savoir. Le monde du spectacle appartenait aux clans, toujours prompts à rendre service en contrepartie d'autres services, ou de montagnes de dollars. Ferben possédait les deux. Il faisait passer ses hommes à lui derrière Vraountz. Comme par hasard, la location de la salle était décommandée, le concert oublié.

— Je peux vous organiser des concerts, moi. Ils ne seront pas annulés.

— Qu'en savez-vous ?

— Doutez-vous ?

Ferben s'efforçait à la politesse, ça lui coûtait. Quant à Vraountz, il l'écoutait à peine. Son attitude au Bowl et sa manie de s'approprier Anaï avec des « nous » le révulsaient. Sa marie sanglante ingurgitée, il se fatiguait maintenant devant cet impotent à qui seule une lointaine origine bayonnaise le reliait. Pour le reste, le maître musicien le considérait comme un vieux porc.

Ferben poussa sur une roue de son fauteuil et se tourna face au piano, dans le fond du bar, silencieux. L'heure de la pause avait sonné.

— Il va descendre jouer ?

— Ça m'étonnerait.

— Qu'il vienne.

Vraountz haussa les épaules.

— Qu'il vienne, répéta Ferben d'un ton calme. Il y a longtemps que je n'ai pas entendu ma chanson.

Vraountz respira fort, prêt à exploser. Pour faire diversion, il interrogea :

— Et hum... vous parliez de concert, pourquoi hum... pas ? Où ? Quel prix ? Quand ?

— Mais ici. C'est joli, annonça Ferben en désignant le hall de l'hôtel. Le piano est bon. On peut faire un concert. Ici. Il jouera mes chansons du pays. Quant au prix, je m'en occ...

— Assez !

Vraountz avait jailli de son fauteuil comme un pantin sur ressort, rougeoyant de colère. Après des mois de tension depuis son arrivée en Amérique, et la cascade d'annulations bizarres qu'il enregistrait ici, à bout de nerfs, il lui fallait maintenant entendre cette proposition grotesque ? Ivre de colère, il cracha sa réponse à Ferben :

— Oui, assez ! On va le réclamer dans le monde entier, les plus grandes salles de la planète, et vous me proposez un concert dans le bar d'un hum !... hôtel ? Mais lavez-vous les oreilles, compagnon de Saint-Antoine ! Salut ! J'ai entendu trop d'inepties ! Nous allons vous quitter, vous et cette ville, dès demain.

La barbe frémissante, le teint cramoisi, Maître Vraountz toisait Ferben dans son fauteuil, qui levait les yeux en souriant :

— Vous allez partir avec notre petit ?

— Et arrêtez de hum !... dire « notre » petit. Qu'est-ce qui vous prend ? Allez, c'est bon. Puisque Les Anges ne veulent pas de nous – en colère, cela le reprenait de dire les noms en français dans une traduction fantaisiste –, nous irons à la Nouvelle Iorque, Saint Francis, est-ce que je sais ! hum... Paris-Londres-Berlin-Rome ! Dans un bar d'hôtel... J'ai bien l'honneur.

Il arrêta de gesticuler et de hurler face à Ferben. A chaque table, on s'était tu pour suivre des yeux le petit homme en gilet noir et redingote, la barbe carrée et le regard fou, qui faisait scandale, au bord de l'apoplexie.

Il tourna les talons et traversa le hall en renversant des verres et en bousculant des serveurs. A la sortie, il s'engouffra dans un taxi.

*

Même inculte, le vieux Ferben n'ignorait pas que sa proposition était invraisemblable. Feignant la honte, il désigna aux gens Vraountz au loin, écartant les mains autour de sa tête pour signifier : il va exploser, un fou ! Il avait atteint son but, faire sortir le petit faune de ses gonds en public.

Vraountz venait de signer son arrêt de mort. Ferben savait où il allait, il était attendu.

Depuis trois soirs, Maître Vraountz calmait ses ardeurs au Paradise, un salon discret dans Pico Boulevard, à l'est du centre-ville, quartier dangereux. Ferben lui avait indiqué l'adresse entre deux *bloody mary* et l'avait rassuré : « Il ne vous arrivera rien, cher musicien. Et l'on vous soignera. Vous n'en reviendrez pas, avait-il ajouté en français, avec un sourire narquois. Si je pouvais encore, je vous accompagnerais volontiers. Mais bon, hélas... » avait-il fini en désignant ses jambes mortes sous la couverture.

Promesse tenue. En vérité, de cela au moins Vraountz ne se plaignait pas jusqu'alors. Dans ces rues désertes où des bandes de détrousseurs commençaient à s'organiser, il n'avait jamais été inquiété. Si des rôdeurs s'approchaient à son arrivée, ils se fondaient par miracle dans le noir. Vraountz ne remarquait pas d'autres ombres, qui faisaient peur aux petits voyous, et davantage encore les canons pointés sur eux.

Quant à la prestation à l'intérieur, vraiment... Vraountz allait noter cette adresse dans son carnet, avec plusieurs étoiles. Parfait, enthousiasmant, tellement inventif... Où ces filles avaient-elles appris ? Quel professeur, quel autre Maître V. des fesses les avait portées si haut dans l'art ? Ferben n'avait pas menti – il ne s'en étonnait pas, chacun sa spécialité. Vraountz avait redouté qu'à ses retours le vieux malade dans son fauteuil ne lui demande de raconter, malsain. Pas du tout : Ferben se contentait d'être cruel.

Affaires diurnes réglées, Vraountz se précipitait au Paradise en soirée, sans savoir que la fille recevait double paiement des hommes de Ferben. Elle versait dans son verre une poudre à réveiller un eunuque, que Vraountz n'était nullement. Il en sortait épuisé, comme à vingt ans. Désormais, il trouvait là sa seule satisfaction à Los Angeles. Décidé à quitter cette maudite cité le lendemain, il allait exploser ce soir, une bonne fois. La colère décuplait son besoin.

Il s'en voulait de ne pas avoir emmené le petit vers une apothéose de cuisses et de seins, mais Anaï devenait morose. Ne plus hypnotiser le public depuis trois jours le rendait cafardeux. Les concerts annulés l'inquiétaient. Vraountz ne lui cachait rien. « Mais pour baiser, avait-il songé, faut être pimpant ou rageur. Triste, on ennuie même les putes. »

Alors, il l'avait laissé dans sa chambre, descendant le premier pour une fois. Le gamin le rejoindrait au bar, s'il voulait. Anaï restait parfois seul toute la soirée.

*

Ferben attendit longtemps. Et enfin Anaï descendit.

Le *Jauna* avait chassé les hommes et les fournisseurs regroupés autour de sa table dès le départ de Vraountz, étalant leurs plans et leurs papiers.

Il fit pivoter son fauteuil pour faire face au piano et agita la main afin d'attirer l'attention d'Anaï qui cherchait son maître de musique dans le hall. Le vieux bandit appliqua sur son visage rond et plein toute la bonté possible. Cela se voyait peu, mais davantage que d'ordinaire : Anaï le faisait fondre, sans effort, comme si son propre Eddie, perdu depuis si longtemps, revenait. Pourtant, il avait fait de son fils un tueur, chez eux on façonnait les enfants à son image.

C'est qu'à l'inverse Anaï cachait en lui tout ce que le Père Ferben aurait jadis détesté. Le *Jauna* ne se posait pas la question de savoir quel vide comblait le jeune virtuose, quelle culpabilité il détournait. Ferben ne cherchait jamais dans ces directions. Au contraire, il déblayait, devant.

Anaï s'approcha. Il portait son éternel costume de velours noir et sa chemise blanche immaculée dont les plis formaient presque un jabot, la même tenue que sur scène. Ses cheveux noirs bouclés recouvraient ses oreilles, et son sourire produisait des éclairs autour des joues. Ferben le laissa venir, fixant les mains fortes, pas épaisses comme les siennes, mais puissantes, celles qu'un homme doit avoir.

— Je cherche Maître Vraountz.

— Comme tous les soirs. Viens, fils ! On va l'attendre. Tu vas jouer ma chanson ?

— Où est-il ? dit Anaï, la tête en vadrouille. Je m'étais endormi. D'habitude, c'est moi qui descends le premier.

— C'est ça alors ? Tu l'as mis en colère. *Alua !...* hou, il était fou de rage ! Jamais vu comme ça.

— Il était là ?

— Mais oui, il est parti, une furie, ton Vrintze. Il va revenir, fils. Assieds-toi.

Anaï jeta un dernier coup d'œil alentour, puis se laissa tomber dans un fauteuil, devant Ferben qui cligna de l'œil :

— Je sais peut-être où il est, hé hé !

— Au bordel.

Ferben resta bouche bée.

— Tu... mais je... ânonna-t-il. Tu es au courant ?

— Ben oui, monsieur.

Ferben attendit quelques secondes avant d'admettre :

— C'est bien. Tu es grand. Il t'en parle ?

— Il m'y emmène.

— Ah ! Un vrai petit homme.

Ferben essaya de lui adresser un clin d'œil complice, mais sans foi. D'ailleurs, Anaï ne baissait pas les yeux, calme. Dans son monde, le mot bordel n'avait aucun sens vulgaire. Il n'avait jamais connu que ces femmes ; elles étaient gentilles ; sur elles il faisait courir ses doigts comme il pétrissait un clavier ; elles riaient, grognaient, roucoulaient, puis gémissaient ; un piano aussi.

Ferben tendit l'oreille. Pause terminée, le Noir qui officiait chaque soir au Castel Valmont avait repris sa place. Ferben fut déçu.

— Tu me joueras ta chanson, après ? Quand il aura fini, l'autre nègre.

— Oui, monsieur. Si Maître Vraountz n'est pas revenu.

— On aura le temps, je crois.

Ils restèrent silencieux un moment. Malgré tout, Anaï impressionnait Ferben. Non seulement il avait vu le jeune homme déclencher par la force de ses doigts une hystérie collective – Ferben réduisait la performance à un exploit physique – ; non seulement la jeune perle constituait à lui seul une fortune – Ferben appréciait, même s'il considérait incongru de payer pour écouter, ici au bar c'était gratuit – ; mais il percevait dans le jeune Basque en face de lui une force intraitable et sereine, comme il l'avait connue au pays dans sa jeunesse, comme lui-même l'avait à l'intérieur, et comme il la cherchait depuis toujours quand il fallait jauger un homme. Ce petit, il venait de bonne souche.

Il poussa les roues de quelques centimètres pour s'approcher du visage d'Anaï et lui demanda, les yeux dans les yeux :

— Parle-moi de ta vie, on n'a pas eu l'occasion.

Anaï ne sut quoi répondre. On lui posait cette question pour la première fois. Lui-même n'y avait jamais songé. Qui, à seize ans, sait qu'il a une histoire ?

— En ce moment ? Je passe des concours. Enfin, c'est fini, le dernier... mais vous y étiez ! Je devais donner des concerts, mais Maître Vraountz est très contrarié. Ils sont annulés. Les uns après les autres, hein ? Ça m'énerve.

Ferben avança le bras et tapota le sien :

— Tu vas en faire, tu verras. Tu vas en faire.

— J'aimerais bien parce que là, je me rouille.

— Mais tu sais jouer, ça y est.

Anaï le dévisagea, surpris pour la première fois :

— Mais... jamais assez. Chopin, Liszt, Mozart, ils ont travaillé toute leur...

— Oui, bon, je connais pas tout le monde. Tu dois apprendre combien de temps encore ?

— Toute la vie. C'est normal, monsieur.

— Ah, mince. Mais tu es payé, très cher je crois, quand tu travailles.

— Pas quand je travaille. En concert, oui. Je veux dire, ça va commencer.

— Mais tu travailles combien ?

— Huit heures chaque jour.

— Les concerts, c'est pas si long !

— Bien sûr que non, sourit Anaï en se rengorgeant, fier d'expliquer. Une heure et demie, deux heures au maximum. Après, on ne peut plus.

Ferben fronça les sourcils :

— Tu travailles deux heures de temps en temps, t'es crevé, t'es payé. Tu travailles huit heures par jour, gratis. C'est bizarre, ce truc (« des bons arnaqueurs, les musicos », ajouta-t-il en lui-même).

Ferben agita la main pour chasser ces pensées et revint au sujet :

— D'accord, tout ça. Je te disais de me parler de ta vie, d'où tu viens, où tu habitais, tes parents...

— Ah, d'accord.

— Alors ?

— Eh bien, je... mon papa et ma maman, ils ont un hôtel au Pays basque.

— Tu t'appelles comment déjà ? Tu me l'avais dit mais...

— Mon père s'appelle Aguirre. Moi, c'est Anaï Aguirre.

— Le frère Aguirre. Tu as un frère.

— Oui, un grand.

— Bah, des Aguirre, j'en ai connu au pays, partout, c'est vieux tout ça, il y en a tellement, comme les Etcheverry, ça court les rues.

— C'est bien ça, l'hôtel : hôtel Etcheverry.

— Connais pas.

— C'est écrit dessus, en énormes lettres sur le mur.

— Connais pas.

— Il y avait un jeune curé, je veux dire un ancien curé qui habitait là. Il s'appelait Tchema. Il s'est beaucoup occupé de moi.

— ... ne me dit rien, ce nom.

— Et puis j'ai fait de la musique, j'ai appris des chansons.

— Tu les joues bien.

— C'est pas difficile.

— Oui, mais tu les joues bien, répéta Ferben, d'un ton énervé.

Il sembla se perdre un moment dans ses songes. Le souvenir le plus vivace qu'il gardait de sa première jeunesse se nommait famille Etcheverry... pas Aguirre. Ils n'habitaient pas un hôtel, mais une ferme, une grosse sur une colline, et personne n'y faisait de musique à part le vacarme des bêtes. Il n'y avait pas beaucoup de bonheur et d'après ce qu'il savait, cela avait continué. Celui qui allait devenir le patriarche, Mikel, l'avait aidé dans sa jeunesse à s'échapper de la police... même de la guillotine. Embarqué dans la soute d'un paquebot à Bayonne, direction ici, l'Amérique. Il lui avait dû la vie, il ne lui devait plus rien. Il avait payé sa dette. Il avait envoyé son propre fils Eddie tuer sa fille et le bébé qu'elle avait d'un Allemand, *zorgina*... sorcière, disait le père, et il n'avait pas tort. Comment déjà ? Germaïna. Elle avait une jumelle, s'il se souvenait bien. Un drôle de nom, un de plus, Goïzane ?... Vieux tout ça, bien avant la naissance de ce gamin en face de lui.

— ... et puis comme je faisais tout le temps de la musique, continuait Anaï, finalement content de parler, sur le piano du salon de l'hôtel (« ouais, vraiment pas le même genre de famille », conclut Ferben en lui-même), alors maman m'a emmené chez Maître Vraountz. Il m'a gardé. Il paraît que c'est rare.

Ferben avala sa salive :

— Tu ne vas pas rester avec lui tout le temps.

— Il s'occupe de tout. Les partitions, ce que je vais jouer, les exercices et les concours. Il connaît tout, et beaucoup de gens, ceux qui organisent les concerts, enfin tout. Et puis les voyages, les hôtels, les repas, les bordels, ça doit être compliqué. Il est gentil.

Ferben eut du mal à ne pas rire. A nouveau Anaï se taisait, alors il redemanda :

— Donc, au pays, tu es resté jusqu'à venir ici. Depuis combien de temps tu es parti ?

— Oh, des mois.

— C'est parfait de partir. Regarde, moi par exemple, je... Enfin, c'est autre chose.

Rassuré, Anaï gigota dans son fauteuil :

— Dans la famille on n'arrête pas de partir. Mon frère, pareil. Il n'est plus là-bas.

— Où est-il ?

— Ici.

Ferben scruta partout, inquiet :

— Je ne le vois pas. Tu ne me l'as jamais présenté.

Anaï rit franchement :

— Mais non, je veux dire qu'il est en Amérique.

— Mais où ?

— On ne sait pas. On n'a jamais eu de nouvelles. Il est venu faire le berger.

— Comme d'autres.

— Voilà. Et avec le curé de tout à l'heure. Ils sont partis tous les deux. C'est ce qu'on disait à la Maison.

— Maintenant que tu es en Amérique comme lui, tu n'as pas cherché à le revoir ?

— Je n'ai pas le temps, rétorqua Anaï d'un ton sérieux. Mais Maître Vraountz m'a promis qu'on s'en occuperait. Parfois, quand on va au bordel, je me demande s'il n'est pas là, parmi les hommes qui passent.

— Tu penses à de drôles de choses.

— Enfin, pour l'instant je ne sais pas où il est.

— Je t'aiderai à le retrouver, scanda Ferben.

— C'est vrai ?

— Promis. Tu sais, je trouve ce que je veux. Des concerts aussi, je t'en trouverai.

— Oh ça, Maître Vraountz...

Ferben serra les dents : « ...casse les pieds avec son Chrantz, à force. »

Mais Anaï se réjouissait. Les yeux brillants, il fixait le vieux Ferben comme un papa gâteau qu'il n'avait pas eu, ni même un grand-père, et jusqu'alors il ne savait donc pas que cela existait.

Les grands remplissaient l'espace de son monde. L'oncle Mattin, qui lui avait appris les airs basques ; le séminariste Tchema qui lui faisait réciter ses leçons ; son grand frère Iloba, plus fort que son père ; Maître Vraountz qui s'occupait de tout si bien ; maintenant ce monsieur qui promettait de ramener Iloba. Anaï n'avait jamais vu d'autres enfants. Musicien, il n'avait pas été un enfant comme les autres. Il ignorait qu'on devenait adulte. Tout lui semblait normal, comme les pleurs des spectateurs après avoir joué.

*

Le bar de l'hôtel redevint silencieux. Le pianiste avait fini. Un cliquetis de verres ici et là, le rire étouffé d'une femme plus loin le remplacèrent. Vers la réception, à l'autre bout, l'agitation ne cessait pas, mais trop loin pour qu'on l'entende, entre les porteurs de valises, les clients se croisant, les grooms affairés.

Parfois, l'éclair d'un flash au magnésium striait la pénombre du bar quand une vedette d'Hollywood s'invitait à un cocktail. On tirait le cliché des stars calmement, en les faisant poser. Un seul photographe travaillait, avec un appareil carré qu'il tenait à deux mains, et il portait un smoking.

Chacun parlait à voix feutrée, ou plus bas dans l'oreille du voisin – comme l'homme dont le dos masquait le regard d'Anaï, et qui glissait quelques mots à l'oreille de Ferben, les lèvres près de sa tempe. Un homme en costume noir qui portait un chapeau, comme tous ceux qui entouraient le Monsieur.

L'homme se retira et Anaï vit à nouveau le visage satisfait de Ferben, qui voulut parler puis se ravisa en désignant le piano désormais muet :

— Tu me joues la chanson maintenant ? Tu me l'avais promis. Chacun sa promesse.

Ne voyant toujours pas Maître Vraountz, Anaï se leva.

— Je vais l'écouter d'ici, précisa Ferben. C'est plus beau.

Anaï traversa le salon et s'assit au piano.

Il laissa ses doigts filer tout doucement sur les touches. Le son prit forme en quelques secondes, soyeux, dans l'*Ikhusten Duzu Goizean*, à tirer de vraies larmes sur les joues les plus tannées.

Quand il eut fini, il revint à la table. Ferben ne cachait pas ses yeux humides. Une grimace déformait sa bouche et son menton en galoche. Une fois de plus, l'air lui avait remué le ventre. Le petit avait du prodige dans les bras.

Mais Ferben haïssait les marques d'émotion, surtout les siennes. Alors il en profita :

— Assieds-toi, fils. Et ne dis rien.

Inquiété par le ton davantage que par les larmes de ce vieux monsieur, car il en faisait couler quand il jouait, Anaï se posa au bord du fauteuil, le dos droit.

Ferben prit ses mains dans les siennes. Anaï fut intrigué car elles étaient froides. En général, les gens qui pleurent ont en même temps les mains chaudes. Il se souvenait de celles de Maître Vraountz à la sortie du concert de l'Hollywood Bowl, quand il avait saisi les siennes en coulisses, qui étaient brûlantes. Anaï ne le voyait toujours pas dans le hall.

— Fils, dit Ferben d'une voix sourde, je ne pleure pas de ce que tu as joué. Je pourrais... magnifique ! Je pleure, tu sais, je vais te dire un malheur...

Puis il se tut et fit exprès d'avaler sa salive en secouant la tête, les yeux baissés. De toute façon, il n'arrivait pas à prononcer le nom.

Il attendait, en jetant de petits coups d'œil à Anaï par-dessous, comme pour l'encourager, faisant trembler ses lèvres exprès. Désorienté, Anaï se taisait. Puis il réagit brusquement :

— Il est arrivé quelque chose à Maître Vraountz ?

Ferben fit oui de la tête.

— Il est arrivé quoi ? Il est arrivé quoi ?

Après quelques secondes, Ferben releva les yeux vers lui, puis les rabaissa. Des regards, il en avait pourtant soutenu, dans sa sale vie.

— Mort, fils. Il est mort.

Anaï ne dit rien. Cela ne voulait rien dire.

Ferben répéta, plus bas :

— Il est mort. Je vais m'occuper de tout, fils.

*

Quelques centimètres à l'intérieur du crâne, à l'arrière, bien protégé par des muscles et un faisceau de ligaments sacrément solides...

Pendant que Maître Vraountz s'amusait sur elle, la fille riait. Elle était grande et lui râblé. Son visage arrivait vers son cou. Il glissait pour mordiller ses seins : elle riait parce que la barbe taillée au carré la chatouillait. Vraountz gigotait, joyeux comme un pinson apoplectique.

La fille avait rampé sous lui pour se dégager, lui demandant d'attendre. Nu sur son ventre arrondi, Vraountz attendait donc, impatient de la suite. Il n'avait aucun goût pervers, n'exigeait pas des scénarios complexes, ni déguisement, ni rôle. Il honorait plusieurs fois les filles, à son âge, y trouvant tout son bonheur hors la musique.

Peut-être la fille allait-elle réapparaître en porte-jarretelles et le masserait-elle d'une huile odorante ? Avait-elle prévu de revenir avec une autre ? Sur le lit défait, la tête enfouie dans l'oreiller et les bras en croix, il attendait. Puis il sentit un frôlement derrière lui, suivi d'une petite tape sur ses fesses. Il gloussa. La main remonta le long de sa colonne vertébrale, jusqu'à la nuque. Il frissonna. Qu'allait-elle inventer ?

Les doigts grattèrent les cheveux à l'arrière et Vraountz appuya plus son visage dans le lit, en crispant ses doigts sur le drap. Maintenant il pouvait sûrement se retourner et découvrir la fille.

Il patienta encore quelques secondes, la tête dans l'oreiller, l'imaginant derrière lui, seins dans ses mains, narines palpitantes. Elle était sa préférée, une jument somptueuse, si grande qu'il avait l'impression qu'elle jouissait comme deux.

Il quitta ce monde et sa musique en emportant cette image rêvée.

La fine aiguille d'acier venait de s'enfoncer fortement dans sa nuque, visant le bulbe rachidien. Son corps se tétanisa puis s'affaissa. La mort avait été instantanée.

L'homme derrière lui, chapeau rabattu sur le front, appuya à fond, puis retira l'aiguille et l'essuya sur un coton sorti de sa poche. Il la glissa dans un tube à l'intérieur de sa veste. Dans une autre poche, il prit un flacon d'alcool, imbiba le reste du coton et en tamponna le minuscule trou sous les cheveux, bloquant la goutte de sang qui perlait. Il remit le flacon et le coton dans un sac en plastique et empocha le tout. Après un dernier coup d'œil, il se recula, tapota une nouvelle fois les fesses de Vraountz, déposa un paquet sur la commode et sortit.

Il descendit par un petit escalier jusqu'à l'arrière du Paradise, sur Pico Boulevard, et monta dans la limousine noire qui l'attendait, à côté des poubelles, disparaissant dans la nuit.

En haut, la fille rentra dans la chambre. Elle serra les mâchoires en découvrant le corps sur le lit, puis soupira en se rhabillant en toute hâte, saisit le paquet sur la commode en l'écornant pour vérifier la liasse de billets qu'il contenait. Elle le glissa à l'arrière de sa jupe, sous la ceinture. Elle sortit à son tour et prit le grand escalier.

Au bas des marches seulement, elle se composa un visage affolé. D'autres filles attendaient dans le salon et la maquerelle s'affairait au fond. La fille se précipita vers elle, annonçant le malheur, « comme ça, d'un coup sur moi ! ». On la rassura, on lui fit boire un verre de bourbon, on monta dans la chambre rhabiller le client, avant de téléphoner au District Officer, qui ne fut pas surpris. La maison restait sous contrôle. Quant à un vieux client succombant à une attaque dans un bouge...

Avec son adjoint, le policier arrivé dix minutes plus tard fouilla les poches de Vraountz et découvrit une carte avec l'adresse du Castel Valmont. Aidés par deux filles, ils descendirent le corps par le petit escalier et l'enfournèrent dans leur grosse voiture noire à toit haut, garée à l'arrière du Paradise. Les lettres peintes sur le côté et la sirène chromée à l'avant du toit avaient éparpillé depuis longtemps les rôdeurs.

Les policiers roulèrent quelques centaines de mètres et, dans une autre rue, vérifiant que personne ne traînait vers un bar, ils déposèrent le corps sur le trottoir et pénétrèrent dans l'établissement pour ordonner qu'on appelle une ambulance. Cinq minutes plus tard, le corps de Maître Vraountz, décédé officiellement d'une crise cardiaque dans la rue, fut amené à la morgue.

*

Trois jours suffirent à Jauna Ferben pour récupérer légalement Anaï. Un contrat entre lui et

Vraountz, dont la signature avait été imitée, fut présenté aux autorités. Il prévoyait que M. Tony Ferben avait tout pouvoir pour protéger et représenter le jeune Anaï Aguirre « en cas de malheur » et dans l'attente des instructions de sa famille.

D'autres contrats, de concerts cette fois, et authentiques, furent étalés pour justifier que le pianiste demeure à Los Angeles. Ferben, tout en faisant annuler les engagements pris par Vraountz, avait signé en double, à son nom, les mêmes locations de salles, au double du prix. Voilà un homme honorable, respectable dans son fauteuil d'infirme, louant à plein temps un bungalow dans l'un des hôtels les plus chers de la ville, propriétaire d'hectares d'une valeur insensée où il bâtissait un merveilleux country club pour le bien-être de la cité : merci, *sir*.

Personne n'objecta dès qu'il eut fait comprendre qu'en outre il venait du pays du jeune prodige, à qui il s'adressa, devant le juge administratif qui réglait le dossier, en basque. Anaï sortit de sa torpeur à cet instant seulement. Les adultes compatirent. L'un des assesseurs se targuait d'être mélomane et avait assisté à la performance de l'Hollywood Bowl.

Dès le surlendemain, le corps de Maître Vraountz fut rapatrié en France, dans un cercueil plombé glissé dans la soute d'un Constellation. Anaï assista à la fermeture de la grande porte arrière, aux côtés de Ferben, dont on avança le fauteuil roulant sur le tarmac. Au dernier claquement de serrure, Anaï craqua, s'accroupissant à côté de la roue du fauteuil, la tête dans ses bras repliés. Ferben le saisit par le cou et tira vers le haut, l'obligeant à se remettre debout.

A Bayonne, les obsèques furent réglées par la mairie et l'école de musique. Vraountz n'avait aucune famille. Seul un groupe d'élèves avec leurs parents assistèrent à la cérémonie. Des mères pleurèrent comme leurs enfants. Certaines repensaient, les yeux clos, au corps tendu du vieux faune quand il les honorait contre son piano. Il fut décidé qu'une rue menant à l'école porterait son nom, plus tard, au prochain redécoupage du cadastre. La décision n'allait jamais prendre effet.

Depuis des mois, Vraountz ne vivait plus avec eux, parti en Amérique avec l'élève dont il s'occupait en exclusivité, et personne n'avait reçu de nouvelles, ni les autres, ni Goïzane. Perdue au fond de son lit du sanatorium Toki Eder de Cambo, exsangue et pâle, Goïzane ignora la mort de Maître Vraountz – et les triomphes d'Anaï. Ailleurs, on l'avait déjà oublié.

Dès que l'avion emportant sa dépouille disparut dans le ciel tout bleu, Ferben, ses hommes et Anaï revinrent au Castel Valmont. Anaï voulut monter dans sa chambre, mais Ferben lui indiqua le jardin ombragé qui courait le long de la piscine, ceinturé de hautes grilles où des badauds s'accrochaient parfois pour apercevoir, en vain, une célébrité. Anaï suivit l'homme, dont le garde du corps poussait le fauteuil entre les chaises longues, jusqu'au premier bungalow.

On conduisit Anaï dans le suivant, tout à côté. Le soleil tapait et, à l'intérieur, Anaï respira mieux dans la fraîcheur de l'air conditionné, premier grand luxe d'une ville assommée de sécheresse. Il y découvrit ses affaires, bien rangées, et un piano neuf dans le fond, emmailloté dans sa housse rembourrée.

Sans un mot, Anaï en dégagea l'avant, souleva le couvercle du clavier et enfonça la pédale gauche, qui assourdissait les sons. Il s'assit et joua, sans pleurer, tous les airs basques qu'il connaissait. Les oreilles comblées par cette musique, il n'entendit pas, venue du bungalow voisin, la voix de Ferben qui hurlait : « Plus fort, nom de Dieu ! » Il joua ainsi, jusqu'à ce que le soleil se noie au bout du Pacifique, comme lui dont la tête se posa au milieu de la nuit sur le moelleux de la housse, dans la paix.

Ferben ne fermait pas les yeux. Immobile dans son fauteuil, il retardait le moment d'ordonner à son garde du corps de le porter sur son lit, moment qu'il détestait. Enfin, la musique se tut, et comme ses yeux piquaient, il lui fit signe.

Quand il le souleva, son garde le trouva moins tendu que les autres fois. Ferben s'endormit vite. Depuis combien de temps n'avait-il pas ressenti ce frisson d'amusement ? La vie réservait donc des dernières surprises : ni celle de l'argent – il en regorgeait –, ni celle du pouvoir – il l'avait à sa main –, celle du délice.

13

Le froid réveilla Iloba et Basa. Pas le vent d'une bise, mais le friselis d'une nuit d'été. Entre les branches sous lesquelles ils étaient alanguis, l'air courut sur leurs corps. Après avoir roulé sur l'un, s'être repu de l'autre, avoir fusionné, ils avaient fini leur voyage enlacés l'un contre l'autre, tombés comme des masses sans couvrir leurs fesses.

Dans la clairière en pente des forêts de Big Sur, sous la corniche de Californie qui ressemblait tant à celle d'Hendaye, Iloba et Basa avaient enfin dormi pendant quelques heures.

La Harley penchait, à côté d'eux. Elle sommeillait, après l'interminable chevauchée depuis le Mexique, bon cheval d'acier qui ne bronchait jamais.

Frissonnant, un bras autour du ventre de Basa, Iloba étendit l'autre pour fouiller à tâtons dans les sacoches de la moto afin de sortir manteau, couverture, habits, tout ce qui pourrait les protéger de la nuit. Ils aménagèrent de bric et de broc un abri.

Basa se rendormit la première, et Iloba se mit à songer, yeux ouverts dans le noir, sans voir les étoiles, à ce qu'il allait faire. Mais le sommeil le surprit à nouveau. Quand il rouvrit les yeux, le soleil perçait déjà leur abri de branches. La rosée autour de leur petit bivouac commençait à sécher.

Iloba se leva sans réveiller Basa et s'étira. Sa si longue course sur la moto, tête baissée contre le vent, sous le soleil écrasant comme dans la nuit humide, l'avait moulu. Ces heures d'amour insatiable auraient assommé un cheval. Maintenant il se sentait reposé. Il alla vers la moto, prit un chiffon pour essuyer les sièges et les chromes, sécher ce qui restait de la buée nocturne. Puis il marcha jusqu'au bord de leur recoin de feuilles et se pencha.

En dessous, plus proche qu'il lui avait semblé la veille en faisant halte, l'océan amenait ses vaguelettes contre le sol. Des arbres penchés trempaient le bout de leurs branches. On aurait dit qu'ils buvaient depuis l'éternité. A part le minuscule ressac contre la terre, aucun bruit ne venait, de nulle part. Le début du monde, sans doute.

Iloba ôta le short et la chemisette qu'il avait enfilés pour dormir et, nu, se pencha sur Basa. Elle émergea de sa couverture et, le voyant ainsi, fit glisser ses mains sur ses mollets, jusqu'aux hanches, les yeux toujours mi-clos. Mais Iloba l'arrêta et la fit se lever en lui montrant le bord du ravin. Ils descendirent les quelques mètres qui les séparaient de l'océan, se retenant aux branches, jusqu'à ce que leurs pieds frémissent en touchant l'onde.

Ils plongèrent, nageant le plus longtemps sous l'eau, et Basa à ce jeu surpassait largement Iloba. On disait les Indiens agiles comme des poissons. Peut-être... Ils émergèrent et se frottèrent avec des feuilles, de la tête aux pieds, puis replongèrent et Basa massa les cheveux d'Iloba sous l'eau. Iloba la fit tournoyer sur le dos comme une planche. Ils ne comptèrent pas les moments où, à nouveau imbriqués, le ciel au-dessus d'eux chavira.

Au bout d'une heure, apaisés et lavés, ils remontèrent jusqu'à leur repaire, qu'Iloba n'avait pas souvent quitté des yeux, d'en bas. Personne n'avait approché. Y avait-il encore quelqu'un sur terre ?

Ils se séchèrent l'un l'autre, avec leurs mains, puis éjectèrent les dernières gouttes avec leurs langues. Iloba prit dans une autre sacoche de la moto, à l'arrière, un nouveau chiffon, pour frotter les longs cheveux de Basa, puis elle en fit autant sur les siens, drus en brosse, qu'elle repoussa vers l'arrière. Elle saisit enfin sa propre crinière et, d'une main, la sépara en deux, au milieu du crâne. Elle sortit de son sac deux petits lacets et attacha chaque moitié de cette masse de cheveux au-dessus de l'oreille, comme des tresses esquissées, puis fixa son bandeau autour de son front. Iloba remit son béret beige sur la tête et, enfin, ils se rhabillèrent et rangèrent leur barda, empaquetèrent sur la moto ce qui ne rentrait pas dans leurs sacs. Prêts à partir, ils se découvrirent, en éclatant de rire, harnachés comme des bohémiens.

Des bohémiens ! Elle en jupe large et peinte, serrée par une ceinture à l'énorme boucle ronde, une chemise et un paletot en haut et, par-dessus, le manteau qu'elle remontait autour de son ventre sur la moto. Sur la tête, elle avait enfoncé son chapeau à dôme rond et bords plats d'où sortaient les deux masses de cheveux séparées au milieu. Lui, en pantalon fripé, chemise à carreaux et blouson, un foulard autour du cou, et son béret jusqu'aux yeux. Et encore, personne ne voyait le short de boxeur qu'il gardait sous le pantalon ! Mais ses chaussures, oui. En cuir rouge, avec une longue tige montant devant le tibia, et lacées. Elles convenaient toutefois à la conduite, surtout avec les fers collés sous le talon. Mais le dessus se révélait trop fin, irritant le pied à chaque passage de vitesse.

Dans une sacoche en boudin attachée sous le phare, Iloba gardait des tas de petits objets, tournevis, écrous, pinces, coins de bois pour tenir ceci ou cela, semelles de cuir, chiffons. Avec son couteau à trois lames qui venait du ranch, il découpa un carré de caoutchouc qu'il glissa dans la chaussure gauche, là où tapait le levier de vitesse à chaque embrayage.

Ils n'avaient pas prononcé un mot depuis leur départ.

Mais leur rire – celui de Basa, toujours proche du cri – se prolongea, mêlé au vrombissement venu soudain de la route, loin au-dessus de l'eau, le premier son qu'ils percevaient. Des voitures avaient certainement circulé là-haut, mais ils n'avaient rien entendu, les oreilles pleines de leurs propres halètements.

Cette fois, le bruit trahissait des motos, bien grosses. Iloba le reconnut, notamment celui, si précis, de Harley-Davidson qui vrombissaient là-haut.

Iloba tâta une pochette accrochée à sa ceinture. L'argent, dissimulé dans les chaussures depuis la fuite du cirque, il l'avait réuni en liasses et glissé là. Sa part des trois derniers combats. Le lendemain, s'ils ne s'étaient pas enfuis, il l'eût déposé à la banque pour qu'il soit transféré à sa banque de Bakersfield. Il leur permettrait de tenir plusieurs jours.

Là-haut sur la route, le calme était revenu. Iloba redressa la moto et la mit en marche. Quand le moteur eut pris son roulement lourd, il dégagea l'engin dans le sens de la pente, fit monter Basa à l'arrière et, en pétaradant, ils réapparurent sur le bitume Numéro 1. Penchant la moto jusqu'à râper le pot d'échappement sur le sol et produire une gerbe d'étincelles, Iloba accéléra et ils reprirent leur danse vers le nord, dans les lacets de la corniche et sous un soleil clair.

*

Vers midi, ils s'arrêtèrent sur un plateau, après Carmel et Monterrey, au sud de San Francisco. Les pompes de la station essence frémissaient dans la chaleur, prolongées d'un snack-bar à côté où ils s'engouffrèrent, contents d'échapper à la fournaise qui les avait écrasés dès l'arrêt. Ils s'installèrent dans un box de skaï, près de la baie, d'où Iloba pouvait voir la moto sur sa béquille, luisante dans la lumière de midi. Il n'y avait d'ombre nulle part.

Se retenant de ne pas commander toute la carte à la serveuse au tablier blanc croisé devant sa poitrine, les cheveux tenus dans un calot et son pot de café à la main, comme née avec cette extension, ils se gavèrent d'œufs sur le plat avec une sauce rouge et pimentée, de frites et de salade, d'un *sirloin steak* monumental et de doubles *ice-creams* dégoulinants de meringue. Leur premier vrai repas depuis deux jours, depuis le cirque, le premier festin de leur vie.

Parlant et mâchouillant à la fois, ils furent bavards à s'en donner le hoquet.

Mais ils parlèrent de tout, c'est-à-dire de rien, toujours à l'âge où l'on ne raconte pas d'où l'on vient et où l'on ne sait pas où l'on va.

Basa ne le quittait pas des yeux, piochant dans son assiette à l'aveuglette, et par deux fois Iloba lui essuya ses lèvres maculées avec les serviettes en papier qu'on tirait d'un bloc de métal au coin de la table, près d'une caissette en bois contenant le sel, le poivre, l'huile et le vinaigre, la sauce rouge épaisse et du piment en poudre. Ils rirent autant qu'ils avalèrent.

— ... et ce soir, on dormira dans un vrai lit, déclara Iloba.

Son idée... eh bien, il n'en avait pas ! Seulement filer vers le nord, loin de tout. Simplement respirer avec Basa, tout près d'elle. De temps à autre, en roulant, l'avait transpercé la certitude que rien n'allait comme il l'avait prévu. Mais, sans connaître le mot, il prenait ses premières vacances et suivait le projet le plus immédiat, par exemple s'allonger cette nuit dans la chambre d'un motel, dormir et rêver en vrai.

Basa, rassasiée, s'était détournée un instant et jetait un regard vers l'extérieur. Quand Iloba retrouva ses yeux, il y vit de l'effroi.

— Qu'est-ce qu'il y a ? demanda-t-il.

— Hell's Angels.

Elle frissonnait.

Iloba regarda à son tour à travers la baie. Dehors, quelques hommes en cuir noir entouraient sa moto. Il distingua leurs engins béquillés en ligne plus loin. Eux tournaient autour de la sienne, s'accroupissant pour détailler un chrome, inspectant. Iloba en compta sept, huit peut-être, pas davantage.

Plusieurs portaient la barbe, lourds dans leurs tee-shirts, transpirant sous des blousons brodés dans le dos. Deux avaient ôté leurs casques, des sortes de bols ronds ne couvrant pas les oreilles et peints en noir. Leurs cheveux restaient plaqués, gras. Les autres allaient nu-tête ou le crâne serré dans un bandeau. Tous avaient les yeux obstrués par de grandes lunettes de soleil dont les coins descendaient bas sur leurs pommettes.

— Et alors ?

— Hell's Angels, répéta Basa.

— Je sais. Je connais. J'ai failli aller avec eux, à Bakersfield. Quand j'ai acheté la moto, le gars me l'a proposé. Mais je ne pouvais pas, il fallait remonter au ranch.

— Terribles.

— Mais non. Quand on les taquine, oui...

La serveuse ayant posé la note devant eux dès la commande prise, comme d'usage, Iloba sortit un billet de sa pochette, le laissa dans la coupelle et entraîna Basa par la main sans attendre la monnaie. Il avait remis son béret, tiré vers l'arrière. Pas rasées depuis plus de trois jours, ses joues et ses lèvres noircissaient.

Il s'approcha de sa moto. Les autres ne s'écartèrent pas. Basa était la seule fille ici... non, Iloba, du coin de l'œil, aperçut sur le siège arrière d'une Harley garée à l'écart une blonde qui fumait, les jambes allongées sur le réservoir. Accroupi, son compagnon, en cuir de la tête aux bottes, astiquait les rayons de la roue.

Iloba se planta au milieu du groupe entourant sa Harley, souriant. Il dépassait la plupart d'une tête.

— *Hi* 81 !

Les autres sursautèrent. Abandonnant l'inspection de la Duo-Glide, ils le toisèrent.

— *Hi !*

La seule tension que sentait Iloba venait de la main de Basa serrant la sienne. Les types l'observaient avec sympathie : il avait donné le mot de passe. Les Hell's Angels se nommaient « 81 », parce que H est la huitième lettre de l'alphabet et A la première. H, A, les initiales de leur district – secte mortelle, disaient les gens.

Créé en 1948, ce club de motards constitué de vétérans de commandos aériens – des bombardiers portaient ce nom d'Anges de l'Enfer – était précédé d'une réputation sulfureuse. Quelque temps plus tôt, des bagarres avaient été déclenchées lors d'un rassemblement à Hollister, au sud de San Francisco, d'ailleurs pas loin de l'endroit où Iloba et les autres faisaient halte. Le *San Francisco Chronicle*, hystérique, relayant d'autres dérapages affligeant la bien-pensante société, le rock and roll dévastateur, depuis peu les beatniks drogués, avait amplifié une simple échauffourée déclenchée d'ailleurs entre les seuls membres du groupe.

Dans les récits qui suivirent, la petite bourgade devint une ville assiégée où pendant deux jours les ménagères en cheveux bleutés avaient dû serrer contre leurs seins menacés le fusil du grand-père, sauf à être violées. Une fois dessoûlés, les Hell's Angels tombèrent des nues. Ils vérifièrent ainsi qu'une rumeur, par définition, précède un fait. Depuis lors, où qu'ils aillent, le bruit d'un prochain désastre avait couru avant leur arrivée. Parfois, il se produisait, c'est exact, « quand on les taquine », disait Iloba.

Il discuta avec eux. La Duo-Glide les impressionnait. Modèle récent, époustouflant, qui valait plus de mille deux cents dollars... Eux roulaient sur des K, des Sportsters, la génération précédente.

A leur intention, Iloba détailla sa machine, fit le tour des leurs, tenant toujours Basa, faisant semblant de ne pas remarquer les lèvres brillantes de quelques-uns dès qu'elle les frôlait, ceux du couple à l'écart aussi bien.

Quand ils eurent fini, les Hell's Angels posèrent la seule question personnelle de mise entre eux :

— T'es de quel secteur ?
— Je viens du sud.
— OK, on te connaîtrait sinon.
Le vacarme qu'il avait entendu le matin, depuis la clairière où ils avaient dormi, lui revint en mémoire :
— Je vous ai vus passer, là-bas vers Big Sur. Je crois.
— Exact. Tu aurais dû faire signe.
— Pas réveillé.
Cela provoqua leur rire, égrillard chez l'un, qui leva le pouce vers Basa.
— Tu montais ?
— Oui. Je continue vers le nord.
— Comme nous. Muir Woods, tu connais ?
— Non.
— Il y a un concert là-bas, en plein air, ce soir. Si tu veux...
— D'accord.
Le voyage de noces continuait.

*

Ils n'eurent pas besoin de lui indiquer sa place. Tout naturellement, Iloba se glissa à l'arrière des autres, qui roulaient en quinconce, lentement, occupant parfois la largeur de la chaussée.

Le trajet fut long. Ils roulaient sans jamais accélérer. Après avoir dépassé Palo Alto, puis traversé San Francisco et ses rues en dos-d'âne, le convoi des motards s'engagea sur le Golden Gate, au-dessus du Pacifique, fourmis noires luisantes sous les colossaux montants de fer rouge du pont suspendu, interminable.

A l'autre bout, ils s'engagèrent à gauche, sur de petites routes longeant l'océan. Après une heure leur parvinrent soudain les échos d'une musique énorme, qui parvenait à percer le vrombissement de leurs moteurs. Au ralenti, la troupe déboucha sur un vaste terre-plein où s'agitait à perte de vue un parterre bariolé de chemises à fleurs, une foule jeune, hirsute, barbue, perdue dans des fumées d'encens.

Vue de loin, une scène semblait remplie de pantins gesticulants, mais la musique ravageait les oreilles, crachée par des haut-parleurs gigantesques dressés en colonnes de chaque côté du plateau.

Derrière les arbres qui bordaient l'autre extrémité, où ils venaient d'arriver, le soleil commençait à baisser et tapait directement sur leurs lunettes en coquille. Après avoir rangé les motos en ligne, ils s'installèrent au fond du champ, quittant leurs blousons sous lesquels apparurent leurs tatouages, la plupart d'aigles et de gueules crachant le feu. Après un court moment de répit, au loin la scène s'anima sous les vociférations de nouveaux orchestres.

Dans l'herbe, Iloba s'allongea pour détendre ses jambes, appuyé sur ses coudes. A côté, l'un des motards se pencha vers lui :

— Je déteste cette racaille.

Iloba se surprit à partager cette opinion. Pourtant, il n'avait jamais vu ceux que, dans la région, on commençait à nommer les beatniks, inconnus ailleurs. Ni au ranch, ni dans la sierra, ni près des cowboys de Bakersfield, il n'aurait pu les rencontrer. D'instinct, il ressentait un malaise.

Il se remit assis, dos droit, et prit Basa entre ses jambes, l'entourant de ses bras et appuyant sa tête derrière son épaule.

Plus près de la scène, quelques-uns dansaient, chacun pour soi, se dandinaient plutôt. A quelques mètres, une fille aux cheveux roux en vrac jusqu'au milieu du dos ôta son chemisier bariolé qu'elle jeta à la ronde. Seins nus, elle oscilla sur elle-même, une cigarette au coin des lèvres, avant qu'un jeune barbu ne la hisse sur ses épaules, et elle salua la foule qui l'encourageait, le regard vague. Puis ils se répandirent tous les deux : elle lourde et lui malingre, qui avait trébuché sur un groupe assis en tailleur à leurs pieds.

— Les nichons à tout le monde, mais ça doit même pas savoir baiser, entendit Iloba au-dessus de lui.

Il releva la tête et découvrit la blonde qu'il avait vue plus tôt sur le parking, fumant allongée sur les sièges. Avec Basa, elle était la seule fille du groupe. Les autres lui avaient peu parlé, comme à son compagnon. Iloba les sentait à part, comme rejetés. La blonde provoquait, jambes écartées dans son pantalon de cuir, juchée sur des bottines pointues.

— Hein, mignonne? ajouta-t-elle à l'adresse de Basa.

Iloba haussa les épaules et serra Basa, se retournant vers la scène au fond. La blonde ricana en caressant ses hanches et leur tourna le dos.

Le son des guitares montait, très fort ici, sans doute insupportable au bord de la scène. Se tenant par la main, des jeunes oscillaient de droite à gauche, au rythme de la lancinante batterie qui tapait là-bas. Parfois, l'un tombait, les pieds pris dans les immenses écharpes de soie que portaient les filles, traînant jusqu'au sol, devenu humide au crépuscule. Des mégots circulaient d'une bouche à l'autre. Derrière Iloba, les Hell's Angels avaient déniché des bouteilles de bière. Ils lui en passèrent une. Il but au goulot, puis Basa, deux petites gorgées.

A quelques pas, des couples avaient allumé un feu de camp, qui éclaira leur zone en jaune. Ils s'affalaient, roulant sur eux-mêmes et, comme par réflexe, l'un des garçons tendit le bras vers Iloba, une cigarette roulée entre deux doigts, dont il proposa une bouffée. L'odeur se répandait, douceâtre. Avec une grimace, Iloba fit signe que non. L'autre hocha la tête, les yeux roulants, et se leva pour tendre la cigarette à Basa.

Tenant mal sur ses jambes, il glissa, heurta le pied d'Iloba et tomba sur les jambes de Basa en laissant choir son mégot et en essayant d'agripper ses cheveux. Basa hurla de douleur.

Iloba fut aussitôt sur ses pieds, dominant le garçon qui réalisait mal où il se trouvait, répandu dans l'herbe. Il s'appuya sur un genou pour se redresser et leva la main en écartant deux doigts, le pouce dans la paume, marmonnant un « *Peace...* » approximatif qu'Iloba n'entendit pas.

Il ignorait le sens du geste, ne l'avait jamais vu. Il crut au contraire que l'autre dressait ses doigts dans une sorte de mise en garde agressive, pour les lui planter dans les yeux : Iloba, lui, aurait fait cela.

Alors, il n'attendit pas et assomma le garçon d'un seul coup de poing sur la tête. A son grand ahurissement, ce fut le signal d'une bagarre qui se propagea par cercles dans tous les rangs qui les entouraient. Pendant trois minutes au moins, et ce fut long, la mêlée se déchaîna. Les filles criaient, mais ne détalaient pas. A coups de pied, elles frappaient ceux qui tombaient, ou tentaient de griffer les yeux des Hell's Angels qui les attrapaient. Les hommes, la plupart de jeunes garçons pas épais, tombaient, piétinés, le visage plein de bosses. Iloba en avait deux sur lui, dont il se débarrassa. D'autres arrivaient, en ligne. Il leur fit face et, sans difficulté, avec sa force terrible et son savoir-faire, les fit rouler un par un, le nez dans la terre. « *Yeah !* » grognait à ses côtés, hilare, un des motards en le voyant décimer les rangs comme à la parade, lui-même acharné sur deux autres à coups de talon dans le ventre.

Les bouteilles de bière volaient, éclataient en retombant sur un caillou. Iloba vit soudain un homme, plus costaud et plus âgé que la plupart, se saisir de l'une d'elles, brisée, brandissant le tesson. Il avait les yeux fous, du sang sur le front et, dans l'autre main, un tison en flammes qu'il venait d'arracher au feu de bois. Il passa derrière le gros motard joyeux qui poussait ses « yeah ! » satisfaits et clignait de l'œil vers Iloba entre deux raffuts, cognant sans voir l'autre approcher dans son dos.

Iloba aperçut en même temps le tesson de bouteille brandi, qui allait s'abattre, fracasser le crâne, et la flamme du bâton que l'autre essayait de passer dans l'entrejambe du Hell's Angel. D'un bond, il fut sur l'homme, armant son poing. Il lui fit exploser le nez. L'autre lâcha prise tout en hurlant, et s'enfuit, tenant sa tête dans ses mains dégoulinant de sang.

Le motard avait entendu le cri et avait fait demi-tour aussitôt, surprenant d'agilité malgré sa panse débordante. Il rattrapa au vol le tesson éjecté, vit entre ses pieds le bâton dont la flamme frôlait sa cuisse, et il comprit.

Eclairé par le bout rougeoyant du tison, il adressa un signe à Iloba, pouce levé, les lunettes de travers sur le nez, dégageant d'un coup de talon avec négligence un dernier binoclard aux bras maigres qui se cramponnait à sa jambe.

Il y eut soudain un répit et Iloba reprit son souffle. Pas mal de corps à terre, couinant, quelques fanfarons encore debout de face, mais amorçant un recul, et partout ailleurs, rien : le vacarme des orchestres au bout avait couvert les cris de la bagarre qui venait de dévaster ce coin lointain du pré, vers les arbres.

Chacun se nettoyait, frottant la poussière qui maculait les tee-shirts et les pantalons de cuir. Les spectateurs les plus proches avaient enroulé sans traîner leurs sacs de couchage, ramassé leurs frusques, et s'éloignaient, dos voûté. Le terrain devint bien dégagé autour du groupe. Certains s'aspergeaient la tête de bière en hurlant de liesse. Le motard qu'Iloba avait protégé lui tapait dans le dos, tellement joyeux qu'Iloba trébuchait, sonné lui aussi. Soudain, un cri, comme un rire effaré, le fit se retourner. Basa !

Dans la pénombre, grâce aux lueurs venues du feu à côté, il vit sortir ses jambes et sa jupe de bohémienne, derrière un arbre. Il se précipita et tomba nez à nez avec la fille blonde qui le fixait d'en bas, à travers ses lunettes, à genoux derrière le tronc où elle tenait fermement les poignets de Basa plaqués au sol.

Alors seulement, Iloba distingua le serpent noir qui gigotait sur Basa, noir de ses cheveux jusqu'à ses bottes, noir du blouson où les broderies dans le dos ne brillaient plus dans la nuit, noir de son pantalon de cuir...

Les yeux fous, Iloba abattit sa main puissante sur son cou et tira en arrière, le décollant du ventre de Basa, comme il aurait arraché un bouc d'une brebis, dans la sierra, d'une main. Il aperçut que la jupe n'était pas déchirée, ni encore relevée. L'autre venait seulement de s'allonger sur elle. Maintenant, sans comprendre quelle masse s'abattait sur lui, il fouillait dans sa braguette en grognant. Iloba le souleva davantage, tandis qu'un autre s'avançait vers la blonde qui reculait de travers, mais en les défiant encore. Il la gifla à lui décrocher la tête. Ses lunettes valsèrent à trois mètres. Puis le gars rempocha avec calme le coup-de-poing américain enfilé dans ses doigts, qui avait défiguré la fille pour la vie.

Iloba maintenait l'autre par le cou, au-dessus du sol. Les jambes battaient l'air. Il avançait, le dressant au bout de son bras, comme un pantin étouffant sous sa poigne. Souffle coupé, le type tentait de hurler, ou de déglutir. Iloba, mâchoires serrées, recula de quelques mètres, scindant le cercle autour de lui. Puis il se retourna.

Bouche ouverte sur du vide, l'autre n'aspira l'air qu'au cours du bref laps de temps qu'il passa entre la main d'Iloba et le tronc de l'arbre contre lequel il le projeta.

Il s'y fracassa le nez et glissa le long du tronc, jusqu'aux racines, désarticulé. Son sexe, pendant hors de sa braguette, avait râpé l'écorce, il saignait.

Déjà, Basa avait couru dans les bras d'Iloba. Dans le silence qui régna soudain, sa tête contre son buste bougeait au rythme de son souffle, profond, jusqu'à ce que sa respiration se calme. Iloba caressa ses cheveux. Elle ne bougea plus.

Un par un, les motards passèrent près de lui et lui tapèrent dans le dos. Le dernier, à qui il avait sauvé la vie peu avant, lui montra l'une des motos, dans la rangée en ligne à l'entrée du grand champ :

— Si tu la veux.

— Mais... il n'est pas mort, balbutia Iloba.

— S'en fout.

— Non. J'ai la mienne.

— Alors on la crève.

Au loin, le vacarme du concert n'avait pas cessé, plus fort parce que d'autres guitares s'ajoutaient aux premières et parce que la nuit portait mieux les sons maintenant.

— Un sac de merde, ce mec avec sa fille. Ça faisait un moment, reprit l'autre.

Iloba serra Basa contre lui, en la fixant.

— Pas pour toi que je dis ça. T'es de passage.

— OK. On s'en va.

— Attends. D'abord toi, tu peux rester. Et avec elle.

— On s'en va.

L'autre opina et sortit de la poche arrière de son pantalon de cuir un portefeuille usé, arrondi par sa fesse. Il fouilla pour en extraire un carton plié qu'il tendit à Iloba :

— Mon nom, ici. Et un numéro de téléphone, mon garage. Si t'as besoin. N'importe où. N'importe quand. Une fois. Mais on sera là. Je n'oublie pas.

Iloba le mit dans sa poche. Il ne voulait pas le jeter devant lui.

Tenant Basa par les épaules, il se dirigea vers sa moto, suivi des autres, comme un cortège. Il partait, mais ils l'avaient admis, adoubé par l'un, donc par tous. Ensuite, chacun suivait sa route, sans expliquer.

Quand il eut installé Basa sur le siège arrière, Iloba se retourna vers eux et les salua. Un signe de tête, une tape dans la main, une accolade au dernier. Il mit en marche la Harley, la fit ronfler et sortit lentement de l'esplanade avant de se fondre dans le noir. Les autres retourneraient à la bagarre ? Lui avait la bouche amère, certain que les « vacances » s'achevaient, sans vraiment savoir pourquoi : simplement, à la sortie, il bifurqua à droite. Retour vers le sud.

*

Ce soir-là, à bout de forces, ils firent étape. Auparavant, Iloba avait fait halte dans un supermarché ouvert jour et nuit. Il acheta un pantalon de toile à Basa, des gants, et des affaires de toilette pour elle et lui. Ensuite, il repéra le néon d'un motel qui clignotait au milieu de mille enseignes criardes. Il déposa Basa à l'arrière et se présenta à la réception, payant d'avance une chambre à la nuit. Il fit le tour des bâtiments en poussant la machine, et Basa suivait, discrète dans le noir. Quand elle vit devant quelle porte il laissait la moto, elle se cacha derrière un massif et attendit.

Ce qu'ils avaient prévu arriva : un gardien faisait sa ronde et vérifiait que le nouveau client entrait seul. Basa le laissa s'éloigner et patienta plusieurs minutes avant de se glisser comme une anguille dans la chambre dont Iloba avait laissé la porte entrouverte. Ils ne firent pas un bruit. Les couples illégitimes risquaient la prison.

Enfin, Iloba ressortit pour attacher à l'un des rayons de la roue arrière de la Harley un fil très mince, ramené du ranch. Il l'enfouit dans le sol et le fit courir sous la porte. A l'autre extrémité, il attacha trois bouts de métal, qu'il laissa pendre par-dessus le dossier d'une chaise. Si un rôdeur s'approchait de la moto, une chaîne devenait dérisoire : le gars possédait des pinces. Mais les voleurs poussaient d'abord les machines, pour ne pas les faire démarrer trop près, les Harley devant d'abord vrombir à fond avant que leurs lourds cylindres ne tournent, huilés. Dès qu'il bougerait la moto, le fil invisible se tendrait et ferait tinter les bouts de métal, comme une clochette. Iloba serait sur lui avant qu'il ait compris.

A l'aube, Iloba commença à se raser. Maintenant, les pousses de barbe couvraient son visage. Mais Basa passa un doigt sur sa lèvre supérieure, lui demandant de garder la moustache naissante aux coins qui descendaient de chaque côté de la bouche. Il fut d'accord.

En s'habillant, Iloba retrouva le papier plié dans sa poche. Il le jeta dans la poubelle sous la table. Sans qu'il la voie, Basa passa derrière et le reprit, l'enfouissant dans son sac.

Iloba piétinait dehors, poussant la moto et la mettant en marche plus loin. Une fois que le rugissement fut calmé, Basa jaillit de la chambre et sauta d'un bond sur le siège arrière. La moto roulait déjà, cabrée. Ils quittèrent le motel et, derrière la vitre de la réception là-bas, le Mexicain qui finissait sa nuit ne releva même pas la tête.

Traversant à nouveau San Francisco dans l'autre sens, ils foncèrent vers le sud, puis s'arrêtèrent dans la station-essence de l'aller, où ils se gavèrent sous les yeux de la même serveuse, qui ne les reconnut pas : lui un peu moustachu, elle en pantalon de toile... et il en passait tant.

Ils reprirent la route. Surgissant par-dessus les collines, le soleil les rejoignait dans un virage ou une descente. Puis ils longèrent une nouvelle forêt sur la gauche, et l'océan à leur droite cette fois, sous la corniche. Ils rentraient. Où ? Pourquoi ? Iloba ne savait pas. Avec Basa, dont il ne savait rien ? Bien sûr... Qui se poserait la question de vivre désormais avec un seul poumon ?

*

— Té ! le berger. Tu as ramené une brebis ?

Maïama ricanait sur le pas de son restaurant à Bakersfield tout en tirant les volets de fer pour la nuit. Iloba venait d'apparaître, plantant la moto sur sa béquille et aidant Basa à descendre.

Les mains sur les hanches, Maïama les laissa arriver. Le néon du Gentle Lamb au-dessus de la porte éclairait en vert, par intermittence, ses cheveux courts et grisonnants, creusant des ombres sous ses yeux. Iloba s'arrêta devant elle.

La dernière fois ici, cela datait d'avant le départ avec le cirque, le jour de sa sortie de prison. Perdu et têtu, il avait suivi le grand efflanqué, sans saluer quiconque. Après des semaines de combats et la fuite du Mexique, après l'équipée vers le nord, il était revenu, toujours sans prévenir, avec une gamine noiraude à son bras. Maïama pouvait le renier. Elle en avait chassé d'autres, parfois sous les yeux d'Iloba, quand il faisait halte ici.

Il lut son regard : sévère, donc sauvé. Il avait envie de se jeter dans ses bras.

Maïama dévisagea le jeune Basque, remarqua la moustache naissante et lui trouva l'air fatigué. Puis elle les fit entrer en suivant des yeux Basa, avec la générosité du matin au marché en évaluant un fruit. Puis elle referma la porte à clé et éteignit l'enseigne extérieure.

— Ça doit avoir faim, tout ça.

Iloba commença à parler. Elle l'interrompit aussitôt :

— Et elle, elle ne dit rien ? Tu t'appelles comment ?

— Basa.

— Tiens donc, une sauvage ?

Ayant oublié que, dans leur langue qu'elle ignorait, le mot signifiait « sauvage », ainsi qu'Iloba le lui avait révélé, Basa leva des yeux inquiets vers lui. Il lui prit la main.

Sur les tables autour d'eux, les chaises étaient culbutées, pieds en l'air. Un ventilateur tournait pour aérer la salle des relents du dîner. Assis côte à côte sur une banquette du Gentle Lamb, où il avait naguère passé tant d'heures avant de remonter au ranch, le Basque et l'Indienne attendaient que Maïama pose sur la table une bassine de piperade réchauffée.

— Tu vas aimer, annonça-t-elle à Basa qui écarquillait les yeux devant le plat.

Ils étaient sales et beaux. Maïama les admira en train de dévorer. Quand ils furent rassasiés, elle attendit qu'Iloba parle. Il lui raconta tout.

Le départ d'ici pour suivre le cirque ambulant, les matches de boxe, l'argent accumulé, Basa dans sa roulotte, destinée à être vendue, le gant bourré de drogue au Mexique, la fuite vers le nord, les Hell's Angels, le concert sur la pelouse, le motel, le retour : pendant plus d'une demi-heure, et Maïama savait se taire.

Dans le silence revenu, elle dit simplement :

— C'est un miracle.

Elle ne parlait pas de leur rencontre. Tel était le miracle : qu'ils soient là.

— Vingt fois la police aurait pu t'arrêter. Tu as des papiers ? demanda-t-elle à Basa, et elle continua sans attendre la réponse : sûrement pas, et elle est mineure, ça se voit. Malheureux ! Et je ne te parle pas de rouler nuit et jour, et je ne te parle pas de tes voyous à moto, et... tais-toi ! Et je ne te parle pas de ces Indiens qui vont la chercher, encore que ça... je m'en occupe. Et je ne parle pas de vous séparer, allons... bien compris là, à vous voir baver d'amour. La question que je me pose, c'est : Tu es venu pour quoi, en Amérique ? Tu vas faire l'imbécile longtemps ? Trois ans aux pâturages, les jours tranquilles ici pour te reposer, tes sous gardés, tu allais bien, non ? Et maintenant, parce que Môssieu a fait de la prison pour rien... et on le sait : innocent. C'est injuste, c'est comme ça... Tu craques ? Tu vas te péter la tête et tu vas casser ta vie, comme d'autres avant toi, des qui... qui n'auraient jamais dû venir, c'est ça ? Non. Alors tu te reprends, Iloba. Tout de suite.

Elle le transperçait de son regard sévère, et il ne baissait pas les yeux. Il mâchouillait de la mie de pain en acquiesçant. Ce discours, il l'avait entendu dans sa tête, en roulant. Mais il fallait l'entendre de la bouche de la Mère-Des-Basques. Voilà pourquoi il était revenu.

Elle lui parlait dans sa langue. Basa ne comprenait rien, mais se berçait de ces sons rocailleux et lisses à la fois, comme des cailloux coupants et recouverts de mousse sur un bord. De temps à autre, un mot évoquait sa langue indienne. C'était une Kiwaïasu, d'une tribu apache, un peuple ancien comme les Basques, venu du même fond de la terre, du même Caucase, à des millénaires de là.

Maïama la fixa. D'immenses yeux noirs occupaient toute la place sous le bandeau au front qui rétrécissait le haut du visage. Le menton et la bouche semblaient ainsi plus larges, tendus sur une chair de jeune fille, mate et pleine. Brune comme ça, elle pouvait ressembler à des filles du pays, et Maïama soupira avant de reprendre, en anglais pour qu'elle comprenne :

— Alors on fait le point. Fini, les fantaisies. Tu veux monter une laiterie. Il te manque des sous et la banque ici ne te prêtera pas, après la prison, et tout ça. Il t'expliquera, précisa-t-elle à Basa qui entendait cette fois les mots banque, laiterie, prison. Nous, on pourra te prêter. Tu n'as pas voulu la première fois. Tu vois le résultat, tête de mule. Mais pas ici, non. Pas à Bakersfield. Tu sais, c'est une ville de cow-boys américains, une ville de passage, ça se déverse de partout. Oui, il y a les Basques, mais dans ce quartier seulement. C'est à Chino qu'il faut aller. Là-bas tout leur appartient.

*

Chino, à quelques miles du centre de Los Angeles, mais à deux heures de route de Bakersfield à travers collines et plateaux décharnés, s'étendait sur une immensité plate de prés riches où broutaient des milliers de vaches entre les maisons carrées et les frontons, les restaurants basques et les granges à foin.

— Mais pas tout de suite, Chino. Il faudra du temps. En attendant, pas un faux pas. Ici, quand tu marches dans la ligne, tu vas au bout. Si tu fais un écart, c'est fini. Ça sera la prison, pour de vrai. A cause d'elle, ajouta-t-elle en basque, désignant Basa.

Avant de reprendre, elle se servit un verre de vin d'un carafon qu'elle garda dans sa main, sans leur en offrir.

— Basa, tu vas travailler ici, à la cuisine, j'ai besoin. Iloba, tu vas au garage, avec mon mari. Vous y logerez au-dessus, une chambre est vide. Je vais m'occuper de votre installation à Chino, je ne sais pas quand, ni quoi d'ailleurs... Je verrai pour les papiers. Je m'en suis assez occupé, des danseurs dans ton genre. S'il s'agit de régulariser, changer quelques dates, ça ira, je sais faire... Et c'est tout. Et vous allez vous marier ! Oui ! Au Nevada. Tu verras, il n'y a pas que des ranches là-haut, il y a Las Vegas. Avec les bons papiers, ça se fera vite. Sinon ici, comme ça, vous deux, vous ne tiendrez pas. Allez !

Elle empila les assiettes, y mit les verres et le carafon, et porta le tout à l'office. Sur la table, Basa récupéra les miettes dans sa main et la suivit, les dispersant dans une poubelle.

Une fois tout bien rangé et éteint, ils sortirent. La fraîcheur de la nuit les secoua.

— Mets ta moto à l'arrière, ordonna Maïama.

Iloba poussa l'engin dans un appentis qui donnait vers les cuisines, referma le grillage et mit le cadenas.

— Ce soir, vous couchez au Noriega. Tu connais.

Ils partirent à pied. L'hôtel ressemblait à un saloon, avec des chambres en haut, le long d'une galerie intérieure. On y avait toujours accueilli les émigrés basques avant leur départ dans la montagne. Il se trouvait à trois rues, le long de bâtiments déserts et bas où seul un lampadaire éclairait les carrefours. Bakersfield, dans ce coin éloigné, dormait. Pas une voiture ne passait.

Maïama se mit entre eux deux et les prit chacun par un bras, Iloba à sa gauche, très grand, Basa à sa droite, légère, et elle au milieu, déjà voûtée, mais solide et contente :

— Il fait bon, hein ?

Ils tournèrent dans Summer Street et longèrent le fronton protégé par des grillages, un vieux mur où les

Basques jouaient le dimanche à la pelote. Ils se juchaient sur des gradins en bois, rafistolés, qu'ils avaient construits de leurs mains au fil des ans. L'enseigne de l'hôtel bringuebalait au bout de ses chaînes. La rue dormait, déserte et sombre. Maïama poussa la porte et les fit entrer.

— *Arratsalde on...* Bonsoir, lança-t-elle au patron, qui discutait au bout du bar avec un client attardé.

— *Arratsalde on,* Maïama !

Au même moment, devant le Gentle Lamb, quelques rues plus loin dans la ville silencieuse, s'arrêtait une voiture du FBI.

— Les petits, tu me les couches, murmurait Maïama. *Hitzik ez...* pas un mot.

Le patron acquiesça.

Elle les embrassa, faillit leur dire « et pas de bruit avec vos galipettes », mais n'y arriva pas, trop pudique. Elle les laissa monter, attendrie maintenant qu'ils ne la voyaient plus. Puis elle accepta de partager à petites gorgées une liqueur avec le patron, débarqué ici à la même date qu'elle, des années plus tôt. Mais il succédait, lui, à une dynastie de cousins.

Quand elle le quitta, ils n'avaient pas échangé un mot sur le jeune couple qu'elle lui avait confié. A quoi bon ?

Elle repassa devant son restaurant, sans voir une seule voiture. Trouvant porte close, les policiers du FBI avaient rebroussé chemin. Ils reviendraient, demain.

14

— Il lui faudra un directeur. Tous les grands golfs ont des pros, des directeurs.

— En Californie, il doit déjà y avoir une file d'attente devant la porte. Des blonds bronzés, tu sais le genre, qui précisent : « En réalité je suis acteur... » Vraiment, ça ne nous avance pas.

— En plus, il ne prend que des Basques à son service.

— Ça ne résout pas le problème : ils sont tous bergers. Pas directeurs de golfs. Ni acteurs.

— Si, Jacques Bergerac ! Marié à Ginger Rogers. Ou Dorothy Malone... je ne sais plus, je crois qu'il a divor...

— On perd notre temps !

Dans le salon de leur hôtel particulier à Chicago, Maylis Prescott – elle se faisait appeler du nom de son père, le sénateur défunt dont elle avait hérité – et son époux Aloys III ne décoléraient pas. Leurs avocats avaient retourné en tous sens le testament détourné par Jauna Ferben. La conviction de l'arnaque existait, mais pas la preuve.

— J'abattrai cette ordure ! Le coup du country club, ça sera le dernier de sa vie.

Entre la carrière politique du mari et la reprise des affaires de son père, les semaines et les mois avaient filé sans qu'ils aient eu le temps de progresser. Le golf à Los Angeles sortait de terre, les bâtiments luxueux s'érigeaient. Maylis et Aloys écoutaient leurs informateurs. Les millions de dollars extorqués par Ferben à la famille devenaient une plaie urgente à cicatriser. Ce soir, en tête à tête dans leur salon, la rancœur redoublait.

— Admettons. On fait engager un directeur dans son golf, un type à nos ordres, sans que Ferben le sache. Alors ?

— C'est un pas en avant. Non seulement il nous a volé ces terrains, en plus il y blanchit d'autres dizaines de millions de dollars en faux travaux. Tu sais comment ça se passe.

— Son directeur aura accès aux comptes, c'est vrai. S'il est bien *briefé* en sous-main, on peut monter un dossier. Pour le fisc.

— Ces types tombent toujours pour fraude fiscale, jamais pour meurtre, Al Capone...

— Je sais.

— Attention, le *Jauna* est méfiant.

— Ah ça ! De toute façon, il n'engage que des Basques et on n'en connaît pas là-bas, du moins pas des golfeurs. Ils sont caddies dans leur trou en France, c'est tout.

— Oh, *Christ !*

Maylis venait de taper dans ses mains, excitée. Elle avala une gorgée de vin blanc et fit signe au maître d'hôtel de les laisser. Il s'inclina et sortit du salon. La pièce redevint silencieuse. Ils dînaient tous les deux au bout de la longue table qui recevait souvent trente convives. Ils avaient allumé un seul chandelier entre eux.

Aloys détailla sa femme, dont les joues empourprées dansaient dans la lumière. Il bouillait. Elle avait noué ses cheveux blonds en chignon, dégageant ses épaules nues, car le soir ils s'habillaient pour dîner, par habitude. Lui portait un costume noir et un nœud papillon – comme pendant la journée, reconnu partout grâce à cet accessoire. Il interrogea Maylis du regard, qui parla plutôt froidement malgré son excitation. Elle aurait préféré ne pas évoquer cela devant son mari :

— Tu te souviens de la famille où j'ai passé une partie de la guerre, au Pays basque ? Enfin non, je ne te connaissais pas. Leur fille, terrible... inoubliable... C'est ma meilleure amie.

Pendant un moment, chacun partit dans ses pensées. Aloys se souvenait, quelques années plus tôt, d'un voyage en Europe. Déjà marié à Maylis, il attendait son siège de sénateur. Ils avaient fait halte à Biarritz, à l'hôtel du Palais. Il avait « à faire », et Maylis lui avait tant parlé de cette famille... le nom déjà ? Estasseri ?... compliqué. Il avait été content qu'elle n'en profite pas pour leur rendre visite. Lui, il passait ses journées en rendez-vous, à Bayonne, ou en Espagne : les Américains soutenaient le régime de Franco, ils y évacuaient leur blé et leurs phosphates par milliers de tonnes. Cela avait permis d'ailleurs à Maylis de faire libérer de prison, mauvais souvenir... là, il ne se souvenait pas bien... un homme que son amie aimait, un Basque d'Espagne, réfugié en France... et le nom ?... cette fois, il lui revint, plus simple : Gudari. Sûrement. Ça lui faisait grincer les dents.

Il s'assombrit. Il n'aimait pas que Maylis évoque ce pays, ses séjours, rien...

De son côté, Maylis revit le même hôtel du Palais, et le jeune groom vigoureux qu'elle y avait déniaisé, timide et si fort. Une bouffée de chaleur la traversa. Alors, son esprit repartit quelques années en arrière, vers la Maison Etcheverry et vers Germaïna.

Et tout se brouilla.

— Ça ne sera pas possible.

— Mais quoi ? A quoi penses-tu ?

— Rien. Oublions.

*

Elle ne pouvait pas lui raconter. Impossible de lui expliquer que le Père Ferben avait envoyé là-bas son propre fils pendant la guerre d'Espagne pour payer une dette au père de Germaïna. Et que cette facture était ignoble : tuer son bébé. Le fils Ferben l'avait fait. Et Germaïna s'était vengée. Elle, Maylis, en avait eu la preuve. Elle avait vu. Une nuit, de force, tenue au cou par la poigne puissante de Germaïna, elle avait vu la tête coupée du fils Ferben, enterrée dans le sol, derrière la grange.

De retour en Amérique, elle n'avait rien révélé. Son propre père n'avait jamais su. Jauna Ferben ignorait qu'elle savait. Elle n'allait pas remuer cette boue.

Elle préféra laisser ses souvenirs voguer sur la tendresse du petit garçon de la famille pendant son séjour à la Maison, vers 1943. Elle l'avait sauvé d'une maladie inconnue dans ces campagnes. Elle avait décelé ce qu'on nommait en Amérique, à l'université où elle étudiait avant-guerre, l'hyperactivité. Le petit essayait simplement de rendre tout le monde heureux en multipliant les mouvements parce que, peu avant, il avait vu sa grand-mère Maritchu, la mère de Germaïna, morte, allongée dans son cercueil, immobile pour la première fois – or tout le monde pleurait.

Dans son esprit, être immobile rendait donc les autres tristes. Alors il bougeait sans cesse.

Maylis l'avait guéri par l'astuce d'un petit appareil photo emporté d'Amérique avec elle, une nouveauté. Elle avait photographié Germaïna allongée sur un muret, en cachette. Le petit avait vu la photo : Germaïna était morte, puisque immobile. Germaïna s'était relevée devant lui, tandis qu'il mettait pour la première fois de sa vie son œil dans le viseur du petit appareil de sa « tata d'Amérique ». Il avait vu bouger Germaïna dans l'appareil. En somme, la vraie vie existait en mettant son œil là ? Il s'était calmé pour toujours. Maylis lui avait laissé l'appareil en souvenir.

— ... elle avait un fils, murmura Maylis, comme si elle réfléchissait à haute voix. Non, attends... le fils de sa jumelle, son neveu, voilà : il s'appelait comme ça, le neveu... *iloba* !

Aloys ne l'interrompit pas. Sa femme ne parlait pas dans le vide. Elle suivait une idée, parfois de loin comme maintenant – car les souvenirs de la guerre, pour l'instant il n'en voyait pas l'intérêt.

— Le gamin, il est adulte maintenant ! Il jouait très bien au golf. Voilà où je voulais en venir. Et il est ici, en Amérique. Berger évidemment, mais sacrément connaisseur en golf, tu me suis ? Basque !

A son tour, Aloys tapa dans ses mains :

— *Great !* Tu vas lui écrire, à ton amie. Leur nom, redis-moi ?

— Etcheverry.

— A peu près ça, oui, fit semblant de savoir Aloys. Tu vas lui téléphoner. Ils ont le téléphone ?

— L'Amérique a déversé assez de milliards.

— Ça, je suis au courant, grinça le jeune sénateur.

— Pourtant, ce n'est pas possible.
— Explique.
— Non.
Elle se buta. Aloys la connaissait. Il biaisa, relança en titillant son orgueil :
— La fille du sénateur Prescott recule devant l'obstacle ? Quel obstacle, je n'ai pas à le savoir. Je suis déçu, c'est tout.
— Je ne peux pas contacter Germaïna et lui dire qu'on va faire de... enfin faire travailler Iloba pour Ferben, bredouilla Maylis. C'est impossible. Il y a un... il y a un secret. C'est tout. Je ne peux pas ! scanda-t-elle, à bout de nerfs.
Aloys laissa passer un moment. Son métier lui avait appris à négocier. Après avoir reposé son verre, il sourit à Maylis :
— Tu pensais la contacter pour lui demander où il est ? Inutile. C'est notre affaire.
— Ah bon ?
— S'il est aux Etats-Unis, j'ai les moyens de le retrouver. Je suis sénateur ! lança-t-il, éclatant de rire pour la détendre.
Maylis posa son menton sur ses coudes, en le fixant de ses yeux bleus, si durs soudain, brillants. Elle le détestait quand il faisait le singe, elle qui fuyait son haleine au lit.
Baissant les paupières, elle revit le petit Iloba qui courait dans ses jambes, elle, sa « tata d'Amérique ». Quelle allure avait-il aujourd'hui ?

*

— On le tient, lança Aloys.
Maylis se cabra :

— Il y a un malentendu entre nous. Je n'aime pas ton expression. D'abord, s'il est comme sa tante Germaïna, on ne va pas le « tenir » longtemps. Tu ne connais pas ces gens. Et si c'est un piège, je me retire.

— Excuse-moi. Je me suis mal exprimé. Je voulais dire le contraire : on va le sauver.

Ils parlaient d'Iloba.

Huit jours après leur première discussion à ce sujet, seuls au bout de la longue table de leur salon, ils se retrouvaient. Entre-temps, Aloys avait activé son enquête. La voiture du FBI, et d'autres ailleurs, s'était arrêtée devant chez Maïama...

Aloys feuilletait quelques pages de papier blanc sans en-tête, les lunettes sur le bout du nez. Il opina :

— Ton petit gamin est devenu un sacré gaillard.

— Je m'en doute.

— Malcommode. Il a fait de la prison.

— Non ?

— J'ai ici le rapport du FBI. Ils ont remonté le fil. C'est simple, il a été berger pendant trois ans. Les policiers sont montés au ranch où il travaillait, et jusque dans la sierra. La vie qu'ils mènent là-bas !

Son regard s'égara sur le plafond lambrissé de leur hôtel particulier à Chicago – celui de la famille de Maylis, les Prescott. Son esprit fila un instant sur une autre planète que l'acajou de sa vie, le costume et la cravate de son enfance, la chaleur des salles d'études de Boston et de Philadelphie, le bien-être anglo-saxon blanc protestant, les *WASP*.

— Il n'a pas renouvelé son contrat, reprit-il. Bon élément, là-haut ils le regrettent. Rien dépensé, tout placé à la banque. Il voulait s'installer dans la vallée, acheter des vaches et monter une laiterie. Tu sais, certains sont très riches, précisa-t-il en coulant un œil par-dessus la monture de ses lunettes. Epatants, ces Basques, ricana-t-il. D'après ce que je sais, c'est justement en allant à la banque qu'il s'est trouvé mêlé à un hold-up. On l'a accusé. Des mois de prison, on cherchait ses complices. En attendant, il restait au secret. On a retrouvé les autres. Ce n'étaient pas ses complices. Incroyable, non ?

— Non.

— On suit sa trace, boxeur dans un cirque ambulant. Il paraît que c'est un colosse.

Maylis songea au gamin vigoureux de la Maison Etcheverry pendant la guerre. Il promettait. Elle pensa à un autre Basque, l'employé de l'hôtel du Palais, dix ou douze ans plus tard, de passage avec Aloys, et qu'un matin dans ses draps de soie, la première fois pour le jeune groom... Le passé sucré. Elle se ressaisit :

— Costaud ? Tu ne m'étonnes pas.

— D'après l'enquête, il en descendait cinq ou six chaque soir.

Il continua à feuilleter les pages, dactylographiées serré, du rapport qu'on lui avait remis dans la matinée.

— Son surnom : le Berger Muet. Très bien payé. On ne sait pas pourquoi il a arrêté.

— Il n'y est plus ?

— Non. On a perdu sa trace. Disparu un soir.

— Alors c'est fichu. FBI ou pas, dans ce pays il peut rester anonyme toute sa vie.

— Laisse-moi finir. Disparu du cirque, oui. D'ailleurs il vaut mieux. Ils ont été coincés à la frontière du Mexique. Trafic de drogue. Ils finiront sur la chaise, ceux-là. Mais lui, hé hé... on sait où il est maintenant.

Maylis leva les sourcils. Aloys laissa passer un temps pour la taquiner, avant de préciser :

— A Chino, banlieue de Los Angeles. A quelques minutes de Ferben et il ne le sait pas !

— Je te rappelle qu'il ne le connaît pas.

Maylis se disait qu'il ne fallait surtout pas qu'Iloba apprenne le drame qui avait relié jadis, avant sa naissance, Ferben et Etcheverry. S'il découvrait que le vieux *Jauna* avait organisé le meurtre du bébé de Germaïna, sa tante adorée, il deviendrait fou. Il le massacrerait. Une question de gènes, elle l'imaginait bien. Or, son but était clair : qu'il soit dans la place et piège Ferben pour leur compte. Ensuite, on le récompenserait.

— Et il n'est plus seul, continuait Aloys. Il vit avec une... voyons, il n'y a pas le nom, enfin une fille, une petite, une jolie, très jolie, m'ont dit les policiers, une Indienne. Très jeune, tu vois ? Ils ont des papiers, et mariés ! A Las Vegas. Tout cela, franchement, est sûrement illégal. Ou truqué. Si on fouille, il tombe.

Aloys avala une nouvelle gorgée de vin blanc et résuma :

— Immigré, passé par la prison...

— Innocent, tu m'as dit.

— Certes. Tu sais ce qu'il en est, pas de fumée sans feu, pour les gens, pour les banques surtout. Et tout s'additionne : immigré donc, passé par la prison, employé dans un cirque qui faisait du trafic de drogue... on s'en fout s'il l'ignorait, tant pis pour lui ! aujourd'hui avec une fille qui a sans doute des faux papiers, sûrement mineure. Et ce qu'ils ont fait entretemps, on ne le sait pas. Mais on peut trouver. On peut inventer. Bref, il tient par un fil. On le coupe et il tombe.

— On peut au contraire faire un nœud, rectifia doucement Maylis, et qu'il tienne, serré.

— Absolument. Et s'il obéit bien, je fais nettoyer son dossier. Blanc comme neige, ton Basque. A condition...

— D'accord, laissa tomber Maylis.

15

Grâce à ses limiers, Aloys avait retrouvé sans peine la trace d'Iloba. Il ne se cachait pas.

Sauvé par Maïama, Iloba avait enfin acheté quelques mois plus tôt deux cents vaches et loué des prés à Chino, avec une maison au bout, jolie, en bois, et une véranda. Il y prenait souvent le frais en soirée avec Basa, leur unique moment tranquille à la fin de journées sans répit.

Naguère, il était passé devant, avait salué des vieux qui se balançaient sur des rocking-chairs d'osier, et qui répondaient d'un grognement. Ces fermiers étaient sans doute partis, revenus au pays. Aujourd'hui, son tour venait. Et Basa existait.

Iloba aurait préféré acheter des terres et les louer aux laitiers. Le sol ne se dévaluait jamais. Hélas ! il n'était pas extensible, tandis que les vaches se reproduisaient, elles. On en trouvait toujours à la régulière dans les foirails, tope là en voici cent... tope là deux cents – pas des dollars, des têtes. A l'inverse, les terrains ne se multipliaient pas. A Chino, leur valeur montait.

Certains propriétaires commençaient à en vendre pour que les habitants de Los Angeles, cherchant l'air, viennent y construire leurs délicieuses villas. Déjà, des allées rectilignes, coupées à angle droit, occupaient l'espace où jadis traversaient les bovins, les cochons et les chevaux. Bientôt, l'Etat contrôlerait cette expansion et préserverait des milliers d'hectares, les derniers, pour l'agriculture.

Deux cents vaches, minuscule troupeau. A Chino, les fermes modestes en comptaient trois mille, cinq mille. Dans les grandes, on ne comptait pas. Chiffres inouïs pour des vachers qui, au pays, menaient leur troupeau dans les chemins, avec un chien et un seul bâton.

Iloba avait sorti son argent de la banque de Bakersfield et emprunté le reste. A qui ? Au propriétaire du terrain en personne, un natif de Saint-Jean-Pied-de-Port, Itzalu. Il avait débuté de la sorte en son temps et permit à Iloba de laisser ses vaches paître dans une parcelle de son immense domaine, d'occuper la maison de bois au bout, d'utiliser les trayeuses qui équipaient un bâtiment près de la grange à foin, et de faire appel à ses employés qui tiraient le lait vingt-deux heures sur vingt-quatre, les deux dernières étant consacrées au nettoyage. Itzalu se chargeait de vendre le lait d'Iloba et gardait la part des locations pour se rembourser peu à peu, « et un jour tout cela sera à toi. Travaille », possible, bien possible.

Comme promis, Maïama avait agi. Elle connaissait le prêteur, elle connaissait chacun. Sa parole suffisait.

Il ne fallait pas d'enfant, pas tout de suite. Pourtant un soir, sous la véranda, Basa lui dit que, oui, il n'y avait plus de doute... Ensemble, ils eurent la même pensée, la première, que cette apparition bouleversait leurs plans. Basa travaillait à la laiterie bien sûr, comme Iloba, de l'aube au crépuscule, acharnée, ivre de fatigue. Ces jours en moins mettraient en péril leur entreprise. Ensuite seulement ils pleurèrent de joie dans les bras l'un de l'autre.

Avant que le soleil ne se lève, Iloba se précipita dans le bureau d'Itzalu. L'homme buvait un long café dans une tasse haute à large anse, de la taille d'un demi de bière, en feuilletant le journal et en mâchouillant un *doughnut* rond à pâte moelleuse, d'un goût de caramel. Il repoussa sa casquette en arrière en apercevant Iloba essoufflé, l'air inquiet.

Il eut son bon sourire, celui qui arrondissait à peine son énorme mâchoire où l'on avait l'impression que les dents poussaient les joues vers l'extérieur et n'allaient plus rentrer. Le ton changeait parfois, quand il feignait la colère ou traitait une affaire. Le même sourire large prenait alors une allure carnassière.

Ce matin, les yeux souriaient :

— Je t'attendais, fils.

Encore un qui l'appelait « fils », simplement parce qu'il avait l'âge d'être son père.

Iloba fut mal à l'aise :

— Vous êtes au courant ?

— Pas plus que ça, mais il faut que tu ailles la voir.

— Mais... j'en viens. Je sors de la maison. Elle va très bien.

— De qui parles-tu ?

— De Basa. Ça va, ne me charriez pas. Elle ne va pas avoir des nausées dès aujourd'hui.

— Moi, je te parle de Maïama.

Iloba s'assit en face de lui au bureau jonché de papiers, de factures. Des classeurs de métal gris montaient jusqu'au plafond. L'homme valait des millions en dollars et, dans sa salopette et sa chemise à carreaux, on aurait dit qu'il sortait de la grange – peut-être en venait-il, toujours levé avant le soleil, y compris en été.

D'un Thermos en métal, il servit à Iloba du café dans une tasse identique à la sienne. Avant de boire, Iloba dit tout à trac :

— Bon, alors autant vous le dire : Basa attend un enfant.

— Maïama aussi.

Iloba venait de porter la tasse à sa bouche et recracha, éclaboussant son pantalon :

— Maïama attend un enfant ?

Itzalu fit des yeux ronds. Chacun parlait d'autre chose.

— Non. Maïama t'attend. Tu me dis : Basa attend un enfant, je te dis : Maïama aussi. Elle attend. Toi ! expliqua-t-il en riant aux éclats, puis son rire s'étrangla dans sa gorge... Quoi ? Basa est enceinte ?

— Je viens de vous le dire. C'est une catastrophe.

— Ne jure pas, fils. Je n'ai pas connu ta famille au pays, mais je serais étonné qu'ils aient jamais dit cela d'un enfant. Toi, quand tu es né, c'était une catastrophe ?

Iloba baissa les yeux et pensa à la Maison, son départ, les bagarres avec son père Jon, le silence de sa mère Goïzane, et ce qu'il ignorait du reste. Il lui semblait que les malheurs s'y étaient taillés une bonne portion. Une catastrophe, peut-être, oui...

Itzalu reprit avec calme :

— Je déléguerai un employé sur tes prés. Tu mettras plus de temps à rembourser ta part. Ce n'est rien, précisa-t-il sans oublier son intérêt. C'est pour quand ?

— Oh, dans neuf mois. Elle vient juste de le savoir. Elle travaillera, jusqu'au dernier jour.

— Exact. Mais si elle est fatiguée, elle se couche. Je suivrai cela.

— Merci. Vous disiez, Maïama ?
— Je n'oublie pas. Mais l'enfant, fils, c'est ce qui pouvait t'arriver de mieux.
Son ton devenait sourd. Maïama lui avait téléphoné la veille au soir, disant qu'elle voulait voir Iloba, qu'il vienne à Bakersfield dès le lendemain. Itzalu n'avait demandé aucune précision et promis de transmettre – ce qu'il allait faire –, mais la voix de Maïama l'inquiétait.
— Tu pars à Bakersfield maintenant. Maïama veut te voir.
Après un moment de surprise, Iloba demanda :
— Vous savez pourquoi ?
— Si je le savais, fils, je ne te le dirais pas. Je ne le sais pas. Pourquoi tu demandes ? Va.
— Les vaches...
— Va. Le lait sera là, à ton retour.
Iloba sortit sa moto de l'appentis derrière sa maison et annonça à Basa, déjà débout, qu'il serait de retour le soir. Il eut du mal à mettre en marche la Harley.
Depuis son arrivée, il n'avait pas eu le temps de flâner. Parfois, il s'offrait une balade avec Basa, remontant la côte du Pacifique, de Venice à Malibu. Ils ne se baignaient pas. Tournant à droite au bout, il remontait le sinueux Sunset Boulevard dont il apprenait peu à peu les mythes, jusqu'à recevoir en pleine face les colossales lettres plantées au loin sur une colline, Hollywood. Il en revenait transi.
La moto longeait aussi des golfs, et tout son passé au pays surgissait. Il se demandait, pendant un instant, s'il n'aurait pas mieux fait de continuer, puis il fallait rentrer et derrière lui Basa posait sa joue contre son dos, ses bras serrant ses hanches.

Tôt dans le matin frais, le soleil illuminait déjà la première dorsale rocheuse qui protégeait Los Angeles. Iloba fonça, montant entre les collines décharnées, toutes en jaune sous le ciel bleu. Aucune maison à la ronde, des poteaux en bois amenaient l'électricité à de grandes citernes de métal qui recueillaient l'eau, rare, dans un infini roulis de collines brûlées.

Il avait suivi cette route tant de fois. Bientôt il frissonna, comme d'habitude. Après la passe de Tejon et son vieux ranch, la route passait les 1 400 mètres d'altitude.

Derrière un lac tranquille, en atteignant le sommet d'une ultime colline, comme à la sortie d'un labyrinthe, une plaine s'étendait en dessous de lui, à l'infini. Au bout d'immenses rectangles de prés aux couleurs de blé, de maïs, tout au bout, semblant morte, mais Iloba savait que ce corps lisse grouillait à l'intérieur et que des veines couraient sous la peau immobile du béton, attendait la ville, Bakersfield.

Il restait plus de soixante kilomètres avant de l'atteindre, en une seule ligne droite, coupée à l'arrivée par la ligne de chemin de fer. Le temps qu'il y parvienne, Iloba avait vu passer trois convois sans fin de wagons et entendu, mêlé au souffle du vent dans ses oreilles, le lugubre klaxon qui les signalait.

*

Il suivit les rues qui ne portaient pas de noms mais des lettres de l'alphabet, et plus loin, des numéros, jusqu'à la dix-neuvième, où se nichait le restaurant de Maïama. Depuis qu'elle avait organisé son départ avec Basa, vers Chino, après leur mariage rapide dans le Nevada grâce aux papiers tout neufs qu'elle avait fournis, Iloba ne l'avait pas revue.

La porte grinça quand Iloba entra, le béret à la main, le visage poussiéreux. La salle était vide. L'heure du déjeuner approchait et le brouhaha serait soudain, tous les ouvriers arrivant ensemble de leurs champs et de leurs puits.

De la cuisine, Maïama le salua et montra une carafe de café sur le comptoir. Avant de se servir, Iloba plongea son visage dans l'eau froide du lavabo, frotta ses mains et revint dans la salle en s'essuyant. Maïama avait disparu.

Il fit le tour et l'aperçut au fond, derrière une cloison, dans l'un des boxes de quatre places bien isolés des autres tables. Elle l'attendait, sans rien devant elle, les bras croisés sur sa poitrine.

Elle n'embrassa pas Iloba et lui désigna la banquette en face d'elle :

— Je voulais te voir dans les yeux, Iloba.

— Mais pourquoi ?

— Je t'avais dit : plus un seul faux pas.

— Maïama, je n'ai rien fait, rien du tout ! cria Iloba en tapant du poing sur la table, meurtri.

— On a fait quelque chose quand la police vient ici me parler de toi, répliqua-t-elle sèchement.

— Je ne comprends pas.

— Moi non plus, hélas. En tout cas ils sont venus, la police, tu te rends compte ? Me parler de toi, tu te rends compte ? répéta-t-elle, comme une grossièreté. Ils sont venus hier, plutôt revenus. Je les avais déjà vus. Ils n'ont pas demandé à te voir. Ils doivent bien savoir tes bêtises.

— Aucune.

— Ils ont simplement dit ceci, et pas commodes : tu as rendez-vous demain matin, à Los Angeles, à l'hôtel Castel Valmont. Tu connais ?

— Non.

— Tu trouveras. C'est grand, c'est aux milliardaires, tu le sentiras de loin.

— Mais rendez-vous avec qui ?

— Avec quelqu'un de très important. Je ne sais pas qui.

— Maïama, franchement... D'abord, pourquoi ne sont-ils pas venus me voir à Chino ?

— Ils ne savent sans doute pas exactement où tu es là-bas. Ici, ils savent. Ils savent tout. Tu as laissé des traces dans le coin. Fais comme moi, ne discute pas. Tu n'es pas en mesure de discutailler. Demain matin, Castel Valmont, quelqu'un t'attend. Tu diras ton nom à la réception. Voilà le message.

Iloba se prit la tête dans les mains :

— Maïama, je n'aime pas ces mystères. Ils n'ont rien dit d'autre ? Entre nous, vous pouviez me téléphoner, ou à Itzalu, m'éviter de venir.

Elle releva le menton, le visage dur :

— Tu n'avais pas envie de me voir ou quoi ?

— Mais non, je...

— Et qu'est-ce que c'est une heure, deux heures de route, *avé ce bô temps* ? Au pays, on faisait ça à pied, sous la pluie. Toi, tu fonces sur ta moto, en plein soleil, et tu es là le temps qu'il nous fallait pour aller simplement d'une Maison à l'autre. Vous pleurnichez vite, les jeunes.

Elle n'était pas d'allure à se faire prendre dans les bras, ce petit rocher de volonté qui menait à la baguette depuis tant d'années mille grands benêts émigrés et incultes et en avait sauvé tant. Iloba avait pourtant envie de l'embrasser.

La revoir le réchauffait, surtout qu'il allait lui dire maintenant... à propos de Basa. Il réalisa qu'il n'aurait jamais pu le faire autrement qu'en lui souriant en face.

Il se leva. Elle fut dominée par sa masse d'athlète que les gènes puis les travaux avaient rendue si puissante. Elle s'habituait mal à sa moustache, maintenant descendue, comme celle d'un Celte, autour des lèvres, bien drue et brune, mais puisque sa Basa l'aimait ainsi !

— Demain, tu y seras donc. J'espère que tu n'as rien fait, sinon...

— Si.

— J'en étais sûre !

Elle allait se lancer dans un flot d'invectives. Iloba le devinait. Il leva la main et retrouva son grand sourire, comme s'il poussait les coins de la moustache jusqu'aux oreilles.

— Si, j'ai fait. J'ai fait un enfant.

Maïama jaillit sur ses jambes malgré la douleur qui s'y lançait depuis quelque temps. Sa vie la fatiguait.

— Oh ! Dieu du ciel de miséricorde, Seigneur ! Et tu regrettes d'être venu ? Tu m'aurais dit cela au téléphone ? Malheureux.

Elle lui saisit les bras à hauteur des épaules et serra fort. Elle avait l'impression de tenir une armoire. Lui se pencha jusqu'à poser un baiser sur son front, plus ridé que la dernière fois.

*

Le chef de réception du Castel Valmont consultait ses fiches sur le comptoir qui courait le long de l'entrée. Iloba avait dit son nom, qu'il avait rendez-vous, en principe, qu'on devait l'attendre... Pendant que l'autre cherchait, il observa en souriant son costume chamarré, noir aux revers dorés. Il connaissait ce métier. Des années plus tôt, à l'hôtel du Palais, à Biarritz... Son esprit s'échappa.

Depuis son arrivée en Amérique, il n'avait jamais pénétré dans un palace. Les nuits se passaient plutôt sous la voûte du ciel de la sierra, sous une tente, ou dans quelque sinistre motel le long des routes, et aujourd'hui au cœur de Chino avec Basa, si proche d'ici, mais un autre monde.

Le Castel Valmont ne le dépaysait pas. Il ravivait sa mémoire, celle du pays et, sans s'en défendre, celle de la riche Américaine offerte à lui un matin, timide et empoté, fou de désir, posant le plateau du petit déjeuner à terre et s'approchant d'elle, sa première fois... Femme blonde à la chair souple, et sa vue s'était brouillée car le son de sa voix vibrait comme celui qu'il avait gardé de souvenirs d'enfance, les belles voix à accent des étrangères, comme celle de sa « tata d'Amérique » lorsqu'il avait cinq ans à la Maison. Bien sûr, il n'avait revu ni elle ni l'autre.

Il se retourna vers le salon et la revit.

Dans son dos, le chef de réception lui annonçait enfin :

— Madame, là-bas, elle vous attend.

Mais Iloba avançait déjà, d'un pas d'automate. Il traversa le bar, désert à cette heure, et frôla le piano où, quelques mois plus tôt, son petit frère Anaï jouait – par bonheur il ignorait cela, son cœur puissant de vingt ans aurait flanché, à force.

En marchant il ne la quittait pas des yeux. Il ne distinguait plus le tailleur gris-bleu, les mains longues où un gant crème couvrait la gauche, l'autre tenu dans la droite, délicate. Une broche scintillait sur le revers de la veste, mais Iloba ne discernait que son visage blanc et blond qui grossissait, comme si une caméra le pointait jusqu'à ce qu'il occupe tout l'écran des yeux. Il ne pouvait plus avaler sa salive.

Planté devant elle, au bord de la table, le dernier doute disparut – l'ultime espoir durant ces quelques pas jusqu'à elle. La femme à qui il avait fait l'amour pour la première fois de sa vie, qui avait fait de lui un homme, quelques années plus tôt à l'hôtel du Palais, le fixait, blême.

Maylis avait senti son sang quitter ses veines. Malgré la moustache et la taille élargie, les yeux, le visage, les cheveux : face à elle c'était le jeune homme du Palais, le groom – donc le petit garçon de jadis, dans la Maison Etcheverry pendant la guerre, puisque c'est cet ancien petit garçon qu'elle voulait retrouver. C'était Iloba.

— Iloba Etcheverry ?

La voix rauque de la riche Américaine de Biarritz... Il acquiesça.

Maylis crut mourir de honte.

Iloba parvint enfin à déglutir. Mais il ne bougeait pas. Comment savait-elle son nom ? A l'hôtel du Palais, leur étreinte avait été si brève, anonyme, il n'avait même pas ôté son costume de groom et elle, les yeux fermés, avait accueilli son corps simplement, dans le plaisir, comprenant à sa hâte qu'il le faisait, lui, pour la première fois.

Puis il dut l'admettre, Maïama l'avait prévenu : la police avait retrouvé sa trace. C'était elle, la femme blonde du rendez-vous.

Il comprit donc, mais pas tout, et de travers : il ne reliait nullement dans son esprit Maylis, la « tata d'Amérique » de sa première enfance et la cliente du Palais à Biarritz qui l'avait attiré dans ses bras. Devant lui, il n'avait que la femme de naguère, offerte dans le lit.

En ce jour lointain, Maylis n'avait pas pu reconnaître dans le beau groom du Palais l'enfant qu'elle avait connu dix ans plus tôt à la Maison Etcheverry. Sur le moment, comment imaginer un bambin court sur pattes dans un jeune homme puissant ? Mais à l'instant, elle comprenait – et très bien, elle, pas de travers – que les deux n'avaient fait qu'un.

Trop tard pour reculer.

*

L'explication fut délicate, mais pas douloureuse. Iloba ne dit pas un mot pendant longtemps. Bouleversés tous les deux, ils laissaient des silences occuper le temps, puis chaque phrase les faisait frissonner, de la tête aux pieds.

Pourtant dressée à garder son contrôle par son éducation, ses responsabilités dans le *business*, et aujourd'hui sa place d'épouse d'un sénateur, et par la fortune qui fait lever les derniers blocages, Maylis se sentait cependant revenue au temps de la jeune fille insouciante des années de guerre dans la Maison Etcheverry, puis de la jeune femme sensuelle de l'hôtel du Palais à Biarritz. Devant Iloba, elle peinait à relier les deux.

Elle n'était censée ne lui parler que de leur plan contre Ferben et du rôle dévolu à l'ancien petit-neveu de Germaïna, qu'elle savait émigré ici et que le FBI lui avait permis de retrouver. Puisque Iloba, lui, n'avait reconnu que la femme de Biarritz, naguère...

il avait fallu lui dire qu'elle était aussi sa « tata d'Amérique », et soudain le surnom lui semblait ridicule, parce qu'elle avait vieilli. Puis il avait fallu ne pas pleurer, même de joie.

Quant à lui, le ciel lui tombait sur la tête. Maylis de la Maison, l'Américaine du Palais dix ans plus tard : elle. Aujourd'hui devant lui, la femme souveraine, elle toujours... Il commanda un café, qu'on lui apporta avec un grand verre d'eau, qu'il avala d'un trait. Il oubliait de lui demander pourquoi elle était là, comment elle l'avait retrouvé, ce qu'elle voulait.

Mal à l'aise, il s'asseyait de biais, le coude sur la table.

— C'est ainsi, toussota Maylis.

Ensuite, elle se leva et lui demanda de la suivre. Assommé, il serait allé au bout du monde, mais déjà ils sortaient sur le perron arrondi du Castel Valmont. Aussitôt pointa le museau d'une limousine démesurée, à six vitres de chaque côté. Maylis s'engouffra à l'arrière, entraînant Iloba près de lui. A l'avant, le chauffeur et un autre homme à l'air aussi sombre attendaient un ordre. Maylis leur dit de rouler et tourna la petite manivelle chromée qui fit remonter la vitre de séparation.

— Il va falloir quitter ton travail. Nous t'en proposons un autre.

— Qui, nous ?

— Il ne faut plus poser de questions, Iloba.

— Ça suffit, se raidit Iloba, pour la première fois. Depuis hier, c'est tout un mystère autour de moi. Je n'ai rien fait, à la fin !

Son ton mollissait. Si depuis plusieurs mois sa vie suivait une ligne directe, il savait bien qu'il avait frôlé quelques dérapages... La prison, le cirque, le

Mexique, les Hell's Angels, les papiers de Basa, vrai palmarès déjà. Mais qui pouvait savoir, du moins savoir tout ?

Avec son calme retrouvé, du ton dont elle menait une négociation dans les entreprises où elle portait le titre de *chairman* – personne n'aurait prononcé *chairwoman*, ses longues jambes sur talons et ses seins épanouis, sa blondeur et ses dents blanches, pourtant... –, Maylis expliqua :

— Nous avons besoin de toi et tu as besoin de nous. Nous, c'est moi.

Iloba voulut protester, perdu dans ce mystère, choqué de ses révélations quelques minutes plus tôt. Maylis leva la main pour qu'il se taise.

La limousine glissait en souplesse dans les allées de Beverley Hills, d'Hollywood et de Bel Air. Les palmiers semblaient montés sur rails quand la voiture les dépassait. De l'autre côté du terre-plein, ils croisaient d'autres Cadillac, et des Plymouth, des Chevrolet roses ou jaunes, mais jamais un camion.

Il sembla à Iloba reconnaître une grille de fer noir, le long d'un haut mur protégeant une villa nichée dans les feuillages, celle où il avait brisé son premier rêve de la ville en arrivant ici. Celle-ci, ou une autre ? Tout se ressemblait. Quant à ses rêves, ils avaient désormais les paupières lourdes, comme ces effrontés qui ont trop regardé le soleil dans les yeux.

D'ailleurs, Maylis brisait le plus récent :

— Tu refuses absolument ? s'étonna-t-elle en reprenant les mots qu'Iloba venait de prononcer. Rien ne t'oblige, dis-tu ?

Elle expliqua alors tout ce qu'on savait de lui, le ranch, la prison, le cirque, le Mexique, l'Indienne, les papiers. Un par un, ça ne valait rien ; au total, cela signifiait l'expulsion d'Amérique.

— Nous ne te proposons pas un choix.

Iloba évita de lui demander comment elle avait appris, comment elle l'avait retrouvé. A quoi bon ?

Ils longeaient une haie. A travers, Iloba découvrait les étendues amollies d'un grand golf, et l'éclair des bunkers de sable qui éclaboussaient la vue sur un gazon manucuré et luisant, écrasé de soleil et de silence. Comme un jouet d'enfant, ce jeu qu'il avait si bien pratiqué au pays, il l'avait enterré avec d'autres rêves.

— Ça te plairait ? le taquina Maylis.

— Pas le temps. J'ai du travail, une femme, un enfant à venir.

— Oh, *Christ !* Je ne le savais pas, je veux dire : l'enfant.

Elle se glaça un instant. Elle ne put s'empêcher de penser, comme une douceur, au jeune homme qu'elle avait déniaisé, à son corps, à son sexe ; elle ne put chasser, hélas ! comme un couteau, la pensée qu'elle n'arrivait pas à procréer. Ainsi donc, elle prenait des gifles, même elle.

*

Plus loin, mais ils longeaient le terrain depuis de longues minutes tant le domaine était vaste, des bâtiments en fin de travaux se dressaient, cernés d'échafaudages. Des charpentiers sur les toits, très haut, travaillaient à couvrir de tuiles beiges les pans, au-dessus de murs ocre qui s'évasaient en terrasses près du sol. Le club-house monumental serait achevé dans quelques semaines.

Sans le nommer tout de suite, elle désigna le golf de Ferben, le country club de rêve, les terrains, les bâtiments :

— Cela nous appartient.

Le nez collé à la vitre, Iloba écarquillait les yeux, fasciné.

— Un homme est là, reprit Maylis. Cet homme a fait beaucoup de mal. Il n'est pas le seul. Tout le monde en fait. Moi, par exemple, en ce moment, je sais que je t'en fais. C'est ainsi. Après il fera beau.

Elle ne pouvait pas en dire davantage. Si Iloba se doutait seulement de ce qu'avait organisé Ferben contre Germaïna, il deviendrait fou. Il suffisait d'en rester au chantage que Maylis et son époux le sénateur – qui resterait bien entendu hors de tout officiellement – pouvaient exercer sur Iloba afin qu'il leur obéisse.

— Cet homme nous a volés. Je te passe les détails. Mais cet homme va chercher un directeur pour « son » golf, un homme de confiance. Tu seras celui-là.

Et elle parla. Elle dévoila le plan et le rôle dévolu à Iloba.

— Mais je ne sais pas. Je ne peux pas ! tempêtait Iloba.

— Tu as joué au golf, et très bien. Tu as aidé ton père dans son hôtel au pays. Tu es très capable. Et surtout, tu es basque.

Devant l'air ahuri d'Iloba, Maylis précisa :

— Cet homme est basque.

— Je... alors ? bredouilla Iloba après un moment.

— Il ne s'entoure que de Basques, pas toujours des gentils.

Une fois de plus, quelques traits directs de Germaïna, de la Maison Etcheverry, de ce qu'elle avait vécu là-bas, la traversèrent.

— Le plus délicat sera de te faire engager. Nous organiserons le premier contact. Après, c'est à toi de jouer sans éveiller sa méfiance. Ensuite, ce sera plus facile. Ces vieux bandits mégalos ne se remettent jamais en cause : s'il t'accepte, il aura eu raison. Personne ne discutera.

— C'est impossible, l'argent que je dois...

— Tu seras bien payé au golf. Ta laiterie, nous allons nous en occuper. La somme arrivera chaque mois à ta banque.

— Itzalu va se poser des questions. Itzalu, c'est le propri...

— Je sais. Tu lui expliqueras que ton salaire au golf te permet de tout assumer.

— Ce n'est pas ça. Je n'abandonne pas sa confiance.

— Mais tu n'abandonnes rien. Plutôt, rappelle-toi : si tu abandonnes, tout le reste va t'asperger comme une grande bassine de fumier. Tu connais, tu viens des fermes et tu y vis. Fais ce que l'on te dit. Tu seras récompensé à vie. Sinon, la bassine de fumier, tu y pataugeras de retour au Pays basque, parce qu'un geste de ma part et tu reprends le bateau vers Bayonne. Et sans ton enfant. Et sans sa mère. Tu vois, je sais tout.

— Ça coûte cher tout ça, les bêtes, la location des prés, les employés qui devront me remplacer.

L'éclat de rire qui l'interrompit le glaça :

— Ici, les réponses portent un nom : dollar. Nous en avons assez pour toutes les questions. Je me souviens d'ailleurs avoir expliqué cela à ta tante Germaïna. Après la guerre, notre billet vert avait fait sortir son homme de prison, à huit mille kilomètres de distance. Tu comprends son pouvoir ? Le même billet peut mettre quelqu'un à nouveau en prison, précisa-t-elle en le fixant. A propos, je n'ai plus de nouvelles depuis le temps.

— Moi non plus.

Iloba avait parlé bas, et triste.

— Elle ne t'écrit jamais ? Je sais que le téléphone, ce n'est pas vraiment leur...

— Elle ne sait pas où je suis. Personne ne le sait.

— Quoi ? Ta mère, ton père ?

— Parlons d'autre chose.

Maylis fronça les sourcils :

— Regarde-moi. Redresse-toi. Tu es tellement grand et fort que tu occupes plus de la moitié de la place et pourtant tu as l'air d'un cabot pris en faute. Qu'est-ce qui t'arrive ?

Il soupira. Au lieu de l'affronter, il ferma les yeux en posant sa nuque sur le repose-tête :

— Je suis parti comme un voleur, un peu. Je voulais échapper à la guerre d'Algérie. J'avais raison.

— Tu serais arrivé ici quelques années plus tôt, il aurait fallu t'engager dans les Marines et aller en Corée. Sinon, pas de contrat. Tu as eu de la chance finalement.

— Je ne voulais pas faire berger non plus. Mon rêve, c'était Hollywood, parce qu'on y vit dans l'image, la vraie vie. Tout cela vient du petit appareil pendant la guerre.

— Je me souviens. Je me souviens très bien.

— Mais j'ai été éjecté comme un malpropre. Comme un paysan, un grand imbécile dégingandé qui ne comprenait rien. Alors, j'ai passé trois ans au ranch, tellement honteux que je n'ai jamais donné de nouvelles. A personne. Je voulais réussir et après, alors après oui... *Amerikanoak*... les Américains, je voulais revenir au pays et qu'on m'appelle comme ça, comme on appelle ceux qui ont réussi et sont de retour.

— Ceux qui reviennent sont ceux qui n'ont pas réussi. Les riches repassent lors des vacances, oui, huit jours, à se gaver de saucisson.

— N'empêche... Ensuite j'ai fait, bon... quelques bêtises.

— Je sais.

Iloba ne rouvrit pas les yeux. Plus rien ne le surprenait.

— Et maintenant que ça commençait à bien marcher, ça repart.

— Si tu réussis ce qu'on te dit, tu verras ce qu'est un rêve réalisé. En attendant, paye un peu tes dettes.

— Quand le petit sera né, vraiment je vais tout leur raconter. Je les ferai venir, non ?

Maylis hocha la tête, comme pour dire oui. Mais elle ne croyait pas une seule seconde à cette venue. Elle avait l'impression de mieux connaître les gens de là-bas que lui. Elle avait pourtant mal au cœur d'imaginer que depuis tant d'années ni lui ni eux, là-bas, savaient quoi que ce soit sur eux, sur lui. Pour elle, cette raideur se nommait cruauté ; pour eux, obstination.

*

La limousine revint à son point de départ et s'arrêta en silence devant le Castel Valmont. Maylis communiqua à Iloba un numéro de téléphone, sans demander le sien : elle le connaissait. Les contacts et les rendez-vous se donneraient ici, où la présence d'Iloba, devenu directeur du golf, serait logique compte tenu de la clientèle commune au country club et à l'hôtel. Mais sans elle.

— Tu ne me reverras pas sans doute, pendant longtemps.

Elle eut une bouffée de tendresse en ressaisissant pour la première fois la main qui l'avait caressée à Biarritz, la main qu'elle avait tenue toute menue à la Maison Etcheverry et qu'elle ne tiendrait peut-être jamais plus dans la sienne. Elle la sentit si forte et large qu'elle amena ses autres doigts à côté pour en faire le tour. Elle serra, essaya de faire passer toute sa chaleur dans sa peau.

Lui aussi serra ces doigts si fins, aux ongles rouges, et Maylis eut peur pendant un instant qu'il broie ses phalanges. Peur, ou envie.

Avant de revenir, ils avaient quitté le *highway* et longé l'océan jusqu'au Castel Valmont. Iloba avait voulu reprendre le chemin vers l'est, pousser jusqu'à Chino, lui montrer sa petite maison, Basa, son ventre arrondi, les vaches blanches et noires à perte de vue. Maylis lui avait tapoté la main :

— Je n'ai pas le temps. Tu ne m'en veux pas ?

Si, il lui en voulait. Il commençait à comprendre qu'il entrait dans un jeu où l'on jetait le passé aux orties, et où l'on enfonçait l'avenir avec d'autres boucliers que les siens.

16

— *Eskualdun !... Eskualdun !...* C'est un Basque, oh c'est un Basque !

Iloba se dressait dans son fauteuil, agité comme un diable. Ses cris ne couvraient pas les applaudissements saluant Anaï, qui venait de s'asseoir devant le long et lourd piano au centre d'une petite scène, et qui n'entendait déjà plus rien, les yeux fixant le clavier, les mains s'essuyant sur ses cuisses, comme au début de chaque concert.

Iloba faisait le clown, de force. En réalité, il tremblait.

Huit jours plus tôt, après son entrevue avec Maylis, il avait reçu un carton annonçant une soirée dans une salle privée de La Cienaga. Une bonbonnière, un joli théâtre en rond, imitation des castelets de l'Europe du XVIIIe siècle dont les riches Américains raffolaient. Les artistes s'y produisaient dans des concerts sur invitation au prix du salaire annuel d'un employé.

De l'enveloppe débordait une liasse de billets. Iloba s'était inscrit. Assez de billets verts restaient pour s'acheter un costume sombre et une cravate. Moustache peignée, ses cheveux lissés en brosse, il avait pris place dans la salle, arrivé parmi les premiers pour être proche de l'allée par où arriverait bientôt un vieux rude dans son fauteuil roulant.

Le premier contact avec l'homme décrit par Maylis devait avoir lieu ce soir-là. Iloba ignorait comment s'y prendre.

Le déclic venait de se produire, à l'instant de l'entrée du pianiste. Voilà pourquoi Iloba tremblait des quatre membres, et le buste, la tête, les dents claquant au fond de la bouche, tout : le pianiste, c'était Anaï.

Son petit frère... Il fit un effort surhumain pour ne pas s'évanouir, ou jaillir sur scène. A la place, par un mouvement inconscient, lui revint en mémoire l'une des blagues du pays, où l'on s'amusait déjà de ceux qui « jouent du piano et ceux qui les déménagent ». Voir soudain Anaï avait d'abord ouvert les vannes de l'enfance, du pays, de la Maison. Il aurait dû pleurer en le revoyant après tant d'années, comme un miracle qui tombait sur lui, ou bien crier son nom, bousculer ses voisins, « c'est mon frère... mon *anaï*... je ne savais pas ! » A la place, il glapissait : « C'est un Basque ! », sans savoir où cela le mènerait, simplement parce qu'Anaï était basque et parce qu'il fallait en même temps attirer l'attention de l'homme pas loin de lui dans l'allée, qui le fusillait maintenant du regard.

Les applaudissements se turent et, puisque Iloba continuait de crier, debout dans sa rangée, deux gardes s'approchèrent et l'empoignèrent pour le faire sortir. Il fit semblant de résister un peu.

Sur scène, Anaï tourna enfin la tête vers la salle, attiré par l'agitation. Il vit seulement un spectateur de dos, qu'on entraînait vers la sortie. Il revint vers le clavier et posa ses deux mains au-dessus des touches. Le silence fut total.

Et la première note emplit soudain l'espace, jusqu'à la voûte, et au-delà, jusqu'au hall où Iloba patientait sur un banc recouvert de velours, promettant de ne plus bouger. Il écouta la première partie du concert, les coudes sur les genoux, la tête dans les mains, et il sanglota enfin, à l'abri de tous.

Maintenant, il respirait très mal. En quelques jours, sa vie l'avait cogné beaucoup plus fort que tous les coups reçus et donnés lors de ses combats de boxe par exemple. Plus fort que les nuits glacées dans la sierra, ou que la prison. Même les retrouvailles avec Maylis et ce qu'on l'obligeait à faire pesaient peu à côté : il payait, et il avait appris à le faire depuis plusieurs années. Mais à l'instant, il connaissait le vrai mal, celui de la honte.

Elle le piquait à chaque note s'échappant de la salle, chaque note d'Anaï.

Son petit frère vivait à quelques pas de lui, peut-être depuis longtemps. Qu'Anaï soit capable de réunir devant lui les plus belles assemblées de la ville l'impressionnait. Mais de n'avoir rien su, rien voulu savoir, le faisait pleurer sans arrêt.

« Têtu autant qu'une mule », lui avait souvent reproché Maïama, à ne rien vouloir dire, jamais, à ne rien savoir des autres. Le reste ne s'entrechoquait pas dans sa tête trop épuisée : pourquoi Anaï jouait-il ici ? Que faisait pour lui l'homme en fauteuil roulant qui semblait organiser la soirée ? Qu'avait-on à voir ici avec le country club de cet homme, avec son but de s'y faire engager ? Plus tard il l'apprendrait. Sur le moment, il souffrait, mais pour Anaï. Qu'il avait dû être malheureux, l'enfant aux doigts d'acier !

*

De l'autre côté de la cloison, les notes avaient cessé. Iloba découvrit pour la première fois l'extraordinaire silence qui suivit, plutôt long, et il s'en inquiéta, juste avant l'ovation, et des cris qu'il n'avait jamais entendus. Il avait gardé la tête dans ses mains, dos voûté, et écoutait. Ses larmes avaient séché. Il sentit une tape sur l'épaule. Anaï ?

Il leva les yeux et reconnut au-dessus de lui la carrure immense de l'un des hommes qui l'avaient mis à la porte au début et laissé là, sur le banc en velours. D'un signe de tête, il l'invitait à le suivre.

Iloba reprit contact avec la réalité. Le hall s'emplissait. L'entracte permettait aux spectateurs de renouer avec leur âme, volée par Anaï pendant l'heure qu'avait duré la première partie.

Fendant la foule dans les pas de l'homme, Iloba jetait des coups d'œil en tous sens, voulant apercevoir son petit frère. Ils passèrent une porte capitonnée qui donnait sur un salon privé. Le silence fut brusque après le vacarme du hall.

Au milieu, entouré de deux hommes immobiles, droit dans son fauteuil, avec une couverture sur ses jambes mortes, Jauna Ferben le fixait, mâchoires serrées.

Il le dévisagea longtemps, admirant la carrure qui valait celle de ses gardes, et le regard franc qui se plantait dans le sien, pas effronté mais direct.

Au bout d'un moment, Ferben dit d'un ton rude, sans bouger beaucoup les mâchoires :

— Pourquoi avez-vous perturbé ma soirée ?

Comme il l'avait entendu glapir en basque au début du concert, Ferben avait utilisé cette langue, et vite, pour vérifier. Iloba, par réflexe, lui répondit de la même façon :

— Je vous prie de m'excuser, monsieur (*Jauna*... et Ferben eut pendant un bref instant l'idée que ce jeune homme le connaissait).

Ils continuèrent dans la même langue. Les autres devaient comprendre. Maylis lui avait certifié : « Il ne s'entoure que de Basques. » Mais Iloba avait constaté depuis son arrivée en Amérique que certains ne parlaient déjà plus la langue.

— C'est bête, monsieur, encore une fois je vous prie de m'excuser. Vous allez comprendre.

— En général, oui. Alors ?

— Lorsque le pianiste est entré – Iloba retenait ses mots pour éviter de prononcer Anaï, il n'était pas censé le connaître –, il s'est assis sur le tabouret. Il était trop loin du piano. Mais ces bêtes noires, cela doit peser deux tonnes ! Moi, j'ai eu l'impression qu'au lieu d'avancer le tabouret vers l'instrument, il empoignait calmement les montants et tirait tout le piano vers lui, sans effort, avec deux doigts ! C'est une vieille plaisanterie qui m'est revenue du pays. On disait : « Ça, c'est un Basque ! » Alors je me suis dit ça. C'est bête, hein !

Ce fut à peu près le silence couronnant les ultimes notes d'Anaï qui suivit et, de la même façon, ils explosèrent. De joie ! Tous ! Preuve que tous comprenaient le basque.

— *Alua !...* dit Ferben en reprenant son souffle, je ne la connaissais pas. Et vous autres ?

— *Ez... Ez...* Non, non...

Il essuya ses yeux mouillés du revers de sa manche chatoyante. Rire le faisait pleurer. Il n'avait plus connu de fou rire depuis... des larmes jamais versées, même lui en avait en réserve.

— Et qui es-tu, toi ?

« Iloba Etcheverry », faillit-il dire. Mais il se retint et annonça un faux nom, le premier lui passant par la tête, d'un ami d'école. Décidément, son enfance surgissait ce soir, de force.

— Et d'où tu es ?
— De Chino.
— Non, au pays. Tu viens d'où ? Tu es né ici ?
— Non. Biarritz, mentit-il derechef.
— Ha ! Ce n'est pas vraiment le pays. Moi, je suis plutôt de l'intérieur. C'est loin, Biarritz. On n'y allait jamais. Mais l'océan, le sable : tu ne dois pas être dépaysé en Californie.
— Et le golf.
— Quoi, le golf ?
— Le plus ancien du monde est là-bas.
Il mentait, mais de peu. Il aurait dû dire Pau.
— Les vieux golfs, on s'en fout, marmonna Ferben en secouant la tête. Tu sais, j'en construis un. C'est autre chose.
— J'aimerais le visiter.
— Ouais, ouais... on verra. Tu sais jouer ?
— C'est mon métier, mentit à nouveau Iloba.
Ferben émit un grognement. Iloba ne distingua pas : de mépris ou d'intérêt ?
— Je suis venu disputer des tournois, des petits d'abord, mais je n'ai pas l'occasion de m'entraîner. Je ne passe pas les qualifications. Je donne des leçons, c'est un gros client qui m'a offert la place à votre concert.
Ferben grogna derechef. Cette fois, Iloba crut comprendre : « M'en fous. » Le vieux continuait, plus clair, en faisant tourner les roues de son fauteuil comme pour partir :
— Si tu comptes t'entraîner sur mon golf, *ez du balio*... pas la peine. C'est pas pour les ploucs.
— Alors, pourquoi vous y êtes ? répliqua Iloba, regrettant aussitôt.
Tout le monde se figea.

Le vieux Ferben fit pivoter lentement son fauteuil pour se retrouver face à Iloba. Le jeune homme ne baissait pas les yeux. Pas déplaisant, ça. Il songea à Anaï, son protégé, qui l'émouvait. Maintenant, celui-ci, après l'avoir fait rire, lui résistait. Il n'y avait que les petits nés au pays pour conserver cette vigueur. Leurs descendants ici se vautraient dans les boissons sucrées, ne parlaient plus la langue. Certes, restait l'affront, devant les autres. Il lui ferait payer. Quand ? Comment ? Il trouverait. Le vieux Ferben savait depuis longtemps que le temps n'existait plus où l'on effaçait une insulte d'une rafale. En attendant, mieux valait le garder sous la main :

— Tu as d'autres histoires ?

— Ce ne sont pas des histoires, je vous certifie que...

— Des histoires drôles. J'ai envie de rire, prononça-t-il d'une voix morne.

— Quelques-unes.

— Tu me les raconteras à table. Après le concert, dans un salon en haut, j'organise un dîner en l'honneur du pianiste. C'est payant. Je t'invite. Tu le connais ?

— Non, mentit encore Iloba, et cette répétition lui fit mal ; il n'avait pas l'habitude.

— Tu avais pourtant raison : c'est un Basque. Lui aussi ! Allez, on y va.

Il fit signe qu'on pousse son fauteuil vers la sortie. Le concert recommençait.

— Je ne préfère pas, toussota Iloba. J'écouterai dans le hall, comme au début. Cette musique, ça me... expliqua-t-il en mettant sa main sur son cœur.

— Té, toi aussi ? Voyez, vous autres, il est costaud, mais il a un cœur, lui.

Ceux-là baissèrent la tête.

— Comme tu veux. On se retrouve au dîner. Je suis sûr que tu sais bien bouffer ! finit-il dans un rire, tandis que son fauteuil s'enfonçait dans le dos des derniers spectateurs regagnant la salle. Rien ne commencerait sans lui.

*

Avant le dîner, alors que la trentaine d'invités sélectionnés par Ferben vidait leurs coupes de champagne entre deux trémolos à propos du « merveilleux... aérien... divin... vrai Mozart, bien sûr », Iloba se planta près de la porte du salon. Il se fit le plus discret possible, sans mal, chacun ne pensant qu'à soi-même, attendant que l'autre ait fini de pérorer pour s'engouffrer dans le bref silence. Iloba, lui, attendait qu'Anaï ait fini de se changer pour s'engouffrer dans le bref espace.

Mais dès qu'Anaï apparut, d'emblée hommes et femmes se bousculèrent pour le saluer, lui baiser la main, s'exclamer. Mal préparé, Iloba marchait sur des pieds, écartait des épaules. Un mouvement plus ample sépara soudain en deux l'essaim agglutiné, et Iloba vit le fauteuil de Ferben poussé au milieu, allant droit sur Anaï, avant lui. Le vieux allait les présenter l'un à l'autre. Anaï tomberait dans ses bras, innocent...

Iloba fendit le rang. Il fit semblant de trébucher, coupa le chemin à Ferben et se jeta sur Anaï – qui ne faisait pas trop attention. Il y alla de son compliment à tue-tête, prenant les mains magiques de son frère dans les siennes, déjà si rudes.

Anaï se concentra enfin sur ce jeune homme qui le secouait, beaucoup plus grand et costaud que lui.

Iloba cligna de l'œil. Anaï regarda mieux, la moustache qui couvrait les lèvres, puis les yeux, et le sourire sous la moustache. D'un seul coup, il devint pâle.

Iloba remarqua le changement brutal sur le visage. Alors, tout en déclamant des « *great... marvellous !* » obséquieux comme les autres, il glissa très vite à voix basse, comme s'il allait le serrer sur son cœur :

— *Ixo !...* Tais-toi. Ne dis rien.

De son bras puissant, Ferben, arrivé à leur hauteur, repoussa la hanche d'Iloba. Son visage rayonnait :

— Alors, vous vous retrouvez ?

Iloba sentit son souffle coupé. Mais Ferben enchaînait, à l'adresse d'Anaï :

— Tu sais qu'il est du pays, lui aussi ? Enfin, de Biarritz. Tout le monde ne peut pas être né à Sare, ha !

— Mais non, je... bredouilla Anaï confus, prêt à dissiper le malentendu.

— Hé, chacun sa croix à porter ! lança Iloba, enjoué, pour abonder dans le sens de Ferben.

Pris d'une inspiration, il se redressa, adopta l'attitude fière et raide des chanteurs du pays et entonna la chanson du petit Anaï, celle qu'avait enseignée l'oncle Mattin naguère, à la Maison Etcheverry, celle sans doute qui avait éveillé l'oreille du gamin, avant que toute la musique de l'univers l'envahisse.

En même temps, il lui envoyait des clins d'œil, qui pouvaient passer pour de la connivence d'étrangers se croisant loin de chez eux, mais qui rappelaient à Anaï : *Ixo...* tais-toi ! Curieusement d'ailleurs, Anaï chantonna : mais chanter, pour eux, ce n'était pas parler, c'était prier.

Tout de suite Ferben les rejoignit. Très vite les Basques entourant le *Jauna*, et certains connaissaient l'air, l'entonnèrent à l'unisson. Ils chantèrent un couplet, fous de joie, hors du monde, sous les sourires ahuris des convives, qui applaudirent à la fin, mollement.

— Qu'est-ce que je disais ? conclut Iloba. Deux Basques, ça se dispute. Trois, ça fait une chorale.

— Hou, il est bon, lui ! Il est bon, s'esclaffa Ferben en secouant la tête, hilare une deuxième fois en un soir, tous records battus. Tu vas te mettre à côté de moi à table. Tu as des histoires, hein ? Tu as promis, finit-il d'un ton plus sec.

*

A table, Anaï ne prononça pas un mot, bouleversé de découvrir Iloba, dont il était lui aussi sans nouvelles depuis tant d'années. On mit son silence sur le compte de la fatigue. Pourtant, Ferben, qui organisait souvent des concerts pour son protégé, le savait joyeux d'ordinaire, après avoir joué comme après les bordels où il le faisait conduire trois fois par semaine. Mais il s'en préoccupa peu : Iloba près de lui, entre deux bouchées d'un caviar qu'il goûtait pour la première fois, l'abreuvait de récits :

— Un Noir, un Basque et un Landais se présentent à la clinique de Bayonne pour reconnaître leurs bébés. On a égaré les bracelets ! On leur montre les trois nourrissons. Il y a un petit noiraud dans les trois, bien sûr. Par politesse, l'infirmière demande au Basque de choisir le sien. Tout de suite il désigne le petit Noir !

— Mais merde, s'esclaffa Ferben, pourquoi il choisit le nègre, ce con ?

— « Comme ça, je suis certain qu'il ne sera pas landais ! »

Ferben éructa, postillonnant ses grains noirs sur la serviette brodée qui entourait son cou massif. Il s'étranglait :

— Oh, putain, quel numéro ! Une autre, allez.

Iloba creusait dans sa mémoire. Lui non plus n'avait pas tellement ri depuis son arrivée en Amérique. Mais la présence d'Anaï faisait passer en lui, dès qu'il l'observait du coin de l'œil, tant de jours passés, ceux de son adolescence au pays, que le cerveau retrouvait tout seul, en associant des idées, des images, les histoires qu'ils se racontaient jadis entre employés du Palais et caddies du golf, les...

— Ah, celle-ci, elle parle de golf.

— Non, se renfrogna Ferben. Je n'y connais rien au golf.

Il avait bien tapoté plus ou moins la balle blanche à Chicago pour faire plaisir à son « vieil et cher ami Prescott ». Cela lui avait permis au moins de l'arnaquer une dernière fois avec le faux testament et ce terrain ici, à Bel Air, qu'il faisait construire afin d'y blanchir de bons millions de dollars. A part cela...

— Celle-ci, vous allez l'aimer.

— Vaut mieux. Vas-y. Mais si tu me casses les *balls* avec du vocabulaire à la con, tu dégages.

Iloba eut la gorge sèche. Il avala une gorgée du vin blanc que des serveurs, tous noirs, empressés, versaient aux convives.

— C'est un monsieur très important, un *Jauna*... glissa-t-il plus bas vers Ferben qui fronça les sourcils. Il est riche. Immensément riche. Il se fait construire un golf... lui aussi, ajouta-t-il en clignant de l'œil. Un matin, son directeur le trouve complètement désespéré. « Je suis ruiné, tu es viré », dit l'homme, qui ajoute : « Pour qu'il construise mon golf, j'avais donné à mon architecte un budget il-li-mi-té ! » Et alors ? « Alors, il l'a largement dépassé. »

Ferben tapait du poing sur la table pour ne pas s'étrangler de rire, et son fauteuil roulant cognait sur le rebord de la table :

— *Alua !* C'est tellement vrai ! C'est tout à fait ça ! Oh... écoutez, mes amis – il tapa contre son verre pour réclamer le silence – et les conversations cessèrent jusqu'au bout de la table, les habitués devinant que Jauna Ferben, dans sa veste chamarrée, allait leur imposer l'une de ses blagues vulgaires, les plus sales, comme il aimait tant. Ils riaient d'avance, tout mielleux. Ecoutez ! reprenait Ferben, c'est un type qui confie à son architecte de golf un budget il-li-mi-té, illimité vous entendez ? Et son architecte a réussi à le dépasser ! Elle est bonne, elle est très bonne.

Il s'étranglait à nouveau en tapant sur l'épaule d'Iloba, et Anaï regardait ailleurs, les yeux tristes. Ferben ne s'en rendit pas compte.

Lorsque les ricanements polis cessèrent, Ferben reprit à la cantonade :

— Vous savez bien que j'en construis un, amis. Magnifique ! Le plus beau de la contrée. Le plus cher, pardi. Vous en serez tous membres, je compte sur vous, lança-t-il d'une voix tonitruante.

Chacun hocha la tête. La perspective d'adhérer à un country club de la plus haute distinction ne se refusait déjà plus, dans leur ville et au cœur du meilleur quartier, en somme à deux tours de Rolls Royce de leurs villas. Le droit d'entrée serait monstrueux, le commanditaire peu fréquentable, ils pinceraient les lèvres en le croisant, seraient enjoués le temps d'un salut, mais déjà contents de n'avoir pas à subir la corvée d'une partie de golf avec lui : sans jambes...

— Pour les formalités, chers amis, eh bien vous verrez... mon directeur ! conclut-il en se tournant vers Iloba, qu'il désigna à tous.

Ils applaudirent. Quelques femmes essayèrent d'attirer son attention. Il était beau, et athlétique, et riait tout le temps de toutes ses dents éclatantes qui jaillissaient soudain sous sa moustache.

— ... car toi, mon gars, tu n'es pas viré : tu es engagé, continuait Ferben en serrant le bras d'Iloba.

Celui-ci sentit en lui un grand vide. Le plan avait fonctionné plus aisément qu'il ne l'aurait cru. Il ne croyait rien d'ailleurs, il ne savait pas bien où il allait. Mais il fallait y aller. Et pouvoir désormais ne plus quitter Anaï ajoutait à sa détermination.

Il se força à écouter Ferben :

— Rendez-vous demain matin dans mon bureau, au golf, j'habite sur place, on t'indiquera, une villa à côté du club house, celle-là est déjà terminée, d'ailleurs les travaux, ça traîne, tu vas me prendre ça en main, tu dis que tu t'y connais, on verra, tu secoueras l'architecte et là, on n'est plus dans le « budget illimité », compris ? Le neuvième trou, je ne l'aime pas, on voit trop ma villa depuis le green, tu feras changer ça, et tu...

*

Iloba rentra, soûlé de vin et de bruit, d'émotion, et d'angoisse de n'avoir pas pu dire un mot à Anaï, sauf lui sourire en faisant passer dans ce geste toute la confiance possible.

Son petit frère lui échappait, il ne savait ni comment ni pourquoi. Son regard se voilait, pas comme naguère, à la Maison. Il n'avait plus la même vie, était-ce la raison ? Mais Iloba, de la même façon, ne menait plus la vie du pays. Alors, il ne le savait pas, son regard avait également changé. C'était ce qui avait rendu triste Anaï.

Avec Basa, le soir dans leur lit de la petite maison, pendant qu'il caressait son ventre encore plat où prenait vie leur enfant, ils décidèrent de tout le reste : qu'Iloba devrait loger dans le golf, que Ferben ne devait jamais savoir qu'il venait des prés et des vaches de Chino, et qu'ils ne se verraient plus, le temps qu'Iloba achève son travail. Combien de temps ? Il ne pouvait pas prévoir. Incapable de savoir s'il y parviendrait, même si d'avoir rapidement entourloupé Ferben lui donnait confiance. Il avait tout expliqué à Basa. Leur couple, l'enfant, l'Amérique, leur vie en somme était suspendue à sa réussite.

Le lendemain matin, il annonça son départ provisoire à Itzalu, sans fournir de détails, évoquant « la chance de sa vie », des banalités de la sorte devant la moue incrédule du propriétaire. Celui-ci n'y put rien, et Iloba certifia que tout serait payé comme avant, tous les mois. Il n'avait d'autre choix que de croire ce qu'avait annoncé Maylis. Itzalu n'en crut pas un mot. Pourtant, dès la fin du mois, les dettes à échoir furent couvertes. Il se calma.

Et, à chaque échéance, tombèrent les paiements. Au bout de sept mois, Iloba aurait pu revenir.

Il avait totalement rempli la mission ordonnée par Maylis – à une nuance près : il avait décidé de tuer Jauna Ferben.

C'est qu'entre-temps Maylis avait accompli un voyage en France – et revu Germaïna.

17

Au volant de sa Juvaquatre, Germaïna suivait avec peine la route qui montait en lacets jusqu'à Cambo. Les deux essuie-glaces ne balayaient pas le pare-brise en parallèle mais en miroir, commençant chacun leur course au coin de la vitre et se rejoignant au centre. Ainsi ramenaient-ils une ligne de neige qui s'accumulait au milieu.

Depuis plusieurs jours il gelait, sous un soleil blanc. Les gens admiraient leur Rhune et son sommet, pour une fois recouvert de neige à neuf cents mètres, Himalaya local. La veille, le temps s'était radouci et le vent transportait aujourd'hui la première neige, virevoltant vers la vallée.

Le ciel, gris sans fin, tombait jusqu'aux toits des maisons. Germaïna traversa Cambo déserte. Il neigeait si rarement qu'après la première exclamation, chacun se taisait, calfeutré au coin de sa cheminée.

La matinée commençait. Quelques enfants sur le chemin des écoles s'essayaient à une bataille de boules de neige, avec leurs gants en tricot, bientôt glacés. Les flocons trop mous s'aggloméraient mal. Leurs boules tombaient en flaques.

Ce matin, Neska, sa fille, avait sauté de joie en découvrant la neige dans la cour de l'hôtel Etcheverry. Penchée sur son volant, Germaïna se demanda si Neska avait déjà vu la neige. Jamais sans doute.

Les années d'hivers doux s'enchaînaient et, à moins de cinq ans, la petite y avait sûrement échappé. Sinon, Germaïna s'en serait souvenue.

L'envie de faire découvrir à Neska cette eau figée et de la voir planter ses dents pointues dans un bloc glacé et croustillant l'avait tentée. Mais le jour de sa visite à Goïzane avait rang de priorité absolue. En outre, elle parsemait de peu de fioritures l'éducation de sa fille – et elle détestait la neige.

Aussitôt la neige tombée, surgissait en effet dans la tête de Germaïna le souvenir de sa mère Maritchu, morte sous ses yeux dans la montagne pendant la guerre en faisant passer leur dernier groupe de réfugiés, son sang étalé sur la neige, ce sang rougissant le sol blanc, sang des pauvres fuyards, sang des soldats allemands qui les avaient abattus avant que Germaïna ne tire sur eux. « Des gens font du ski, paraît-il », ricana-t-elle en serrant le volant.

C'était le soir de l'arrivée d'Anaï dans la Maison, nourrisson juif récupéré dans le manteau de sa mère tombée sous les balles. On avait fêté depuis lors son anniversaire ce jour-là, ignorant quand il était réellement né. C'était l'un des secrets de la famille : on l'avait fait passer pour le deuxième fils de Goïzane, qui, en réalité, ne pouvait plus enfanter – autre secret d'une Maison qui en recelait déjà trop. La neige n'avait donc pas apporté que malheur et désolation. « De là à faire du ski ! »

Retenant les glissades de la voiture qui tenait mal dans la descente vers le sanatorium sur ses pneus étroits, Germaïna s'engagea entre les deux poteaux de pierre gravée « Toki Eder » qu'elle passait si souvent depuis des mois. Le long de l'allée, les branches des arbres se rejoignaient au-dessus du chemin et formaient ce matin une voûte blanche et alourdie, sinistre.

Germaïna gara la Juvaquatre devant l'entrée et courut vers le perron, aussi vite qu'elle le pouvait avec son pied abîmé, sans relever le capuchon de son manteau de laine. Ainsi, ses cheveux blancs tressés donnaient l'impression de loin qu'elle avait une énorme tête rasée, se confondant avec la neige.

Elle protégeait sous un pan du manteau un sac de macarons, réclamés par Goïzane, les meilleurs qu'on fabriquait depuis Louis XIV, dont la maison, à Saint-Jean-de-Luz, se dressait à quelques mètres du magasin. Le médecin-chef n'opposait aucune objection à ces friandises, « si telle est sa préférince », avec sa curieuse diction nasale, mais d'un ton qu'on emploie pour aider un malade dans ses dernières souffrances.

*

Une fois par semaine, Germaïna accourait au chevet de Goïzane. Germaïna serait volontiers venue chaque jour, et jour et nuit en dormant sur un matelas à côté. Goïzane ne voulait qu'elle au bord du lit, ou lors des promenades de plus en plus brèves de semaine en semaine qu'elles faisaient, accrochées l'une à l'autre, Germaïna appuyée sur sa canne, Goïzane cramponnée à son bras, son crachoir dans une main... beau spectacle !

Eh bien oui, beau spectacle. Elles marchaient droit, hautes, épaule contre épaule, avec un regard identique et tendu. Il fallait le soutenir, et personne ne pouvait, avant de distinguer chez l'une la peur et chez l'autre l'effroi.

— On est nées ensemble. Pourquoi ne meurt-on pas ensemble ? murmura plus tard Goïzane, sa main dans celle de Germaïna assise à toucher le lit.

Sa jumelle ne se promènerait pas ce matin, trop faible.

— C'est injuste, admit Germaïna.

— Tu es tellement vivante...

— Ne crois pas cela.

— ... *bizi !* vivace.

— Je suis morte il y a longtemps, tu le sais.

Mais Goïzane semblait ne plus l'écouter. Une grimace tordait son visage. Elle portait la main à sa poitrine, tout aplatie sous le drap – songeant peut-être, cela lui arrivait, aux seins larges et lourds de femme et de mère qui tendaient le chemisier de Germaïna. Sans se dire que Germaïna avait tout reçu, au contraire : avec bonheur. Tout reçu ? Elle savait la vie de Germaïna, ce qu'elle avait enduré. Si elle prenait sa main exsangue aujourd'hui, c'est qu'elle avait survécu, de force. Tout pris, oui.

Pour ne plus voir ce visage torturé, aux traits similaires aux siens, mais où les os saillaient désormais sous la peau diaphane, Germaïna jeta un coup d'œil vers la fenêtre. Les flocons tombaient en grappes. On ne voyait plus dehors. Seuls régnaient le silence et le froid.

Les deux sœurs restaient seules. Personne n'entrait dans la chambre. Germaïna se félicitait de la décision de Goïzane, car l'abbé ne l'accompagnait plus et elle n'aurait pas désiré que Neska assiste à cette agonie, ni Gudari.

Dévisageant à nouveau sa sœur, elle fut saisie d'une bouffée de colère. Pourquoi ne l'avait-on pas prévenue ? L'état de Goïzane s'était aggravé. Elle s'affaiblissait. Aujourd'hui, Germaïna la retrouvait... ailleurs – elle cherchait ses mots en pensée : comme de l'autre côté. La tuberculose suivait une longue descente jusqu'à la dernière pente, abrupte.

Sur la table de nuit, bloc de métal blanc avec une rampe chromée, s'empilaient des boîtes de médicaments, déchirées, des seringues à l'abandon, des compresses tachées. Le ventre de Germaïna se révulsait, elle qui avait si longtemps travaillé dans les hôpitaux. Sans doute voyait-elle les résidus de la bataille de Goïzane contre sa mort, durant la nuit. Goïzane n'appelait jamais à l'aide, comme elle.

Germaïna étant arrivée très tôt, les infirmières n'avaient pas eu le temps, peut-être... le sanatorium débordait, la maladie décapait des familles entières à la base, comme une faux.

Goïzane rouvrit les yeux. L'alerte semblait passée, mais pas la fièvre. Elle transpirait si fort que Germaïna semblait voir des larmes couler de ses yeux et de tous les pores, de longues traînées humides qui se rejoignaient dans la vallée des joues creuses, sur le rebord des lèvres, toutes séchées et craquelées. Goïzane passa sa langue au bord et tourna lentement son visage vers sa sœur :

— Qu'as-tu fait d'Iloba ?

Sa voix butait sur les syllabes, comme si la gorge charriait des cailloux que les poumons moribonds n'avaient plus la force d'éjecter.

— Il va bien, répondit Germaïna. (Puis elle se reprit. Mentir la tuait, chacune ses agonies.) Je ne sais pas, je n'ai aucune nouvelle.

— Tu me l'as volé.

Germaïna eut l'impression de se noyer :

— Quand on fait un enfant, on fabrique sa chair. Pas son esprit. Je n'y suis pour rien.

Elle laissa passer un moment, puis ajouta :

— On ne vole pas sa jumelle, on ne peut pas se voler soi-même.

— On a été si peu ensemble.

— Si, jusqu'à dix-huit ans, tout le temps. Et même après.

— C'était tout raté.

— ... et puis même maintenant.

— Dis-moi qu'à mon enterrement, vous ferez une messe.

— Bien sûr.

— Mais je ne veux pas de chants. Ça m'a toujours fait tousser, les chorales.

Elle devait mélanger les idées. Germaïna s'attendait à : cassé les oreilles, ou les pieds... Mais tousser ?

Goïzane respirait faiblement, les syllabes se formaient lentement :

— Je vais retrouver *ama*... maman.

— Oui.

— Et *aïta*... papa.

Germaïna fit non de la tête. Mais elle savait que Goïzane ne la voyait pas. Ses paupières, closes à nouveau, se plissaient.

Elle ne demanda pas de nouvelles d'Anaï. Confié à Maître Vraountz, lui qui n'acceptait qu'un élève sur cent, il forgeait son destin ailleurs. Goïzane ne s'inquiétait pas. Qu'aurait-il fait dans ce petit pays, avec ses mains magiques ? Même ceux qui ne savaient qu'élever des moutons partaient. Elle n'avait jamais pu – jamais voulu ? Elle seule le savait, et comme les autres, elle disait peu.

Avec un grand effort, Goïzane lâcha la main de Germaïna et, la tête rejetée sur l'oreiller, mâchoires serrées, elle tendit le bras. Germaïna se pencha, jusqu'à appuyer sa joue contre cette paume ouverte et grise. Mais Goïzane continua son geste et mit sa main sur la nuque de sa sœur. Elle l'attira vers le drap.

Germaïna suivit le mouvement, assise, dos tiré. Son pied lui faisait mal. Des piques s'y plantaient puis envoyaient des lancements dans sa jambe à cause de cette position inconfortable. Mais elle continua et posa de force sa tête sur la hanche de Goïzane.

L'os enfonçait sa joue. Pourtant, il y avait la peau, la chemise de nuit, le drap, deux couvertures au moins à cause de l'hiver, et un couvre-lit. Malgré tout, si proche de la peau, la hanche de Goïzane pointait à travers.

D'au-dessus d'elle, Germaïna entendit la voix rauque, pénible, de sa sœur. Le son passait dans le corps et sa joue vibrait :

— Retrouve-le.

— Qui ?

— Iloba.

Germaïna fit oui de la tête, contre le drap. Mais la main de Goïzane se crispa sur sa nuque, comme un ordre :

— Promets.

— Promis.

Un silence passa.

Isolé au flanc de sa colline, toujours silencieux sous la neige, le sanatorium semblait mort ce matin. Pas un bruit ne venait de l'extérieur. Dans le couloir, personne ne semblait passer.

— Raconte-lui tout. Ce que tu m'as dit, et ce que je ne sais pas. Il y a des secrets. Lui doit les connaître.

La main à nouveau appuya sur la nuque de Germaïna :

— Promets.

— Promis.

Ensuite, Germaïna eut l'impression d'entendre au loin, dans la cour de l'établissement, le bruit d'un moteur, une livraison peut-être – à moins que son esprit ne l'ait imaginé, encombré du son des engins de ses propres camions.

Après un long soupir, Goïzane articula avec peine :

— Ne sois pas dur avec Jon. Il souffre. Promets.

— Promis.

Elle prit une longue inspiration sifflante, pour ajouter :

— Et pardonne à ceux qui t'ont offens...

Elle n'eut pas à promettre. Goïzane s'était tue.

Germaïna voulut relever la tête, mais la main s'agrippait toujours sur sa nuque, avec une vigueur inhabituelle.

Tout de suite, un gargouillis crépita au-dessus d'elle. Germaïna sentit son crâne inondé par un flot gluant. Elle gigota, tapa de son pied malade contre le montant du lit, mais la force démentielle de Goïzane succombant la gardait clouée au bord.

Elle réussit à soulever les yeux et vit tout rouge.

De la gorge de Goïzane jaillissaient des flots de sang, un geyser. Ses poumons explosaient.

Les cheveux blancs de Germaïna baignaient déjà dans un fleuve marron sale et son visage fut submergé par une mare de matières. La main écrasait toujours sa nuque, les doigts perçaient presque la peau.

Le sang ressortait en bouillons de la bouche, et Germaïna se mit enfin à crier, hystérique.

Et soudain tout cessa.

Contre sa nuque, la main se fit molle, en un instant.

Comme un ressort longtemps contraint, Germaïna se dressa, debout, immobile, très haute.

Sur le lit, Goïzane ne bougeait plus, les yeux révulsés. On ne voyait plus sa bouche, envahie par le sang qui débordait. Des filets coulaient sur le menton et derrière les oreilles.

Souillée comme elle, et dans la mort unies comme elles l'avaient été à la naissance, dans le sang et le souffle mêlés, Germaïna laissa ses poumons se gonfler, à éclater, comme pour les donner à Goïzane – pour qu'enfin elle puisse hurler.

Un cri ininterrompu, qu'elle aurait tant voulu pousser jusqu'à la fin, et qu'elle meure maintenant, avec elle. Le même cri – si sa mémoire n'en avait bloqué le souvenir – qu'elle avait poussé vingt-cinq ans plus tôt, bestiale, en voyant son bébé poignardé et sanglant sur le sol de Guernica, à ses pieds.

Sans souffle enfin, elle sentit ses jambes déraper et elle tomba comme là-bas, sur le côté.

De même qu'à Guernica les hommes de son groupe de Basques s'étaient précipités pour la relever, évanouie, ici la porte s'ouvrit. Le cri avait alerté une infirmière, qui appela deux brancardiers dans le couloir. Tous trois allongèrent Germaïna sur le sol.

*

Quand elle revint à elle, la chambre avait été à peu près nettoyée. On l'avait installée sur un fauteuil à bascule, presque à plat mais le dossier toujours incliné pour éviter que les évanouis ne s'étranglent.

Elle souleva les paupières. En cercle au-dessus d'elle, les visages dansèrent un instant, puis se stabilisèrent : des blouses blanches, le décor qu'elle connaissait, dans tant d'hôpitaux où elle avait souffert ou soigné. Dans le groupe, elle reconnut le médecin-chef.

Bougeant la tête de côté pour voir entre eux, elle aperçut le bout du lit et, dessus, un drap blanc sur Goïzane, qui recouvrait jusqu'au visage.

La migraine taillait des traits derrière son front et ses tempes. Germaïna fit un effort pour sortir ses jambes. Enfin, elle parvint à se mettre debout, toute droite, chancelante pendant plusieurs secondes.

Ils restaient autour d'elle, prêts à la soutenir, mais aucun ne la touchait. C'était toujours ainsi quand elle était debout.

Le tourbillon s'étant ralenti, Germaïna se dirigea à petits pas vers le cabinet de toilette protégé par un rideau tombant d'une tringle jusqu'au sol. Elle le tira sur elle. L'endroit était minuscule. Elle se pencha sur le lavabo, baissant la tête pour ne pas rencontrer son visage dans le miroir. Découvrant son chemisier maculé, elle tâta ses joues. On l'avait nettoyée. Elle tourna le robinet d'eau froide à fond et plongea la tête dessous, laissant le jet taper sa nuque où, peu auparavant, les serres tétanisées d'aigle mourant de la main de Goïzane s'étaient incrustées.

L'eau coula dans son cou, mouillant son dos sous le tissu. Elle ne frissonna pas. Puis elle tourna la tête à droite, à gauche, pour s'asperger les joues, le front, laissant l'eau rentrer dans le nez, jusqu'à avoir mal. Enfin, elle frotta ses cheveux blancs, grattant le cuir chevelu sous le jet. Une tresse pendait en vrac. Elle arracha le bandeau de la deuxième et réunit sa chevelure en un bloc qui pendit dans son dos quand elle se releva. Elle lissa ses cheveux trempés sur le crâne. Son front semblait alors plus haut que d'habitude.

Ses épaules larges apparurent dans l'entrebâillement du rideau, puis sa tête où les yeux brillaient comme des billes noires, plus intenses sous les cheveux plaqués. Elle avança, boitant devant eux, qui s'écartèrent.

Arrivée près du lit, elle reprit sa canne, qu'elle posait toujours contre le montant proche de la porte. Elle resta un moment devant le corps de Goïzane. Ses mots lui revenaient : « Promis. » Sa dernière phrase, ébauchée : « Et pardonne à ceux... » Elle n'avait pas promis.

Germaïna se retourna et leur fit face, discernant un mouvement de recul dans le groupe. Elle réussit à leur sourire, pas avec joie, mais pour les rassurer. De quoi avaient-ils peur ? Elle se rendait rarement compte que c'était d'elle.

D'une voix trop blanche pour eux, elle indiqua :

— Elle n'a pas reçu les derniers sacrements. Elle y tenait.

— Si, madame, répondit l'infirmière. L'abbé qui vous accompagnait la première fois est passé hier soir, à ma demande. La fin approchait. Nous avons été surpris qu'elle soit en vie ce matin. Elle vous attendait, je crois.

Le médecin-chef, toujours rond et bonasse, commenta de sa voix nasillarde :

— Grande résistince.

Chacun approuva de la tête. Il tardait à Germaïna de sortir.

Une infirmière s'approcha d'elle :

— Elle a tellement souffert.

— Elle aussi.

Germaïna fit quelques pas vers la porte et, avec l'once d'humour que donne le désespoir, elle ajouta :

— Si vous connaissez un endroit où l'on est heureux, je veux l'adresse.

— Pas ici, madame. Pas ici.

Germaïna soupira et enfila son manteau. L'idée des papiers à signer, des obsèques à organiser, du corps à transporter, l'occupait déjà. Elle savait qu'elle aurait mal, beaucoup plus tard.

Or, ce fut précoce, ce fut tout de suite.

*

Après avoir réglé les premières formalités, à peine revenue dans sa voiture qu'une couche de neige recouvrait, Germaïna claqua la portière et voulut mettre en marche. Mais elle ne réussit pas à faire le geste. Sa main resta bloquée près du démarreur et sa tête tomba contre le volant.

En un instant, elle fut submergée par des sanglots comme il lui semblait n'en avoir jamais versé. Des flots de larmes, à la faire tressauter, et son front cognait contre la bakélite, qu'on ne couvrait pas encore de mousse ou de cuir.

Dans le mouvement, sa canne glissa et tomba sur le plancher. Alors elle s'en saisit et se mit à la mordre pour enrayer le fleuve qui sortait d'elle.

Sans gémir, elle planta ses dents, tordit le bois dur comme du fer dans ses mâchoires, incrustant ses canines, torturant sa bouche en doublant les grimaces que les pleurs provoquaient. Ses dents du haut la firent souffrir, irritées par ces pulsions d'épouvante, envoyant leurs stridences jusqu'aux yeux.

Durant plusieurs minutes, elle continua à mordre, jusqu'à déchiqueter le pommeau de néflier, ce que peu de bêtes auraient réussi. Enfin, à bout de forces, elle rejeta la canne en arrière, un goût âcre dans la bouche.

De la buée s'était formée à l'intérieur, elle n'y voyait presque rien. Elle poussa la porte, qui s'ouvrait vers l'avant, et respira l'air froid, tout en entendant des pas sur le gravier de l'allée, s'approchant de la voiture.

Une voix affolée lui parvint :

— Mais vous êtes blessée !

Germaïna entrouvrit les yeux et découvrit une jeune infirmière dont le bonnet blanc se penchait à l'intérieur de l'habitacle.

— Mais non, quoi ?

Elle se redressa sur le siège et tourna vers elle le rétroviseur. Ses yeux s'écarquillèrent.

Son menton était inondé de sang. Elle ouvrit la bouche. A l'intérieur, les gencives du bas avaient éclaté, les chairs déchirées pendaient en lambeaux. Vers le fond, une dent penchait de biais, à moitié arrachée.

Avec un haut-le-cœur, Germaïna fouilla dans son sac et saisit un mouchoir. Elle essuya sans appuyer puis, surprise, appuya davantage, serra les gencives dans le tissu, frotta les chairs à vif. Elle saisit, d'abord avec précaution puis d'un seul coup en force, la dent arrachée, et tira. Le bout d'os resta dans ses doigts. Elle fit de même en haut, et poussa un cri. Elle recommença en bas. Rien ne se passa.

Elle venait de perdre toute sensibilité dans sa mâchoire inférieure. Pour toujours.

*

Germaïna n'avait pas voulu que le cercueil fût ramené à la Maison – belle réclame chez les clients de l'hôtel ! En pleine confusion, Jon avait marmonné. Depuis lors, il restait prostré. Germaïna l'avait arraché de sa chaise pour qu'il assiste aux obsèques de sa femme.

Le cortège avait longé le mur flanquant l'aile gauche du sana. De l'autre côté se dressait un fronton de pelote. De son vivant, lors de leurs dernières promenades, Goïzane tirait Germaïna dans l'autre sens. Elle n'aimait pas repasser là.

Elle y entendait en écho le bruit des pelotes sur le ciment, le bruit de son mari Jon – qui allait si mal, souffrance tout amassée dans la tête. Il n'avait pas rejoué depuis leur mariage. Ni joué, ni passé la montagne pour la contrebande, ni dansé, ni chanté. Ni aimé depuis que Goïzane avait perdu leur deuxième enfant et sans espoir d'en avoir un autre. Lui, Jon, n'avait jamais accepté le remplaçant, Anaï, bébé ramené de la montagne. Il n'aimait personne désormais, surtout pas lui-même. Goïzane s'en morfondait toujours, la veille de sa mort – péché confessé à l'abbé d'une voix rauque.

Aux obsèques, tous ceux de la vallée, des enfants aux vieillards, se tassaient dans l'église jusqu'à la troisième galerie en haut, celle des hommes.

Davantage qu'à la compassion, leur présence tenait beaucoup au mystère de cette famille Etcheverry. Auparavant, leurs morts ne faisaient pas de bruit, seulement le marmonnement des rumeurs. Ce père, Mikel, bien avant guerre, enterré dans l'aube d'été sans qu'on sache vraiment d'où venait sa mort avec sa figure en bouillie, « soi-disant un accident de chasse... », avait murmuré un homme une fois, dans le dos de Germaïna, qui avait entendu.

— Pas soi-disant. Prétendu.

L'homme avait fait des yeux ronds. Germaïna l'avait transpercé de son regard terrible. A l'époque, elle faisait l'institutrice à l'école de la mairie, nonne et professeur à la fois :

— Un accident ne peut pas dire quelque chose. Donc pas soi-disant accident. Un prétendu accident de chasse, voilà. Si tu ne parles pas le basque, parle au moins le français.

Elle avait tourné le dos, faisant mine de ne pas entendre murmurer par les autres : « *Zorgina...* sorcière. » Eh, pourquoi pas ? Et la mère, Maritchu, abattue par les Allemands... Une fois de plus, Germaïna avait organisé l'enterrement pour eux seuls, il est vrai que la guerre et tout... mais vraiment ! Et l'oncle Mattin ? Se serait suicidé celui-là, jeté du haut du rocher de la Vierge à Biarritz, après avoir trahi on ne savait pas qui, sauf Germaïna qui, tiens... attendait au pied du rocher, et son *gudari* à côté, l'Espagnol ! Elle-même d'ailleurs, enfuie jadis de l'autre côté de la Bidassoa, grosse d'un Boche, paraît-il, alors où se cachait-il le frisé, où se cachait l'enfant qu'on n'avait jamais vu ? Donc, elle passait la frontière avec un Allemand, et revenait avec un Espagnol !

Ils ne savaient rien, des bribes, et ils brodaient. Ni Germaïna, ni aucun autre du clan ne leur parlaient jamais et se montraient le moins possible.

Ainsi, l'enterrement de la jumelle, qu'on n'avait jamais beaucoup vue, prenait l'allure d'une cérémonie publique. Ils venaient voir les Etcheverry, comme une famille royale enfin exposée.

*

Beaucoup furent surpris par la maigreur du clan, ce qu'il en restait. Beaucoup ignoraient des pans entiers de l'histoire de cette famille. Personne n'en connaissait les détails.

Tous tenaient sur un banc, d'un seul côté où s'étalait sous leurs pieds le *jarleku* d'antan, la pierre gravée à leur nom qui protégeait les corps de leurs ancêtres. Depuis très longtemps, on n'enterrait plus sous le sol de l'église.

Tous ensemble : pour rendre un corps à Dieu, on ne séparait plus les parents les plus proches du défunt. Il fallait que la mort soit présente pour que les hommes descendent de leur galerie, balcons de bois accrochés aux murs. Mais maintes fois durant l'année on ne respectait plus la règle. Moins dans les villages, mais plus on s'approchait des villes et plus les lois s'estompaient. Bientôt on parlerait de vieilleries, et beaucoup plus tard ce seraient des traditions, mot magique, masque bête des nostalgies.

Recroquevillé au bout du banc, Jon se laissait surveiller du coin de l'œil par Germaïna. Elle fut debout pendant tout l'office, la canne tenue au centre, collée à sa hanche sans reposer sur la dalle. De temps en temps, et cela devenait un réflexe qui surprendrait, elle tapotait d'un ongle ses dents du bas. Une vibration se répandait dans son crâne, sans aucune sensation, comme si elle avait tapé sur du bois ou sur la mâchoire d'une autre.

A sa droite, la petite Neska. La mantille qui la coiffait ne parvenait pas à donner un air triste à sa tête ronde. Ensuite, Gudari, cheveux noirs lissés, séparés comme au couteau d'une raie sur le côté. Son visage anguleux laissait voir ses maxillaires agités, car il serrait les dents. Il sentait sur lui, depuis son entrée dans l'église, des ondes mauvaises. Non qu'il soit espagnol – mouais ! Mais Germaïna et lui vivaient sans être mariés malgré leur petite fille qu'ils encadraient, gardiens magnifiques de l'amour. Peu comprenaient cela, ici.

Voilà tout ? Le clan Etcheverry au complet ? Manquait Nabar, qu'on ne sortait jamais, et qui vieillissait à son tour. Jadis, au temps de la famille complète, quand on l'avait recueilli, abandonné et déjà colossal, si violent et si doux à la fois, il s'assommait contre les murs quand on le laissait seul. Au début, Germaïna seule réussissait à le calmer. Le père Mikel et la mère Maritchu avaient plutôt le poing lourd et la main leste.

Depuis longtemps bien sûr, Nabar ne créait plus de problèmes, incrusté dans la Maison comme s'il l'avait construite. D'ailleurs, il abattait le travail de trois hommes au moins. Il s'ennuyait simplement, depuis que la bâtisse s'appelait l'Hôtel, confiné à la plonge, à tous les travaux extérieurs. Les bêtes lui manquaient, davantage que les hommes et les femmes qui disparaissaient un par un. Pour lui, ces absences ne signifiaient que de nouvelles places vides à table. Tandis que les bêtes, elles, étaient parties d'un coup, un matin, vendues quand on avait transformé la vieille ferme. On l'avait d'ailleurs repéré, caché dans une bétaillère qui emmenait les vaches. Germaïna avait peiné à le faire descendre. Il savait parler aux animaux, tandis qu'aux clients de l'hôtel... Il valait mieux qu'il reste seul, loin d'eux. Il aurait ajouté à la confusion de la Maison, qui allait de plus en plus mal.

Pendant les longs mois passés par Goïzane au sanatorium, Jon avait engagé des employés. Il négligeait tout, lui en premier. Les murs de l'hôtel Etcheverry se fissuraient, signe visible des déchirures de ses occupants.

Devant l'autel, l'abbé achevait son oraison. Son gros visage sillonné de rides se tendait vers la voûte, l'énorme doigt dressé au bout du bras :

— Accueille-la, Seigneur. Toute sa vie elle a levé ses yeux vers toi. Elle est de ces femmes qui ont toujours regardé vers le haut.

La fin aurait pu évoquer Germaïna. L'abbé ne parlait pas au passé. L'avait-il fait exprès ? Les jumelles ne formaient-elles pas deux membres d'un seul corps ?

— *Requiescat in pace*... On est d'accord, termina-t-il, mais d'une voix incertaine.

Il articulait moins bien désormais, et il fallait un âge certain pour se souvenir des anathèmes tonitruants d'antan.

A la sortie du cimetière, deux hommes attendaient Jon. Il ne les distingua pas des autres, dans leurs costumes sombres identiques à tous ce jour-là.

Mais eux le portaient toute l'année, c'était l'habit de leur métier : huissiers.

18

— Non. Je te l'ai déjà dit.

Germaïna parlait sèchement à Jon. Seuls dans la cuisine de l'hôtel Etcheverry, l'un sur la chaise où se tenait naguère Goïzane, le soir où Germaïna avait entendu de sa bouche le mot de mort, tuberculose, l'autre debout. Ils reprenaient leur discussion orageuse une deuxième fois, une de trop selon Germaïna.

— Pas d'argent. Ça, ça et ça – elle désignait les murs, le mobilier, les fournitures entassées à l'arrière, toute la chair de l'hôtel –, je l'ai payé une fois. Pas deux, ce n'est pas mon genre. Tu te souviens que j'ai payé ? Quand je suis revenue d'Espagne, avec les liasses de...

— Ah, c'était en Espagne ?

Germaïna se mordit les lèvres. Et alors ? Oui, elle avait retrouvé l'Espagne, quand elle était nonne, le temps d'une nuit. Elle avait délesté un salaud, qui l'avait trahie naguère, de tout l'argent qu'il volait depuis des années. Il n'avait plus d'oreilles, celui-là, depuis ce jour. Jolie corrida, tendre vengeance de jadis. Mais elle n'avait pas terminé.

La Maison Etcheverry avait été sauvée, à condition d'être transformée en hôtel. Germaïna avait tout financé et elle avait disparu.

Les travaux magnifiques qu'elle avait ordonnés, elle avait refusé de les suivre. Des années plus tard, à son retour ici avec Gudari, et enceinte de Neska, elle avait caché sa fierté en découvrant l'établissement. Il portait beau, l'hôtel Etcheverry. L'enseigne de hautes lettres noires en bois, cloutées sur sa façade, l'annonçait de loin. Mais elle refusait de participer à sa vie.

Elle s'était installée dans trois pièces du haut. Neska avait vu le jour entre ces murs, comme elle, comme Goïzane, comme tous les Etcheverry. L'enfant tissait sans le savoir le seul lien entre le bâtiment désormais ouvert aux visiteurs et ce qu'il avait été jadis, secret et inabordable. Un lien sur lequel elle avait fait le vœu que, jamais, il ne serait coupé.

Elle ne savait pas comment elle respecterait ce vœu. A coup sûr, elle ne payerait pas une deuxième fois. Aujourd'hui, l'hôtel Etcheverry frôlait la faillite. Il était bien le seul de la région à ne pas faire le plein. Les touristes envahissaient le pays.

Pourtant, les premiers temps avaient prouvé le bon choix qu'elle avait imposé. La ferme ne produisait plus son quota, car tous ces bras des morts, le père, la mère, ensuite l'oncle, manquaient. Elle aurait été rachetée à bas prix, et le bruit courait qu'on – qui, on ? La mairie ? De riches Parisiens ? – voulait en faire un hôtel. Soit !

Une nuit, Germaïna était repassée en Espagne afin de récupérer son dû, sorte de tribut à ses malheurs de la guerre civile. Au retour, elle avait jeté les liasses sur la table, à l'endroit de leur dispute. A l'époque, c'était un long plateau de chêne ancien, tailladé et patiné ; aujourd'hui, Jon étalait ses coudes en bousculant une bouteille d'alcool sur la table en formica.

Il vida son verre, le cinquième, et grogna :

— Depuis que Goïzane est morte, je...

— Ça date d'avant ! Ne cherche pas d'excuse. Au contraire, quand Goïzane était de ce monde, elle tenait tout à bout de bras. Cela l'a épuisée.

— Dis que je l'ai tuée !

— Oui.

— ... vraiment une *zorgina*... sorcière, balbutia Jon, le nez dans son verre qu'il venait de remplir à nouveau.

— Oui aussi.

Jon renifla. Ses pensées vadrouillaient dans sa tête en désordre. Il glapit soudain :

— D'abord, pourquoi tu as eu les cheveux blancs à vingt ans, hein ?

Elle ne répondit pas. Il se posait la question de chacun, depuis l'aube de son retour de la guerre d'Espagne. Seule sa mère avait su que ses cheveux avaient blanchi d'un coup, en une nuit, après le massacre de Guernica.

Personne ne savait, personne ne saurait. Mais la douleur restait si intense, chaque jour, qu'elle enflammait Germaïna sans qu'elle ait à répondre à la question de Jon, incongrue à l'instant. Elle faillit lui dire : « Et maintenant, mon pauvre, je ne sens plus rien dans la mâchoire du bas. Eder les cheveux, Goïzane les dents, à qui le tour ? »

Elle ne savait pas que son corps récupérait ainsi d'un choc qui aurait tué une autre. Au moins, cette nouvelle fantaisie de son organisme n'était-elle pas spectaculaire, sauf chez le dentiste où elle n'aurait pas besoin d'anesthésie : nouvelle rumeur dans la vallée.

— Et pourquoi hein... pourquoi tu boites ? T'es tombée ? grasseyait Jon.

Elle ne répondit pas, bien sûr. D'ailleurs, Jon n'attendait rien.

La prison de Franco... son pied déchiqueté par les coups. Seul Gudari savait. Et la canne, qu'il avait fabriquée pour elle, au pommeau maintenant déchiqueté pour l'avoir mordu jusqu'à s'en déchirer les gencives... qui ne sentaient plus rien, personne ne saurait.

Jon baissa la tête et Germaïna, debout, de sa haute taille, ne voyait que le rond lisse du crâne. Très tôt, il avait perdu ses cheveux. Maintenant, seule une couronne grise, trop longue et pas lavée, tombait sur sa nuque et ses oreilles, aplatissant le visage bouffi. Dans quel bal tragique dansait désormais le pelotari vivace de sa jeunesse et de celle de Goïzane ? Et le contrebandier, fleur aux dents ? Le passeur, qui l'accompagnait pendant la guerre, trouant la montagne à la nuit comme s'il voyait dans le noir ? De quand datait le dérapage, de quelle mort ? Elle rôdait entre ces murs, toujours, depuis que Germaïna en avait été chassée à dix-huit ans.

Sans doute l'alarme avait-elle retenti lorsque Goïzane avait accouché de leur deuxième fils, mort-né comme si la vie et la mort avaient fait une orgie. Il n'avait pas dit un mot, Jon, gendre que les gènes Etcheverry avaient sans doute contaminé, mais il avait changé. Personne ne l'avait remarqué au début. Hé ! Il en allait ainsi de son crâne : à partir de quel cheveu devient-on chauve ?

Mais vite, les tonneaux de vin avaient été commandés plus nombreux, les siens s'ajoutant à la livraison ; le whisky avait suivi, découvert grâce à un cadeau d'un client écossais qui prenait pension durant tout l'été et passait ses journées au golf – ainsi Iloba avait-il été engagé comme caddy « aux mains d'or », s'extasiait le directeur ; puis les cris et les coups, et Goïzane à terre, assommée, et Iloba qui frappait son père pour la défendre... La saleté gagnait.

Germaïna avait été absente pendant toutes ces années. Aujourd'hui, avait-elle le temps d'analyser ? La Maison lui appartenait.

Après un hoquet, Jon tapa du poing sur la table et quelques gouttes sautèrent du verre :

— Mais, nom de Dieu ! Avec ton entreprise de transports, tes camions, tu es riche !

— Et je travaille.

... tous les jours, y compris le dimanche, sauf celui de la fête de la vallée. Certes, elle aurait pu payer. Elle aurait pu éponger les dettes dont le montant accumulé n'allait pas tarder à faire saisir l'hôtel Etcheverry. Elle aurait pu prolonger l'agonie. Elle venait de dire non. Et Jon, même ivre, savait qu'elle ne se répétait jamais.

— Ils vont tout prendre. Tu seras chassée, avec ton Gudari et ta Neska ! ricana-t-il. Chassée ! Il faudra partir.

« Je suis partie si souvent de cette Maison, songea-t-elle, et revenue si souvent... J'y mourrai. Mais comment ? Mais quand ? »

— Tu partiras devant moi, répliqua-t-elle d'un ton dur. Tu as pourri cette Maison.

— Ouais... déjà dit.

— Alors bonsoir.

Elle quitta la cuisine et monta vers son appartement, sans se soucier de ses talons ni de sa canne qui claquaient sur les marches. Autant qu'elle sache, car elle ne mettait jamais le nez dans les registres, l'hôtel était vide.

*

En haut, elle pénétra sur la pointe des pieds dans la chambre de Neska. La petite respirait bruyamment, couchée sur son couvre-lit, jambes repliées sur le côté. Germaïna fit comme d'habitude, elle feignit de la croire endormie. Elle s'allongea alors contre elle, en chien de fusil, souple et silencieuse.

D'habitude, elle sentait la nuque de Neska tressauter, car la petite mordait son poing pour pouffer, heureuse d'avoir piégé sa maman, puis se lovait dans le creux de son grand corps, apaisée.

Ensuite, elle dormait vraiment et Germaïna glissait au bas du lit, sans à-coups, mais cette fois « pour de vrai », comme disait Neska le lendemain. Elle rabattait les couvertures et le couvre-lit sur elle. Le rituel remplaçait les histoires de dragons, que Germaïna ne lisait pas à sa fille.

Mais ce soir, la petite ne bougea pas sa tête contre elle. Elle ne riait pas. Dans la chambre sombre, où ses yeux s'habituaient à la pénombre, Germaïna se pencha pour vérifier si elle pleurait. Non. Neska gardait les mains contre son ventre, doigts croisés. Germaïna sourit. Sans doute la petite avait-elle un de ces grands chagrins d'enfant qui donnent envie de mourir, sans plus.

Elle passa le bras par-dessus et posa sa main sur les siennes, si petites et bien serrées. Neska étouffa un gémissement entre ses dents. Et elle ne pleurait pas. Avait-elle pleuré déjà ? Germaïna n'avait jamais vu ses larmes. Si, une fois, après l'épouvantable drame, l'horreur sans nom, l'intolérable dégoût de la terre et des hommes : la perte d'un nounours.

Germaïna serra fort. Neska gémit à nouveau, entre ses lèvres, pas fort parce qu'elle se retenait.

Germaïna la laissa s'endormir et se glissa hors de la chambre pour rejoindre la sienne et Gudari, soucieuse.

19

Il leur arrivait de descendre à pied jusqu'à la bourgade. La jolie promenade passait d'abord par le flanc de la colline, puis le long d'une route étroite, ancien chemin des bœufs, aujourd'hui goudronné entre deux bois et des bambous.

Les petites jambes de Neska se fatiguaient vite. Alors, Gudari la hissait à califourchon sur ses épaules, et ils riaient.

Germaïna avançait en prenant parfois son bras, sinon quelques pas devant. Serrant sa canne par le milieu contre sa hanche, elle ne bougeait pas les épaules. Ses tresses, quand elle les faisait, car elle gonflait souvent sa chevelure comme une crinière, ne bougeaient pas dans son dos.

Gudari connaissait par cœur cette démarche, et sur le bout du doigt ce corps où il avait sans cesse l'envie irrésistible de poser ses mains. Il savait qu'elle avançait son ventre pour soulager son pied abîmé et, le buste droit, allait comme en dansant. La ceinture creusait sa taille quand elle balançait le bas du corps. Ce déhanchement involontaire faisait saillir ses fesses parce que son pied droit, massacré, réparé mais jamais plus comme avant, avançait dans la ligne de la jambe.

Quand elle accusait la fatigue, il pointait vers l'intérieur. Elle souffrait jusqu'au genou. Alors, elle laissait la canne glisser dans sa paume jusqu'à la poignée et continuait en s'aidant d'elle, un pas sur deux.

En arrivant, traversant des rues plus larges, ils croisèrent des jeunes à vélo, qui pétaradaient comme si un petit feu d'artifice sortait de leurs roues. En fait, ils avaient coincé un carton dans les rayons, tenu par une pince à linge, pour imiter le bruit des vélomoteurs qu'ils n'avaient ni l'âge ni les moyens de s'offrir.

La fête annuelle conservait son immuable programme. Des bals avec un vrai orchestre, une messe à la mémoire des disparus – qu'évitait Germaïna, elle avait peu de mémoire et trop de disparus. Puis des sauts basques sur la place, avant *La Marseillaise* face au monument aux morts. Germaïna y saluait le maire, toujours là, son ancien chef de réseau durant la Résistance, ce qu'elle n'avait su qu'après, lorsqu'il avait voulu lui remettre, en vain, une médaille.

L'apéritif durait dans chaque bistrot, avant que chacun n'engouffre des monceaux de poisson et de viande, de la piperade et du gâteau fourré à la confiture de cerises ou à la crème, le débat persistait. On assistait à la partie de pelote au fronton, avant le bal du soir. C'est lors d'un de ces bals que Goïzane avait rencontré Jon, avant la guerre, et l'avait épousé sur ordre du père, Mikel.

Pour la première fois cette année, Germaïna venait à la fête sans sa sœur jumelle. Jon ? Elle ne savait pas. Peut-être passerait-il, s'il ne tombait pas d'abord, en chemin, cuvant dans un fossé.

Le soleil brillait, les filles dansaient, et le programme durait pendant deux jours, les seuls où chacun cessait le travail. Le troisième, en principe le lundi, les jeunes donnaient des aubades. Ils passaient dans les maisons pour recueillir quelques sous après avoir chanté en chœur, et avant de boire. Ils visitaient toutes les demeures de la vallée, les plus reculées. Ils ne passaient pas à la Maison Etcheverry – sans doute évitaient-ils les hôtels, ou le clan.

Gudari se pencha vers Germaïna et Neska, assises en face de lui sur un banc, le long d'une table montée sur tréteaux :

— Tu veux boire ?

— Du vin, dit Germaïna.

A Neska, une limonade.

On posa devant eux un carafon clair. Germaïna servit un verre à Gudari, puis à elle-même, et l'allongea d'une lichette de limonade :

— Champagnette ! lança-t-elle à Neska, en levant son verre.

— ... nianianette ! glousse la petite.

Ainsi nommait-on la mixture.

Après le banquet, Germaïna eut envie de remonter à la Maison. Mais pour Gudari et Neska, elle resta. Ils s'amusaient et elle admettait qu'elle ne leur consacrait pas assez de temps et qu'elle n'était... – elle sourit : « Pas très commode, je sais. »

Leur entreprise de transports – G & G, Germaïna & Gudari – prospérait. On construisait des routes, ou plutôt on élargissait et on bitumait d'anciens chemins de ronde ou de contrebandiers. Les camions G & G sillonnaient vallées et montagnes, occupant parfois toute la route, on avait du mal à se croiser. Ailleurs, les anciennes départementales devenaient nationales. On bâtissait des villas, des magasins s'ouvraient partout, et des hôtels. Tout le monde s'habituait déjà à trouver tout, chaque matin, sur les étals. Seulement, il fallait rouler la nuit, pour livrer à manger et le reste, dans toute la région, dans toute la

France, jusqu'en Espagne malgré les longues formalités à la frontière.

Si un employé des Transports G & G manquait, Gudari et Germaïna reprenaient le volant. Oui, Gudari, réfugié basque en France, restait indésirable en Espagne. Ses papiers étaient réglementaires, Germaïna y avait veillé. Il pouvait passer, et revenir vite. Franco avait assez à faire avec sa haine à pourchasser les combattants de l'ombre chez qui « *guerla ez da bukatua...* la guerre n'est pas finie » sans trop s'occuper de ceux qui passaient sans broncher. Du moins Gudari l'avait-il promis à Germaïna.

Neska allait à l'école. Le plus souvent possible, avec sa Juvaquatre, Germaïna la déposait et la reprenait le soir, parfois au volant d'un camion s'il fallait assurer au passage une urgence. L'engin provoquait un délire de joie chez la petite dont la tête toute ronde, avec les yeux de Germaïna en miniature, arrivait à peine à la hauteur des grands pneus. Le soir, à table – ils dînaient dans la troisième pièce de leur appartement du haut, un repas qu'une serveuse de l'hôtel leur montait à heure fixe –, Neska racontait toute sa journée, en basque. Un peu moins depuis quelque temps, avait remarqué Germaïna.

⋆

Au milieu de la fête, l'air autour d'eux restait léger malgré les fumets de grillades à la *plancha*. Les joues rosissaient, les gars rejetaient leurs bérets vers l'arrière, pour aérer un front tout tendre en dessous, rarement exposé.

— Tu me fais danser, dit Germaïna à Gudari sans poser vraiment la question.

Gudari leva les sourcils. Elle le devança :

— On verra bien. Je tournerai sur un pied.

Elle eut mal assez vite, pendant l'espèce de fandango mâtiné de valse que l'orchestre criard jouait sous le kiosque tout fleuri. Gudari le sentit, et la souleva pour qu'elle flotte au creux de ses bras juste au-dessus du sol. Et elle était grande comme lui, et forte, et large, majestueuse. Il la tenait, légère, comme on fait tournoyer une jeune fille aux tresses battant l'air. Ses yeux dans ses yeux s'allumaient aux feux d'une jeunesse qu'on leur avait volée dans l'atroce guerre d'Espagne. Ils découvraient aujourd'hui sa senteur.

Neska dansait aussi. Elle tenait les mains d'un petit garçon dans les siennes. Les deux garnements maladroits, lui coiffé au bol et elle en tresses brunes, se cognaient en glapissant dans les jambes des adultes, infatigables. A la virevolte, chacun leur tour, Gudari et Germaïna l'apercevaient, rassurés.

Voulant la tenir plus serrée, et elle pour avoir plus chaud dans ses bras, ils posèrent leurs lèvres sur les lèvres de l'autre. Ils s'embrassèrent longtemps, jusqu'à la fin de la danse. Germaïna ne sentait rien dans le bas de sa bouche. Ailleurs, tout vibrait, fort. Neska les vit faire. Elle applaudit à la fin, ses petites mains claquant d'un son clair de clochette.

Elle fut la seule. Souvent à la Maison, ils s'embrassaient et, sans comprendre, Neska voyait leur joie – le mot bonheur était encore trop grand pour elle. Sur la place, d'autres lèvres se pincèrent, et des murmures passèrent... « Pas mariés... devant tout le monde... Espagnol. » Germaïna n'avait pas besoin d'ouïe fine pour deviner ces ragots. Et elle s'en moquait, s'en contrefichait, s'en endormait sur ses deux oreilles et le reste, s'ils avaient su !

Elle comprenait : on ne l'avait jamais vue danser, la fille Etcheverry. La *zorgina*... la sorcière, la boiteuse, jamais ! Certains la laissaient s'approcher parce qu'ils voulaient voir de près quelqu'un qui a tué.

*

Un bruit de verre cassé tinta plus loin, vers la terrasse d'un café mitoyen de celui où Germaïna, Gudari et Neska se rafraîchissaient après la danse. Puis des cris :

— Sors d'ici ! Ivrogne. Tu boiras quand tu paieras.

Germaïna dressa la tête au-dessus des rangées, et Gudari, qui n'avait peur de rien mais craignait pour Neska, se rapprocha de la petite et lui parla à l'oreille : « Connais-tu l'histoire du grand ch... »

Jaillissant du café où se produisait l'esclandre, dans un silence glacial apparut un homme tenu au cou par un autre, qui le sortait de sa salle, traversait la terrasse avec l'autre à bout de bras, gigotant, un pantin, les pieds à trente centimètres du sol. Parvenu au bord du kiosque, il le jeta au loin, comme une ordure. Le patron, un colosse aux cheveux gris épais et aux mains larges comme des battoirs, s'en retourna dans son café sans voir où l'autre tombait.

Il avait atterri sur le ciment, au pied du fronton dont il avait été naguère l'un des princes. Il roula sur lui-même, puis resta les bras en croix, la tête dans le soleil au-dessus, maculé du col de la chemise à la moitié du pantalon.

Germaïna s'était retournée vers Neska et Gudari, qui continuait : « Alors, le grand ch... » Elle fit semblant d'écouter le conte qu'il disait à la petite.

Sur la place devant le fronton, l'homme se relevait avec difficulté, à quatre pattes, puis retombait sur les coudes, avant de se tenir enfin de travers, en rotant.

Germaïna n'avait pas besoin de faire demi-tour pour savoir qui titubait dans son dos : Jon.

Une vaste soutane dont les pans voletaient en soulevant la poussière traversa la place et accourut vers lui. L'abbé tendait les bras pour le recueillir. Il allait l'emmener dans la sacristie, l'asperger d'eau, l'insulter un bon coup.

Mais Jon se retourna et, comme à la corrida, en voyant foncer vers lui ce gros taureau noir, dansa sur un pied et virevolta, creusant les reins en se décalant, avec l'adresse libre des ivrognes qu'on voit singer le torero au milieu d'un flot de voitures sans qu'aucune ne les percute. Et là, il ne s'agissait que d'un homme, un massif, oui, mais rien qu'un homme bon, une masse d'amour pour son prochain, que Jon feinta d'une pirouette. L'abbé fut emporté par son élan, ne trouvant que le vide au bout de ses bras, et continua sa course jusqu'au fronton, qu'il cogna à s'en démettre l'épaule.

Au centre, Jon baragouina un « olé ! » approximatif et se mit à mimer les gestes d'un pelotari sans chistera, faisant tourner son bras en envoyant une balle imaginaire, une danse lugubre pendant quelques pas, à la façon dont il enchantait les frontons jadis et emportait ensuite les filles sur ses épaules pour écouter avec elles, dans les prés, « pousser les fleurs ».

Mais après trois demi-tours, il s'emmêla les pieds, tituba de nouveau et s'affala une deuxième fois.

Aux terrasses tout autour, les rires fusèrent et les plus excités semblaient venir des femmes.

*

Germaïna avait du mal à supporter les picotements dans son pied de travers. En fait, elle trépignait.

Quelques années plus tôt, cinq exactement, elle se fût dressée et aurait traversé les rangées où bâfraient et riaient ceux qui se moquaient de Jon avec la cruauté qui n'est jamais rassasiée du malheur.

Elle se serait plantée au centre, sa canne en biais contre sa hanche, et l'ombre aurait tracé sur le sol un trait que personne n'aurait franchi. Regardant chacun dans les yeux, elle aurait laissé les hommes passer leur langue sur les lèvres en admirant ses seins qui tendaient le chemisier blanc. Elle savait tout cela. Puis elle aurait ramassé Jon et l'aurait emporté sur son épaule, elle en avait la force.

En fait, non. Dans le temps, jamais Jon n'aurait sombré : elle y aurait veillé auparavant.

Pourquoi cinq ans ? Parce que Neska venait de naître. Or, elle voulait lui fabriquer de beaux souvenirs.

La petite n'avait rien vu de la scène, accaparée par le récit de Gudari. Quand bien même, elle n'aurait pas compris. Mais elle aurait vu et reconnu son oncle, qui vivait tous les jours à l'hôtel, chez eux, à la Maison. Et là, sans réaliser pourquoi, il gigotait à terre comme un crapaud sur le dos, elle aurait entendu les rires des autres et leur méchanceté, que les enfants repèrent comme les animaux reniflent un malfrat.

Jon, enfin debout, partait en zigzag dans l'autre sens pour se fondre entre les maisons désertées à cette heure, un fantôme.

Ici, tout le monde le connaissait, et tout le monde faisait mine de ne pas observer Germaïna plus loin, assise à une autre terrasse. L'on attendait que la reine bouge.

Elle se leva :

— Allons marcher.

Ils partirent tous les trois sans se retourner, main dans la main, d'un pas lent jusqu'au coin de l'auberge. Ils s'enfoncèrent dans les ruelles, entre les hautes bâtisses à balcons surmontant la porte énorme, celle des anciennes étables. Pour la première fois de sa vie, Germaïna tournait le dos. Ainsi diraient les autres, déjà replongés dans leurs quolibets.

Mais à l'inverse de leur opinion, Germaïna faisait face. Elle savait Jon fini, et l'hôtel sûrement. Par son geste, elle construisait à la place un joli bout d'avenir à Neska.

Ils flânèrent longtemps sans un mot. Germaïna et Gudari encaissaient, avec un temps de retard, le choc de la scène pitoyable. Les cris, les coups... ils en avaient entendu et reçu, et donné, et à une autre échelle. Mais la déchéance leur nouait le cœur.

Neska trottinait devant eux à la sortie du village et s'égarait entre les fleurs sauvages qui bordaient le chemin. La petite les ramassait en bouquets. Elle se retournait de temps à autre pour vérifier s'ils suivaient.

Sanglé dans sa chemise blanche et son pantalon noir, la taille serrée, Gudari retroussa les manches jusqu'aux coudes. Il faisait chaud. Germaïna posa sa main sur ce bras au poignet bien carré et s'appuya sur sa canne. Gudari sentait sa hanche frotter contre la sienne à chaque pas.

— Je me demande comment je tiens, souffla Germaïna.

— Tu as mal au pied ?

— Ne dis pas de bêtises. Tu sais de quoi je parle.

« Si tu parlais seulement », remarqua Gudari pour lui-même. Il respectait ses silences.

Elle ne demandait pas comment il parvenait à tenir, lui, l'émigré de quelques kilomètres mais qu'une planète séparait de sa terre, l'ancien responsable du gouvernement basque autonome. Elle connaissait son labyrinthe, il connaissait le sien. Passa dans la tête de Germaïna l'image, qu'elle trouva bien romantique, qu'il importait désormais de dénicher la sortie. Peut-être voir Neska marcher devant eux, sautillante, et qui tournait là où elle voulait, c'est-à-dire où il fallait, accentua cette image.

— Sans toi, je crois que je serais partie après la mort de Goïzane, soupira Germaïna. Cette fois, j'aurais quitté le pays

— Et la Maison ?

— L'hôtel ? Tu sais, ça ne peut plus durer.

— Mais la Maison ? répéta Gudari.

— Pour elle, oui ! Je serais revenue, devant la porte, un fusil dans les mains. Si quelqu'un s'approche... On y est tous nés. Je veux que les enfants de Neska naissent dans ses murs. Si je tiens jusque-là. Je me demande pourquoi on part tant, ici.

— Pas de quoi nourrir tout le monde.

— Allons... la terre, la mer, les montagnes, et c'est gras. Tu nourrirais les Chinois en entier avec tout ce que la terre donne. Pourtant, Iloba est parti, et Anaï.

— Tu m'as dit qu'il venait d'ailleurs.

— Et alors ? Quand il a ouvert les yeux et les oreilles, c'était pour nous voir et nous entendre. Il n'a rien connu d'autre. Il est basque.

— Quand je faisais mes études avant la guerre, on nous apprenait que nous avions un sang rare, je ne me souviens plus très bien, zéro quelque chose ?

— Tu connais ton sang ?

— Non.

— Moi non plus. Quelle bêtise !

— Il y en a d'autres, mais très loin d'ici, si je me souviens de mes cours.

— A mon avis, on doit chercher quelqu'un ailleurs.

— Un jumeau antique ?

— Je ne sais pas ce que ça veut dire. Moi, la jumelle, je l'avais. Sans elle je serais partie. On est inséparable quand on est coupé en deux. Le pays en deux morceaux, le drapeau en deux couleurs...

— L'Espagne aussi, le soleil et l'ombre, coupés au milieu.

— Ah oui. D'autres Basques vivent comme nous deux, emmurés.

— C'est la première fois que je t'entends dire cela.

— A cause de Jon.

Gudari tourna ses yeux vers elle. Sa bouche, dont il ne pouvait se passer, ces lèvres pleines, qui s'écartaient sur un sourire chaud et rarement doux, prononçaient des mots autres que des ordres, ne s'ouvraient pas pour embrasser seulement.

Après un temps d'arrêt, Germaïna se tourna à son tour vers lui, vers ses yeux profonds sous les sourcils fournis et son nez droit, un peu fort :

— Tant mieux si le pays seulement a pu assister à ça tout à l'heure. Je connaissais tout le monde sur la place. Sinon, tu sais... on n'a pas attendu les procès en sorcellerie pour nous accuser de ne savoir que bondir en poussant des cris épouvantables.

Elle eut un rire pas gai, comme un sanglot.

Ils flânèrent ainsi pendant deux heures. Ils ne regardaient pas la montre. Seul le soleil, quand ils revinrent par l'autre bout du village, et les ombres qui s'allongeaient en stries sur la place leur indiquèrent que le temps avait bien passé. Ils auraient préféré éviter ce chemin, mais c'était le seul pour remonter vers la Maison là-haut, trois collines plus loin.

En longeant l'arrière du fronton, Germaïna vit venir vers elle la silhouette replète du gros douanier principal, à la retraite maintenant. Jadis, il pourchassait Jon l'agile dans les montagnes et confisquait, quand il le surprenait, les ballots de marchandises que le jeune voltigeur transportait *tras los montes* au flanc de son cheval.

Mais il ne l'arrêtait jamais, soi-disant trop rapide (« et hop, tu ne m'auras pas ! »). Avant que Jon n'épouse Goïzane et ne joue plus, ne danse plus, ne traficote plus, ils habitaient deux maisons côte à côte à quelques rues de là. Chaque dimanche matin, ils se défiaient à la pelote sur ce fronton. Il aurait beau fait de l'arrêter ! Et contre qui il aurait perdu alors ?

Assez essoufflé et l'air contrit, il s'arrêta devant eux :

— Ecoute, Germaïna...

Il l'avait connue petite. Autant que les autres, il avait peur d'elle, mais il était douanier. Tout de même ! Il mordait sa langue et balbutiait :

— C'est Jon.

Son air sinistre aurait dû inciter Germaïna à demander, par automatisme : « Il est mort ? » Mais elle dit machinalement :

— Qu'a-t-il fait ?

— Il est chez lui là-haut. A l'hôtel, oui. Il s'est barricadé, répondit-il piteusement.

— Comment ça, barricadé ? On va le sortir. Il n'y a personne.

— Paraît qu'il aurait pris un otage.

Germaïna se tourna vers Gudari :

— Mais l'hôtel est vide, non ? Enfin, je ne sais plus.

— Germaïna, il faut faire quelque chose à la fin, s'énerva le douanier, qui ne faisait rien. Il gueule par la fenêtre, paraît-il, c'est un voisin qui a téléphoné à la gendarmerie.

— Les gendarmes sont là-haut ? s'affola Germaïna.

Elle partit aussitôt, en courant. Gudari prit Neska dans ses bras et suivit. De loin, Germaïna lança au douanier :

— Et Nabar ?

Mais il ne l'entendait plus, déjà occupé à pérorer devant d'autres, qui venaient aux nouvelles.

*

C'est en boitillant sur sa canne et en ahanant que Germaïna surgit longtemps après, à bout de souffle, au bout de l'allée qui montait à la Maison. De loin, elle avait vu tous les volets fermés, les portes closes en bas, trop calme. Sous le soleil de fin d'après-midi, sa transpiration coulait dans son cou et une mèche blanche collait à son front. Ralenti par Neska, qu'il ne voulait pas affoler, lui présentant la course comme un jeu, Gudari suivait loin derrière, sur la route.

Des camionnettes bleu foncé de la gendarmerie barraient l'accès d'en haut. Germaïna distingua une rangée d'hommes casqués, s'abritant derrière les véhicules, fusils pointés sur l'hôtel. En bas, un gendarme bloquait le chemin. Il fit barrage à Germaïna avant de la reconnaître. En marmonnant, elle lui tapa sur le genou avec sa canne et passa. Le gendarme savait qu'elle habitait là. Il laissa à ses collègues le soin de négocier avec la fille Etcheverry.

Autour de l'hôtel régnait un silence complet. De ses batailles d'antan, dans la guerre d'Espagne, la Résistance, ensuite à la Libération, Germaïna connaissait ce calme fréquent qui précède le vacarme.

Elle s'approcha, fendit le rang des gendarmes armés et surgit devant eux, repérant leur chef :

— C'est à moi qu'il faut parler.

— Madame, reculez-vous.

L'un des hommes glissa quelques mots à l'oreille du gradé. Il connaissait sans doute Germaïna, et l'informa qu'il répondait à la patronne des lieux. Et plus.

Germaïna ne l'avait pas écouté. Voir devant sa Maison ces hommes, guerriers de pacotille selon elle qui avait dirigé d'autres combattants, en de vraies guerres, à égalité, pas un bataillon dissimulé derrière des fourgons pour déloger un ivrogne malheureux, lui donnait la nausée.

Elle cherchait Nabar. Il devait être là. A l'intérieur, sauf à être mort d'un coup de fusil tiré par Jon – elle pensait à l'arme accrochée dans son bureau même s'il ne chassait plus, elle pensait aussi à son propre revolver de la guerre d'Espagne dans un tiroir, enrayé depuis des lustres –, à l'intérieur Nabar eût déjà tout cassé.

Elle l'aperçut qui sortait de derrière un arbre, plus bas, vers l'appentis où l'on rangeait les outils et des provisions. Réfugié là, affolé par ce débarquement, il avait dû apercevoir enfin Germaïna et osé sortir de son trou. Il avança, mains vides. Sur un signe de leur chef, aucun gendarme n'intervint. On leur avait parlé d'un otage : qui d'autre ?

Le chef s'approcha de Germaïna :

— Il n'est pas otage, celui-là ?

Germaïna haussa les épaules.

— Ça doit être la gamine alors, conclut-il en repartant vers ses hommes.

Germaïna fit deux pas vers lui, pour le dépasser. Elle le dominait de sa taille et brandit le pommeau de sa canne sous son nez :

— Ma fille est là, derrière.

Après avoir été surpris un instant par ce pommeau déchiqueté qui frôlait ses narines, bien que la canne semblât récente, l'homme se détourna pour jeter un œil par-dessus son épaule. Cela l'arrangeait de ne plus avoir directement dans ses yeux cette femme aux cheveux blancs, forte devant lui, belle comme les filles de la ville et dure comme les paysannes qu'il connaissait.

Il vit la petite Neska, dans les bras d'un homme, son père sans doute. Il soupira, soulagé.

— Tant mieux. Il doit être seul, convint-il, avec gourmandise.

— Si vous partiez maintenant ? conseilla Germaïna. Vous êtes chez moi.

— Il a un fusil là-dedans, paraît-il. Ils sont sûrement plusieurs. On a entendu gueuler.

— C'est lui. Il crie souvent.

Pour preuve, un fracas retentit à l'intérieur de l'hôtel. Les gendarmes se raidirent. Soudain, un volet claqua à une fenêtre du premier étage et en jaillirent une chaise, une lampe et, après quelques secondes, une table basculée sur le rebord et qui glissa, se fracassant sur le bitume de la cour.

La tête de Jon apparut brièvement. Il hurlait :

— N'aurez rien !

Puis il disparut à l'intérieur en tirant le volet. Les gendarmes s'étaient mis en position, fusils pointés.

— Vous n'allez pas donner l'assaut ? s'inquiéta Germaïna.

— Pas tout de suite.

— Il est seul, l'hôtel est vide, ça ne risque rien.

— Madame, maintenant, laissez-nous travailler.

Germaïna le foudroya, pauvre pandore mal tombé. Elle avait décidé d'y aller.

Oui, il y avait le fusil – Jon n'avait pas tiré alors qu'il aurait pu. Il y avait sa folie. Et sa ruine. Et son désespoir. Deux, trois, mille raisons de viser Germaïna de là-haut, soudain vainqueur, Jon, au moins une fois.

Germaïna avait affronté d'autres périls, d'autres fous en grand nombre. C'était miracle qu'elle fût en vie. Si le moment de finir survenait ici, maintenant, elle ne broncherait pas. Mais la Maison ne serait pas envahie sous ses yeux.

Nabar s'était approché d'elle, moins agité maintenant.

— Armène... bredouillait-il.

Il prononçait, ainsi déformé, le prénom, ayant entendu d'abord « Germaine » quand il était arrivé à la Maison. Cela datait de trente ans et plus. Son corps déjà énorme s'était épaissi, surtout depuis que la Maison était devenue l'Hôtel. Ses travaux, comparés à ceux des champs et de la ferme, y étaient moins exigeants, des broutilles pour un colosse. Mais il n'avait pas de bedaine rebondie, il s'était simplement élargi de partout. On aurait dit une tour, avec des yeux gentils en haut, comme des petites fenêtres claires, et un toit de cheveux crénelés. Il tenait ses longs bras et ses mains puissantes contre ses cuisses.

— Qui c'est, lui ? aboya un gendarme.

— Ne vous occupez pas. S'il s'énerve, vous n'en viendrez pas à bout. Je m'en charge.

— Alors, poussez-vous, avec lui.

Elle entraîna Nabar plus loin :

— Je suis là.

Par-dessus la rangée armée, dans l'interstice entre deux fourgons, elle aperçut Gudari qui arrivait enfin, tenant Neska dans ses bras. Ils avaient sans doute été bloqués par le barrage d'en bas. La petite collait son nez contre l'épaule, épuisée par la fête et la course.

— Neska est là, indiqua Germaïna à Nabar en les désignant au loin.

Nabar grogna... « *Ongi da...* c'est bien, c'est bien. » Il semblait calmé. Son Armène près de lui, la petite qui s'approchait, tout allait bien. Il ne comprenait pas vraiment la présence de cette foule noire et de ces voitures qui n'étaient pas garées en rond comme celles des clients. Il expliqua à Germaïna :

— Etais dehors. Et puis tout, fermé ! Volets, portes, tout. Est dedans.

— Je sais. Reste là. Attends-moi.

Avant de faire le premier pas vers l'hôtel assiégé, elle croisa le regard de Neska, dans les bras de Gudari. Le bruit avait réveillé l'enfant. Tous les deux avaient réussi à s'avancer jusqu'à la première rangée de gendarmes, où certains avaient un genou à terre, fusil contre l'épaule, œil vissé sur la ligne, prêts à tuer.

Pendant de longues secondes, elle fixa sa fille. Pas Gudari. Il venait de la même guerre, et si Germaïna tombait maintenant, il en mourrait de chagrin, mais sans rien lui reprocher sur sa tombe. Elle aurait fait de même.

Neska agita sa petite main dans sa direction, avec une délicatesse cachée, sentant qu'il ne fallait pas « faire l'intéressante », découvrant ses petites dents blanches, puis serrant les lèvres en rond, indécise.

Alors Germaïna fondit. Elle n'avança pas. Elle se remit dans le rang, près du gendarme. Pour la deuxième fois dans la journée, on raconterait qu'elle avait tourné le dos. Pas elle. Elle venait de choisir la vie.

*

Un murmure, comme un bruissement d'angoisse, parcourut tout le groupe, jusqu'aux badauds qui, vite prévenus, s'agglutinaient sur la route, plus bas.

A l'instant, une voiture semblable à celle de Germaïna, mais d'un modèle banal, sans vitres sur les côtés, stoppait près du fossé. Un petit homme en sortait, et courait vers la scène. Germaïna distingua dans ses mains un gros appareil photo, avec son manche supportant le flash au-dessus, une coupole arrondie. Il s'accroupit derrière deux gendarmes.

Alors, Germaïna se retourna lentement, alertée par le silence tendu qui venait de s'installer. Comme les autres, elle retint son souffle, et ses larmes en plus.

Car Jon venait d'apparaître sur le seuil de l'hôtel. Il fit quelques pas pour se planter face à tous, raide.

Il s'était habillé en pelotari, pantalon blanc et chemise blanche aux manches retroussées. A la taille, une ceinture rutilante pendait près de sa cuisse. Sur sa tête, son béret rouge s'inclinait sur le côté. Un jeune homme, comme il séduisait jadis.

Mais les habits jaunis tombaient en ruine, usés et maculés devant. Et lui se tenait mal dedans, tout boudiné. Le tissu collait à son corps épaissi. Les boutons de la chemise tiraient sur les boutonnières, faisant des plis. Il avait peiné à fermer le pantalon. Tout autour de sa taille, un rouleau de graisse molle courait par-dessus la ceinture. Ses cheveux malsains sortaient de chaque côté du béret. Germaïna eut une peine immense.

Autour de sa main droite, il avait enfilé son gant d'osier, long panier recourbé. Seuls ses avant-bras dégagés avaient encore belle allure. Les muscles roulaient, sous la graisse mais visibles.

Il s'avança vers le centre, tout en tirant avec ses dents sur le lacet du chistera, pour bien le serrer autour du poignet, en faire une main prolongée. Il écarta les jambes, face à eux, et le pantalon tendu à se rompre cisailla les chairs épaisses, collant aux cuisses, à l'entrejambe.

A côté d'elle, Germaïna vit un jeune gendarme blême, la joue contre la crosse de son fusil, visant Jon. Il prenait peur. Sur la détente, le doigt pouvait se crisper. Avec sa canne, Germaïna releva le canon et lui dit, avec tout le calme possible :

— Si tu tires, je t'arracherai les yeux moi-même.

Le chef des gendarmes passait devant la rangée, sans s'occuper de Germaïna :

— Préparez-vous. A mon signal.

Germaïna s'interposa, bloquant son pas :

— Il n'a pas d'arme, vous voyez bien. Vous avez peur d'un gant de pelote ? Regardez-le, serré à éclater dans ses vieux habits. Il ne pourrait pas y cacher une épingle, ça se verrait.

— Laissez-nous faire, madame.

— Alors, vous lui reprochez quoi ? D'être malheureux, c'est un crime selon vous ? Laissez-le. Qu'il dessoûle, c'est tout.

A l'abri, le photographe du journal prenait des clichés.

Germaïna, certaine que Jon ne présentait aucun danger et qu'elle pouvait le raisonner, la seule ici, s'avança malgré les ordres du gendarme.

*

Elle fit comme jadis, dans la cour de la caserne de Bilbao pendant la guerre civile, face à un peloton d'exécution, et là-bas l'ordre avait déjà jailli, « en joue ! », et là-bas la vie ne tenait à rien, et là-bas c'étaient d'autres guerriers !

Elle s'interposa entre les fusils et le condamné – car Jon, que ce soit ici ou dans quelque temps, Germaïna le savait déjà passé de l'autre côté.

Nabar fit deux pas, pour ne jamais s'éloigner de « Armène ». Sinon, il s'angoissait.

La voyant s'approcher, Jon fit mouliner d'un seul coup son bras, comme plus tôt devant le fronton, comme jadis devant le public. A s'en décrocher l'épaule, il fit tournoyer le long gant à une vitesse folle. Mais le chistera était vide, il n'y avait pas de pelote, c'était grotesque. Germaïna continua d'avancer. Elle n'était qu'à quatre mètres, assez proche pour lui parler. Elle prit sa respiration, longuement, surtout pour trouver les mots.

Soudain, Jon tourna sur lui-même et il arracha son béret. Germaïna stoppa.

Jon continua sa pirouette, la tête penchée sur le côté, puis refit demi-tour sur un pied et retomba face à eux, devant Germaïna, jambes écartées, l'une en retrait.

Mais cette fois, Germaïna ne respira plus. Dans le gant d'osier roulait une pelote. Il l'avait cachée sous son béret.

Elle n'eut pas le temps de crier.

Jon avait armé son bras derrière l'épaule et poussait dans ses jambes tout le poids de son corps. Le chistera montait derrière son dos dans un élan si large qu'il hennit en ramenant son bras avec une force inouïe, comme un fléau mortel.

La pelote allait fuser, accélérée follement par la courbure du panier d'osier, sa vitesse décuplée par la violence inouïe du geste. Elle atteignait déjà le bout, catapultée.

En trois énormes pas, Nabar se jeta devant Germaïna. Sa masse la masqua complètement, et il se mit à hurler. Son cri fut stoppé net.

La pelote éjectée, bien orientée, dure comme un caillou, siffla pendant moins d'une seconde, le temps de filer les quelques mètres jusqu'à la cible.

Nabar la prit entre les deux yeux. Il tomba, foudroyé.

— Feu ! cria-t-on derrière Germaïna.

Elle tomba sur les genoux, cuisses écartées et sa robe s'étala en corolle sur le sol. Les balles sifflèrent au-dessus de sa tête. Elle fixa Jon jusqu'au bout, qui se faisait déchiqueter. Son corps sursautait, se désarticulait comme celui d'un pantin, à chaque impact, reculant, rebondissant et tombant, plein de sang.

Un autre fracas suivit. Quelques balles mal tirées, ou qui avaient rebondi, avaient cisaillé le montant de l'accent circonflexe au-dessus du « o » de l'enseigne, sur le mur principal. Après avoir rebondi sur l'avant-toit, l'énorme moustache de bois tomba à leurs pieds, où naguère pataugeaient les cochons.

Derrière, Gudari avait détourné Neska depuis un moment et marchait vers les bois avec elle. Peut-être avait-il tout deviné, avant Germaïna.

Le silence retomba, mais dans la tête des gens il fallut plus longtemps. Les cris et les détonations – on aurait dit qu'ils donnaient l'assaut à une citadelle – cognaient encore entre les oreilles. La fumée blanche des fusils et la poussière soulevée par des balles qui avaient heurté le ciment de la cour et des murs s'estompèrent. Leur chef avait sans doute crié : « Halte ! », mais Germaïna ne l'avait pas entendu.

Ce bruit de mitraille, elle y avait baigné dans sa jeunesse, pour son malheur. Elle se croyait heureuse maintenant. Il y a toujours une couronne d'épines qui attend son heure.

Devant elle gisait Nabar. Il avait roulé sur le côté en tombant. Entre le bas du front et le haut du nez coulait du sang, où la pelote avait cassé le crâne.

Son énorme corps reposait de travers. On aurait dit une baleine échouée. Seul un bras sortait, tordu contre la hanche, paume vers le ciel.

Toujours à genoux, Germaïna se pencha sur lui, prit la main que les tressaillements de la mort faisaient frissonner. Elle l'approcha et son visage disparut dans l'immensité de cette paume. La main ne bougea plus du tout parce que le dernier nerf venait de s'éteindre. A l'inverse de tous les apaisements du passé, ce fut Germaïna qui, cette fois, fut rassurée.

Son gros Nabar, sa bête merveilleuse, le seul nounours qu'elle ait jamais eu, ne respirait plus. Elle vivait encore parce qu'il était mort devant elle. Elle l'embrassa, pour la dernière fois de sa vie – et la première.

Autour d'elle, les croquenots des gendarmes battaient le sol. Ils se précipitaient vers l'hôtel, fusil en avant, l'un couvrant l'autre, se déployant autour de la porte et s'engouffrant en hurlant des ordres, grimpant les escaliers quatre à quatre, enfonçant les portes et se jetant à terre au moindre grincement. L'hôtel était vide.

20

Par la suite, l'hôtel Etcheverry ne désemplit pas. Les photos prises ce jour-là, le récit d'un « camp retranché libéré par l'armée » – allons-y ! – avaient produit leur effet.

On venait en visite. Germaïna aurait pu exposer « l'arme du crime », le chistera, dont le panier présentait d'ailleurs trois trous d'impacts de balles. « On connaît des musées moins fournis », avait ironisé l'abbé.

L'idée n'eût pas été mauvaise, afin d'améliorer les comptes. Bien sûr, après le drame, Germaïna avait obtenu de grandes facilités auprès du maire et des administrations. La prospérité de son entreprise de transports avait permis d'éponger les dettes urgentes. Les autres furent mises en sommeil. L'hôtel Etcheverry continuait, à charge pour Germaïna d'en assurer la bonne marche. Sinon, vente aux enchères...

Quelques semaines passèrent. Dans la cour, où les clients informés s'attardaient, montraient telle fenêtre, sûrs d'eux et inventant le reste, les voitures s'alignaient du premier au dernier jour de la semaine. Germaïna les faisait garer en arc de cercle, capots vers l'avant, comme une exposition de véhicules. Au moins, les vapeurs d'essence et d'huile s'éjectaient vers les bois, pas dans la cour où passaient Neska et ses poumons tout roses.

Mais Nabar n'était plus là à astiquer les chromes des carrosseries. Jon non plus. A quoi avait-il servi depuis des mois ?

Germaïna avait embauché deux employés supplémentaires, puis un troisième, remplaçant l'un des anciens qui avait tendance à terminer en cachette les bouteilles entamées jadis par Jon.

Elle se rendit compte que l'hôtel pouvait survivre. Il avait été bien conçu, et l'organisation du travail mise au point naguère par Goïzane et par Jon, qui n'avait pas flanché d'emblée, permettait un remplissage permanent. Seule la déchéance des longs derniers mois, plus d'un an, expliquait la faillite, frôlée in extremis.

Les journées semblaient courtes, ce que l'on dit lorsqu'elles n'en finissent pas. Afin de soulager Germaïna, Gudari avait pris en charge une plus grande partie des activités des Transports G & G. Il y retrouvait le goût de commander et d'organiser, si bien exercé lors de la guerre d'Espagne. Il y travaillait alors au sein du gouvernement basque de José-Antonio Aguirre, sur le front nord. Il y coordonnait les commandos *Euskadi* – en vain, ceux-ci bataillant chacun de leur côté, individualistes « à mort », mot bien choisi, souvent... Ainsi avait-il autorisé une belle jeune fille brune à créer son propre groupe de combattants, Germaïna. Elle était aujourd'hui la mère de Neska, et il connaissait toutes les bosses de son cœur, ou presque.

Germaïna, la nuit, se plongeait dans les dossiers en retard, ajoutant des heures sans fin à celles passées à diriger l'hôtel depuis l'aube.

Elle s'interdisait de négliger Neska. Aussi souvent qu'avant, elle la déposait à l'école et la reprenait le soir. Mais ce qui naguère voletait comme une plume dans l'emploi de sa journée pesait aujourd'hui comme du plomb, sans qu'elle y passât davantage de temps. Mais ce dernier se rétrécissait. Elle pressait Neska, lui parlait durement quand la petite la faisait attendre. Sans doute l'avait-elle fait attendre avant, sans s'en rendre compte. Renfrognée, Neska se collait souvent près de la portière à l'avant de la Juvaquatre, au retour de l'école. Germaïna plaçait cela sur le compte de sa propre fatigue, dont l'enfant souffrait sans doute par osmose.

Quand elle tombait sur le lit, tard dans la nuit, le dernier contrat vérifié et rangé dans un cartable, ce qui amusait Neska car, à la couleur près, il était comme le sien en plus grand, Germaïna posait sa joue contre la poitrine de Gudari. Ils n'avaient plus le temps de s'aimer, et l'énergie se perdait ailleurs, au volant, dans les réunions, chez les fournisseurs, partout. L'envie s'estompait. Les drames récents l'avaient émoussée. Elle reviendrait.

Ni elle ni lui n'en parlaient. Ils avaient franchi depuis longtemps la frontière de l'inquiétude. N'empêche, la peau souple de Germaïna et son parfum, les muscles pleins de Gudari et sa virilité les emportaient parfois. Comme au premier jour, ils ouvraient leurs corps pour y trouver refuge, parfois la paix.

Sinon, ils s'endormaient comme ce soir, la tête de l'une sur la poitrine de l'autre, doigts croisés et souffle de plus en plus profond. Souvent, une phrase restait en suspens, ils dormaient au milieu.

*

— Je ne vais pas garder cet hôtel, bâilla Germaïna.
— Je sais.

— Il est plein, et malsain.

— Tout de même mieux que vide, et sale.

Elle gloussa et picora son cou de petits baisers. Il trouvait si souvent les mots désirés.

— Ces gens louent nos chambres, reprit-elle, pour sentir un petit frisson, pour être là où « ça s'est passé ».

— Evidemment. Il existe beaucoup d'hôtels, tu sais, où l'on vient parce qu'un grand homme y a couché ou parce qu'il s'y est déroulé un sacré événement. On est célèbres.

— *Ttunttulin*... idiot ! dit-elle gentiment en se soulevant sur un coude et en frottant son nez contre le bout du sien.

Elle se retourna pour tomber sur le dos, un bras derrière la tête. Le drap glissa et ses seins apparurent, gonflés et solides. Gudari s'approcha pour y poser ses lèvres, en soufflant à peine. Son menton râpeux fit dresser les tétons. Germaïna posa sa main sur sa nuque et il ne bougea plus.

— Je ne les supporte pas, ces gens. Cela doit se voir. Je ferais mieux de ne plus passer à l'entrée. Je vais former une fille pour s'en charger. Je me demande si les clients ne me trouvent pas malcommode.

— Tiens donc ? ironisa Gudari, mais Germaïna ne releva pas.

— On pioche, d'arrache-pied, nuit et nuit, on rembourse, et ensuite...

— Tu vas vendre ?

— Jamais !

— Alors ?

— Aucune idée, convint-elle en éclatant de rire.

Elle laissa tomber ensuite, d'une voix pâteuse :

— Chaque fois que l'extérieur, que... comment te dire ? que l'étranger a passé la porte de cette Maison, le vent a mal tour...

Il savait bien évidemment qu'elle ne pensait pas pendant un millionième de seconde à lui en disant cela. Mais il ignorait que, sans doute, son esprit allait dériver vers Maximilien, l'Allemand, le père de son premier bébé, Eder, massacré à Guernica, et toute la roue du malheur qui n'arrêtait plus de tourner.

Heureusement, ce fut cette phrase, ce soir-là, qui se perdit dans le sommeil, et Gudari suivit Germaïna.

*

Encore deux qui venaient au spectacle !

Un client et sa femme s'approchaient du comptoir derrière lequel trônait l'employée à qui Germaïna avait confié le soin d'accueillir les clients, « et tu souris ! » Elle, grosse et ordinaire dans sa robe colorée, trottinait, tandis que lui, en veste de tweed, les cheveux ordonnés et la bouche tombante, affichait l'air important d'un baron ruiné ayant épousé une crémière fournie.

Ceux-là, Germaïna les avait repérés depuis un moment en fin d'après-midi. Le soleil baissait et ils tournaient encore autour de l'hôtel Etcheverry, un cahier à la main. Germaïna consulta sa montre. S'ils ne se présentaient pas à l'heure indiquée lors de la réservation, elle supprimerait la chambre. Leur voiture, garée en épi à côté des autres, portait une plaque venue d'ailleurs. Germaïna ne savait pas d'où, comme d'habitude, puisque les clients n'habitaient jamais le pays, et qu'elle-même en était rarement sortie.

Elle comprenait qu'elle n'était pas bâtie pour ce métier. Il exigeait compassion et gentillesse. Sortant du bureau où elle venait de clore quelques comptes, Germaïna sentait ses yeux piquer. La fatigue s'accumulait, l'irritation s'en nourrissait. Encore quelques mois de ce labeur dément et elle arrêterait l'affaire – toujours sans idée sur l'avenir.

Comme elle n'assurait plus l'accueil, elle passait parfois dans le salon ou dans la salle de restaurant sans qu'on sache qui elle était. Au hasard des tables, elle surprenait les conversations. Toutes couraient sur le sujet du « drame », comme les journaux avaient titré, de « l'affaire Etcheverry », comme le lui avait claironné un important monsieur suivi d'une grosse caméra. « Télévision » – il avait dit le mot le plus grave de la terre, avant de goûter le fléau de la canne de Germaïna. Avec son assistant et sa caméra, ils étaient remontés vite dans leur voiture, mal garée, pas dans l'alignement, aggravant son cas. Il se protégeait la tête de ses mains et recevait des coups de canne sur les mollets, jusqu'à ce qu'il s'enferme dans sa voiture et démarre, en jetant par la fenêtre des : « ... complètement folle ! »

— Non. Sorcière. Vous demanderez en bas, avait riposté Germaïna.

Elle les avait salués d'un coup de bâton sur le capot, cabossant la tôle.

Pourtant, on venait d'installer au salon le premier poste de télévision de sa vie. Il trônait à peu près à l'endroit où jadis, quand la Maison était une énorme ferme, on découvrait le *zuzulu* du père, Mikel, ce banc à dossier droit où l'on rabattait une planchette au milieu. Sur cette planchette, Germaïna avait posé un matin la tête coupée de l'assassin de son bébé Eder. Depuis la veille, elle avait su qui avait ordonné ce crime : son père. Il avait découvert la tête coupée au lever. Puis il était mort, massacré dans la colline, sans doute par Nabar. Vieille affaire, qui n'alimentait que les rumeurs en ville.

Mais pas selon Germaïna. De près ou de loin, tous ceux mêlés à son malheur payeraient. Les morts s'accumulaient déjà. Comme sur ces anciennes balances de marché, ils remplissaient l'un des plateaux, sans jamais décoller l'autre de sa base, trop lourd, où pesait la mort de son bébé. Le dernier – lequel ? Germaïna l'ignorait encore – serait jeté par elle sur le monceau de vengeance et il équilibrerait le fléau, peut-être... Elle le saurait le moment venu.

*

Germaïna passait dans l'entrée au moment où le client interrogeait l'employée :

— C'est bien ici ?

— Quoi ? s'interposa Germaïna.

L'homme, qui feuilletait un cahier dans lequel Germaïna vit des articles de journaux collés et des photos, se retourna, surpris. Devant lui se dressait une femme haute, en tresses blanches, une canne à la main, et qui rayonnait pourtant de sensualité épanouie, sauf à croiser son regard, qui faisait trembler. A ses côtés, sa petite femme boulotte levait les yeux vers Germaïna, inquiète.

— Eh bien... l'hôtel Etcheverry.

— Vous n'avez pas vu l'enseigne sur le mur ? Les lettres font un mètre de haut.

— Si, bien sûr, madame. Je voulais dire...

— Vous vouliez dire : c'est bien ici que les gendarmes ont abattu un forcené barricadé et armé jusqu'aux dents qui avait pris une petite fille en otage ?

— C'est-à-dire...

— Ce n'est pas ici, monsieur. Ici, c'est un homme malheureux, seul face aux fusils qui l'ont déchiqueté, et il n'avait qu'un pauvre gant de pelote basque à la main, et la petite qu'il n'avait pas du tout prise en otage, c'est ma fille.

— Je... ça alors ! haleta sa femme, et elle laissa sa mâchoire pendre.

— Croyez bien, madame...

Germaïna s'était mise à tourner autour d'eux, et ils tournaient aussi, pour lui parler. Elle les détaillait de la tête aux pieds, balançant sa canne. On aurait dit un dompteur. Derrière le comptoir, l'employée s'était rassise, la tête dans ses registres, très basse, pouffant dans son poing. Il valait mieux que Germaïna ne la voie pas rire.

— Nous voyageons, comprenez-vous ? expliquait le client en montrant son cahier d'archives à Germaïna. Donc, nous nous renseignons. N'y voyez aucun mal. Nous essayons en somme de joindre l'utile à l'agréable, d'apprendre l'histoire des régions que nous visitons. Comprenez-vous ?

Germaïna ne répondait pas, rôdant toujours autour de leurs mollets.

— Nous changeons souvent de voiture, on roule beaucoup, précisa sa femme, le doigt dressé.

— Tenez, le mois dernier, continua l'homme avec la ferveur d'un converti, nous étions en Provence. Nous avons vu la maison de l'affaire Dominici.

— Malheureusement, on ne peut pas loger là-bas, regretta sa femme, tandis que l'autre cherchait à quelle page il avait collé l'article.

— Exact. La voilà ! triompha-t-il en présentant le cahier.

— C'est mieux ici.

— Et là-bas c'est triste, vous n'y êtes jamais allée ?

— Tandis qu'ici, vraiment, votre pays est magnifi...

— N'est-ce pas ? gloussa l'homme en clignant de l'œil à Germaïna pour l'amadouer, lui dire toute son admiration pour le Pays basque, « n'est-ce pas ? », comparé aux préhistoriques de la Provence, n'est-ce pas ?... ils auraient pu lui en dire sur l'Auvergne, et l'Auberge Rouge de Peyrebeille où l'on cachait les cadavres dans les bonshommes de neige, ils en venaient, pas plus tard que le mois passé.

Comme tout le monde, dans les journaux et à la radio, Germaïna avait suivi l'interminable feuilleton du vieux mas provençal, la Grand Terre, où l'on avait découvert un matin, au bord de la route, les cadavres d'une famille anglaise. Elle n'en pensait rien de précis. Les morts, les pères qui tuent, les enfants qui se vengent, nourrissaient ses jours. Elle avait simplement eu le cœur très serré, parce que leur Maison, là-bas, avait été envahie.

— Et on a ri, il y avait un panneau à l'entrée, mal écrit : « Propriété Privé », il n'y avait pas de « e » à privée !

Elle ne les laissa pas raconter la suite.

— Venez ! ordonna-t-elle.

Elle les conduisit dans la cour, puis au coin de l'hôtel. Les clients suivaient, rassurés, en se donnant un petit coup de coude. Fameux explorateurs, eux deux ! Ils savaient empalmer l'indigène.

Germaïna désigna du bout de sa canne l'enseigne là-haut, les grandes lettres de bois :

— Vous ne remarquez rien ?

Après quelques secondes de silence, la femme s'écria :

— Là !

Elle montrait, bien plus bas, un éclat dans le mur.

— C'est un trou de balle ? suggéra le mari.

— Comme vous dites.

— Excusez-moi, rectifia l'homme. C'est une balle qui a creusé ce trou, le jour du...

— C'est ça, oui. Mais vous ne remarquez rien d'autre ? s'énerva Germaïna en levant le bout de sa canne vers les premières grandes lettres, en haut.

Ils se creusaient le cerveau. Ils voulaient trouver. Tout allait bien jusqu'alors. Mais le ton de cette femme à la canne redevenait rogue.

— Ma foi...

— Vous n'avez pas remarqué qu'il manquait l'accent circonflexe sur le « o » de hôtel ?

— Ah voui ! maintenant, c'est sûr.

— On vous intéresse donc moins que les Provençaux ? Pourtant on ne sait pas écrire non plus, la preuve. On est des bêtes préhistoriques. On se tue et on chante, on ne vous a pas prévenus ? N'importe quel enfant sait qu'il faut un accent sur le « o » de hôtel.

— Ce n'est pas grave.

— C'est très grave, insista Germaïna.

— Je vous jure.

Ils reculaient maintenant, parce que Germaïna avait fait un pas vers eux, puis restait plantée, fière et bizarre, la canne dangereusement tenue par le centre. La petite femme boulotte eut peur qu'elle les frappe.

Elle se trompait. Germaïna articula seulement d'une voix blanche, avec précision :

— A-lors-main-te-nant-de-hors ! *Kanpora !...* C'est du basque. Ça veut dire : ouste, du balai, disparaissez. Très vieille langue. Bien avant la préhistoire. Vous pourriez être contaminés. Foutez le camp.

— Mais enfin, madame, hoqueta le client.

De sa canne, Germaïna désigna leur voiture. Ils n'avaient pas déchargé leurs valises. Cela tombait bien. Leur départ fut immédiat, scandé de borborygmes bâclés sur « ... pays de fous... jamais plus... porter plainte » que Germaïna ignora.

Quelques gouttes tombaient, avec le soir naissant. La chaleur accumulée en ce jour d'été se libérait et court-circuitait l'électricité tapie dans les nuages, comme la rancœur de Germaïna avait buté sur les premiers venus, après tant d'autres.

Elle explosait. La foudre avait visé ces deux-là, tant pis. Elle pénétra comme une furie dans l'hôtel, prête à lancer d'autres éclairs, jusqu'à la fin de son orage.

— Fais les notes, lança-t-elle à l'employée qui la voyait revenir, boitant assez fort – fatigue, énervement, danger : on savait cela à l'office.

— Qui, madame ?

— Tout le monde. Plutôt non, se reprit-elle, déjà sur le seuil de la salle de restaurant et du salon. Rien. J'offre les séjours.

Elle s'encadra devant la porte. Dans les fauteuils du salon, la pièce où se tenait la famille du temps de la Maison, des clients sirotaient des whiskies, ou de l'anis. Certains, déjà venus, la saluèrent de la tête. Au fond, dans la salle de restaurant, en grande partie l'ancienne étable désormais tendue de tissu et éclairée avec des chandeliers, d'autres clients s'attablaient, surtout des Britanniques qui dînaient très tôt.

Germaïna heurta sa canne sur le sol. Le bout en caoutchouc résonnait peu. Alors, du plat du manche, elle tapa sur un guéridon, cassant un cendrier.

Tout le monde se tut. Les têtes se levèrent vers elle, qui cria :

— Dehors !

Personne ne comprit. Déjà certains reprenaient leurs conversations, ou s'interrogeaient du regard.

— Dehors, tout le monde ! répéta-t-elle.

Mais à part deux ou trois près d'elle qui commençaient à se lever, sans comprendre, les autres se tortillaient dans leurs fauteuils et sur leurs chaises, simplement mal à l'aise.

Germaïna comprit qu'elle n'y arriverait pas. Or, elle voulait faire vite, terminer.

Elle eut une inspiration :

— Au feu ! L'hôtel brûle. Partez !

Aussitôt, la panique traversa la salle. Tous jaillirent de leurs sièges, des pantins sur ressorts. Beaucoup de femmes se précipitèrent les premières parce que des hommes, tout de même, avalaient une dernière fois leurs verres. La ruée balaya Germaïna, bousculée, plaquée au mur, rebondissant contre la cloison.

— Ça va, ça va... rouspétait-elle. Elle fit deux tours sur son pied valide, comme une toupie.

Le flot passé, elle sortit à son tour. Quelques-uns couraient dans l'escalier, à la recherche de leurs valises, ceux qui devaient quitter l'hôtel le lendemain matin et les avaient préparées. Les autres s'amassaient dans la cour, les yeux levés vers le toit comme tous les badauds, sans comprendre qu'en général un feu démarre en bas. Ils ne voyaient pas de flammes.

— Allez prendre vos bagages, tous ! lança Germaïna.

— Mais enfin... protestèrent-ils.

— Vous avez le temps. Ça vient de commencer.

— Où ça ?

— Videz vos chambres, allez ! Partez.

Le flot repartit en sens inverse. Ils se piétinèrent dans l'escalier, passant par-dessus ceux qui descendaient déjà avec leurs valises. Dans les cris et les injures, le capharnaüm emplit les couloirs, puis chaque chambre. « Allez les aider », avait ordonné Germaïna à ses employés, y compris ceux de la cuisine : « On ne sert pas ce soir, on ne sert plus. »

*

Pendant près de vingt minutes, l'hôtel Etcheverry retentit du vacarme de la panique. Et tous se retrouvèrent enfin sous la pluie forte qui se déversait du ciel devenu noir. Les valises et les sacs s'empilaient à leurs pieds et certains, soigneux, les portèrent dans le coffre de leur voiture, en attendant de réintégrer l'hôtel. Ils purent enfin contempler les flammes.

Ils n'en virent pas.

— Ça brûle où ? demanda une cliente, bien excitée maintenant que ses satins dormaient à l'abri.

— Dedans, laissa tomber Germaïna d'une voix morne, en parlant d'elle-même.

Mais ils ne comprenaient pas. Qui aurait compris ? Et maintenant il leur tardait d'assister au spectacle.

— La pluie a dû éteindre, remarqua un homme.

— Il aurait fallu que ça brûle en haut alors, crut bon d'expliquer un autre.

— Ou bien derrière. Qui est allé derrière ?

— Allons-y, décrétèrent quelques aventureux.

Ils contournèrent le vaste bâtiment. A l'arrière, l'hôtel n'était pas éclairé, mais les fenêtres si. Ils aperçurent dans la nuit qu'on fermait les volets.

— Astucieux, ça peut contenir les flammes, expliqua un homme imbu.

En fait, Germaïna avait averti ses employés : « Dès que la dernière chambre est libre, vous fermez tous les volets. Et toi, tu fermes tous ceux du bas, salle à manger, entrée, cuisines. A clé. »

Puis elle avait tourné le dos pour faire le guet derrière la porte du bas.

Tout de suite, ceux qui stationnaient toujours dans la cour avaient vu à leur tour les volets de la façade se fermer tous ensemble. Puis le rez-de-chaussée. Enfin la grande porte d'entrée, derrière laquelle Germaïna attendait.

Elle la poussa dès que ses employés l'assurèrent qu'aucune fenêtre n'avait été oubliée. Elle referma les battants, toujours ceux d'origine, du temps de la Maison, bien polis, restaurés, cirés, solides à supporter la charge d'un million de béliers. A leur arrivée, les touristes s'extasiaient.

Le dernier bruit entendu fut celui de la poutre que Germaïna, à l'intérieur, venait d'enclencher dans ses supports, barrant la porte en deux, infranchissable. Cette fois, ils marquèrent un temps d'arrêt. Puis les lumières de la cour s'éteignirent.

La pluie cessa en même temps. Dans le silence bizarre qui régna d'un seul coup, ils se rendirent compte qu'ils dégoulinaient. Mais personne ne bougea. Ils n'y voyaient plus rien.

— Le courant a dû sauter, remarqua faiblement un client après un long moment.

— Je ne crois pas, soupira un autre, devinant qu'il se passait quelque chose.

— Ils sont fous de rester dedans ! lança une femme. Ils vont brûler.

La remarque sensée incita le même homme à faire non de la tête. Il se tourna vers les autres :

— Il n'y a pas de feu.
— Mais alors quoi ?
— Je crois qu'on est foutus à la porte.
Plus violent que tout à l'heure, le brouhaha redoubla. Ceux qui n'y croyaient pas, ceux qui n'admettaient pas, ceux qui ne voulaient pas, tous échangèrent des cris inutiles, des coups sur la porte et les volets, des menaces.

A l'intérieur, assise dans le salon qu'éclairaient seulement les bûches finissant leur vie dans la cheminée, surplus d'authenticité exigé des clients même en été, Germaïna attendait que cesse la manifestation dehors. Elle ne bougerait pas. Ils partiraient tous. Et elle n'avait pas fini.

Sans s'inquiéter de ne pas voir Gudari et Neska descendre, elle attendait, bras croisés sous sa poitrine pleine, les yeux mi-clos, tête appuyée sur le rebord du haut fauteuil. Ses tresses blanches formaient deux banderilles claires sur un velours de sang.

En haut, leur appartement était le plus éloigné du cœur de l'hôtel. On pouvait d'ailleurs y accéder par un escalier extérieur. Gudari et Neska avaient entendu les cavalcades dans les couloirs, bien sûr, maintenant les cris de rage dans la cour bien que leurs fenêtres donnaient sur le côté. Mais Germaïna leur avait inculqué que l'hôtel n'était pas *leur* Maison, mais *la* Maison, aux murs épais les protégeant. Pour eux, la clientèle ne révélait qu'un monde sans intérêt, comme il arrive avec un film dont on frôle les affiches mais qu'on ne va pas voir.

La fureur extérieure devint courroux, puis dépit, et s'éteignit, de force. Le ressentiment, Germaïna le réglerait demain. Il y aurait des plaintes : de quoi se plaindraient-ils ? Personne n'avait payé sa note ! Séjours offerts. Quel hôtel pouvait se le permettre ? Même pas le sien : demain, il n'y aurait plus d'hôtel, resterait la Maison.

Germaïna laissa passer un long moment avant de se lever. Plus un bruit ne venait de dehors, même pas celui des moteurs qu'elle avait entendu démarrer, ronfler de rage, puis s'estomper quand ils s'étaient engagés dans l'allée descendant vers la route, jusqu'au silence complet. Elle alla vers les cuisines, se dirigeant comme une aveugle, la canne en avant, connaissant chaque centimètre du parcours. Au fond, elle entrouvrit un vasistas étroit – l'ancienne percée dans le mur, en losange, qui permettait jadis d'aérer les réserves, avec le vent d'ouest – et jeta un œil dehors. De là, on pouvait surveiller toute la cour.

Personne. Elle avait souvent attendu dans le noir, pendant les embuscades de la guerre civile, les missions de la Résistance, les passages à travers la montagne avec des réfugiés, et savait reconnaître « le bruit du vide », disait-elle. Le silence a une odeur. Si quelqu'un se tait ou s'il n'y a réellement personne, le parfum de la nuit diffère.

On pouvait toujours craindre un fanfaron tapi, qui se précipiterait dès le départ des employés. Elle ne respira plus, attentive en entier. Après un moment, Germaïna sut que la cour était vide. Elle revint au salon et permit à ses employés de quitter à leur tour l'hôtel Etcheverry, pour toujours. Ils avaient compris.

*

Une fois seule, la rage la reprit. Plus exactement, elle laissa ressortir des mois de fureur rentrée. Elle se retenait depuis tant de jours qu'une demi-heure supplémentaire comptait peu. Elle lui avait semblé longue. Elle passa devant le feu, ravivant les braises rouges du bout de sa canne. Des éclats volèrent, qui la firent toussoter. Elle ralluma les lumières et partit au fond, boiteuse impatiente.

Peu après, elle ressortit par la porte de la réserve, traînant au bout de son bras une échelle extensible. Dans sa ceinture, elle avait glissé un maillet de fonte. En ahanant, elle redressa l'échelle à la verticale et tira sur la corde qui permettait de hisser le deuxième étage de barreaux, jusqu'à ce qu'il vienne buter à hauteur des grandes lettres de l'enseigne.

Germaïna n'avait jamais grimpé là-haut. Elle gravit les échelons, peu rassurée. L'échelle tanguait en se courbant sous son poids. Son pied abîmé titillait ses nerfs jusqu'à son genou quand elle s'appuyait dessus avant de passer au degré suivant. Elle serra les dents. Maintenant, le nez tout près, les montants des lettres lui semblaient immenses, monstrueux.

Bien calée en haut de l'échelle, elle engagea son bras gauche sous un barreau pour tenir la prise et, de l'autre main, décrocha le maillet de sa ceinture. Dans le noir, elle distinguait mal le contour des lettres. Du bout des doigts, elle repéra un grand clou qui sortait de la première et s'enfonçait dans le mur. Elles tenaient toutes ainsi.

Germaïna tenta quelques mouvements d'essai pour ajuster la direction du coup. Puis, sûre d'elle, avec un han ! énorme, elle abattit la fonte sur la première attache, et recommença, tapa en gémissant, tapant, tapant jusqu'à ce que la lettre, fendue depuis le début, bientôt en bouillie autour de son clou, craque enfin et pendouille comme un balancier autour de l'ultime attache qui résistait.

Germaïna faillit être éjectée de l'échelle quand l'immense « L » la heurta dans son mouvement d'agonie. Elle tapa une dernière fois sur le tendon d'acier retenant la lettre, comme un dépeceur coupe la dernière fibre retenant une tête. La lettre se détacha en raclant le mur et se fracassa en bas, sur le ciment.

Le silence revenu, Germaïna reprit sa respiration. Pour essuyer la sueur, elle pencha son front sur l'avant-bras qui sortait d'entre deux barreaux, tendit l'autre bras en direction de l'apostrophe, tapa, et le signe se détacha tout de suite. Et puis le H, le O sans circonflexe, et en dessous, au passage, le E d'Etcheverry, puis le T... Le fracas du bois et du fer qui s'amassaient à terre s'affaiblissait. Les premiers éclats avaient rebondi en tous sens, mais peu à peu les lettres arrachées tombaient les unes sur les autres. Le tas qui se formait amortissait la chute suivante.

Germaïna redescendait à bout de souffle quand son bras n'atteignait plus les lettres suivantes, puis déplaçait l'échelle en la tirant, les yeux brouillés par la transpiration, remontait en couinant parce que son pied tiraillait de plus en plus. Et la fonte s'abattait ! Elle redescendait, remontait, descendait, chaque fois sans apercevoir, tant sa vision se focalisait sur le mur qu'elle libérait de ces sangsues importées, ni Gudari ni Neska que le bruit avait alertés.

Immobiles, ils demeuraient sous le porche, l'ancien *lorio* des déjeuners d'été sur la table de pierre – qu'on avait déplacée plus loin, à l'abri de la charmille estivale. La lumière venue de l'intérieur comme celle du lampadaire extérieur éclairaient Germaïna du bas. L'ombre démesurée qu'elle projetait contre le mur aurait pu être celle d'un monstre. Dans la mesure où Gudari tenait Neska par la main en observant le spectacle, l'enfant le trouvait amusant.

Lui dans une veste de velours qui élargissait sa carrure, elle dans sa petite robe de chambre verte, ils laissèrent Germaïna achever son arrachage. Enfin, le Y ayant cédé, elle redescendit une dernière fois et tira l'échelle loin du tas par terre, jusqu'au coin du mur. A bout de forces, elle laissa tomber le maillet en fonte et rentra.

Sur le seuil, aveuglée par la sueur, elle buta contre Gudari et Neska.

En s'essuyant le visage, elle sourit à l'homme, comme une enfant qui fait admirer son travail, et à la petite, comme une mère qui rassure :

— J'ai chaud, ma chérie. Oh, je crève de chaud. Ne prends pas froid.

Et elle disparut à l'intérieur.

Gudari savait qu'elle allait revenir, sinon elle aurait fait rentrer tout le monde. Il ignorait ce qu'elle préparait.

*

Trois minutes plus tard, Germaïna réapparaissait, un panier de fer au bout du bras. Il contenait les brandons brûlants tirés de la cheminée. Un tisonnier pendait à l'anche.

Germaïna s'approcha du tas des lettres en bois cassées en cent morceaux, qui formaient une pyramide noire dans la nuit. Elle glissa les brandons dans les interstices, les poussa avec le tisonnier et souffla à perdre haleine sur les braises jusqu'à ce qu'elles saisissent le bois. Encore humide de l'orage, il renâcla. Il fallut souffler jusqu'à ce que crépitent les premiers éclats. A aucun moment, Germaïna ne fut tentée de demander à Gudari de l'aider avec un soufflet, il y en avait près de la cheminée du salon. A aucun moment Gudari n'y songea. C'était son feu, à elle. Quelque chose devait brûler, absolument.

— Mais tu as dit que tu avais très chaud déjà ! remarqua la petite.

« Ça va, tu ne vas pas me casser les pieds », songea Germaïna, toujours hors d'elle. Mais elle se tourna vers Neska :

— Viens, on va danser.

La mère et la fille repartirent vers le brasier et valsèrent autour, virevoltant et formant un serpentin à deux têtes autour des flammes en se tenant par la main. Neska riait, et parfois serrait les dents quand sa mère tirait fort, mais Germaïna ne le voyait pas, il faisait sombre dès qu'elles quittaient les lueurs dansantes.

Elles valsèrent et chantonnèrent, elles s'amusaient et ne sentaient pas la fatigue. Pourtant la nuit avançait. La flambée réduisait avec paresse, prenant son temps. Plus tenace à tuer que Germaïna pensait, l'hôtel Etcheverry.

Sur le seuil, Gudari l'attendait bras croisés, très captivé : c'était une belle folle.

L'orage avait attendu sans doute que la *zorgina*... la sorcière ait fini son ouvrage. Il éclata à nouveau au-dessus d'eux. Germaïna fixa une dernière fois le feu qui mourait, leva son visage vers le ciel noir et se laissa inonder :

— Enfin.

*

Enfin rentrés dans la Maison, Gudari, Germaïna et Neska montèrent se coucher, sans évoquer ce qui venait de se passer. Simplement, dans leur chambre, couchés l'un contre l'autre, alors que Germaïna s'alourdissait vite dans ses bras, Gudari demanda :

— Demain ?

— Je ne sais pas.

Ses paupières tombaient. Mais dans l'inconscience éveillée qui précède le sommeil, Germaïna revit Neska, sa joie devant le feu, ses petits cris d'allégresse... ses petits cris, à confondre drôlement avec des couinements... ses petits cris... Elle avait mal !

Germaïna se dressa sur le lit, tout à fait éveillée. Mélangées, des images lui revinrent : Neska parfois morose dans la voiture en revenant de l'école, Neska les mains enfouies dans les poches de sa robe de chambre, Neska qui se raidissait quand elle l'entourait de ses bras sur le lit, tout à l'heure quand elle l'avait bordée, l'obligeant à replacer ses petites mains sur le drap.

Aveuglée par sa propre image, Germaïna avait conclu au mauvais caractère que l'enfant manifestait déjà, et elle s'en trouvait plutôt fière, la mère.

« Idiote ! » se dit-elle. Déjà elle quittait la chambre et pénétrait dans celle de Neska.

Elle alluma, et la lueur violente réveilla à moitié l'enfant. Assise sur le bord du lit, Germaïna acheva de lui ouvrir les yeux en la remuant. La petite sortit de son sommeil dès que Germaïna lui eut saisi les mains et écarté les doigts. Neska cria, essaya de se retirer, en vain.

— Non, maman ! pleurnicha-t-elle.

— Pourquoi n'as-tu rien dit ?

Germaïna observait de près les ongles et la chair sous les doigts, le bout des mains, si tendres. La peau gonflait, violacée par endroits.

— On te frappe.

La bouche de Neska résista. Elle était vaillante. Mais les lèvres se tordirent peu à peu, toujours serrées, son petit visage se fripa. A la voir, Germaïna sentit des coups taper ses flancs, à l'intérieur, une douleur intolérable.

Enfin, Neska plissa les yeux pour retenir les grosses larmes qui se pressaient derrière, et elle fit un pauvre oui désolé de la tête.

— N'aie pas honte, chuchota Germaïna.

Elle savait que les enfants ne sont pas honteux de ce qu'ils font, mais de ce qu'on leur fait. Elle attendit.

Neska refit oui, en reniflant.

Avalant avec difficulté, la petite tint bon quelques secondes, brave. Puis son minois fit plein de plis. Elle sanglota enfin, toussant, avec des soubresauts, un vrai chagrin d'humiliée.

Neska tira sur ses mains et cette fois Germaïna les lâcha. L'enfant couvrit ses yeux avec son coude, pour se cacher. Ça non ! Germaïna saisit ses petits bras, par les poignets, sans toucher aux mains, et les ramena vers elle.

Elle la laissa pleurer, la caressant avec tendresse, sans la consoler, sans mamours. A la fin, elle souffla sur les doigts, très longtemps, même s'ils n'avaient plus mal.

Neska s'apaisa doucement. De l'entendre pleurer, Germaïna avait mal au ventre, nouée, aigre.

Quand les pleurs furent séchés, Germaïna se pencha :

— *Bakatua da*... Voilà, c'est fini, ma fille... Neska !

— Non, maman, ce n'est pas bien, supplia la petite.

— Quoi ?

— *Bakatua da.*

Germaïna se mordit la joue à l'intérieur, perplexe.

Puis elle prit un ton joyeux, à la façon dont elle expliquerait un jeu :

— Tu sais, on va chercher ensemble : on tape donc sur tes doigts. Ce n'est pas ici. Bon. C'est à l'école. Bien. Si c'était quelqu'un de ta classe, tu te défendrais. Parfait. Tu en aurais parlé. Exact. Donc c'est un grand. Voilà. Ta maîtresse te frappe ? Non. C'est vrai, c'est un instituteur. Il ne va pas taper une petite fille. Si ? Ton instituteur te donne des coups sur les doigts ? Ah, ah... on avance. Pourtant tu travailles très bien. Oui. Bon, alors là je donne ma langue au chat ! sourit-elle en lui tapotant le bout du nez. Et pourquoi donc monsieur l'instituteur te donne des coups de règle sur les doigts ? chantonna-t-elle.

En prononçant cette phrase, elle avait eu envie de tuer.

Rassurée par le ton tendre, Neska avoua :

— Parce que je parle basque.

Puis, dans le silence stupéfait qui suivit, elle ajouta, sérieuse :

— C'est mal.

— *Ongi da*... c'est bien, toussa Germaïna, la gorge bloquée.

Elevée dans cette langue qu'ils parlaient la plupart du temps ensemble, Neska l'utilisait moins depuis quelque temps. Cela aussi, Germaïna ne l'avait pas relevé.

Elle caressa la joue de sa fille :

— Tu vas bien dormir, maintenant qu'on a trouvé ensemble. Tu vois, il ne faut jamais attendre. Et demain, à l'école, ne parle pas basque.

Neska opina, assez satisfaite. Germaïna se pencha pour l'embrasser sur le front, et ses lèvres calmèrent tout à fait l'enfant. Elle ne mit pas longtemps à s'endormir à nouveau. Sans la quitter des yeux, Germaïna réfléchissait.

Elle aurait voulu souffrir à la place de sa petite. Ne plus rien sentir dans la mâchoire lui donnait le sentiment d'être deux fois coupable. Une injustice supplémentaire. « Une de trop », rumina-t-elle.

Quand Neska eut un souffle régulier et profond comme font les anges, Germaïna se leva sans bruit, éteignit et revint dans sa chambre. Elle se lova contre Gudari.

— Je sais, lui dit-elle, comme si elle répondait à sa précédente question avant qu'elle aille dans la chambre de Neska.

Mais elle savait très bien qu'il ne l'entendait pas. Il dormait comme un loir.

« Je sais ce que je fais demain. »

21

Tout le manche de la canne de Germaïna balaya le bureau.

La lampe explosa et les papiers s'éparpillèrent. Sur ses gardes, le maire s'était reculé à temps. Il faillit tomber de son fauteuil. Il se cramponna, revint vers son sous-main, en tirant le fauteuil par les fesses, et soupira fort.

Ça y était, elle redébarquait, la fille Etcheverry !

Lui l'appelait toujours Germaïna, lui aussi vieillissait.

— Germaïna, vous ne voulez pas vous asseoir ?

Comme elle ne bronchait pas, il leva les yeux au ciel. Au centre de la pièce, de dimensions assez modestes, tout se trouvait à portée de canne. Germaïna tempêtait depuis un quart d'heure. La secrétaire venait d'entrouvrir la porte avec crainte. Depuis son bureau, le maire lui fit signe de refermer et de ne pas les déranger. De dos, Germaïna avait opiné. D'abord, elle avait assez patienté !

Surgie sans prévenir dans l'antichambre, elle n'était pas entrée de force, pas tout de suite. Penchée au-dessus de la table de la secrétaire, elle avait simplement annoncé d'une voix glacée :

— Je viens le voir.

— Mais euh... Madame Etcheverry, il est en réunion.

— J'attends.

Elle s'était plantée là, appuyée sur une jambe, l'autre sur la canne.

Feuilletant avec distraction ses fiches et ses registres, la secrétaire l'avait observée en coin. Jeune femme en poste depuis deux ans, elle avait souvent vu « Madame Etcheverry », la belle, sortir de sa Juvaquatre et gravir vite, malgré son boitement, les marches du perron de l'hôtel de ville. Elle gardait le souvenir de visites animées l'année précédente, lorsque avait dû être réglé le dossier de l'hôtel après la mort de Jon.

La jeune femme admirait la prestance de Germaïna, et la craignait. Aujourd'hui, elle portait une robe bordeaux, élargie sous les genoux, et un chemisier clair au col noir qui s'évasait derrière sa nuque de chaque côté des oreilles, repoussant les tresses en biais. Elle ne portait pas de bijoux, sauf aux oreilles, des clips d'argent qu'elle avait ressortis d'un sac de velours datant d'avant la guerre d'Espagne. C'était le seul bien qui lui restait de son amour de jeune fille, l'Allemand Maximilien.

Depuis des années, elle ne les portait plus. Ce matin, dans l'hôtel désert où une odeur de fumée s'était incrustée pendant la nuit, elle les avait remis. Sa vie changeait vraiment, à nouveau.

Par-dessus le chemisier, Germaïna avait enfilé un paletot de la couleur de la robe, à manches courtes, bordé de velours sombre, dont la ligne suivait la courbure des seins et s'évasait dessous, près des hanches.

Elle portait des gants plein cuir beiges, souples. Gudari les avait rapportés d'un passage rapide en Espagne après une livraison qui ne pouvait pas attendre. Le cuir en Espagne valait peu cher...

Germaïna n'aimait pas qu'il repasse la frontière. Ce n'était pas par crainte que la pulsion du combat le reprenne : elle n'avait jamais quitté son esprit, ou celui de Germaïna. Mais elle redoutait que Gudari y cède. Il aurait suffi qu'on lui montre une injustice, une nouvelle humiliation de Basques, qu'il en soit témoin et il redeviendrait acteur. Or, Neska vivait, ils ne pouvaient plus mourir.

Emu et amoureux, Gudari revenait avec un présent chaque fois. Mais il allait rarement en Espagne. Le coffret aux cadeaux de Germaïna ne s'emplissait pas vite, celui de Neska pas davantage, par principe.

*

Dans l'antichambre de la mairie, le gros téléphone marron avec plusieurs boutons sous le cadran avait sonné sur la table de la secrétaire. Après avoir échangé quelques mots avec son interlocuteur, la jeune femme avait annoncé, la main devant la bouche :

— Bien, je vous le passe.

Germaïna avait pivoté, furieuse :

— Je croyais qu'il était en réunion ?

— C'est-à-dire...

— Il n'est donc pas en réunion.

— Oui... non, mais il est débordé.

— Il est débordé et il prend quelqu'un au téléphone ? Pour moi qui suis là et qui vais le regarder dans les yeux, il n'a pas le temps ?

— Mais il ne sait pas que vous êtes là !

— Justement. Il fallait le lui dire. Je m'en charge.

Et sans attendre, elle avait poussé à la volée la porte du bureau du maire, la claquant dans son dos, et s'était plantée au milieu.

— Je vous rappelle tout à l'heure, disait le maire avec précipitation, avant de raccrocher tout de suite.

Puis il avait croisé ses doigts sous son menton en dévisageant Germaïna :

— Germaïna Etcheverry ! Je pense qu'il est inutile de vous demander de sortir.

Elle n'avait même pas répondu. Il avait fermé les yeux un instant, manquant ainsi un moment rare : le regard de la fille Etcheverry, adouci.

Elle l'aimait bien, elle le respectait. Sans qu'elle le sache sur le moment mais beaucoup plus tard après la Libération, il avait été le chef de son réseau dans la Résistance. Là encore, elle avait agi en solitaire. Grâce à lui, aucun membre du groupe n'avait été arrêté. Les missions de parachutage, de cache des réfugiés, de passages en Espagne, s'étaient déroulées sans heurts. Les sabotages, Germaïna n'y avait jamais participé : son tribut aux horreurs avait été réglé auparavant, pendant la guerre d'Espagne. Il semblait qu'on lui devait même quelques intérêts. C'était l'un d'eux qu'elle venait toucher ce matin.

— Pas vous asseoir, vraiment ? répéta le maire.

A la place, Germaïna fit le tour du bureau, semblant admirer les bibelots, les vases et les tableaux. Embarrassée de sa canne, elle fit tomber un gobelet d'argent qui contenait des stylos, se baissa et les remit sur le bureau.

Dans le mouvement, elle heurta fort les doigts du maire avec le pommeau de sa canne, comme par inadvertance :

— Oh, excusez-moi. Ça fait mal.

— Oui, ça fait mal.

— Vous avez des enfants, Monsieur le maire.

Il se rengorgea :

— Petits-enfants.

— Alors ils ont l'âge de ma fille. Vous avez vu leurs mains ? Leurs petits doigts ?

Il ne répondit pas. D'ordinaire, elle venait droit au but.

Prenant son temps, Germaïna s'assit dans l'un des deux fauteuils de cuir craquelés, face au bureau. Elle ôta ses gants et caressa ses propres doigts, un par un, en disant, comme si elle pensait à haute voix :

— Les petits doigts de ma petite Neska... c'est le nom de ma fille... ah, vous savez... bien entendu... ses petits doigts, les pauvres... ils sont rouges au bout, regardez : comme les miens, mais les miens ont du vernis, voilà pourquoi... vous imaginez bien que je ne mets pas de vernis au bout des doigts de ma petite Neska... alors, alors... pourquoi sont-ils donc rouges, ces tout petits doigts à elle ?...

Son ton devenait doucereux.

— ... elle se ronge les ongles peut-être, ça l'irrite... non, ça ne serait jamais à ce point... ah voilà : elle trempe le bout dans des pots de confiture de groseilles, qui tachent longtemps, elle a beau frotter et frotter, la pauvre, car elle est extrêmement propre, soignée, très élégante à son âge déjà... oui oui oui, c'est ça... et puis non non non, ce n'est pas ça : elle tiendrait le pot d'une main et se gaverait en mangeant la confiture avec les doigts de l'autre main. Logique... or ce sont tous les doigts qui sont abîmés. Tous ! Je vous précise, ils sont rouges mais surtout ils sont abîmés, je ne sais pas si c'est le mot, disons : détériorés... cela va vite, de si petits doigts si tendres... pensez à ceux de vos petits-enfants.

Le maire s'impatientait. Il appuya ses avant-bras sur ses dossiers, comme il arrive quand on veut empêcher qu'une tempête les éparpille.

— Vos petits-enfants parlent-ils le basque, Monsieur le maire ?

— Il se trouve que non. Ma femme n'est...

— Je vois.

— Mais enfin, ils connaissent quelques mots, bien entendu.

— Bien entendu. Dites-leur de se taire désormais. Leurs doigts sont bien blancs.

— Ah ?

— Reprenons. Si vous le voulez bien, évidemment. Je serais extrêmement navrée de vous faire perdre ne serait-ce qu'un minuscule morceau de votre temps.

— Germaïna, s'il vous plaît. Il se trouve que...

— Ma fille a les doigts blessés, dit d'abord Germaïna en grondant entre ses dents... puis elle hurla : Parce qu'on leur tape dessus ! A l'école ! Sur vos ordres ! Avec une règle en fer !

Elle jaillit de son fauteuil et c'est alors qu'elle balaya de sa canne tout ce qui se trouvait sur le bureau.

*

Calmement, Germaïna vint se rasseoir dans son fauteuil, plaça sa canne entre ses genoux, les mains croisées sur le pommeau, et appuya son menton dessus. Pendant toute la suite de l'entrevue, elle resta ainsi, visage levé vers le maire, impassible, parlant lentement parce que sa mâchoire – celle du bas, qui ne sentait plus rien – rebondissait sur le pommeau.

Elle ne ferait pas un mouvement, figée, dans une attitude d'homme au marché, de maquignon négociant, tandis que le maire se gratterait la tête, le nez, s'essuierait le front, frotterait son menton et lèverait deux cents fois les yeux au ciel.

— Je vois, commença-t-il. Il s'agit des nouvelles directives.

— D'où ?

— Là-haut.

Accrochée au mur dans son dos, la photo officielle du général de Gaulle semblait surveiller la planète. Le maire suivit le regard de Germaïna.

— Tout de même pas, rectifia-t-il. Je dis d'en haut : ministères, académies, on croule sous les paperasses.

— Vous possédez donc une circulaire officielle qui ordonne : « Tapez sur les doigts des enfants qui parlent basque. »

— Non, bien sûr.

— Pourquoi le faites-vous ?

— Mais je ne fais rien ! Germaïna, vous et moi, on ne se ment jamais. Je ne vais pas vous dire que j'ignore que les instituteurs, pas tous, le nôtre oui, appliquent à leur gré les directives qui interdisent aux enfants de parler les langues régionales en classe.

— Régionales ?

— Ils les appellent comme ça... en haut. Et pareil pour tout le monde, croyez-le. Les Bretons, les Alsaciens, les Corses, les Auvergnats, les...

— Les Auvergnats ont une langue ?

— Qu'est-ce que j'en sais, moi ! glapit le maire. Oui, sans doute, ils doivent bien parler l'auvergnat entre eux... Bon, on s'égare. Inadmissible, d'accord, de frapper des gosses. Je m'engage, dès aujourd'hui, à interdire cette pratique. Neska, et les autres, seront tranquilles à l'école. Bien entendu, dites-lui de ne plus parler basque en classe.

— Vous plaisantez ?

— Germaïna, enfin, soyez conciliante, une fois.

— Vous plaisantez en parlant de cette école-là. Elle n'ira plus.

— Impossible, voyons. C'est obligatoire. Je trouve impensable d'avoir à vous le préciser.

— J'ai dit : cette école. Je n'ai pas dit : à l'école.

— Mais bon sang ! Les autres établissements sont tenus par les curés ! Je croyais savoir que...

— Elle ira dans mon école. Les orphelins viendront comme les autres.

— Votre école ?

— Exact. L'hôtel Etcheverry n'existe plus.

— Depuis quand ? s'étonna le maire, tombant des nues.

— Maintenant. La Maison Etcheverry ne meurt pas. Avec ce que je veux faire, elle pourra durer cent ans de plus. Je vous précise que dans mon école ils parleront parfois basque.

— Holà... qu'est-ce que c'est, cette histoire ?

— Faites comme si je ne vous avais rien dit.

— J'aimerais comprendre cette obsession. Un vieux de chez nous, parti en Amérique, et qui est revenu, m'avouait qu'il avait été perdu parce qu'il ne parlait là-bas que le basque. On ne le parle qu'ici. C'est bien joli, mais cela sert à quoi de parler une langue qu'on ne comprend que sur une centaine d'hectares ?

Germaïna ne releva pas l'erreur géographique. C'était beaucoup plus vaste, c'était minuscule aussi.

Elle se contenta de lui répondre :

— Ce n'est pas cela : c'est une langue de plus. Vous connaissez un vieux qui est revenu ? Moi, je connais un jeune qui est parti. Il parle basque, français, espagnol et anglais. Vous ne croyez pas qu'il a le cerveau plus agile ?

Pour la seule fois de cette matinée, elle laissa son esprit s'égarer. C'est Iloba qu'elle évoquait. Son neveu lui manquait tant et soudain, après ces morts, sa propre sœur emportée sans qu'elle sache où vivait son fils, mais aussi après ces retrouvailles inouïes qu'elle organisait avec sa vraie Maison, Germaïna se transportait avant, avant les nouveaux malheurs, au temps d'Iloba gamin, de l'âge de Neska... Elle aurait tant voulu qu'il sache, le neveu. Elle lui en voulait terriblement, à cet instant, pour la première fois, d'avoir disparu en Amérique.

Elle inspira à fond. Le maire continuait :

— Peut-être. Mais en plus, on ne parle pas pareil d'une colline à l'autre.

— A force de parler ensemble, on parlera le même.

— Vous êtes bien sûre, vous ! Vous n'avez jamais quitté le pays.

— J'ai voyagé loin. On fait le tour de l'homme sans faire le tour du monde.

Ils restèrent un moment face à face. Puis Germaïna expliqua :

— Puisqu'ils peuvent tout « d'en haut », ils...

Pendant qu'elle exposait son projet, il se carra dans son fauteuil. Ses pensées s'agitaient. Oui, il existait bien une loi, un décret seulement, peut-être, enfin bref, la possibilité de soutenir de telles initiatives, dans une France qui se reconstruisait, qui s'équipait, dans la mesure où la municipalité... il faudrait voir avec le préfet des Basses-Pyrénées, pas idiot tout cela... calculait-il pendant que Germaïna détaillait son plan.

Il plissa les yeux en revenant sur elle, toujours impassible dans le fauteuil en face, menton sur le pommeau de la canne. Là, ils n'agissaient plus en anciens résistants, survivants que la vie enchaînait l'un à l'autre, puisque la mort, par miracle, les avait épargnés. Ils marchandaient comme tout le monde.

*

A lui de répondre. Germaïna tapotait le plancher du pied. Le maire pencha le buste en avant :

— En contrepartie ?

— La gratuité de mes camions pour la ville.

— Attention, on fait beaucoup rouler.

— Ils seront contents, vos gens. Vous serez réélu.

Première phrase magique.

Ils étudièrent pendant une heure les aspects du projet : une école, un lieu d'accueil financé par des dons, destiné aux enfants en difficulté, à d'autres, pauvres, malades. La commune serait un modèle pour ses voisines. La place ne manquait pas dans la Maison Etcheverry, et il en resterait. Le problème des professeurs ? Les nouvelles écoles normales fournissaient des promotions d'instituteurs. Le maire sourit finement, assez content d'avoir piégé Germaïna :

— Hélas, ces jeunes recrues viennent de toute la France. Peu de chances qu'ils parlent basque – dans la mesure évidemment, ajouta-t-il avec précipitation, où je n'évoque qu'une hypothèse, c'est uniquement pour le plaisir de réfléchir, n'est-ce pas, hein ?

— Bien sûr, houlà bien sûr !

Il se rengorgea, fort content.

— A propos, puisque l'on réfléchit à haute voix, reprit Germaïna comme si une idée qui n'avait rien à voir la traversait, vous savez ce qui manque ici ? Il n'y aura plus de guerre pendant longtemps, à mon avis. Tout va mieux. Voyez mes camions : on est débordés. Tout le monde cherche à bouger et à acheter. Je transporte de tout. Des cochons et des médicaments, aussi bien. Cela veut dire que les gens seront moins malades qu'au temps que nous avons connu, nous deux, avant la guerre. Même ma pauvre sœur Goïzane, sa tuberculose... je suis certain qu'on l'aurait guérie, un jour. Les gens vivront très vieux. Mais les enfants s'en vont, ils s'installent en ville, n'est-ce pas ? Des Maisons, comme l'Etcheverry, pas la mienne mais du même genre, ça va disparaître. Les Parisiens arrivent ! J'en reviens au début : où logeront-ils, les *aïtachi*... les *amatchi*... les grands-pères et les grands-mères ? Qu'est-ce qui manque ici ?

— Oui ?

— Une Maison des anciens.

— Bien vrai, hélas.

— Mais vous n'avez pas d'argent. Mais vous n'avez pas de local.

— Hélas, répéta le maire sans trop y penser, car il usait de cet argument pour ignorer mille idées faramineuses qu'on lui proposait, et il préférait revenir au concret.

Mais Germaïna l'interrompit :

— Moi, j'ai.

— Quoi ? réagit-il au ton sec de Germaïna, comme si elle l'avait réveillé.

— J'ai la place et j'ai les moyens de faire une Maison pour les anciens.

— Ne nous égarons pas. Votre projet, c'est une maison de retraite ou une école ?

Soudain, Germaïna trépigna dans son fauteuil. Elle tapait sa canne sur le sol en secouant la tête, et les tresses battaient ses joues. Le maire retint un sourire. Il s'étonnait souvent de l'air enfantin qu'avait parfois cette femme qui terrifiait beaucoup de ses administrés. Ce mélange sensuel et cruel expliquait sans doute la fascination qu'elle exerçait. Cet œil perçant et voilé à la fois n'était pas soutenable. Son corps femelle, épanoui, qu'elle exposait sans crânerie, ce boitement doucereux qu'elle masquait en l'affichant, donnaient des frissons.

Il savait que son prédécesseur, avant la guerre, était tombé amoureux fou, mais qu'elle avait ri aux éclats. Quel âge avouerait-elle maintenant ? Autour de quarante ans ? Le grand front restait lisse, quelques rides aux coins des yeux – pas celles qui viennent en riant –, la chair pleine...

Marié, père, grand-père, si confit en sérieux, le maire ne put s'empêcher de penser combien il devait être brûlant de placer des mains sous ces seins et de les soutenir, lourds. Puis il s'ébroua, d'autant plus qu'elle le fixait et qu'on se demandait toujours si ce regard noir ne devinait pas tout.

Germaïna laissa passer un temps, puis articula d'une voix définitive :

— Les deux.

Cette fois, le maire sembla sursauter jusqu'au plafond.

Germaïna recommença à expliquer, et il comprit que ces années passées à bâtir une belle entreprise de transports, internationale déjà avec l'Espagne, bientôt dans l'Europe qui balbutiait, à partir des trois pauvres camions d'un oncle décédé brutalement et mystérieusement, avaient joliment ouvert ses yeux de guerrière folle sur la mécanique du commerce – et au-delà, car elle continuait :

— ... les chambres, les dortoirs, les cuisines, c'est énorme la Maison. Concernant les soins, des professionnels bien entendu, des infirmières et moi avec – je l'ai fait, pendant des années. Pour les cours, vos instituteurs tout frais et moi avec – je l'ai fait, vous vous souvenez, quand j'étais nonne, en remplacement, dans votre école. Cette Maison qui réunira les vieux abandonnés et les enfants en mal d'amour, voyez-vous, sera unique. Sur votre commune ! La France va se passionner. Oui, je dis la France. Le grand pays (elle jeta un œil amusé sur la photo du général), on l'a pas mal aidé, lui. Je crois savoir qu'en ce moment, on ne refuse pas grand-chose à ceux qui... à nous, en somme. Je ne serais pas étonnée si le journal de la télévision, comment dit-on ? les actualités ?... pas étonnée qu'ils viennent filmer la Maison. Attention, ces messieurs pourraient se perdre dans notre pays de sauvages. Dévorés par les ours. Vous les accompagnerez, vous connaissez la route.

Il haussa les sourcils. Lui-même possédait un de ces gros appareils magiques dans sa maison. Et les cafés de la vallée s'équipaient. On s'y rendait le soir, comme naguère à la veillée chez un voisin, en groupe pour écarquiller les yeux devant ces écrans arrondis et bombés, qui montraient l'incroyable. Cette féerie-là... Intervilles ! qui avait rendu célèbres des collègues, maires d'autres villes. Alors, d'y apparaître en personne tonnait comme un miracle dans une vie – un pouvoir magnifique offert, un poste de ministre. Et pourquoi pas ?

— C'est d'accord, reprit Germaïna comme si elle concluait toute seule. Moi je ne me montre pas. Dans la télévision, non. Vous oui. Le jour de l'inauguration, voilà qui sera parfait. J'accepte.

— Mais... Germaïna, ce sera long.

— Non. Tout de suite. La Maison est prête. Neska ne peut pas manquer « l'école » longtemps, précisa-t-elle avec ironie. Bien sûr, il faudra quelques travaux, je m'en occupe. Signez les papiers, les plans, votre fameuse paperasse dont on parlait au début. On a bien avancé, non ? D'accord ? Vous commencez dès que j'ai passé la porte ?

Plutôt excité, le maire cligna de l'œil, balançant entre l'admiration et la crainte. Il opina :

— Je vais m'y mettre. Allez oui. Je vous promets.

Germaïna se leva enfin. Avait-elle jamais douté ? Oui.

Elle présenta le pommeau de sa canne, qu'elle tenait par le centre, comme pour saluer, et fit demi-tour. Puis elle se ravisa :

— Les gens de la télévision, ils peuvent venir, une fois. Je les ai déjà vus, après la mort de Jon et de Nabar, le « drame »... Ils n'ont pas passé le seuil. Non mais ! Pour le bien de la Maison, cette fois, oui, j'accepte – et vous serez là. Une fois seulement, pas deux. Et pas comme je les ai déjà vus, pas très propres. Ni barbus. Pas de ça.

Il leva les yeux au ciel. Cela promettait. Les années, la guerre, son homme, la mort, sa fille, elle ne variait pas.

Sur le pas de la porte, Germaïna se retourna et lui sourit, vrillant son œil brillant, à damner un saint :

— L'avantage, Monsieur le maire, c'est que ces anciens parlent l'*euskara* de naissance. Sans doute la dernière génération, si l'on n'y prend garde. Les voilà, les professeurs de basque que nous cherchions ! Sur place, à disposition des enfants ! Merveilleux.

Hilare, elle fila aussi vite que son pied et sa canne le permettaient, et traversa l'antichambre sous le regard effaré de la secrétaire. Cloué dans son fauteuil, le maire n'envisagea pas de la rattraper. Trop tard. Il avait promis. Entre eux, la parole valait la vie.

22

Germaïna remontait l'allée du Manoir Etcheverry, dénomination officielle et enregistrée au cadastre de la fondation qui gérait, sous sa présidence, l'école, le centre de santé et le pavillon des anciens – un ensemble que tout le pays continuait d'appeler la Maison Etcheverry.

Après l'agitation de la journée inaugurale, Germaïna reprenait son souffle. En raccompagnant le maire jusqu'à sa voiture, elle avait désigné du bout de sa canne la petite cocarde tricolore collée derrière le pare-brise :

— J'en vois une plus grande bientôt. Et puis, dès qu'on vous aura admiré sur les écrans de cette télévision, allez voir de Gaulle ! Et payez-vous donc une DS. C'est un clou, votre voiture.

Il eut envie de lui dire : « Et la Juvaquatre, vous ne croyez pas qu'elle rend l'âme ? » En tout cas, il rayonnait.

Discours, vin d'honneur, ruban coupé, visite des lieux remis à neuf et empestant la peinture fraîche, la plus douce odeur des débuts d'aventure, chorale maladroite des enfants dans une aile, regards perdus et beaux à pleurer des anciens dans une autre aile, employés en tabliers blancs que les autorités saluèrent pour la seule fois de leur vie, et ces gens avec leur grosse caméra qui ne manquaient aucun geste – si, quelques-uns ; alors, à leur demande, on recoupait le ruban, on refaisait les accolades, tout émus, tellement impressionnés.

La cour de la Maison avait été envahie par les camions. On avait trébuché dans les câbles. Les visiteurs et les invités avaient donc garé leurs véhicules en bas de l'allée, près de la route. Le maire lui-même avait fini de monter à la Maison à pied, de plus près toutefois que les autres, mais de plus loin que le préfet – le préfet !

Maintenant, alors que le soleil déclinait sans se presser derrière les plus hautes collines et éclairait de biais les murs de la Maison Etcheverry à nouveau éblouissants, tout le monde avait filé. Germaïna s'était attardée avec le maire. Ils avaient tant à se dire, et ne se verraient pas souvent. Germaïna descendait peu à la ville.

Le ballet des voitures avait cessé, après maints voyages. Certains conducteurs, incapables de faire demi-tour en bas, avaient dû remonter jusqu'à la cour, puis redescendre, croisant d'autres voitures de toutes formes, de toutes couleurs, sauf les noires des officiels.

Soûlée de bruit, plantant ses yeux dans ceux du maire, Germaïna n'avait plus rien remarqué au bout d'un moment. Elle avait hâte de retrouver sa Maison, et en haut, dans les trois pièces préservées, Gudari et Neska. Il lui tardait que les visiteurs s'en aillent, tous. Elle remontait, seule.

Boitant davantage à cause de la fatigue, elle décida qu'elle ferait défoncer le bitume de la cour, remettrait du gravier et de la terre, et montrerait à Neska où elle devrait planter plus tard le pied de lin de son premier enfant.

Presque arrivée en haut, elle aperçut l'arrière d'une grosse voiture noire et brillante. On aurait dit un char. Un retardataire sans doute.

Vers l'entrée, lui tournant le dos, sur des talons et les jambes gainées, portant un tailleur rose dont Germaïna remarqua qu'il jurait avec les cheveux blonds qui descendaient sur les épaules, un petit chapeau en cloche sur la tête, une femme l'attendait. Elle ne se souvenait pas d'avoir vu cette silhouette pendant les cérémonies.

De loin, sans doute au claquement de la canne sur le sol, son pas fit se retourner la femme. Sur sa bouche, le carmin brillant du rouge à lèvres accentua un sourire d'emblée lumineux dès qu'elle aperçut Germaïna. Ces tresses blanches étaient uniques au monde, son monde en tout cas.

Germaïna continua d'avancer vers la femme qui souriait et tendit bientôt les bras vers elle. C'est seulement à deux mètres qu'elle reconnut Maylis.

*

Deux femmes fortes, que le passé aspirait en tournoyant vers sa source, redevenant jeunes filles. D'ailleurs, en se tenant les mains, Germaïna et Maylis tournèrent sur elles-mêmes en une lente ronde, pliant doucement les coudes, s'approchant. Enfin, elles tombèrent dans les bras l'une de l'autre. Longtemps elles respirèrent ensemble, corps collés.

La canne, coincée sous l'aisselle de Germaïna, tomba et rebondit sur le bitume. Décidément, il tardait de remettre gravier et terre : ce bruit de ciment avait l'âme mauvaise. Par ailleurs, Maylis découvrit que Germaïna boitait un peu.

Elle ignorait le passage dans la prison franquiste de Pampelune, les tortures, le pied massacré et à peu près réparé à l'hôpital militaire de Bayonne après son évasion – plutôt rafistolé. Elle ne demanda rien, impressionnée sans se l'avouer, en femme qui surveille les autres, par la beauté majestueuse de Germaïna, son corps de statue ébréchée, sa violence rentrée. Pourtant, sur certains sujets, elle en savait davantage. Elle allait le lui dire. Elle venait d'Amérique, jusqu'à la Maison, dans ce but. Mais d'abord l'embrasser, la toucher, rajeunir. Ce qui suivrait les ferait bien vieillir.

Enlacées, les deux femmes formaient un tableau de longues courbes, des pleins et des déliés, avec les cheveux dorés ondulés de Maylis et les blancs tressés de Germaïna, amalgame lumineux sous le soleil couchant, ton sur ton. Comme de fausses jumelles, l'une rayonnait de blondeur dans sa peau et ses yeux, tandis que l'autre irradiait d'un regard sombre et d'une chair en clair-obscur.

Elles se séparèrent sans se quitter des mains ni des yeux.

— Dieu ! tu n'as pas changé ! s'exclama Maylis, émue.

— Mais pourquoi es-tu là, pourquoi ? haletait Germaïna, joyeuse.

— Pour te voir bien sûr. Je vais t'expliquer.

Maylis recula et observa la Maison :

— J'ai cru ne pas la reconnaître. Pourtant, c'est toujours pareil... je ne sais pas. *My God !* quel monde tout à l'heure ! J'ai failli faire demi-tour. Qui étaient-ce ? Où sont-ils tous ?

— Partis. On est seules. Quoique... la Maison est bien pleine ! Moi aussi je vais t'expliquer.

En l'entraînant vers le porche, Germaïna jeta un œil vers la grosse voiture noire et vit deux hommes à l'avant. Elle stoppa Maylis :

— Tes amis ? Qu'ils entrent.

— Laisse. Ils m'attendront.

Dès qu'elles eurent franchi le seuil, Maylis sursauta. Des piaillements d'enfants venaient d'une pièce au fond.

— Eh bien, c'est plus gai que pendant la guerre, ici.

— Sans mal.

— Mais qu'est-ce que c'est, ça ? Je ne reconnais plus rien.

Elle désignait l'entrée et les couloirs qui s'enfonçaient jusqu'au bout de la Maison. Devant elle, des fauteuils comme dans une salle d'attente, un bureau avec des classeurs à droite, et des plantes vertes meublaient la pièce. Aux murs, des dessins d'enfants, reconnaissables à leurs traits raides et leurs volumes difformes, étaient épinglés sur un panneau. Maylis vit passer au bout un homme avec un makila, âgé, jambes arquées, le béret à plat sur la tête, sortant d'une pièce, traversant le couloir et poussant une porte vitrée plus loin.

— C'est l'oncle Mattin ?

Germaïna eut un petit rire triste. Maylis se rappelait du seul homme déjà mûr qui vivait ici quand elle y avait séjourné, pendant la guerre. Elle ignorait qu'il s'était jeté du haut du rocher de la Vierge, avalé par l'océan dont la vague suivante avait nettoyé sans tarder le sang sur la pierre. Qui avait-elle connu ici ? Jon, Goïzane, Nabar, Iloba, Anaï, Tchema. Soudain, Germaïna réalisa que Maylis ne verrait aucun, plus aucun de ces habitants de la Maison Etcheverry, soit morts, soit partis ! Elle eut la gorge sèche. Drames et fuites s'étaient échelonnés au cours des années. D'un coup, à cause de cette visite à l'improviste, le temps se resserrait. Il allait être difficile de lui raconter tout. Y tenait-elle, la belle Yankee ? Germaïna décida d'attendre :

— D'abord, dis-moi ce que tu fais là, tu aurais pu me prévenir.

Avant qu'elle ait pu répondre, plusieurs portes s'ouvrirent et une ribambelle de marmots déboula dans leurs jambes. Maylis fut emportée dans le tourbillon. Puis les enfants sortirent, suivis par deux adultes, qui n'arrivaient plus à les guider.

— La récréation, expliqua Germaïna.

— Sans doute, approuva Maylis qui ne comprenait pas, sauf que la Maison qu'elle avait connue sombre et vieille, encaissée dans ses secrets et les siècles d'antan, ressemblait désormais à une école, un foyer d'avenir. Même enveloppe, mais cœur bouleversé ; mêmes murs, mais repeints.

Collée à Germaïna, une petite ravissante, son modèle réduit avec des tresses, mais bien noires, levait les yeux vers Maylis, et c'étaient aussi les mêmes yeux.

— Voici ma fille, Neska.

Comprenant le basque, Maylis fronça les sourcils. Germaïna venait de dire deux fois : fille.

— Elle s'appelle fille... *neska*, oui, c'est ma fille, c'est Neska, c'est ainsi, expliqua Germaïna de travers.

Maylis s'accroupit jusqu'à ce que son visage arrive à la hauteur de celui de l'enfant :

— Bonjour, fille !

Neska semblait fascinée par le petit chapeau rond que l'étrangère portait sur le crâne. Elle mit les mains dessus, sans le soulever mais en le tournant, comme un volant. Maylis la laissa faire un moment, en riant tandis que Germaïna tentait en vain de l'empêcher.

— Allez va ! Va avec les autres. Ne tombe pas, ordonna enfin sa mère.

Dans la cour, les enfants se chamaillaient, explosant d'énergie. Bientôt le gravier et la terre... leurs genoux seraient autant écorchés s'ils tombaient, mais tout vaudrait mieux que ce ciment glacé.

Neska fila. Maylis se releva et son regard se perdit. Germaïna avait vu son visage changer.

— Tu n'as pas d'enfant, dit-elle.

Maylis approuva de la tête.

Un moment de silence passa, puis Germaïna entraîna Maylis vers le bureau qu'elle avait aménagé à la place de l'ancien qui avait servi à Jon du temps de l'hôtel. Elle en avait fait un petit salon, tout chaud. Pas vraiment pour son usage, mais pour que les enfants comme les anciens, quand ils arrivaient au Manoir Etcheverry et s'apprêtaient à y vivre – les plus âgés jusqu'à la fin –, tombent d'emblée dans un nid.

*

— Tu es mariée alors ? demanda Maylis en s'asseyant dans le coin du canapé, croisant ses jambes gainées. Ou peut-être pas. Avec toi !

— C'est exactement ça, sourit Germaïna.

Elle ne lui parla pas de Gudari. Il roulait en Espagne jusqu'au lendemain. Germaïna ne dévoilait jamais à quiconque, quand il passait la frontière, par réflexe des temps clandestins. En outre, Maylis connaissait Gudari : lorsqu'elle avait vécu ici pendant la guerre, c'est lui qui l'avait prise en charge jusqu'à Bordeaux où elle avait retrouvé le commando américain avec lequel elle avait été parachutée... pile sur la Maison ! A cette époque, Gudari vivait en simple combattant de l'ombre, parmi d'autres. Aujourd'hui, Germaïna aurait été incapable d'expliquer pourquoi elle ne désirait pas que Maylis sache que cet homme vivait là, près d'elle désormais. D'ailleurs, ce soir, son absence lui pesait, au sens propre.

— Moi, je suis mariée, dit Maylis en soupirant. C'est d'ailleurs à cause de cela que je suis ici.

— Raconte.

Et Germaïna, après leur avoir versé deux grands verres de cidre, prit place à son tour, à l'autre coin du canapé. Pendant que Maylis parlait, Germaïna la revoyait, l'Américaine en pantalon kaki, pendue à sa toile au coin du toit, qu'on avait décrochée en pleine nuit, et qui avait hurlé en touchant le sol, pied cassé. Cela remuait de vilains souvenirs, une boue.

Fausse blessure d'ailleurs, inventée par Maylis pour lui permettre de s'incruster dans la Maison Etcheverry. Héritière du sénateur Prescott de Chicago, photographe dans les magazines paternels, elle devait remplir une mission parallèle : découvrir où se cachait le fils du « très cher, très vieil ami » de la famille, l'ancien Basque Anton Ferbentxajaurregui – qu'on appelait déjà Tony Ferben ; on le nommait aujourd'hui Jauna Ferben et à cette heure, en Californie, il abritait sous son toit les deux fils de la Maison, Anaï et Iloba, sans s'en douter ne serait-ce qu'un millionième de seconde ! Son tour approchait, au Père Ferben.

Devenues inséparables par ce secret de guerre partagé entre elles seules, Maylis et Germaïna ne s'étaient plus quittées en pensée. Certes l'Américaine était revenue aux Etats-Unis, mais sans rien révéler à son père – et, par contrecoup, au Père Ferben. Et puis leurs vies n'avaient plus rien eu à voir entre elles, sauf à distance, et sauf à en ignorer de vastes pans, comme à l'instant, comme son passage naguère à Biarritz avec son très récent époux, Aloys III, sémillant sénateur...

— ... avec lequel je suis en voyage ici en France, finit-elle par révéler dans le petit salon de Germaïna.

— Mais où est-il ? Qu'il vienne, cela me ferait plaisir. C'est l'un des hommes dans ta voiture ?

— Ce n'est pas ma voiture, c'est celle du gouvernement, et non : ce sont le chauffeur et le garde du corps.

— Tu es menacée ? Tu sais, je peux m'en occuper.

— Je n'en doute pas ! s'esclaffa Maylis, qui savait la dureté de Germaïna. Je ne suis pas menacée, je suis protégée. A l'avance, tu vois. Epouse d'un sénateur, aux Etats-Unis, cela mérite assistance.

— On est en France.

— Justement, plus ou moins – j'allais dire : plus ou moinsss... j'ai toujours adoré la prononciation d'ici. Ça me rappelle mes origines.

— Pour ce que tu en sais, voyons. Maylis, c'est un petit peu landais, mais bon... Tu es basque, mais de là-bas. Tu le parles, bien. Mais c'est ici que cela se passe.

— Pas totalement. Je vais y venir.

Elle avait repris son ton sûr d'élite yankee :

— Tu sais que notre Président est en France.

— Je suis au courant.

« Bel homme, pensait-elle en remplissant leurs verres, et belle femme », en observant que Maylis, en blonde, possédait l'allure et le charme inouï de la brune épouse du président des Etats-Unis, en voyage officiel dans l'Hexagone en cette fin du mois de mai 1961 : John Kennedy ravageait les écrans du pays, et Jackie avait réussi à faire tressaillir le regard pourtant très myope du général de Gaulle en personne.

— Mon mari fait partie de la délégation.

— Alors il est à Paris. Dommage.

— Non, il circule dans la région. Voilà pourquoi je te disais : plus ou moins au pays. Tu n'imagines pas ce qu'est un voyage officiel du président des Etats-Unis. Ce sont tous les Etats-Unis en déplacement. On transporte nos propres voitures blindées, nos propres policiers, on réquisitionne nos hôtels, on déverse nos dollars ! Pendant que les présidents se congratulent sur les perrons, quarante ou cinquante délégations sillonnent le pays, signent des contrats, échangent des dossiers, montent des coups – et pas toujours les moins tordus. Aloys dirige l'une d'elles, dans le coin, ici. Je n'en sais pas davantage, ce n'est pas mon rôle. Je suis déjà venue, tu sais, il y a plusieurs années, mais ne m'en veux pas, je n'avais pas une minute pour passer te voir.

Elle garda sous silence l'épisode de l'hôtel du Palais, avec le groom inconnu, dont elle venait de comprendre quelque temps plus tôt, en le voyant surgir dans le hall du Castel Valmont à Los Angeles, qu'il n'avait fait qu'un avec Iloba, son neveu.

— Tandis que cette fois, continuait-elle, j'ai laissé Aloys se débrouiller, voilà. J'ai emprunté la voiture officielle, et pas question de te manquer, je suis là.

— Bien. C'est bien, dit Germaïna, un peu soûlée par le récit.

*

Elle avait hâte de se reposer. Depuis plusieurs semaines, les travaux dans la Maison l'avaient accaparée. Même simples, puisque les chambres, les cuisines, les salons, existaient du temps de l'hôtel, ils avaient duré, afin d'organiser la Maison en école, en lieu d'accueil, en formidable creuset des jeunes et des vieux du pays qui, sans cette providence, allaient vivre comme ailleurs : séparés.

Quelques jours supplémentaires avaient été nécessaires pour terminer l'aménagement de la cave. On y accédait avec peine, comme si l'entrée était masquée, avant d'accéder d'un côté aux rangées de bouteilles de vin, de l'autre à la réserve de charbon.

Les réunions à la mairie, à la préfecture, les dossiers à boucler, le fatras obligé s'ajoutait à celui des Transports G & G. La journée avait été rude dans le Manoir de la fondation Etcheverry, « on continue à dire : la Maison Etcheverry, bien sûr, précisa-t-elle à Maylis. Elle fonctionne depuis plusieurs semaines. Mais aujourd'hui, inauguration officielle avec tous ces messieurs d'importance ! Le ballet des voitures que tu as croisé en arrivant, c'étaient eux ».

Germaïna expliqua à son tour sa propre vie. Elle masqua plusieurs épisodes – dont le plus récent, la mort de Jon. Elle raconta ses journées sans répit entre son entreprise de transports et ce manoir d'accueil, sa Maison renaissante.

Maylis suivait les yeux, qui baissaient d'épuisement. Mais quand ils se relevaient, plantés d'un coup dans les siens, elle avait un réflexe de recul. Germaïna ne changeait pas.

Malgré tout, son visage rayonnait à travers le voile de fatigue qui l'envahissait. C'était nouveau, c'était beau. Maylis en fut bouleversée, car Germaïna pouvait bien piquer du nez, elle resterait éveillée une partie de la nuit. Maylis venait en effet d'asséner, après s'être mordu les lèvres :

— J'ai retrouvé Iloba.

23

Gudari sentait son dos durcir. La tournée de remplacement qu'il effectuait à la place d'un chauffeur malade des Transports G & G – Germaïna & Gudari – durait davantage que les précédentes, rares d'une part, limitées à la zone frontalière d'autre part. Cette fois, il avait fallu filer jusqu'à Vitoria.

Il en revenait, remontant les routes sinueuses au volant d'un des camions les plus récents de la flottille, qui n'avait rien à voir avec les anciens qu'il avait conduits pour le compte de feu l'oncle Mattin Etcheverry, quand avait débuté son exil en France.

Malgré tout, l'engin peinait, cahotait et, au bout de longues heures à serrer le large volant, Gudari grimaçait à chaque mouvement. Ses muscles ankylosés cuisaient.

Il avait quitté le vieux quartier du roi Sanche Le Sage à Gasteiz, où il avait acheté au passage deux belles vestes de cuir brun, bordé de laine de mouton, l'une pour Germaïna, et la même en tout petit pour Neska. Ils grimperaient tous les trois jusqu'en haut de la Rhune un jour prochain, et même en été, là-haut le vent pouvait souffler le froid. Du sommet, ils verraient le pays en entier. Ou rien. Le brouillard s'accrochait souvent sur ce piton modeste, mais respecté, du pays. S'ils ne voyaient plus, ils imagineraient. Ce serait mieux, qui sait ? Ils ne sentaient pas souvent le goût du rêve en eux.

Sur la route vers Eibar, Gudari avait longé le parc Urkiola, ses chênes et ses hêtres – alors que le mot indiquait curieusement une forêt de saules et de bouleaux, inexistants ! Des faucons et des vautours avaient plané au-dessus du camion, puis avaient regagné leurs repaires dans le roc, au sommet, patients.

Encore de longs moments de cahots autour de la pointe d'Aitzandi, celle d'Izustarri, avant Zarautz. Gudari fit halte sur le port pour avaler un plat de sardines grillées. L'odeur avait pénétré dans la cabine du camion, elle pénétrait partout, irrésistible. Enfin, après San Sebastián (Donostia, chantonnait-il), il aboutit dans le village exigu, humide et étranglé entre le bras de mer et les collines du Jaizquibel, de Pasaia.

Il devait y dormir, puis charger dès l'aube des caisses de poissons dans leur glace, rapportées à la fin de la nuit dans les chalutiers des pêcheurs. Les anneaux séculaires où l'on accrochait les bateaux tapaient contre les petits quais, attendant leurs cordages. Plus loin, de hautes grues hérissaient le chantier qu'on construisait de l'autre côté de l'embouchure. Mais ici, les maisons de pêcheurs trempaient les pieds dans l'eau, l'arrière collé aux rochers.

Lorsqu'il lui arrivait d'assurer un transport, il devait rarement rester une nuit entière en Espagne. En général, il obtenait un visa de passage d'un jour. Le cœur fendu, il rentrait à la Maison le soir. Ce long trajet aujourd'hui, malgré la fatigue et le mal au dos, le bouleversait davantage qu'il l'aurait avoué. Son pays lui manquait, à quelques kilomètres de là, au-delà d'une frontière qui n'existait pas selon lui. Or elle était tracée, bel et bien !

S'il devait stationner une nuit, avant le chargement du petit matin, il somnolait dans le camion. Une bouteille pleine de café, enveloppée de laine, et une gamelle en métal remplie à ras bord d'*axoa*, le ragoût de veau, suffisaient au dîner. Il s'allongeait ensuite de biais sur le siège à côté, fermait les yeux et dormait.

Il eut l'intuition que, le lendemain matin, son corps serait bloqué. Les années passaient... les courbatures s'incrustaient... A contrecœur, il laissa le camion sur l'esplanade à l'entrée de la bourgade, seul espace assez vaste pour le garer. Les mains dans les poches, le béret sur les yeux et le col de sa veste relevé, il s'enfonça dans les ruelles exiguës et souvent voûtées, qui longeaient le flanc rocailleux d'un côté et, de l'autre, s'ouvraient sur de minuscules escaliers menant à l'eau. Il faisait sombre – et en plein jour pas mieux. Pasaia, comme un village miniature, se recroquevillait dans son humidité. Gudari croisa deux ou trois passants silencieux. Un simple mouvement du béret en salut, et pas un mot. On ne savait jamais qui l'on rencontrait.

Au bout de la seule rue, boyau entre des maisons minuscules qui se touchaient ou que reliait un arc en pierres suintantes au-dessus, Gudari tapa le loquet de fer forgé contre une porte de bois patiné, qu'on aurait dit destinée à un nain tant elle se serrait sur elle-même. Elle s'ouvrit sur le visage ridé d'une femme en noir, et son air étonné :

— *Arrastiri on...* Bonsoir, qu'est-ce que tu fais donc là ?

— *Arrastiri on.*

Elle le fit entrer. Une pièce basse et enfumée s'étendait, en bas de trois marches, avec une table de chêne au milieu qui tenait presque toute la place. Deux hommes âgés, buvant du vin épais, lui firent signe de s'asseoir avec eux. Ils poussèrent un verre devant lui. Gudari eut à peine la place de se glisser entre le mur et la table. Les vieux avalèrent une gorgée et lui dirent :

— Les fils ne rentrent que cette nuit. La pêche.

— Je sais. C'est moi qui prends leur cargaison à l'aube. Je suis à bout. Je me suis dit : je peux dormir chez eux.

— Tu as bien fait, fils.

Ils échangèrent quelques mots à voix basse et Gudari finit son verre d'un trait. En les saluant, il passa dans la pièce à côté et, de là, dans un réduit, presque une niche. Il connaissait les lieux. Naguère, il faisait halte ici, avant les malheurs. A moitié endormi déjà, il se lova dans le creux de la couche, en chien de fusil.

C'est dans cette position qu'il fut pris le matin.

Son sommeil bestial le garda, lui, l'ancien clandestin de la guerre civile, d'entendre la porte s'ouvrir en grand, et la cavalcade des bottes sur les marches, les chaises renversées. Il ronflait toujours quand la *guardia civil* abattit sa main sur sa nuque.

Menotté aussitôt, il fut poussé dehors. Il y retrouva les deux vieux de la veille, et les fils rentrés au cours de la nuit. Encadrés par les soldats, ils refirent le chemin vers la place. On les hissa dans un fourgon, dont la porte claqua en résonnant jusqu'au fond de sa tête. Le long du grillage, Gudari vit passer le flanc de son camion garé ici la veille. Mâchoires serrées, il pensa qu'il pourrait pourrir là, bien longtemps.

*

Pendant ce temps, Germaïna n'eut pas besoin d'être réveillée. Elle n'avait pas dormi.

Elle lissa les feuillets rédigés pendant la nuit, appuyant dessus pour affiner les plis et qu'ils ne bombent pas l'enveloppe, qu'elle remit à plat devant elle. Puis, de son écriture haute et bien formée, elle inscrivit un nom.

« Reviens demain », avait-elle demandé à Maylis la veille au soir. L'Américaine venait de lui raconter tout Iloba, et de lui révéler l'impensable, et Germaïna avait voulu réfléchir d'abord.

Ainsi donc Iloba...

Elle ressortit les feuillets, il lui semblait avoir oublié une phrase. Si nécessaire, elle referait la lettre, comme plusieurs fois déjà au cours de la nuit. Dans la famille, ils n'avaient jamais beaucoup écrit, peu lu, si rarement parlé. Il ne fallait pas de ratures, il fallait qu'Iloba parcoure d'une traite.

Maintenant le jour pointait, Maylis ne tarderait pas à revenir. Germaïna reprit sa lecture :

« *Agur iloba, Bonjour, neveu,*

Les grands malheurs vont s'abattre sur ton bonheur. Ce que tu ignores au moment où j'écris cela... »

Elle essayait de l'imaginer lisant ces lignes.

Mais elle ne le voyait pas, même en pensée. Où vivait-il exactement ? L'Amérique, si grande... Ici, tellement exigu... Lirait-il assis ? Marcherait-il dans une pièce en se cognant contre les murs, sans rien sentir ?

En Californie, Iloba tentera d'imaginer Germaïna écrivant ces lignes.

Même en se concentrant, il ne la voyait pas en pensée. La Maison, si vaste... Sa chambre ici, étroite... Avait-elle été seule à l'écrire ? Avait-elle dicté en marchant, se frappant la tête du poing ?

Il continuera sa lecture :

« ... *moment où j'écris ces lignes, mais ce que tu sauras au moment où tu les lis, c'est que Maylis est venue ici, à la Maison. Je sais tout, et tu ne sais rien. Alors je vais te l'apprendre...* »

Germaïna ne s'inquiétait pas d'être violente, ou plutôt elle ne s'en rendait pas compte, poursuivant sa relecture :

« ...*vais te l'apprendre. Il faut que cela vienne de moi, comme si je te parlais. Ta famille, la nôtre en somme, a beaucoup souffert. Tu as reçu quelques éclats. Aujourd'hui, j'apprends que tu es heureux...* »

Iloba aura les larmes aux yeux en continuant. Il n'y avait aucun reproche dans les lignes de Germaïna, rien sur son silence depuis trois ans :

« ... *heureux, et que tu vas avoir un petit avec ta douce. Un jour tu me montreras tout cela, quand tu auras fini ton travail. Un homme est près de toi, peut-être dans la pièce à côté, quand tu lis...* »

Germaïna peinait à se déchiffrer, les yeux piquants :

« ... *quand tu lis ces lignes. Cet homme vient d'ici, mais il y a très longtemps de cela. Il a tout renié, son nom et son prénom, et tout ce qui fait d'un homme un homme. Mais attends, je vais t'en parler plus loin. D'abord, il faut que tu saches...* »

Iloba hésitera avant de poursuivre sa lecture, sachant bien qu'il ira au bout, mais renâclant un instant, avant la suite :

« ... *que tu saches, ta maman, ma Goïzane, la moitié de moi, n'est plus.* »

Il reposera la lettre à cet instant, sans pleurer. Les sanglots jailliront plus tard. Il continuera à suivre les lignes régulières de Germaïna, mais en s'interrompant souvent, comme on ingurgiterait une potion vitale, mais aigre, par petites gorgées, car avaler d'un seul coup tuerait.

Dans un certain désordre, Germaïna lui révélera ce qu'il ignore, ou elle comblera des trous dans sa propre mémoire jusqu'alors en pointillés : les morts, cela remplit plusieurs paragraphes ; la vie aussi, Neska surtout : Iloba, de neveu devenait oncle ; la Maison vivifiée par les enfants et les anciens ; l'hôtel tel qu'il y avait vécu n'existait plus ; enfin tout – et le reste, le plus rude...

Car Germaïna reviendra, comme promis, sur Ferben.

En relisant, elle avait la gorge aussi sèche qu'en écrivant. Mais elle voulait vérifier qu'elle n'oubliait rien :

« *Cet homme, à faire le mal là-bas si loin, ne s'en est pas contenté. Il l'a fait ici. Pas lui-même mais c'est pareil. Il a envoyé son fils. Les familles sont un arbre et les branches sont toutes reliées. Par exemple, moi-même je t'ai aimé comme un fils. Eh bien, un fils, j'en avais un moi aussi.* »

Iloba reprendra ici sa lecture, après avoir de nouveau laissé un temps passer. Son souffle s'accélérera :

« ... *en avais un moi aussi. Il était beau, comme son nom, Eder. Tu ne l'as jamais connu, tu ne l'as jamais su, tu n'étais pas né et lui déjà mort.* »

Germaïna, comme à chaque relecture à cet endroit, priait pour pleurer. Cela l'aurait soulagée. Mais non, décidément. Elle marmonna en relisant la suite à mi-voix :

« *Eder, mon bébé, on me l'a massacré. Ferben, c'est lui. L'arme, c'était son fils. Ça, je m'en suis occupée. On me l'a tué, poignardé, à Guernica. Je crois que tu n'y es jamais allé. Je n'y suis jamais revenue. Nous irons un jour, avec toi. Mais quand le travail sera fini. D'ailleurs, moi, j'ai fini.* »

Germaïna ferma les yeux. Que manquait-il ? Rien, elle avait cru... Soudain, elle secoua la tête, se traitant de tous les noms. Elle reprit sa plume. Heureusement, il restait un blanc entre le bout du récit et sa signature.

Elle traça quatre mots.

Iloba les lira : « *Maite zaitut. Hil ezazu...* Je t'aime. Tue-le. »

*

Germaïna remit les feuillets dans l'enveloppe et, cette fois, la cacheta.

L'heure du lever des enfants avait sonné. Dans l'autre aile, les anciens trottinaient déjà, certains ne dormaient presque plus. Germaïna traversa l'entrée de la Maison et observa le ballet des employés au milieu d'une odeur de chocolat venant des cuisines. Ce matin, elle n'avait pas le temps de réveiller Neska. Une des servantes s'en chargerait, la ferait s'habiller et la petite rejoindrait les autres, à l'étude.

Elle glissa l'enveloppe dans son corsage et redressa quelques plantes vertes qui encadraient la grande porte. Gudari n'allait pas tarder. Germaïna fronça les sourcils : l'aube s'éloignait. Débarquer sa livraison à Hendaye, puis à la criée de Saint-Jean au petit jour. Il aurait pu être de retour. Epuisé, il monterait dans leur chambre et s'étalerait sur le lit, bras en croix, une jambe tordue, qu'elle viendrait redresser, puis elle l'écouterait longtemps.

Elle aimait ce souffle d'une vraie fatigue d'homme. Elle s'allongerait contre lui – qui ne se réveillerait pas, et elle-même après sa nuit blanche sombrerait en une seconde dans le sommeil. Plus tard, ils ouvriraient les yeux ensemble, simplement parce qu'un bruit en bas, ou dans la cour, les aurait alertés. Ils se tourneraient l'un vers l'autre et, peut-être, s'aimeraient. Au moins, ils défriperaient leurs peaux chiffonnées à grandes vagues de caresses.

Pour éviter de tomber comme une pierre, en attendant l'arrivée de Maylis, Germaïna sortit.

L'air frais la secoua. Elle fit le tour de la Maison, sans sa canne. Afin de soulager son pied, elle laissait parfois sa main glisser sur les murs. Ils tenaient bon, beaux et blancs. Sous ses doigts passaient les rebords inégaux des pierres, amassées jadis une à une, deux siècles plus tôt, par les premiers occupants de la Maison Etcheverry qui lui avaient donné vie. Lorsqu'elle revint à son point de départ, devant le porche, ses yeux se levèrent sur le linteau gravé, qu'on avait décapé à sa demande, où la Maison parlait : « *Je m'appelle Etcheverry, je me suis bâtie en...* »

Un bruit de voiture la fit se retourner. Le gros museau noir, avec un guépard chromé à l'avant, seule pointe aiguë au centre des ailes et du capot arrondis, se garait dans la cour. Les deux hommes de la veille occupaient l'avant. La vitre arrière se baissa et apparut le visage de Maylis :

— Je suis en retard. Il faut que je reparte tout de suite. Je ne peux plus rester. Aloys remonte à Paris. On file sur Berlin, figure-toi. Le Président n'arrête pas ! Mais je suis revenue, comme promis. Pourquoi ?

Germaïna s'était approchée, bancale et les yeux rouges :

— Pour ça.

Elle sortit d'entre ses seins la lettre destinée à Iloba. Maylis s'en saisit, vit le nom sur l'enveloppe et l'enfouit dans son sac.

— Attention, menaça Germaïna.

Maylis croisa son regard, qui lui fit peur. Elle se tortilla dans la voiture, gênée :

— Il y a de l'argent dedans ?

Germaïna secoua la tête, désemparée. Puis elle s'efforça de prendre un ton détaché :

— Juste quelques nouvelles de la famille. Ça lui fera plaisir.

Elles se tinrent les mains longtemps. A l'avant, l'un des hommes consulta sa montre. D'un air navré, Maylis fit comprendre qu'elle ne pouvait s'attarder.

Germaïna suivit des yeux le coffre arrière qui s'enfonçait dans l'allée en pente, vers la route en bas, comme s'il s'aplatissait sur la terre. Au dernier moment, les feux du pare-chocs clignotèrent. Le chauffeur freinait. Sur le chemin étroit, il fallait se garer pour croiser une voiture qui montait. Quelqu'un arrivait. Gudari, sans aucun doute.

Germaïna se déhancha pour soulager son pied douloureux et croisa ses mains sur son ventre. Par réflexe, un sourire doux éclaira son visage épuisé. Puis il se figea.

A la place du capot clair de la Juvaquatre, que Gudari avait utilisée jusqu'au dépôt des camions et dans laquelle il devait revenir à la Maison, Germaïna vit s'avancer la face plate et sinistre d'une fourgonnette de la gendarmerie.

*

Elle se précipita vers la portière qui s'ouvrait. Un gendarme peina à s'en extraire. Elle s'agrippa au revers de la vareuse. Elle le connaissait bien, le chef de l'escadron local. Elle cria :

— Qu'est-ce qui est arrivé ? Qu'est-ce qui est arrivé ? Il est mort ? Pas de morts, encore ! Qu'est-ce que...

— Germaïna, non. On vient de nous prévenir. Il a été arrêté en Espagne.

Comme soûle, comme dérangée, Germaïna haussa les épaules :

— Evidemment, il livrait en Espagne.

Surpris, le gendarme précisa :

— Il est en prison là-bas. Pour l'instant, on ne sait pas si...

Germaïna balaya l'air de la main :

— Mais c'est rien, ça. Il n'est pas mort.

Elle se calma d'un coup et sentit son énergie filer par le bout de ses doigts. La voyant prête à flancher, le gendarme proposa :

— Allons parler à l'intérieur.

Au lieu de cela, Germaïna le repoussa pour s'engouffrer dans le fourgon, en lançant :

— Descendez-moi au dépôt.

Il tenta de la retenir par le bras. Elle se retourna d'un bloc :

— Descends-moi au dépôt, toi.

Quand ils la laissèrent au milieu des camions, elle ne les salua pas. Jaillie du fourgon, elle pénétra dans le bâtiment qui grouillait. Les chauffeurs et les manutentionnaires la virent passer d'un pas inégal. Les sons résonnaient sous la verrière et contre les armatures métalliques.

Maintenant, elle souffrait partout, son pied, son dos, sa tête où un marteau tapait à l'intérieur, de la nuque aux tempes. Mais il lui semblait qu'elle pourrait marcher jusqu'à la fin sans sa canne. Jusqu'à son retour.

Elle pénétra dans le bureau qu'elle partageait ici avec Gudari. Ils restaient peu de temps, toujours à bouger, à livrer, à partir, moins encore depuis que la Maison l'accaparait. Elle prit les clés de la Juvaquatre dans un tiroir, lança quelques ordres aux employés qui venaient aux nouvelles, et retraversa le hangar, décoiffée, boiteuse, redoutable.

Les douleurs dans son corps s'amplifièrent, mais pendant toute la matinée elle ne sentit plus la fatigue, dressée sur ses nerfs à vif comme si elle marchait sur des braises, surtout sans s'attarder.

Elle fila chez le maire, demanda des explications, qu'il ne put lui fournir. Elle fit le tour de la ville, parlant sans dire bonjour, allant partout où quelqu'un pouvait l'aider, et personne n'y parvint.

Sortant d'un bureau, elle entrait dans une maison, ressortait et glissait quelques mots à un commerçant, passait ailleurs sans attendre une réponse impossible, vraie mouche noire aux antennes blanches qui se cognait partout, affolée.

Elle ne mangea pas à midi. Mais l'après-midi, alors qu'elle se changeait dans sa chambre, elle tomba sur le sol et dormit là, à moitié nue, d'une traite jusqu'au soir.

Pendant huit jours, Germaïna tempêta, dérangeant vingt fois le maire, téléphonant chez le préfet, refaisant inlassablement sa tournée en vain.

Les seuls détails qu'elle obtint n'avançaient à rien : Gudari avait été emporté dans une rafle à Pasaia. La *guardia civil,* les deux mots de la terreur, avait ramassé des pêcheurs, comme dans un filet justement. Des guérilleros, disaient-ils, des antifranquistes – pardi !

Que dire ? Injuste, puisqu'il ne combattait plus en Espagne. Impensable selon la même raison, puisque cela aurait signifié qu'il combattait dans son dos. On lui certifia qu'elle ne pouvait rien faire pour le moment, qu'il fallait attendre, que tous les prisonniers restaient au secret, que bien d'autres cherchaient un mari, un frère, un fils. On le lui répéta et le lui répéta encore et encore puisqu'elle semblait ne pas entendre.

Pendant huit jours, la rengaine la mit en furie.

*

A Los Angeles, pendant ces huit jours-là, Iloba lut la lettre, la relut vingt fois, et prépara avec soin l'inauguration du country club de Jauna Ferben. Pour la première fois depuis des mois, il s'autorisa un soir à filer jusqu'à Chino, en taxi, sans se faire remarquer, laissant sa moto au golf.

Après avoir écouté son récit, Basa fila dans un placard, chercha un sac, le fouilla et revint en tenant à la main un petit carton, avec un numéro de téléphone écrit au verso.

*

Au bout d'une autre semaine, Germaïna entrevit une lueur. Elle ne s'y attendait pas.

Logé ici, l'un des anciens qui promenait sa tristesse noble sur ses jambes arquées dans les couloirs de la Maison, et qui donnait des cours de basque aux enfants, demanda à la voir.

Il ôta son béret devant elle, qui découvrait enfin ce crâne rosé, si rarement atteint par le soleil au bout d'une longue vie dans les champs. Lui-même la surprit pour une fois tassée, lourde sur le canapé où ils avaient pris place. D'ailleurs, le vieux se releva et approcha une chaise dure. Il se tint droit dessus.

Ecartant les genoux et posant ses coudes dessus, il garda son béret roulé entre les mains. Il sourit, à la fois franc et mal à l'aise, puis son regard mobile se fixa sur elle :

— Vous savez pourquoi je vis ici, Germaïna Etcheverry ?

— Vous êtes seul.

— Oui, je suis veuf. Mais j'ai un fils.

— Il a émigré ?

— Non. Il n'est pas loin, logé et nourri.

— Pourquoi n'habitez-vous pas avec votre fils ? Mais attendez, je suis fière que vous viviez avec nous. Les enfants vous adorent. J'ai connu votre famille – moi aussi je suis seule, je comprends.

Elle se rendit compte qu'elle s'égarait. Depuis quelque temps, son esprit peinait à suivre une pensée en ligne droite. Elle répéta :

— Pourquoi n'habitez-vous pas avec lui ? S'il est de votre sang, je ne l'imagine pas laisser son *aïta*... son père, seul. Où habite-t-il ?

— En prison.

Elle ne cilla pas. Il savait, lui aussi. Pourtant, Germaïna demanda, feignant l'étonnement :

— Pourquoi me dites-vous cela ?

Elle n'avait pas à savoir pourquoi son fils y croupissait. Simplement, elle attendait la suite. Jamais elle ne questionnerait au-delà, et il n'en fut pas étonné. On ne parlait pas, ou bien les mots utiles :

— Parce que votre *gudari* y est.

Il employait, lui, le mot dans son sens d'origine, celui de combattant, pas le prénom qu'en avait forgé Germaïna, selon son habitude de s'approprier l'avenir des gens en les désignant à sa façon.

— Dans la même ?

— Hélas non. Sinon je vous dirais laquelle. Mais je vois mon fils dans la sienne, une fois par mois. J'y ai droit.

— Pourquoi je ne peux pas, moi ! s'insurgea soudain Germaïna.

Elle le savait bien : avant le procès, secret total. Le vieux fit comme s'il n'avait pas entendu :

— Il m'a dit. Son avocat, qui le tient d'un autre, et lui d'un autre, et comme ça... ou un gardien, beaucoup sont du pays. Franco ne peut pas nous faire taire, parce qu'on parle très peu.

Au prix d'un gros effort, Germaïna soupira. Sa poitrine refusait parfois de vivre :

— J'imagine ce qu'il subit.

Le vieil homme baissa la tête. Un silence s'installa, peuplé dans leurs têtes de cris de torturés. Tous les deux en avaient entendu, et en avaient poussé. Personne, jamais, n'en parlait ici.

Mais le vacarme ne cessait pas dans la tête. D'ailleurs, Germaïna plaqua ses deux poings sur ses oreilles. Le vieil homme releva les yeux et eut mal pour elle. Dès le réveil, et pendant ses cauchemars, il entendait les mêmes cris. Il ne pouvait pas passer sa vie à se boucher les oreilles.

Puis Germaïna remit ses mains sur son ventre. Elle murmura :

— Il ne dira rien.

— Vous savez...

— Il n'est pas plus fort qu'un autre, ce n'est pas une question de force, c'est une question de hasard, sur qui vous tombez. Mais il ne dira rien, tout simplement parce qu'il ne sait rien.

— On sait toujours deux, trois petites choses. Ou alors on invente. Pour que ça s'arrête.

Ils cessèrent de parler. Déjà, les phrases s'allongeaient bien.

Puis Germaïna reprit, d'une voix lasse :

— Si vous-même ne savez pas où il est !

— Je vais vous aider. Pas à le trouver, au moins à le chercher. En savoir un peu. J'ai vécu ça. Maintenant que je vois le *seme*... le fils, c'est moins dur.

— Le vôtre va sortir quand ?

— Jamais.

A son tour, Germaïna baissa la tête. Quelle idiote de poser des questions, faisant mal par inadvertance. Elle connaissait les réponses : des condamnés écopaient de centaines d'années de prison, en cumul, les peines ne se confondant pas. C'était une torture perverse, une de plus. S'entendre condamner à « cent quarante-deux années de prison », comme si la vie ne suffisait pas !

— A Pasaia, on vous dira peut-être. Ils n'ont pas raflé tout le monde.

— Je ne peux pas passer.

— Il existe un moyen. Un petit bateau à Hendaye. Il traversera la baie, jusqu'à Hondarribia (il disait le nom basque, pourquoi Fontarrabie ?)

— Ne faites pas cela pour moi.

— Ce n'est pas pour vous spécialement, Germaïna. Il passe, ce bateau. De temps à autre, pour les nôtres, vous comprenez ? Cette fois, ce sera vous.

— C'est dangereux, ce que vous faites.

— Vous trouvez ?

Elle ne put déceler s'il ironisait ou s'il n'avait plus d'espoir.

— Quand ?

— Je le sais la veille. Tenez-vous prête, sans vous commander.

Quand il remit son béret sur la tête, elle remarqua pour la première fois ses avant-bras épais comme des cuisseaux, et ses mains fortes, craquelées. D'où venaient ses bosses, à lui ? Elle le remercia en silence de ne pas ajouter des banalités comme : « On va y arriver, allez !... Courage. »

*

Vêtue de noir des pieds à la tête, y compris d'un foulard où elle avait engouffré la masse de ses cheveux blancs, que la simple lueur d'un bout de lune aurait signalée comme une auréole, Germaïna embarqua le surlendemain.

On l'avait déposée en pleine ville d'Hendaye, très vite, sans stationner, face à un restaurant près de la gare, où elle pénétra comme une cliente. Mais elle traversa la salle et passa à l'arrière, débouchant sur une ruelle en pente et des escaliers, qu'elle gravit aussi vite qu'elle put avec sa canne. En haut, elle se glissa dans le coin et surveilla en bas. Pas un mouvement, personne. Si on avait suivi la voiture dans laquelle on l'avait conduite ici, on l'avait perdue de vue.

Elle passa par les quartiers étroits et marcha longtemps dans la nuit, le long des collines à droite, longeant la baie de Txingundi à gauche. Au bout, après un terrain vague vaseux qui finissait la vieille plage, elle fut accostée par un homme qui sembla sortir de l'ombre. Il n'attendait qu'elle pour partir.

Mouillant ses chaussures et le bas de sa robe noire, Germaïna enjamba le rebord d'une barque. L'homme prit les rames et la nuit les engloutit.

Sûr de lui, l'homme arriva peu après contre le flanc d'un petit bateau. Il agrippa la corde qui pendait et colla ainsi la barque contre la coque basse. Germaïna fut hissée par un autre homme au-dessus. Elle avait coincé sa canne dans sa ceinture. Sur le minuscule pont, l'homme qui l'avait aidée prit ses deux mains dans la sienne, et les serra, prêt à poser son front dessus, à l'embrasser. Germaïna retira ses bras :

— Allons-y.

En pleine nuit, une sans lune choisie à dessein, elle ne distinguait pas son visage. Le geste esquissé lui rappela quelque chose... Lorsqu'elle combattait en Espagne, *pasionaria* (terme qu'elle abhorrait, et son surnom, la Vierge brave, si elle avait jamais su qu'on l'appelait ainsi !) d'un groupe basque pendant la guerre civile, certains de ses hommes marquaient ainsi leur respect, parfois leur adoration.

Etait-ce l'un d'eux, de retour ? Etait-ce celui qui l'avait ramenée de Bermeo jusqu'à la côte, en France, la nuit de Guernica, après qu'elle avait vu son bébé crucifié et qu'elle avait tué le fils Ferben ? Le bateau de jadis allait lui aussi sans lumière, mais il était plus gros que celui-ci et Germaïna n'y avait pas embarqué en victime prête à s'immoler comme ce soir, mais en guerrière. Cela datait d'un quart de siècle, et davantage. L'homme serait trop vieux. Qui sait ? Ils n'avaient pas fini leur guerre, de ce côté. Oui, qui sait ?

Elle s'assit sur une caisse à l'avant, bras croisés. Moteurs au plus bas, feux éteints, l'embarcation avança lentement vers le nord, puis s'orienta à gauche après le phare, et la jetée qui marquait la frontière. A peine dépassée, le bateau coupa tout.

Germaïna se retourna vers le marin. Il lui montra deux lumières, vers le large, mais pas loin. Germaïna comprit : une vedette maritime de la *guardia civil* passait. Ils laissèrent leur bateau clapoter doucement, attendant que les feux disparaissent tout au bout, derrière l'île Amuté. Une caserne militaire se dressait au sommet, Germaïna le savait – « peut-être Gudari est là », s'angoissa-t-elle. Il n'existait pas d'autre passage par l'océan. On pariait sur la certitude bornée des gardiens, persuadés que personne ne tentait le passage si près d'eux. La surveillance devenait monotone, une chance.

Germaïna fut débarquée plus en avant, vers l'extrémité de Hondarribia. Elle salua le marin de la main, sans le regarder, dans le cas où il serait l'homme de naguère, de la guerre et de Guernica ; en tout cas, il la connaissait. Peut-être seulement de réputation ? Mais tous ces souvenirs la broyaient. Elle aurait cru, elle aurait juré ne plus revivre cela.

Préférant éviter le *higer burua*, le cap qui portait le nom du figuier, elle s'engagea sur le chemin abrupt taillant à travers la colline. En haut, dès que l'air de l'océan la frappa, elle eut froid. Alors, serpentant dans les prés décharnés de ce côté, ravagés par le sel et les vents, bons pour les moutons seulement, elle descendit pendant la moitié de la nuit le terrain de *Gudalupeko ama...* la sainte. Au bout, elle aperçut enfin les lueurs de Pasaia, si faibles, comme des lampes pendues à des crochets.

A la Maison, le vieil homme lui avait indiqué l'adresse des pêcheurs où Gudari avait été raflé. Vérifiant que personne ne passait dans la rue en recoins qui partageait le village encaissé, Germaïna tapa le loquet de fer forgé contre le vieux bois de la porte. A l'évidence, Gudari avait fait ce geste, le soir où il avait frappé ici. Elle allait désormais imaginer sans cesse ce qu'il avait pu faire, et ce qu'il faisait, et elle durerait autant que nécessaire jusqu'à l'arracher de là, où qu'il soit.

La porte s'ouvrit sur une vieille femme ridée, en noir. Face à elle, visage marqué, Germaïna se dressait, vêtue de même, comme la nuit. Elle entra et ôta son foulard. La femme découvrit avec stupeur la canne et les cheveux blancs, comme les siens, mais en dessous le visage n'était pas celui d'une vieille. Elle ne comprit pas pourquoi.

— Viens t'asseoir. Tu veux du café ? Une liqueur ?

« *Fitxik...* Rien », eut envie de répondre Germaïna. Elle se laissa tomber sur une chaise, contre la table – la chaise où Gudari se tenait, quelques jours plus tôt. Elle décida :

— Un verre de vin. S'il en reste.

— Pour ça, il en reste. Les hommes ne sont plus là.

— Je sais.

— Le tien aussi.

— Je suis là.

— On m'a prévenue. Je n'ai rien à dire.

Germaïna se crispa. Ne savait-elle rien ? Ou craignait-elle de parler ? Le pays fourmillait de rumeurs, de dénonciations. Qui parlait à qui ? Mieux valait se taire.

— J'ai fait attention en venant, plaida Germaïna. Personne ne m'a vue.

Elle n'allait pas préciser : « J'ai fait la guerre d'Espagne, et la résistance, et tout... tout, je m'y connais, j'ai bien tué », à cette vieille femme qui en avait peut-être accompli davantage.

En trempant ses lèvres dans le verre large à fond plat qu'elle venait de remplir, Germaïna l'observa. Elle pensa à Maritchu sa mère, qui aurait eu à peu près l'âge de cette femme. Les cheveux tirés en arrière dégageaient un regard bleu pur, très froid, comme on en trouve souvent chez les pêcheurs du Sud. La peau parcheminée tenait bien sur les os solides, sauf autour de la bouche qui tombait, sans doute à force de retenir des larmes. Le nez restait fort et droit, malgré l'âge. Au bord d'une narine poussait une verrue, hérissée de deux poils raides.

La femme s'assit à son tour, face à elle. Elle remplit un verre d'une liqueur gluante, qui sentait fort.

— Faire attention, et alors ? grinça-t-elle. Ils ne vont pas m'arrêter, moi. Ils n'arrêtent pas les vieilles. Ils ont tort d'ailleurs, termina-t-elle avec un gloussement hargneux.

Germaïna l'interrogeait du regard avec impatience. La vieille femme devinait pourquoi, mais lui dit :

— Parle-moi d'abord. De toi, lui, tout, tout ce que j'aime entendre.

Germaïna prenait confiance en cette femme chez qui elle devinait une guerrière, de sa race. Elle parla par petits bouts, souvent en désordre, mais longtemps. L'autre l'écoutait, hochant souvent la tête, poussant parfois de brefs hennissements sur le ton d'un « ça ne m'étonne pas ! » cynique.

Elles arrivaient au bout de la nuit quand Germaïna se tut enfin et l'encouragea du regard. La vieille femme répondit piteusement :

— Pour ton homme, je ne sais rien. Pour les miens non plus. Rien. Ils nous disent d'attendre, quand ils veulent bien nous répondre. Tu es venue pour rien.

— Mais alors, s'emporta Germaïna en tapant du poing sur la table, pourquoi ne m'avoir rien dit tout de suite ? Ça fait des heures que je parle dans le vide ! Pourquoi ? hurla-t-elle enfin, à bout de nerfs, et elle saisit sa canne, posée contre le rebord de la table, et s'en frappa fort les dents et le menton, sans un gémissement.

— Hé là ! répliqua la femme en tentant de lui arracher la canne des mains.

Elle ignorait que Germaïna ne sentait rien, du moins là, comme si son corps abandonnait la lutte par petits morceaux.

Germaïna cessa enfin et se mit à mordiller le pommeau de la canne, augmentant les entailles creusées lors de sa crise après la mort de Goïzane. Elle tremblait, agitée d'un frisson, fébrile des quatre membres.

— Pourquoi ? reprit la vieille femme. Pour ça, dit-elle en la désignant. J'y suis passée avant toi, fille. Je sais bien ce que ça fait. Autant te fatiguer beaucoup à parler avant. Ça passera plus vite, car maintenant tu vas dormir.

Germaïna tremblait toujours, au bord de la crise de nerfs.

— Tu sais, tu ne pourras repartir qu'à la prochaine nuit. Ne sors pas de la journée. Dors. J'irai aux nouvelles. J'y vais tous les jours. Peut-être demain, je saurai, espérons.

Germaïna haussa les épaules. Inutile que la femme la console. Qui y était jamais parvenu ? Elle venait de comprendre qu'elle s'engageait dans une longue, une très longue absence.

— On y arrivera, dit posément la femme.

— A quoi ? renifla Germaïna.

— Jamais ils ne nous auront. Plutôt tous les tuer.

— Oh non... soupira Germaïna comme une lamentation. Assez de ça, assez !

L'autre laissa passer un temps, puis sourit pour la première fois :

— Tu as raison, fille. Moi, je n'en ai plus pour longtemps. Toi, tu le reverras. Derrière ses barreaux sans doute, mais tu le reverras. Ils nous laissent toujours approcher, quand ils les ont condamnés, exprès.

*

Le soir, la vieille femme revint et réveilla Germaïna. Installée d'elle-même dans le petit réduit du fond, la niche, elle y dormit tout le jour en chien de fusil – comme Gudari, et toujours sans le savoir, car la femme, bien sûr, ne fit aucune remarque. Ni aucun commentaire. Elle revenait bredouille.

Germaïna n'en fut pas surprise, à peine plus meurtrie que l'instant d'avant. L'espoir est la dernière feuille qui tombe, ensuite l'âme meurt.

Après avoir avalé un repas lourd, sans appétit, simplement pour tenir, Germaïna reprit le chemin des collines. La nuit sans lune ressemblait à la précédente, les cailloux tous les mêmes, les cris étouffés après une cheville tordue sur les chemins obscurs, les lampadaires tristes de Hondarribia, le bateau et le marin, la traversée sans un mot dans le noir jusqu'à Hendaye, tout repassait à l'envers, comme dans sa pauvre tête.

Elle eut honte en espérant être repérée, pour finir en prison, simplement respirer le même air que Gudari. La pensée fut brève, l'amertume dura davantage, jusqu'à retrouver Neska en regagnant la Maison.

Son seul souci fut de ne pas transmettre à l'enfant l'angoisse qui la ravageait. Peine perdue évidemment, que Germaïna amortit en parlant tout de suite à Neska et en organisant sa propre attente comme une bataille froide.

Elle exigea du maire une réunion tous les trois jours, le matin à la première heure, pour qu'on la tienne au courant – s'il y avait du nouveau, et il n'y en eut pas. Entre-temps, qu'il téléphone à toute heure – si un fait survenait, et il n'en survint pas. Elle divisa ses journées à temps égal entre l'entreprise des Transports G & G et la Maison Etcheverry – elle travailla le double. Tout le reste revenait à Neska, avec laquelle elle jouait, elle parlait, elle racontait, avec des mots pour les petits qui comprennent toujours bien les malheurs des grands :

— Il est en prison, c'est un endroit où l'on garde les gens à qui l'on reproche d'avoir fait une bêtise, et souvent ils ne l'ont pas faite, cette bêtise, on le découvre plus tard, c'est très injuste bien sûr, alors la personne revient à la maison, et on est plus heureux qu'avant, comme lorsque tu as réussi quelque chose avec difficulté, on est fier, alors pour qu'il soit fier de nous, il faut beaucoup travailler toutes les deux, ensemble, et on jouera tu sais, il aime que l'on joue toutes les deux.

— Il te l'a dit ?
— Il me le redira.
Et commença la longue attente.

*

Quelques semaines plus tard, le vieil homme aux jambes arquées revint dans son bureau. Germaïna et lui ne parlaient jamais du passage à Pasaia. Durant la journée, quand elle le croisait, ou dans la salle à manger, parfois en classe quand elle entendait chanter en basque derrière la porte vitrée et entrait pour s'y joindre, elle discutait avec lui, mais de tout le reste.

S'il venait, c'est qu'il possédait une information. Il ne s'assit pas, en se dandinant, le béret roulé dans les mains comme l'autre fois, mais tripoté, et le regard plus mobile.

— Du nouveau enfin ? demanda Germaïna.

— C'est pire.

Il secoua la tête, avant de continuer :

— Demain, ici, la police va venir. Ils me cherchent. Et pas moi seulement.

Germaïna leva les yeux vers le calendrier mural, où l'on arrachait une petite page chaque jour. Il indiquait : 11 août.

La Maison résonnait, vidée à moitié. La plupart des enfants avaient rejoint leur famille pendant les vacances. Ne restaient que les orphelins pas casés dans une ferme pour l'été, pour les foins et les bêtes. En revanche, l'aile des anciens faisait le plein, toute l'année.

— Je ne suis pas obligée de les laisser entrer.

— Comme s'ils allaient demander la permission !

Germaïna entendit bien et tapota le bout de ses doigts sur sa canne, irritée. Après la gendarmerie, demain la police : on prenait cette Maison pour quoi ? Moins de monde passait à l'époque de l'hôtel.

— Vous ne partirez pas d'ici.

— Et pour aller où ? marmonna le vieil homme. Je ne vais pas me cacher dans une cave à mon âge, je ne vais pas marcher dans la forêt jusqu'à ce qu'un ours me dévore, je ne vais pas les suivre en prison. M'enfuir ? Et pour aller où ? répéta-t-il. Rester ici ? Ils vont me trouver demain. Ça vous fera des ennuis. Je ne veux pas. Je voulais vous le dire.

Germaïna comprit qu'il allait partir cette nuit, sans bruit. Il mettait la dernière main à sa vie. On le retrouverait pendu. Pas ici, bien sûr, jamais ! Ou plutôt vers le port : il irait se noyer. Elle connaissait ces gens, elle en était.

Elle lui sourit :

— Je vais vous montrer.

*

Dès l'aube du lendemain, plusieurs voitures grises stoppèrent devant la porte dans des crissements de pneus. Les portières claquèrent aussitôt. Des hommes jaillirent, portant des feutres mous et certains un imperméable – en plein été ! Il est vrai qu'il faisait frais, et à partir de mi-août au pays la rosée commençait à durer sur les feuilles, préparant son automne.

Tous connaissaient Germaïna Etcheverry. Elle en reconnut quelques-uns, des hommes du pays. Ils n'étaient pas mauvais bougres ceux-là, et ils la craignaient. Ils ne cassèrent rien, n'enfoncèrent pas des portes en hurlant, ne secouèrent personne. Ils cherchaient un, dirent-ils, « guérillero anti-franquiste » signalé ici et, en confidence, celui qui semblait le chef glissa à Germaïna qu'une vague d'arrestations avait lieu dans toute la région.

Germaïna accompagna deux d'entre eux, tandis que les autres surveillaient les issues. Elle les laissa vérifier les registres, les papiers des pensionnaires, visiter la Maison du grenier à la cave.

Là, ils devinrent plus nerveux quand ils se heurtèrent à la porte s'ouvrant sur un escalier à peine visible, l'entrée masquée par la moitié d'une armoire. D'un rien, ils passaient sans la voir.

Germaïna voulut descendre devant, mais les policiers l'empêchèrent, certains qu'ils déjouaient un piège. Elle reprit sa place derrière eux et suivit, en leur conseillant :

— Ne tombez pas, malheureux !

C'était d'autant plus ironique qu'elle y allait, retardée par son pied de travers et douloureux, marche par marche. Les autres piétinaient déjà en bas, sidérés. Tout un côté de la cave était tapissé d'étagères soutenant des centaines de bouteilles de vin.

— Qu'est-ce qu'il y a derrière ça ?

— La plus grande cuite de votre vie.

Ils lui jetèrent un regard mauvais et commencèrent à tirer les bouteilles vers eux. Même en choisissant des casiers en fonction de la surface visible contre le mur, il leur fallut longtemps. Puis Germaïna les aida à repousser les bouteilles jusqu'au fond des étagères et, à la fin, en saisit une et la leur présenta. Puis elle se reprit :

— Que je suis bête. Jamais pendant le service.

Lèvres serrées, ils se retournèrent et allèrent à l'autre fond. Là, un tombereau de charbon formait une pyramide jusqu'au plafond.

— Et derrière ça, les devança-t-elle, il y a évidemment l'homme que vous recherchez.

A nouveau, ils jetèrent ce regard méchant, dont elle se régalait. On les avait prévenus.

Les deux hommes écartèrent du pied quelques morceaux, les plus proches du sol, qui roulèrent en soulevant une poussière noire. Germaïna restait au fond. Ils contournèrent le tas, scrutèrent en faisant la grimace, déblayèrent un espace à la main, mais quand ils virent leurs doigts noircis instantanément, ils se reculèrent en grognant.

Rageur, l'un d'eux saisit un balai posé contre le mur et enfonça le long manche partout où il pouvait, et l'agita pour qu'il pénètre plus. Il recommença sa manœuvre plusieurs fois, cherchant à vérifier si personne n'était caché dessous. Il buta même contre le mur au fond. Ils dégagèrent la moitié du tas, envahis par la poussière salissante. A la fin, satisfaits – peu consciencieux ? exaspérés par les morceaux qui roulaient ? dégoulinant de suie ? –, ils laissèrent le balai, le charbon et la cave.

— Laissez cette fois, j'enverrai quelqu'un remettre ça, dit Germaïna, compatissante.

Après être remontée, elle les entraîna dans le bureau qu'elle occupait, près de l'entrée. Essoufflé, le premier se dirigea vers le canapé.

— Tss !

L'homme suspendit son geste.

— Ne vous asseyez pas. Vous êtes crasseux comme des clochards.

Se retenant d'exploser, le policier resta debout, à côté de son collègue qui s'essuyait le front, y laissant une vilaine trace de suie.

— C'est tout ? demanda Germaïna. Il y a un papier à signer ?

Un petit ventilateur s'encastrait dans le mur. Il envoyait, par temps vraiment chaud, de l'air dans la pièce. Germaïna s'approcha et tourna le bouton qui redressait les lamelles.

— Je peux avoir une explication maintenant ?

— Il n'y a rien à dire. Nous devons arrêter un terro... enfin disons... Le nom, l'adresse, tout correspond. Mais il n'est pas là. Ou bien il n'y est plus ? Parti ?

Elle se mordit les lèvres à temps. D'un rien, elle avait failli dire le nom du vieil homme et affirmer qu'ils ne le trouveraient pas ici. Comment l'aurait-elle su ? Les réflexes de la clandestinité s'émoussaient vite. Elle se reprit vivement :

— Vous avez vérifié les papiers, et tout. Si l'homme – ou la femme ? il y a des femmes – que vous cherchez se cachait là, vous l'auriez trouvé. N'est-ce pas ? Tous les anciens sont seuls, sinon ils seraient en famille. S'il était parti, où voulez-vous qu'il aille ? Marcher dans la montagne jusqu'à la mort ?

Ils haussèrent les épaules. Tout cela n'entrait pas dans leurs attributions.

Germaïna conclut :

— Vous êtes de grands bœufs.

De contempler cette haute femme, droite, aux cheveux si blancs encadrant un visage troublant, dont on murmurait les malheurs et les drames, et dont on savait aujourd'hui l'œuvre accomplie, les retint de l'embarquer. Peut-être, ils ne le lui dirent pas, savaient-ils que son *gudari* n'avait pas échappé, lui, à cette vague de rafles entamée de l'autre côté quelques semaines plus tôt.

Ils lui tournèrent le dos et quittèrent sans un mot la Maison. Dehors, leurs collègues n'attendaient qu'un signe. Toute la troupe s'engouffra dans les voitures.

Germaïna les défia depuis le porche, les poings sur les hanches :

— Non mais !

Elle attendit qu'ils soient vraiment partis, s'assurant qu'ils ne revenaient pas la surprendre.

S'ils avaient gentiment accompli la moitié du travail en bas, elle devait le finir.

*

A la cave, enfilant de gros gants et une combinaison faite de sacs en toile de jute cousus entre eux, qui la couvraient de la tête aux pieds, elle s'activa avec une pelle pendant une heure. Il fallut dégager tout le fond de l'énorme tas. Enfin elle toucha le mur. Otant son gant, elle s'essuya le front et frappa. De l'autre côté, on répondit.

Les trois verrous furent tirés et Germaïna vit un carré dans le mur coulisser dans une fente. De l'autre côté, éclairé par la lumière venant de la cave, apparut le visage solide du vieil homme. Elle l'aida à sortir et referma le panneau sur la pièce où il venait de passer la fin de la nuit et une bonne partie de la matinée. Il remit son béret.

Derrière le mur, la pièce avait été aménagée pendant les travaux de transformation de la Maison, à sa demande. Au début, la salle s'ouvrait sur la cave, pas mystérieuse aux yeux des ouvriers. A l'époque, aucun tas de charbon n'obstruait l'entrée. C'est avec Gudari qu'en une nuit, ils avaient, seuls, cimenté l'ouverture, ne laissant qu'un carré coulissant par lequel un homme pouvait se glisser. Ensuite seulement, l'ensemble avait été masqué par la houille.

Gudari et Germaïna ne s'étaient jamais demandé pourquoi ils avaient construit cette cache. Sans doute par réflexe, plus certainement une résurgence de leur vie passée, un jeu. Un secret ? Une façon d'avoir un coup d'avance sur le destin, qui les avait abîmés souvent ? Mais jusqu'à ce jour, la cache n'avait jamais servi. Germaïna l'aurait oubliée si, la veille, le vieil homme n'avait révélé dans son bureau la rafle, dont ses contacts, certainement au sein de la police, l'avaient prévenu.

Germaïna et lui étaient descendus pendant la nuit. Ils avaient poussé le charbon. L'homme s'était glissé avec difficulté : l'âge, les jambes arquées... la tristesse aussi. A l'intérieur, la pièce n'avait qu'un lit, pas de lumière, mais de l'air. Au plafond, une large grille assurait la ventilation. Elle s'ouvrait sur un boyau qui aboutissait tout simplement dans le bureau de Germaïna, derrière le ventilateur qu'elle avait relevé devant les policiers. Ainsi, le vieil homme avait-il entendu leur conversation. Pour le bonheur de les entendre traités de bœufs. Le vieux combattant n'avait plus que de petits plaisirs.

A lui, elle offrit une bouteille de vin. Il ignorait qu'une réserve existait.

— C'est pas tellement pour les enfants que c'est masqué, la porte en haut. C'est plutôt pour vous autres, hein ! plaisanta Germaïna.

Elle se débarrassa de sa protection. Des traces de suie avaient atteint son visage. Le vieil homme le lui indiqua, sans oser la toucher.

Avant de s'engager à sa suite dans l'escalier – la jeune femme blessée et le vieil homme courbatu remontèrent lentement l'un et l'autre –, Germaïna claqua plusieurs fois la langue, en réfléchissant à haute voix :

— Toutes ces arrestations sur le même territoire, à la même époque, de l'autre côté il y a quelques semaines, de ce côté aujourd'hui, hein, ça vient d'où tout ça ?

24

— Veuillez vous lever. Voici le verdict...

Gudari fut jugé à Valladolid, avec d'autres. Deux rangées de bancs supportaient les quinze accusés, serrés.

Par un curieux réflexe de méchanceté, toujours nourrie par la bêtise, des barreaux avaient été plantés devant le box. Que craignait-on ? Qu'ils s'évadent ? Qu'une manifestation provoque un tel brouhaha qu'ils fileraient dans la confusion ?

Or, la salle, d'ailleurs peu vaste, n'accueillait aucun sympathisant des accusés, et aucune famille. Leur présence était interdite. De là-bas, loin, de l'autre côté des montagnes, Germaïna sut donc où se trouvait Gudari. Mais elle ne le vit pas.

Peut-être cela valait-il mieux. Les joues creusées, les cheveux toujours bien plaqués de chaque côté de leur raie à droite, mais ternis, alourdissaient le voile de tristesse qui déchirait ses yeux.

Il portait un costume plutôt fripé, dans lequel il flottait, et une chemise au col flasque, devant lequel la cravate noire torsadait. Arrêté dans ses habits de chauffeur, qu'on ne lui avait pas rendus, il avait porté en prison la tenue grise des accusés. En prévision du procès, Gudari avait revêtu le costume qu'on lui avait apporté à l'aube dans sa cellule, arraché sur un autre, peut-être un garrotté de la veille. Sur les quelques clichés pris au cours des audiences par un photographe officiel, le pouvoir tenait à ce que les accusés soient aussi bien vêtus que les juges – la couleur en moins.

Depuis son arrestation, cinq mois plus tôt, Gudari mangeait peu. Pas de grève de la faim ou autre fantaisie qui eût amusé les gardiens. Simplement la mélancolie, qui amène au dégoût de tout, en cascade jusqu'à la honte de soi.

Entre les interrogatoires, les coups – qui n'avaient pas duré si longtemps –, pendant les heures à songer sur un lit scellé au mur, en fixant le vasistas grillagé en haut de sa cellule, il s'était rendu compte qu'il ne combattait plus. Son retrait datait de plusieurs saisons.

Vingt-cinq ans de lutte, depuis ses études d'étudiant à Paris et même à Moscou, d'où il était revenu enragé contre le communisme en réalisant que le marteau tapait sans cesse sur la même enclume, puis la guerre civile, l'exil, l'aide aux réfugiés, les passages clandestins de la frontière : sa vie, donc sa guerre, avait filé. Mais peu à peu le manège avait ralenti, si lentement qu'il n'avait rien senti. Il restait à l'arrêt, contemplant avec simplicité l'aveuglante terre promise que Germaïna et Neska étendaient à ses pieds. Comme parvenu à destination, il était descendu du manège.

Il avait fini sa guerre trop tôt et s'en mortifiait : d'être là pour rien.

Ce fut d'ailleurs le motif fondamental de son procès, celui d'avoir été là, avec les autres qu'on accusait de méfaits, réels. Lui, complice, associé, lourd passé, exilé, pourquoi de retour dans cette maison-repaire ? Il n'avait rien dit, Gudari. Et Germaïna avait raison : parce qu'il ne savait rien. Il se mit à avoir froid.

Le seul soleil à réchauffer son corps amaigri et son âme ternie brillait entre quatre yeux, ceux de Germaïna et ceux de Neska. S'il avait dû absoudre ses geôliers en totalité, aurait subsisté malgré tout une malfaisance, impardonnable. Pas tant celle de ne plus sentir, à cause d'eux, couler en lui le chant clair des rires et des peaux de Germaïna et de Neska : il se savait, par son passé, dressé à résister aux douleurs infligées par les autres. Mais plutôt celle d'être lui-même responsable de leur malheur, à elles.

Cette condamnation était plus cruelle que toutes celles qu'on lui infligerait à la fin du procès.

— Voici le verdict...

Peut-être voyageaient-ils, les juges, certaines fins de semaine vers le nord, passant leur frontière pour s'abîmer dans les délices des jeux de hasard. Les casinos n'existaient qu'en France. Peut-être en calculant les sentences perpétuaient-ils les martingales gagnantes, les mises reçues. Le destin des accusés tenait à leur coup de dés ? Non, pas la peine. Dans leur hermine les uns, leur uniforme les autres, ils s'efforçaient d'exercer studieusement leur métier de bourreaux sur dossier.

Les peines s'accumulèrent comme un tas immense de jetons sur un tapis vert, qu'aucun n'aurait le temps de dépenser en entier. Et quand c'était la mort, sans doute était-ce le zéro de la roulette. Même ici, les maîtres des jeux étaient toujours gagnants.

Concernant Gudari, le garrot ne fut pas évité parce que son dossier était vide. Dans ce cas, on peut remplir toujours, tasser, transvaser, et que les papiers s'accumulent devant le juge jusqu'à masquer sa tête. Il échappa à la mort violente certainement en vertu de son appartenance passée au gouvernement basque, désormais en exil. Même si ses autorités n'avaient plus d'influence, un résidu de confraternité devait flotter dans les cerveaux de ces magistrats. La crainte de manifestations publiques était inexistante, à ces dates. Qui manifestait, en Espagne ? Un poing, à peine levé, était déjà coupé.

— Voici le verdict...

Le tour de Gudari approchait. Un à un, les autres accusés s'étaient mis debout et avaient attendu, entendu. Prison, mort, amende en surplus... Puis ils restaient là, sans le droit de s'asseoir. Hébétés bien sûr, mais cela datait d'avant. Qui apprenant qu'il passerait toute sa vie en prison, qui entendant qu'on allait le fusiller, lui couper la tête, l'étrangler, le pendre, l'empoisonner par piqûre, le brûler vif, l'électrocuter, qui ne tomberait foudroyé ? Or, non.

A l'heure du verdict, c'est un corps qu'on présentait. Un cœur qui battait, des veines, de la chair, mais plus d'esprit. Les deux étaient déjà dissociés. Telle était la seule victoire des condamnés.

— ... verdict, ânonnait le juge, ignorant Gudari qui s'était levé à son tour.

Il énumérait les griefs, et la sentence adéquate. Il pouvait annoncer des années d'enfermement, qui s'ajouteraient à d'autres jusqu'à des décennies infinies et puis, sur une nouvelle accusation, prononcer la mort. La bêtise, toujours.

Même les condamnés à mort – sept au total – n'avaient pas bronché. A quoi sert de tempêter ou de s'évanouir quand on est déjà un cadavre, qu'on est sans désir ?

Le dernier moment pourrait être bref. Le garrot – pas un lacet comme on imaginerait, comme un cambrioleur, comme un voyou étranglant un concurrent dans la rue mal éclairée d'un bas-fond –, le garrot métallique pouvait faire son œuvre en quelques secondes. Le cou serré dans un arceau de fer, tête plaquée à un poteau et, à l'arrière, le bourreau tournait une vis qui trouait la nuque. Le point précis bien atteint, la mort survenait, instantanée, électrique. Sinon elle arrivait, paresseuse, longue, atroce. Loterie.

Son assesseur avait calculé le total à sa place. Le juge n'eut qu'à lire la dernière ligne :

— Deux cent cinquante-huit ans.

Grotesque ; bien réel.

A la Maison, Germaïna ne tomba pas davantage foudroyée que Gudari à Valladolid. Pourtant, elle n'avait pas dissocié, elle, son âme de son corps. Mais elle s'était préparée, toujours brave.

Pour le retrouver, elle n'attendrait ni ces siècles évidemment, ni de simples décennies, ni...

Il lui faudrait dix ans.

*

Mais pour le revoir, au moins croiser ses yeux, il ne fallut que huit jours.

Sentence prononcée, les familles obtenaient des visas pour rendre visite aux prisonniers. Gudari avait été transféré dans une prison de Burgos, une faveur. D'ordinaire, les lieux de détention étaient les plus éloignés possible du pays. On craignait la contagion, on désirait casser les familles.

Et la vie continua. De quelle mission est investie la vie par une force supérieure, sinon de continuer ?

25

Iloba avait bien travaillé, la vue du vieux bandit n'était plus dérangée par les golfeurs.

On avait déplacé l'arrivée du neuvième trou, à la fureur des joueurs que cette modification privait d'un deuxième coup splendide. « T'en parlerais moi, du deuxième coup de faisans ! » avait éructé Ferben lors d'une réunion où Iloba lui faisait son rapport. « Mais c'est bien, fils. Bien travaillé. N'oublie jamais : ton job, c'est à moi. Bon, passe à la suite. »

Deux hommes se présentèrent à la villa de Jauna Ferben, bâtie à l'écart du club-house de Bel Air.

Ferben prenait le frais au centre de sa terrasse, abrité sous un parapluie tenu au-dessus du fauteuil roulant par l'un de ses gardes pour le protéger du soleil éclatant dont Los Angeles était inondé, comme chaque jour. « Il ne pleut jamais dans ce coin », avait-il craché. « C'est con. »

Les deux hommes qu'on amena vers lui étaient tout étroits. Leurs lunettes cerclées qui serraient les tempes, leurs cravates comme un fil, leurs pantalons s'arrêtant trop haut sur les chevilles, au-dessus de chaussures vernies et pointues.

Ferben observa leurs costumes de fil noir, luisants en plein soleil, ceux de premiers communiants. Il se sentit si bien, lui, enveloppé dans sa chemise saharienne bariolée, dont le dos représentait un palmier multicolore avec des perroquets arc-en-ciel qui se chamaillaient vers les manches. Sur le devant, une vahiné était peinte à l'envers, tête en bas, longues jambes de caramel montant vers le col. Alors, quand Ferben ouvrait sa chemise et bombait son torse puissant et hérissé de poils blancs, la vahiné écartait les jambes. Ça le mettait en grande joie. A ses moments perdus, il essayait bien de plisser les bourrelets de son ventre, pour qu'ils coïncident avec les seins nus de la fille sur la chemise, mais la concordance des chairs ne donnait pas l'effet attendu. Ça le chagrinait.

— Messieurs, que puis-je...

Le premier homme tendit un porte-cartes, qu'il ouvrit d'un coup de pouce devant Ferben :

— IRS.

— Soyez les bienvenus.

Internal Revenue Service, le fisc. Ils avaient bien l'allure de deux fouines, les représentants des impôts de l'Union fédérale. Les universités en produisaient à la chaîne, « pour emmerder le monde », songea Ferben une fois de plus. Il les laissa en plein soleil.

— Voulez-vous quelque chose à boire ?

— Non. Merci. Nous voudrions vous parler de ce golf.

— Magnifique, je suis de votre avis. Avez-vous vu mon directeur ?

Les deux jeunes hommes parcoururent du regard l'immensité verte et mollement vallonnée qui s'étendait sur des hectares autour d'eux. Des lacs d'eau bleutée brillaient sous le soleil. Au centre, des jets en cascade éclaboussaient l'air comme des perles suspendues. Les drapeaux flottaient sans claquer, agités par une brise montée du Pacifique. Il n'y avait aucun bruit sauf, de temps à autre, celui de l'impact d'une balle qui tapait sur une portion de gazon assez proche. Si l'on attendait, l'on distinguait bientôt, à travers les palmiers, les joueurs qui passaient, avec leurs caddies, leurs sacs, dans leurs chemises flottantes et colorées.

Les deux délégués du fisc approuvèrent de la tête et l'un d'eux esquissa un bref mouvement imitant celui des golfeurs, mains entrecroisées sur un club imaginaire, souvent drolatique en tenue, grotesque en costume.

— Ah ! dit Ferben, ça vous démange. Et d'un grand mouvement du bras, il désigna le parcours autour d'eux : c'est à vous, si vous le voulez. C'est une formule, bien sûr.

Les deux hommes sourirent à peine, par politesse. Le country club éblouissait. Le club-house, énorme, qui s'élevait plus loin, aurait fait pâlir plusieurs grands hôtels de la mégapole. Et la villa du propriétaire qui levait les yeux vers eux, interrogateur dans son fauteuil d'infirme avec une couverture de laine sur ses jambes qu'on savait mortes, avait dû coûter une fortune.

— Votre directeur ? Tout cela vous appartient, semble-t-il.

— Légal. Tout est en ordre. On ne va pas me ressortir cette histoire de testament.

— Ma foi, non. Nous aimerions plutôt vérifier quelques documents concernant les travaux.

— Pas de problème. Je vous répète : voyez mon directeur. Un jeune homme brillant, qui suit cela ligne par ligne. Moi, dans mon état, je n'aspire plus qu'à la tranquillité, vous comprenez ? – il désignait ses pauvres jambes sous sa couverture.

— Nous comprenons. Peut-être pourra-t-il alors préparer les documents nécessaires, que nous examinerons avec vous.

— Je suis à la disposition du pays, répondit Ferben en réprimant un soupir d'exaspération.

Les deux jeunes hommes inclinèrent la tête, appréciant. Et le premier continua :

— Tout est en ordre certainement. Cela sera rapide. Nous reviendrons demain.

— Non.

Les hommes se raidirent.

— Non, messieurs. Demain, gala ! Vous n'allez pas me gâcher ça ? Je sais, vous pouvez venir quand vous le décidez, et je respecte. Mais admirez donc !

Ils se retournèrent. Loin, l'entrée monumentale du club-house s'ouvrait comme un temple romain au bord d'une immense terrasse surplombant l'arrivée du parcours. Ils aperçurent des tentes que l'on dressait, des tapis déroulés sur des escaliers et, plus à l'arrière, une armée de camions d'où l'on déchargeait mille plantes, des caisses, tout le décorum d'une fête.

Au milieu du silence luxueux dans lequel ils baignaient, ils prirent conscience que, très loin, des marteaux tapaient sur des clous. Des poutrelles en métal qu'on associait s'entrechoquaient, et des cris, des ordres, fusaient entre les ouvriers acharnés à dresser les buffets, les lampadaires et les auvents de toile.

— Mille invités, se rengorgea Ferben. Toute la ville, les notables, vos patrons, allez savoir ! Nous inaugurons ce country club demain soir. Hollywood sur Green ! Beaucoup de vos clients parmi eux, non ? Je ne suis pas sûr qu'ils soient tous blanc bleu, les acteurs. Pourrais vous en dire.

— Après-demain alors ? La fête sera finie.

Ferben se demanda si le type parlait au second degré. Il acquiesça :

— Après-demain. Parfait. Je serai tout frais pour vous. Je ne bois pas, vous savez. Vous savez tout.

— Certainement.

— Messieurs, j'ai donc à faire entre vous et la fête. Ne m'en veuillez pas. Bon retour. (Puis il ajouta d'une voix forte, comme si ses interlocuteurs s'éloignaient déjà :) On m'a dit que le *fog* envahit la ville en bas. Foutu brouillard ! Vos bureaux doivent être dans le trou, sûrement. Roulez lentement !

Ils le saluèrent en montant deux doigts vers le front comme s'ils portaient un chapeau.

*

Dès qu'ils eurent disparu, Ferben, devenu blême, les mains crispées sur les accoudoirs de son fauteuil, souffla à l'adresse de son garde du corps déjà revenu derrière lui, dans l'attente des ordres :

— Vérifie.

L'homme rentra dans la villa par la baie ouverte en grand sur le soleil. Par une fenêtre, il jeta un coup d'œil de l'autre côté. Il aperçut les deux agents du fisc s'engouffrer dans une guimbarde bien cabossée. Ils tournèrent autour du massif fleuri qui dessinait un rond-point en direction de l'immense grille qui fermait la propriété cent mètres plus bas, le long d'une allée de bitume noir, sans une poussière.

Quelques secondes plus tard sortaient deux puissants véhicules des garages adjacents, prenant le même chemin.

L'homme revint vers le fauteuil et dit comme chaque fois les seuls mots qu'il fallait :

— C'est fait, Jauna Ferben.

Lorsque des visiteurs dont il voulait connaître la destination le quittaient, il employait ce code à l'intention de deux de ses hommes en poste dans le salon, l'oreille tendue vers la terrasse. « Roulez lentement », cela signifiait : « Suivez-les. » Chacun sautait dans sa voiture, aux clés en permanence sur le tableau de bord. La filature commençait alors avec deux véhicules, pour éviter de les perdre de vue.

Ferben serra plus fort les accoudoirs de son fauteuil, à les briser, en aboyant :

— Qu'Iloba vienne. Tout de suite.

Le garde du corps repartit à l'intérieur et décrocha un téléphone sur un guéridon, composant le numéro intérieur du bureau de la direction du golf, celui d'Iloba.

Dès que le jeune homme fut en face de lui, Ferben éructa :

— Qu'est-ce que c'est que ce foutoir ? Tu sais qui sort d'ici ? Le fisc. Pire que des hyènes à tête de serpent. Qu'est-ce que tu as foutu ?

— Comme vous avez dit.

Iloba avait si bien réussi à s'incruster dans la vie du country club qu'il avait investi autant l'esprit du vieux Ferben que ses bâtiments. Celui-ci l'avait même associé à ses malversations. Du coup, les dernières semaines de son enquête pour le compte de Maylis en avaient été facilitées.

Ferben ne lui cachait plus sa méthode de maquillage de compte, les jeux d'écriture pour alourdir une simple facture de mouvement de terre de deux tonnes à deux mille – qui vérifierait jamais ? Les fournitures d'engrais, les honoraires d'architecte, les devis de terrassement, les kilomètres de conduites souterraines de l'arrosage automatique, les lacs et les jets d'eau, tout se retrouvait multiplié par six, huit, dix. La différence produisait du bon argent redevenu aussi blanc que le sable des bunkers – livraisons trafiquées tout autant – qui parsemaient le corps vert et lisse du parcours comme une merveilleuse petite vérole hors de prix.

Personne ne pouvait contrôler après coup, sinon la réalité de ces travaux effectivement accomplis, mais pas leur ampleur colossalement gonflée.

En revanche, concernant le club-house, tout devait être transparent. Dans le dur, le ciment, le solide, existaient des normes. On pouvait mesurer. Le travail sautait aux yeux, son volume était quantifiable. Impossible de bâtir trois étages et d'importer du béton pour quinze, d'après les factures. Où étaient les douze autres ?

Mais concernant le mou, la terre, le gazon, l'eau, les plantations, « quel velours ! », disait Ferben, à condition de bien faire disparaître de toute archive, de tout classeur, la totalité des documents d'origine pour les remplacer par les nouveaux, les faux, les seuls faisant foi désormais – ce dont Iloba avait l'ordre. Au pire, il tomberait avec lui, l'*iloba*... le neveu. Cela devait suffire à le tenir, un collier bien serré sur la gorge.

Certes, Ferben l'avait surveillé au début. Mais le jeune Basque ne sortait jamais. Logé dans une aile du club-house terminée la première, une chambre modeste et un salon avec la télévision, Iloba y passait des nuits courtes. Levé parfois avant l'aube pour arpenter le terrain et diriger les équipes de jardiniers, il se couchait bien après le crépuscule, penché sur son bureau pour étudier les comptes au cœur du golf endormi.

Il aurait fallu un œil par-dessus son épaule pour constater qu'il recopiait la plupart des documents. Ceux qu'il fallait à tout prix emporter avant de les détruire, dans les premiers temps sous les yeux de Ferben, il les glissait sous sa chemise. Dans sa chambre aux rideaux bien tirés, abrité sous une table qu'une grande couverture masquait jusqu'au sol afin qu'aucune lueur ne s'échappe, il les photographiait. Comme pendant la guerre, près de vingt ans plus tôt, quand il était gamin, Maylis lui avait confié un appareil. Elle lui avait transmis plutôt, car il ne la rencontrait jamais.

La pellicule, d'autres documents, tout le nécessaire était également glissé sous sa chemise et déposé au Castel Valmont, l'unique sortie qu'il s'autorisait, sous le prétexte d'y rencontrer des clients fortunés, des golfeurs à recruter pour le country club, des personnalités utiles qui peuplaient ce lieu nuit et jour.

Les rapports des gardes au vieux Ferben avaient cessé. « Il est *clean.* » Ne découchant jamais, ne téléphonant jamais, dînant deux fois par semaine au Castel Valmont avec des clients, rentrant toujours seul. Ils ignoraient que le détour d'Iloba aux toilettes en arrivant, ou au cours du repas, lui permettait de déposer les documents derrière une cuvette, récupérés aussitôt par un autre client complice et transmis à Maylis par l'un des nombreux assistants de son mari sénateur. Se créait ainsi une sorte de jeu de piste, un défi qui excitait Iloba – outre le pas de plus qu'il avait décidé de franchir après la lettre de Germaïna... son secret, que seule partageait Basa, patiente au fond de leur maison de Chino, espérant la délivrance.

Maylis ne passait plus à Los Angeles. Elle attendait à Chicago et gérait les amples affaires de son père, le défunt sénateur Prescott, en attendant la vengeance.

Clean... propre, impeccable. « Ça ne m'étonne pas, c'est un Basque », avait henni Jauna Ferben en ordonnant de cesser la surveillance et en se remémorant les histoires drôles qu'Iloba s'efforçait de lui distiller quand il passait un moment avec lui, et avec Anaï.

Celui-ci logeait sur place, comme Iloba, trois pièces, mais plus grandes, dans la villa de Ferben. Un piano occupait en entier l'une d'elles. Anaï faisait modifier désormais ses instruments. Des touches plus longues que la normale, et une caisse arrondie, très profonde pour que le son y frétille, comme le bouillon d'un ragoût dans une marmite avant que son fumet musical ne s'échappe et flatte les oreilles.

Il devenait douloureux, terriblement douloureux aux deux frères de jouer les inconnus. Par bonheur, ils ne se ressemblaient pas.

« Ah, bon sang, il en connaît des trucs ! s'était exclamé Ferben après avoir entendu les rapports de ses gardes sur Iloba. Il n'y a que ça qui me surprenne, pour un Basque : il ne baise jamais, ce mec ? »

*

Telle n'était pas la question qu'il allait évoquer avec Iloba, au moment où les agents fiscaux venaient de déguerpir. Après que Ferben l'eut informé de leur visite, obtenu l'assurance qu'ils ne découvriraient rien le surlendemain, le vieux bandit plissa ses yeux, comme s'ils allaient attaquer.

Il siffla entre ses mâchoires :

— C'est une arnaque.

Iloba fronça les sourcils. Que voulait-il dire ?

— Une arnaque, je te dis ! cria Ferben en tapant du poing. De plus, ces types ne reviennent jamais. Ils débarquent quand ils ont ce qu'il faut et ils t'embarquent. Toujours ! Cher môssieu, nous permettez-vous de revenir après-demain afin de vous arrêter, et quelle heure vous conviendrait le mieux ? lâcha Ferben en mimant l'accent pointu de jeunes mondains. Foutaises ! Et tu sais pourquoi ils n'ont rien dit de plus et qu'ils m'ont laissé croupir ? Je les connais ces *cocksuckers*... ces suceurs de bite. Chaque fois qu'ils ont voulu s'occuper de moi à Chicago, je me suis occupé d'eux, plus vite. Ouais, ils vont bien revenir, figure-toi. Mais pas après-demain. Ils vont revenir demain. J'ai vu leur petit œil vicieux quand j'ai invoqué la fiesta pour m'accorder poliment vingt-quatre heures de délai. Salopards, *bastards* ! Ils vont revenir demain, devant tout le monde. Pour me faire chier. Pour m'hu-mi-lier !

Il avait prononcé le mot terrible selon lui, impardonnable.

— J'ai peut-être une solution, dit calmement Iloba.

— Ça ne m'étonne pas de toi, fils.

Venant du salon en passant par la baie grande ouverte, les deux hommes, qui avaient achevé leur filature, traversèrent la terrasse. L'un d'eux s'approcha de Ferben et lui glissa quelques mots à l'oreille. Le vieux *Jauna* opina jusqu'à ce qu'ils aient fini. Il murmura à un moment :

— Très intéressant.

Puis, peu après :

— Tiens donc, il est là ce clown ?

*

Dès qu'Iloba fut libéré par Ferben, il réintégra son bureau et continua à préparer avec soin l'inauguration du lendemain. La fête s'annonçait grandiose. Il désirait y ajouter une légère touche d'apothéose.

Pendant ce temps, Jauna Ferben se fit pousser à l'intérieur de sa villa, près du téléphone. Consultant un carnet de cuir posé sur le guéridon, il ouvrit sa chemise sur laquelle la vahiné finit par faire le grand écart et, grattant sa poitrine et son ventre où ses poils fournis et blancs semblaient rejoindre le sexe de la fille peinturlurée, il mit un moment à trouver le numéro qu'il cherchait, si rarement composé, à Chicago.

A l'autre bout, la standardiste du siège de Prescott Inc. décrocha. Ferben demanda à parler à la présidente, injoignable, évidemment. Il dit son nom et proposa le pari à la jeune employée – sa voix du moins sonnait clair – que sa présidente serait soudain tout à fait joignable.

De fait, quelques secondes plus tard, le timbre détesté de Maylis retentit à l'oreille de Ferben depuis Chicago :

— Quelle surprise !

— Ma chère, on dit en général quelle heureuse surprise. Mais je ne vais pas te reprocher un zeste d'impolitesse alors que je manque moi-même à tous mes devoirs.

Il employait à dessein un vocabulaire ampoulé, comme il savait le faire dans la nécessité. Un dérapage de temps à autre restait probable. Et il mélangeait l'anglais, le basque, le français, l'argot yankee pour la troubler.

— Tes devoirs, Ferben ?

— Allons allons, l'interrompit-il, ne me dis pas : tu peux te les mettre au... Même si tu le penses.

— Que veux-tu ?

— Figure-toi que j'étais tranquillement en train de vérifier la liste de mes invités, demain à l'inauguration de mon golf.

— *Ton* golf ?
— Evidemment, tu n'es pas au courant.
— Je suis très au courant que tu nous l'as volé, les terrains, le golf, le testament.
— Vraiment ? Cela ne pèserait que le poids d'une goutte d'eau dans l'océan de la fortune des Prescott, n'est-ce pas ? Sur cette question, je ne crois pas que l'on sera du même avis. Mais je ne parlais pas de cela. Je disais : tu n'es pas au courant de l'inauguration proprement dite, demain soir. C'est là où je m'en veux terriblement, tu ne peux pas savoir. Je viens de vérifier : toi et ton mari, vous n'y figurez pas. Quelle honte ! Comment puis-je réparer ? En t'invitant ? N'est-ce pas trop tard ?
— Je suis à Chicago.
— Il y a des avions. Les Prescott en ont un, personnel. Mazette, je ne vous arrive pas à la cheville.
— Aloys l'utilise.
— Ah bon. Où est-il, à l'étranger ?
Il voulait vérifier si elle mentait.
— Il est à Los Angeles, lança Maylis, presque effrontée.
Ferben n'avait nul besoin de se le figurer : il le savait. Elle ne mentait pas.
Il venait d'apprendre la présence de son mari par la bouche collée à son oreille de l'un de ses hommes qui avait filé les agents fiscaux tout à l'heure.
Ces derniers ne s'étaient pas rendus au siège de leur administration, mais à celui, au cœur d'un quartier de bureaux à Los Angeles, du parti auquel appartenait le jeune sénateur. Vérification faite, ils avaient bien abouti dans son bureau.
— Alors, la moitié du chemin est accomplie ? se réjouit Ferben. Veux-tu faire l'autre moitié ? Je ne sais

pas quoi proposer d'autre pour réparer ma connerie... Pardon, je parle mal.

Après un long silence, et Ferben à des milliers de kilomètres ne pouvait deviner le sourire satisfait de Maylis, celle-ci prit son temps avant de répondre, comme convaincue :

— Je serai là.

— Quel bonheur ! Alors, tu ne m'en veux plus ?

— Si.

— Quel bonheur quand même. Je vais donner des ordres. Vos noms à l'entrée. Oh ! Cela serait inutile. Suffirait de dire « la plus belle de toutes », ha ! Tu seras la plus belle, Maylis, je le sais bien. Et pourtant, dans le coin, il y a un paquet de salopes. Excuse-moi. Tu me connais.

« Hélas », faillit répondre Maylis.

— Je constaterai au moins l'utilisation que tu as faite du testament de mon pauvre père.

— Ton pauvre père, comme je le regrette. Tu ne seras pas déçue.

— J'en suis certaine, termina-t-elle en s'efforçant de ne mettre aucune ironie dans son ton.

Après avoir raccroché, elle n'eut pas besoin de commander ni billet d'avion, ni chambre d'hôtel. C'était fait.

Depuis plusieurs jours, elle prévoyait bien d'assister à l'inauguration. Le dossier était prêt. Les preuves contre le vieux *Jauna* réunies.

Maylis n'avait pas d'autre occasion de rencontrer Ferben en tête à tête en dehors de sa fête inaugurale, unique manifestation publique avant que son country club ne se referme sur ses usagers en vase clos et ses gardiens armés à l'entrée.

Ferben raccrocha avec le même genre de sourire sec. « *Bitch*... putain ! Le coup vient d'elle, avait-il réfléchi. Les deux jeunes cons travaillent pour son clown de mari. Ici, jamais les types du fisc n'ont de rapport direct avec les politiques. C'est bien demain que ça doit se passer. Sinon, elle n'aurait jamais accepté de venir, je sens trop mauvais, continua-t-il de ricaner tout seul. Je vais lui faire rendre ! Constater la beauté du golf, ben voyons... salope. »

Quant à Iloba, il continua à se préparer avec soin. Il convenait d'être habillé de la meilleure façon possible, ne pas négliger un détail. Il décrocha souvent son téléphone, et une fois entre autres, une fois de plus, pour joindre un numéro dans le Nord de la Californie.

Dans son propre salon au bout de la villa de Ferben, Anaï composait au piano, avant son concert du lendemain devant les invités. Il n'avait pas besoin de répéter.

Une énergie se dégageait de la ville, qui lui inspirait de nouvelles musiques. Il ressentait des sons électriques et craquants, venus de très profond. Peut-être une onde issue des fissures tectoniques qui agitaient les plaques terrestres du nord au sud et préparaient le *Big One*, le grand tremblement de terre.

26

Moulée dans une robe du soir de soie brune, les épaules couvertes d'un boléro lamé et la nuque dégagée sous un chignon doré comme le soleil, Maylis admirait les étendues cuivrées par le crépuscule. Cette soirée, elle s'en régalait déjà, d'avance.

L'après-midi finissait et le soleil offrait une lumière fauve qui semblait rebondir sur le Pacifique puis éclairer d'or la colline de Bel Air.

Le ballet des limousines ne cessait pas devant l'entrée du country club, déversant les invités qui remontaient l'allée jusqu'au club-house entre deux rangées de pages vêtus de toges romaines, tenant chacun une torche au bout du bras.

Revenant en smoking et en robe longue, beaucoup avaient disputé en chemisette au cours de la journée la compétition d'ouverture. On remettrait les prix pendant le gala, première et dernière épreuve accessible à ceux qui ne seraient pas membres actifs du club de Ferben.

La liste d'attente pour y accéder s'allongeait. Le *Jauna* avait réussi son pari, et d'une certaine façon respecté le testament factice du défunt sénateur Prescott, en bâtissant le plus grand country club de la région, le plus cher.

Sur la terrasse, un orchestre accueillait les invités en alternant les airs de jazz lents et doux et des mélodies de chansons basques, lentes et dures. A leur intention, Anaï avait transposé les partitions. Plus tard, avant le dîner, il offrirait un concert privé. Le piano à queue, fermé comme une tombe profonde, dormait au fond du grand salon, en attendant de vivre.

Iloba saluait les groupes, allant de l'un à l'autre, magnifique dans un smoking qui découpait ses épaules et ne semblait pas plisser quand il marchait ou s'inclinait, comme une statue en mouvement. Sa moustache, drue et noire, longue sur les côtés de la bouche, accentuait sa séduction de mâle brut en habit de luxe. Maylis, qui le revoyait pour la première fois depuis leur entrevue au Castel Valmont, dix mois plus tôt, apprécia. Ils ne s'étaient pas approchés l'un de l'autre, attendant qu'on les présente. Ferben s'en chargea.

Son buste épais engoncé dans une veste blanche sous laquelle débordait le col trop long d'une chemise de soie jaune, l'éternelle couverture de laine sur ses jambes, il appela près de lui Iloba quand Maylis traversa la terrasse :

— Viens, fils, que je te montre une femme du pays.

Désireuse de ne créer aucun esclandre, Maylis s'était approchée, et Ferben lui prit la main – qu'il sentit froide mais cela ne le surprenait pas – et l'appuya sur son cœur :

— Avec vous deux, j'ai l'impression d'être ce soir de retour, protégé de tous ces pingouins d'Amérique, non ?

Il fit les présentations, raconta deux ou trois choses de leur vie à chacun, ignorant qu'ils se connaissaient mieux qu'il ne le saurait jamais. De toute façon, ce qu'il pouvait dire...

Ils l'écoutèrent avec distraction. Ferben s'en aperçut et le mit sur le compte d'un intérêt sensuel qu'ils se portaient soudain l'un à l'autre. D'ailleurs, il glissa à l'oreille d'Iloba, dès que Maylis eût rejoint un autre groupe : « Comme elle te bouffe des yeux, tu pourras la baiser, j'en suis sûr. » Iloba se redressa, un sourire narquois sur les lèvres – qui ravalait sa haine. Ferben crut à une complicité.

Chaque soir, le soleil s'enfonçait d'un coup dans l'océan. Très vite il fit noir sur la colline. Partout brûlaient des torchères, éclairant jusqu'aux abords du golf. Les vagues vertes en sommeil dansaient sous les lueurs, comme si elles s'agitaient en rêvant.

Après la remise des prix, où deux acteurs qui triomphaient sur les écrans reçurent un trophée argenté qui les mit davantage en délire qu'un Oscar, toute l'assemblée s'entassa dans le salon principal avant d'écouter le concert d'Anaï.

Pendant quelques secondes, on n'entendit aucun bruit, comme si le ciel retenait son souffle. Les musiciens de l'orchestre avaient posé leurs instruments à terre et se serraient au fond. Les invités ne bougèrent plus et se turent. Dehors, les hectares du golf manucuré et immense étaient déserts. Tous se recueillaient au cœur d'un autel chatoyant élevé au centre d'une cathédrale de gazon.

Les lumières furent éteintes par une main invisible. Seul le faisceau d'un projecteur tombant du plafond illumina soudain la longue et haute bête noire qui luisait dans le fond et le jeune homme bouclé, assis droit devant ses mâchoires d'ivoire. Anaï monta ses mains fortes, larges, en suspens au-dessus des touches, et les laissa tomber comme s'il mettait ses doigts dans la gueule d'un fauve.

La musique éclata d'un seul coup, violente. Les premières ondes courant dans le salon trouèrent les sens de l'auditoire, comme de longs pics d'argent qui embrochaient une par une les rangées. Anaï les tenait à sa merci.

Il ne les sortit de l'hypnose qu'en se levant du piano enfin, après le long silence qui suivit la dernière note. Les murs tremblèrent sous l'ovation, brutale. Maylis pleurait, sincèrement.

La fin du concert marquait le début des réjouissances. Elles tardèrent à débuter, tant les hommes et les femmes entendaient tinter dans leurs cerveaux l'inouï chapelet modulant du final dont la mesure s'était accélérée et avait entraîné les battements de leurs cœurs à la suivre. Ils s'étonnaient d'être essoufflés alors qu'ils n'avaient plus bougé un cil depuis quarante minutes.

Iloba, sans doute trop ému, avait quitté le salon – à moins qu'il n'eût d'autres occupations urgentes de maître de cérémonie à remplir.

Eclipsé par le fond après l'ovation, Anaï tenait la laisse et le fouet invisibles dans ses mains. Quand ils eurent avalé plusieurs coupes de champagne, chacun sentit que la bride s'affaissait sur son cou. Vingt minutes avaient été nécessaires avant de remettre les cœurs à l'endroit.

On avait roulé le piano hors de vue comme un lion noir maté qu'on rentrait dans sa cage, vers une pièce à l'arrière, pour laisser toute la place aux danseurs. Des serveurs passaient entre les groupes en tenant des plateaux sur leurs épaules, les yeux ne voyant rien, ni les joues empourprées des femmes qu'on tripotait, ni les sourires avides des hommes vers elles ou vers un autre dont ils pourraient tirer avantage. Le même regard impatient servait aux deux.

Des employés regarnissaient les buffets déjà engloutis, sans un mot dans leurs vestes blanches. N'eut été sa position assise et son fauteuil, Ferben, dans une veste identique, aurait pu être confondu avec l'un d'eux. D'ailleurs, on ne le voyait pas, Jauna Ferben. On attendait son retour, félicitations... merveilleuse *party*... fabuleux, votre protégé... L'hôte demeurait sans doute en privé quelques instants avec le redoutable génie dont il avait pris en charge et la carrière, « et la vie », murmurait-on.

Seule Maylis savait où le trouver.

*

Elle traversa la grande salle, écartant quelques hommes qui désiraient danser et surtout la serrer, promenant sa belle taille dorée vers le fond où, en un tournemain, elle se glissa derrière une tenture et ouvrit la porte d'un autre salon.

Celui-ci était désert, à l'exception de Ferben, seul dans son fauteuil, face à elle. Avant le concert, il l'avait interpellée : « Nous devrions en profiter pour parler. » Maylis n'avait pas dit non, haussant les épaules dans un geste signifiant « pourquoi pas ? » « J'aurai quelques détails à régler avec le prodige, avait indiqué Ferben. Voyons-nous dans le salon du fond, disons un quart d'heure après le concert. »

Elle découvrait la pièce, cherchant des repères. Les cloisons capitonnées étouffaient tous les bruits venant de la grande salle. Ici, malgré un lampadaire sur pied diffusant une lumière atténuée, il faisait presque noir, comme les murs, comme la couleur du rideau au fond où l'on avait dû ranger le piano, car elle ne le voyait pas dans la pièce.

Ferben était seul. Même son garde du corps omniprésent avait disparu. Le vieux bandit ressemblait à un gros roi sur un trône, car d'ordinaire la silhouette immense de son garde debout derrière lui le rapetissait.

— Tu pleures ?

— De joie, Ferben. De joie.

Fouillant dans le sac de soirée qui pendait à son épaule au bout d'une chaîne en or, Maylis en sortit un mouchoir blanc et essuya les petites larmes qui mouillaient ses yeux.

La brûlure des doigts d'Anaï, comme si elle les avait sentis sur son corps quand il jouait, cuisait toujours. Elle aurait préféré attendre, permettre aux caresses mélodiques de s'attarder un instant sur sa peau, mais tant pis. Elle remit le mouchoir dans le sac et ressortit la main.

Ferben ne perdait pas un geste des yeux. Il s'attendait à un revolver surgi dans sa paume. C'était encore mieux : une condamnation à une mort lente – mais il l'ignorait.

Maylis se mit à tourner autour du fauteuil. Ferben ne bougeait pas, sans pousser sur le cerceau d'une roue et la suivre en pivotant. S'il avait eu peur, il l'aurait fait. Maylis s'inquiéta, mais continua de marcher en rond, passant dans son dos, revenant face à lui, et poursuivant ses tours dans sa robe qui luisait sur les hanches quand la lumière atténuée du lampadaire l'accrochait.

Elle brandissait dans sa main une enveloppe.

— Tout est là, dit-elle d'une voix lente.

— Tu vas encore me casser les couilles avec cette histoire de testament ? Je m'attendais à mieux.

— Testament... Plutôt le tien. Et puis, un détail : je sais que c'est dur pour toi, mais essaye d'être moins vulgaire. Tu parles à une dââme... ironisa-t-elle en se penchant et en titillant le bout du gros nez avec un coin de l'enveloppe.

— Ne m'énerve pas. Je suis armé.

Plutôt vive, elle se recula. Il disait peut-être vrai.

Puis elle reprit sa marche autour du fauteuil roulant :

— Je te disais : tout est là. Toutes tes combines d'ici. Ton country club de rêve ! Seigneur de la ville ! A mon avis c'est terminé.

— Impossible.

— Parce qu'on a bien maquillé les comptes sur tes ordres ? C'est vrai. C'est pas mal réussi. Tu n'es pas un amateur.

— Impossible, répéta Ferben, sans démentir ce que Maylis laissait entendre, sans crier une innocence que tous les deux sauraient feinte. Ils parlaient la même langue.

— Parce que tu faisais brûler toute trace ? Ça te rassure ? Et les originaux ? Et les copies ? Et les photos ?

— Impossible, serinait Ferben, obstiné, mais inquiet à son tour. Personne ne peut s'introduire ici, personne n'a accès à... Le Basque, là, celui que je t'ai présenté tout à l'heure...

— Iloba. Tu m'as dit son nom.

— Tu parles ! neveu... c'est comme un fils ! alors...

Il s'interrompit brusquement et plissa les yeux, soudain blême. Maylis avait cessé de marcher et le fixait, ironique. Elle le vit avaler sa salive avec difficulté. Ainsi donc, Iloba...

« Voilà, vieux bandit, songea Maylis. Le serpent dans ton propre sein... »

— Donne ! ordonna-t-il en désignant l'enveloppe.

— Bah, si tu y tiens. Ce n'est qu'un petit résumé de ce que l'on possède, pour te convaincre, au cas où. Le reste est en lieu sûr, comme on dit.

Finalement, Ferben laissa sa main retomber sur sa couverture. Elle ne mentait pas, il le savait. Mais quoi qu'il arrive, avant de tomber, il tuerait Iloba de ses propres mains, il ne laisserait ce soin à personne. Et ce serait lent.

— Faisons vite, décréta Maylis. Tes invités vont s'inquiéter. Je te donne ce document...

— C'est nul ! hennit Ferben.

— Pas du tout. C'est un cadeau. Je l'ai tapé moi-même, volontairement sur un papier à en-tête. Cela signifiera qu'on savait et qu'on n'a pas dénoncé. Complice. Ma vie en prison. Premier point.

— En contrepartie ?

— Tu signes ici, sous mes yeux, un document qui nous rend tout ce domaine. Un testament, tu vois ? Tu connais ça.

— Sans témoin ?

— J'ai ce qu'il faut de l'autre côté. Mon mari a dû arriver. Dis, un sénateur à ta fête, tu ne te refuses rien. Et ses assistants, tu te souviens, ceux que tu as vus hier matin, les deux blancs-becs.

— Et je repars comme ça, les mains dans les poches ?

— Et ton fauteuil.

— Bien sûr. Et dès que j'ai passé la rampe, tu balances.

— Je te rappelle que tout ici sera à moi. C'est dur de se faire à cette idée en une seconde, non ? La conséquence, c'est que si je te fais tomber après, je tombe avec. Tu connais la loi à force de la violer. Le fisc ne fait pas de quartier ici. Tu trafiques, j'hérite de ton trafic : j'endosse tes combines. On n'admettra jamais que je n'aie pas vérifié, avec l'armée d'avocats qu'on entretient.

— Et si je me dénonçais moi-même ? Ça te fait rire ? Tu tomberais toi aussi, en même temps que moi. Seulement tu es jeune, moi je suis au bout du rouleau, qui sait, j'ai peut-être un cancer incurable... Quel bonheur de te détruire au passage, non ? Tu ne prendras jamais ce risque.

En elle-même, Maylis se raisonna. Le bandit ne cédait jamais. Le poker continuerait. Restait la seule méthode pour le faire plier : qu'ils soient enserrés dans le même collier.

Elle reprit sa marche autour du fauteuil. Ferben attendait qu'elle repasse devant lui. Quand elle fut dans son dos, il fit un geste, qu'elle ne vit pas, vers sa poche.

Repassant de face, elle baissa les yeux. Lui aussi tenait maintenant une enveloppe dans sa main :

— Tu parlais de testament.

Maylis stoppa. Ferben cligna de l'œil :

— En voilà un vrai. Non, je n'avais pas deviné ton idée. Je ne suis qu'un gros con d'immigré basque, moi, pas un descendant distingué comme toi. Mais je suis un peu malin. Je savais que tu allais me faire vomir ce soir. Tu imagines que j'irai croupir en prison jusqu'à la mort ?

Il laissa passer un temps. Qu'elle mijote... Puis il annonça, d'un grand geste de la main qui désignait la pièce et, au-delà, les salons où s'amusaient les autres au même moment, l'immense club-house, les terrains, les parcours, le domaine en entier :

— Tout cela ne m'appartient plus.

Un silence total envahit la pièce. Pas un cil ne bougeait. Les yeux plantés dans les yeux de l'autre, ils se défiaient.

Enfin, Ferben, brandissant son enveloppe, finit par dire :
— A l'intérieur, mon testament. Tout ici – cette fois, il fit un mouvement circulaire avec le doigt, plus impressionnant que le grand geste précédent –, tout ici est à lui. Je lui lègue tout.
— A qui ?
Elle avait failli dire : Iloba. Et bien sûr, le rictus fou de Ferben quand il avait réalisé qu'Iloba avait travaillé pour elle, contre lui, rendait l'hypothèse impossible. Alors, qui ?
— Anaï.
Maylis fit des yeux ronds.
— Le pianiste, expliqua Ferben, devinant qu'elle ignorait le nom. Celui qui te fait mouiller.
— Délicat.
— Donnant donnant, expliqua Ferben. Tu prends le testament, tu le donneras à Anaï. Moi, je prends ton papier, là. Et on repart bons amis. En souvenir du pays, n'est-ce...
— Ta gueule.
— Mmm... mâdâme devient vulgaire à son tour. Alors, c'est oui ?
— Non.
— Il ne t'a pas assez ému, le prodige ?
— Trop, justement. Je suis sûre qu'il se moque de tout cela. Je vais l'en priver. Oui. Je parie qu'il me remerciera un jour. Sa fortune, plus grande que la nôtre, il l'a dans les doigts.
— Si tu fais cela, le domaine t'échappera malgré tout. Il ne reviendra pas à Anaï non plus. Il ira à l'Etat ! Avec l'amende qu'on va me foutre au cul !
— Tant pis.
— Je savais que tu refuserais. Tu veux simplement m'humilier.

— Exact.

— Ça vaut des millions de dollars, tout ce machin, ici. C'est quoi, quelques millions de dollars en plus, en moins, chez les Prescott ?

— C'est quoi ? C'est toi. Ta fin.

— Pardi ! Tu te dis : quelques millions perdus, bah bah bah... au milieu de centaines d'autres, et d'autres centaines qui viendront. Tu te dis : Anaï n'héritera pas, bah bah bah... sa musique vaut tout l'or du monde, et tout l'or il l'aura. Tu te dis : mais le *Jauna* ruiné, en prison jusqu'à la mort, et qui fera un jouet marrant pour les dingues là-bas, à Alcatraz, à le pousser dans les couloirs et qu'il se fracasse contre les murs, hein ? Tu jouis, hein ?

— Pas loin, gloussa Maylis feignant un air coquin.

— Le problème, je veux dire : ton problème, c'est que si tu me fais tomber, c'est foutu pour moi, mais ça va être foutu pour le gamin. Définitivement.

— Quel gamin encore ?

— Le musicien, celui qui t'a fait chialer tout à l'heure. Tu as oublié ? Regarde.

Il claqua dans ses doigts. Lentement le rideau du fond s'écarta, coulissant sur son rail.

D'où elle se tenait, Maylis découvrit d'abord le coin du grand piano noir, à peine visible dans la pénombre. Puis son regard accompagna la course du rideau. L'extrémité du clavier claqua dans la petite lumière, comme une lame blanche. Le rideau dégagea enfin tout le fond.

Maylis serra les dents en étouffant un cri.

Anaï voûtait son dos contre le piano, prêt à jouer. Mais le silence qui s'installa soudain n'avait rien à voir avec l'impatience qui précédait ses concerts. Il ne jouait pas : ses mains ne pouvaient plus bouger.

Ses doigts étaient liés serré par une corde, bleutés déjà. Les extrémités tendues s'enroulaient autour des pieds de l'instrument et des pédales en bas, plaquant ses mains sur les touches.

Seules ses épaules et sa tête tournaient, vers eux. Anaï les regardait en pleurant.

A côté se dressait le garde du corps de Ferben en smoking. Il ne brandissait pas d'arme, ni revolver, ni couteau, ni batte de base-ball : cette dernière reposait contre le pupitre, sur le piano. Il lui suffisait de tendre la main pour s'en saisir.

— Pauvre gosse, soupira Ferben. Il n'y est pour rien. Mais ça arrive souvent.

Dans la pièce, le seul mouvement venait du glissement lent des larmes sur les joues d'Anaï. Il pleurait sans bruit devant des statues.

Ferben reprit à voix très basse, penché en avant :

— La batte de base-ball, en un seul coup elle met ses doigts en bouillie, vrai ? Il sera bien heureux alors d'avoir hérité de cette « petite fortune » comme tu dis. Parce que, en dehors du piano... et parce que le piano, sans doigts...

Il se redressa, content. Et il tendit la main vers Maylis, réclamant l'enveloppe.

Prête à vomir, vaincue, Maylis sut qu'elle serait incapable de supporter ce qui allait suivre si elle refusait. Ferben n'hésiterait pas. Si elle durcissait avec le temps, en mettant ses pas dans les traces de Germaïna, elle avait quelques cruautés de retard sur le vieux *Jauna*.

Maylis fit un pas en avant et allongea le bras. L'enveloppe tremblait au bout de ses doigts, comme ses lèvres.

*

Forçant l'épaisseur des murs et le rembourrage de la porte capitonnée, les échos d'un vacarme parvinrent soudain jusqu'à eux. Ils se figèrent.

De l'autre côté, dans le grand salon, les échos assourdis de l'orchestre se fondaient avec le roulement d'un tonnerre, qui les fit taire.

Incrédules, ils tendirent l'oreille et entendirent le fracas de vaisselle explosant contre du carrelage, des cris hystériques, et toujours cette assourdissante pétarade qui faisait croire à cent explosions consécutives.

Tous avaient les yeux fixés sur la porte, ne comprenant pas ce qui se passait de l'autre côté. Même Anaï, les mains attachées au piano, avait tourné la tête vers l'entrée, larmes séchées. Ferben, de face, tendait le cou sur le côté car Maylis masquait sa vue. Elle-même, sans faire demi-tour, avait tourné la tête pour voir d'où venaient les clameurs. Chacun tenait entre ses doigts dressés vers l'autre son enveloppe.

Le garde du corps, muscles tendus et prêt à foncer, esquissa un geste. D'un claquement de doigts, Ferben l'arrêta.

De l'autre côté, le tintamarre s'amplifiait, avec une virulence accrue comme si l'on se rapprochait.

D'un cri, Ferben rappela son garde près de lui :

— Aux chiottes.

L'homme empoigna les montants du fauteuil, le fit pivoter et le poussa à toute force vers le fond en contournant le piano. Une roue se coinça contre un pied et il dut tirer en arrière avant de remettre le vieil infirme dans l'axe.

Maylis réagit aussitôt et se jeta sur Ferben. Sa main, comme une griffe d'aigle, réussit à lui arracher l'enveloppe des mains au moment où le garde, d'une énorme bourrade entre ses seins, l'envoyait rouler à terre, à trois mètres de là. Mais Maylis ne lâcha pas l'enveloppe.

— Vite, bordel ! hurla Ferben. On reviendra ! menaça-t-il, poing levé.

Son garde reprit sa course effrénée, se glissa le long d'une tenture au fond et ouvrit une porte donnant sur un couloir en pente. Ils disparurent.

Et, dans le salon, la porte capitonnée vola en éclats.

Soudain, sans barrière, le fracas envahit la pièce, à décoller les oreilles. Maylis, malgré une douleur atroce dans le sternum, avait réussi à se remettre sur les genoux et se trouvait à quatre pattes, fesses en l'air, lorsque les premiers hommes se jetèrent dans la pièce.

D'en dessous elle en vit un au-dessus d'elle, tout en noir, y compris la cagoule sur la tête. Vu d'en bas, jambes écartées et le pantalon serré sur les chevilles, il paraissait immense. La vue brouillée, elle distingua d'autres hommes en noir aussi, portant casques ou bandanas, au moins un foulard remonté jusque sous les yeux, qui se bousculaient à la porte pour entrer à leur tour.

Des yeux dont on ne voyait qu'une fente dans le tissu, le premier jeta un regard inquiet autour du salon sombre. Il découvrit le piano dont la masse se confondait avec le rideau et, aussitôt, les mains attachées au clavier. Anaï ne tremblait pas.

Etendant son bras pour signaler aux autres derrière lui de ne pas bouger, il se précipita vers l'instrument et au passage ramassa carrément Maylis sous le ventre et la porta ainsi, comme un paquet. De l'autre main, il souleva à la verticale l'immense couvercle qui protégeait le corps de la bête et ses veines en métal, allongées tout en bas de la caisse très profonde.

Il y enfourna Maylis. Ses couinements se mélangèrent avec les cordes qui vibrèrent sous le choc et semblèrent se plaindre. Avant de perdre le souffle, Maylis eut l'impression curieuse d'être à l'intérieur du corps du pianiste, comme si les cordes la cisaillaient de plaisir.

Puis l'homme sortit de sa poche un couteau, dont il ouvrit l'une des trois lames, et coupa très vite les cordes qui retenaient les mains d'Anaï.

Dès qu'il put bouger à nouveau, le jeune pianiste se sentit à son tour soulevé du tabouret et enfoui dans son instrument, allongé contre Maylis, le nez sur les marteaux feutrés qui tapent les cordes. Tous deux entendirent le couvercle se refermer, les plaquant contre la grille, et ils furent dans le noir.

Celui qui les avait jetés là – cachés ? emprisonnés ? protégés ? – se hissa d'un coup de reins sur le piano et resta assis, jambes ballantes dans le renfoncement creusé sur tout un côté de l'énorme instrument. Il fit signe de la main aux autres qu'ils pouvaient continuer.

Puis il prit sa tête cagoulée dans ses mains, comme fatigué.

Ils s'engouffrèrent, des bâtons à la main, des barres de fer... Il n'y avait personne et peu à casser dans cette pièce-là. A part une longue table repliée contre le mur, que l'on pouvait étendre et rallonger jusqu'à l'autre cloison, un lampadaire et quelques appliques, leur rage allait s'économiser...

En deux minutes, ils sabrèrent avec dépit ce qu'ils trouvèrent, sauf le piano bien entendu. Puis ils se retirèrent à grands pas et retournèrent vers le grand salon en se bourrant le dos de grandes tapes bruyantes.

A la porte, ils s'écartèrent précipitamment. Le bruit d'une pétarade grossissait. Une énorme moto noire, reconnaissable à ses pneus larges, ses chromes et son siège très bas, sauta dans la pièce comme si elle avait pris son élan depuis le salon, en ravageant un buffet utilisé comme tremplin. Elle retomba au centre.

Le motard fit ronfler son moteur en reprenant son équilibre. Puis il lâcha les gaz et tourna autour du piano en acrobate, bloquant les freins pour chasser le pneu arrière et le faire vriller. Une épaisse fumée jaillit en dessous, mélangée à celle que lâchait le pot d'échappement, dans une écœurante odeur de caoutchouc brûlé.

Des franges de fumée s'incrustaient sous le gond du couvercle, mais à l'intérieur, Maylis et Anaï, terrorisés et serrés, n'arrivaient pas à tousser.

Le motard donna les gaz, tourna de l'autre côté, bloqua derechef sa roue pour se remettre dans l'axe. Puis il libéra toute la puissance de sa machine, qui fonça en frôlant le clavier. Au passage, l'homme écarta son bras, doigt tendu, et remonta les quatre-vingt-huit notes dans un glissement dissonant mais assourdi par les corps de Maylis et d'Anaï qui pesaient sur les cordes à l'intérieur. Dans le noir, ils ne virent pas onduler sous leurs yeux la vaguelette des marteaux en feutre qui se soulevaient les uns après les autres en répondant au glissando du clavier. Seul Anaï en sentit deux ou trois taper le bout de son nez.

Et la Harley-Davidson passa la porte entre les rangées d'hommes masqués qui applaudissaient, et elle jaillissait de nouveau dans le salon comme un aigle en métal, retombant sur une table qui s'écrasa sous son poids. Il n'y avait plus personne autour, depuis longtemps.

Tous les invités s'étaient enfuis dans une extravagante panique, maculés et salis, les robes déchirées qui laissaient apparaître une cuisse, ou un sein. Des hommes, les plus courageux, tiraient leurs épouses par la main et les traînaient sur le sol si elles trébuchaient. Les autres, épouvantés, s'éparpillaient sur le golf plongé dans le noir, cherchant la sortie.

*

Ils étaient quarante, cinquante peut-être, casqués et masqués. La plupart avaient fait irruption dans le salon sur des motos et le dévastaient.

Ils avaient pris leur élan sur la rampe menant à la terrasse, propulsés à l'intérieur en une charge vertigineuse. Fonçant tout droit, faisant exploser les tréteaux, écrasant les tables et les chaises, poussant du talon les corps qui s'enchevêtraient sur leur chemin, ils hurlaient si fort qu'ils couvraient par moments le fracas de leurs moteurs rugissants.

D'autres, qui avaient béquillé leurs motos devant les baies grandes ouvertes, roue avant tournée vers la sortie, les avaient suivis, gladiateurs brandissant des barres de fer ou des bâtons épais.

En quelques secondes, le bâtiment et les jardins avaient été submergés par l'attaque. Les assaillants se plaçaient en ligne et se ruaient, sabrant autour d'eux, infatigables. Ils ne frappaient pas les invités, sauf ceux qui tentaient de s'interposer, ou qui gémissaient sur leur trajet, mais ils réduisaient le reste en miettes.

Après la vague des motos qui avaient explosé les grands meubles et les tables, comme une attaque aérienne dégageant le terrain, les fantassins en cuir et bottes aplatissaient le reste, leurs barres de fer sciant l'air en balanciers vertigineux, réduisant en poussière les verres et les assiettes, fracassant les bouteilles, brûlant les serviettes et les nappes.

L'assaut dura de longues minutes après que Ferben avait disparu dans le couloir à l'arrière du bâtiment.

Dans le grand salon, sur les terrasses et sous les tentes où peu avant les invités devisaient avec gaieté puis se levaient pour danser la rumba, il ne restait rien d'intact. Rien ni personne sauf quelques éclopés qui se traînaient en gémissant vers une porte. Sur plusieurs centimètres d'épaisseur, le sol était jonché de débris. Un énorme rouleau compresseur venait d'aplatir l'œuvre de Ferben.

Quelques-uns coururent vers le petit salon, leur bâton ou leur barre de fer à la main. Sur le piano, l'homme entré à leur tête était toujours assis, jambes pendantes.

Il ne tenait plus sa tête dans ses mains, mais les avait posées de chaque côté sur le rebord, épaules rentrées. Il leva les yeux vers eux et hocha la tête. Puis il lança ses jambes et sauta sur le sol. Ses bras vinrent pendre contre ses cuisses. Il lâcha, désolé :

— Il n'est pas là.

L'un des hommes en face se dandina. C'était un colosse, comme la plupart des autres, et sous le foulard dépassait une barbe rousse, hirsute. Il ricana :

— On va le trouver, mec. Un fauteuil roulant, ça va moins vite qu'une Harley.

Ils s'esclaffèrent.

Près du piano, l'homme fit signe à l'un des types en lui montrant l'instrument :

— Tu peux garder ça ?

— Pardi ! J'aime pas trop les pneus mais ça ira, grasseya-t-il en désignant les roulettes dorées qui soutenaient les pieds.

A nouveau ils s'esclaffèrent.

L'homme au centre, en cagoule, repartit vers le grand salon, suivi par deux autres. Pendant que le carnage continuait dans la grande salle et aux alentours, trois ou quatre du groupe restèrent dans la petite pièce noire, examinant ce qu'il en restait. Soudain, l'un d'eux découvrit la tenture qui masquait le fond et la porte que le garde de Ferben avait laissée ouverte en détalant le long du couloir.

Il mit deux doigts dans sa bouche et siffla pour attirer les autres. Le son résonna dans le couloir qui fuyait devant lui, blanc, vers des portes au fond.

Le groupe s'engagea dans le corridor, en faisant rebondir les barres de fer sur les murs et les portes. Au bout se trouvaient les toilettes.

*

Afin de circuler facilement, Ferben avait fait construire partout des rampes. Les portes étaient élargies afin que son fauteuil passe. Les types purent ainsi pénétrer tous ensemble dans la pièce carrelée de blanc où une large cuvette était scellée au mur du fond. C'est ce qui les sauva.

Arrivés un par un, ils seraient tombés, un par un, comme à la fête foraine. Chaque balle tirée posément par le garde du corps debout derrière le fauteuil de Ferben aurait atteint leur ventre. Mais le vieux bandit était cramponné à ses accoudoirs, tremblant comme un épileptique, si fort qu'il agitait les roues.

L'autre pointait son revolver vers la porte, en entendant la cavalcade. Quand ils apparurent tous en ligne, il tira. Mais sans doute ébahi par la troupe casquée qui masquait d'un seul coup tout l'espace, dérangé par les tremblements du fauteuil qui faisaient vibrer son ventre, il abaissa d'un rien le canon et la première balle ricocha sur le carrelage à quelques centimètres du pied d'un des hommes qu'elle blessa en rebondissant au-dessus de la cheville, mais sans force.

Le garde de Ferben n'eut pas le temps de tirer la deuxième. Tous avaient sauté d'un bond à l'intérieur, envahissant la pièce, barres de fer brandies.

Le premier coup lui cassa le poignet. Le revolver glissa sous la cuvette. Plus tard, on ne sut jamais lequel des autres avait été mortel.

L'homme tournait, se protégeant avec le fauteuil de Ferben. Celui-ci, hystérique, se dressait sur ses deux poings serrés dont l'un avait saisi le cerceau d'une roue qu'avec ses doigts puissants il tenaillait plus fort qu'un frein en métal.

Comme s'il était monté sur un pivot, avec une roue bloquée, tiré en tous sens par le garde, poussé par les assaillants en furie, Ferben commença à tournoyer sur lui-même, de plus en plus vite. Au fur et à mesure, sa couverture glissa de ses jambes, découvrant des cuisses si maigres que le pantalon ressemblait à un gant à plat.

Il tournoya, et tournoya, entre les cris et les coups autour de lui, les coups qui massacraient son garde. Il ne voyait plus rien. La pièce tournait comme un manège emballé. Ses hurlements restaient bloqués dans sa gorge.

Alors, pour évacuer sa terreur, de force, parce que son corps terrorisé ne résistait plus, il lâcha tout sans le vouloir, sans s'en apercevoir.

Sa vessie, ses intestins, ses sphincters explosèrent.

Toujours dressé sur ses bras tendus au-dessus du siège devenu une toupie, les jambes tordues en tous sens, Ferben se vida d'un coup comme un kaléidoscope percé, avec la force féroce d'un corps qu'aucun muscle ne contraint plus. A travers le pantalon mince, tout gicla.

Autour de lui et au-dessus, les autres continuaient à frapper sur le garde qui s'effondra enfin. Sa tête se coinça finalement entre l'accoudoir et le cerceau d'une roue. Le fauteuil continuait à tourner, éjectant les matières de Ferben. Si l'homme n'avait pas déjà rendu l'âme, les cervicales brisées dans la virevolte l'auraient achevé.

— Mais c'est de la merde ! *Shit !* cria en même temps l'un des hommes, atteint par une déjection de Ferben.

Cela le rendit fou et il frappa un coup de barre de fer sur la tête du vieux *Jauna* qui s'affala d'un coup sur son siège, puis glissa lentement vers l'avant pour finir à terre, le front en sang. Ses jambes mortes s'étaient repliées sous lui comme un accordéon. Il semblait posé directement sur son tronc.

Il vacilla et tomba sur le côté, à l'instant précis où l'homme, le grand, costaud, en cagoule, qui avait fait irruption le premier en haut, surgissait dans les toilettes, attiré par les cris et le vacarme d'en bas que le couloir avait fait résonner et qu'il avait dévalé à toutes jambes.

Il écarta tout le monde avec de grands battements de bras, non sans mal : les autres avaient de la folie dans les veines, grognant comme une meute de chiens qui s'acharne sur un gibier pourtant mort

Brusquement, les hommes se calmèrent. Ils se reculèrent, presque gênés.

Un grand silence s'installa.

Surplombant Ferben qui respirait par à-coups, la tête en sang sur le carrelage maculé de ses déjections, le grand type mit un genou à terre et se pencha vers le moribond. Les avant-bras posés sur l'autre genou, il approcha sa tête cagoulée de la tête de Ferben qui ne voyait rien. Il lui dit à mi-voix :

— *Begiak ideki !...* Ouvre les yeux !

Le vieux bandit reconnut sa voix, et reconnut sa langue.

Au prix d'un effort énorme, le dernier de sa vie, car il voulait mourir maintenant, il entrouvrit les paupières.

Au-dessus de lui, de biais, il découvrit une masse épaisse, toute noire, sauf la fente découpée devant les yeux. La tête s'inclina d'ailleurs, pour finir dans son axe, et qu'il la voie de face.

L'homme tira sa cagoule par le sommet du crâne, et le masque remonta le long de son cou, dégageant les mâchoires, la bouche, puis les crocs d'une moustache – mais Ferben l'avait déjà reconnu.

Enfin, la cagoule fut arrachée et jetée sur le sol. Les cheveux rudes emprisonnés depuis longtemps se redressèrent, hirsutes comme ceux d'un diable en sueur.

Il parla d'une voix lente, près de son oreille :

— *Jauna*, je suis *iloba*. C'est moi, Iloba le neveu... Le neveu de Germaïna Etcheverry. Son fils, quoi. Pas celui que tu as fait tuer, le nourrisson. Mais c'est pareil. C'est d'ailleurs pareil : je devais te tuer, je te contemple, tu meurs. Va rejoindre ta merde de fils à toi.

Et il lui planta deux doigts tendus dans les yeux. Mais Ferben avait déjà fermé les paupières en gémissant. Comme des babines retroussées, sa bouche se tordit en une grimace de chien mourant.

Comment savoir où elle naissait ? De la souffrance des coups reçus ? D'un châtiment qu'au fond il attendait ? Elle dessinait des lèvres bizarres, sa grimace. Un peu féroce, un peu calmée... On aurait tout de même juré qu'il acceptait.

Dans un pauvre soupir, Ferben se raidit une dernière fois.

En même temps, Iloba se redressait.

*

Iloba ôta le grand tee-shirt noir à manches longues qui masquait son torse depuis le début, enfilé par-dessus sa chemise à jabot. Il se débarrassa des cercles de fer qui enserraient le bas de son pantalon sous la cheville, qui avaient évité qu'il se salisse.

Le garde du corps restait pendu à une roue du fauteuil, la tête coincée sous l'accoudoir, le cou cassé. Tant mieux : il n'avait pas roulé dans les saletés qui jonchaient le carrelage. Iloba le délesta de sa veste de smoking, fouilla les poches pour les vider – il n'y avait rien – et l'enfila. Elle taillait juste à peine large, vraiment rien. Il ressortit de la poche de son pantalon son nœud papillon, le fixa au col de sa chemise, lissa les tissus et se redressa en coiffant ses cheveux avec les doigts. Il leur fit face, à nouveau superbe.

Mais les hommes autour de lui le dévisageaient avec surprise. Il était rare, très rare dans leur monde, qu'une troupe de Hell's Angels fût menée par un homme en smoking.

Iloba s'approcha d'eux et tapa sur l'épaule du plus gros, toujours casqué avec son foulard remonté jusqu'aux yeux. Iloba tira sur la pointe pour l'abaisser.

— Fatty Tom...

— Je t'avais dit. Si t'as besoin. N'importe où. N'importe quand. Une fois. Mais on sera là. Je n'ai pas oublié.

Ces mots, il les avait prononcés au nord de San Francisco, quand Iloba avait sauvé la vie de Fatty Tom (« Gros Thomas ») lors du concert de rock, avec les hippies.

Après avoir lu la lettre de Germaïna et appris toute l'histoire de la famille Etcheverry, explosion de morts et de souffrances dont Jauna Ferben restait l'ultime responsable à punir, après avoir lu l'ordre envoyé par Germaïna, Iloba s'était décidé, quelques semaines plus tôt. Il avait mijoté son plan et n'avait trouvé aucune solution – sauf à tuer Ferben ouvertement, s'il y arrivait ! Or, il n'avait aucune envie de payer cher cette vengeance que Germaïna avait réussi à faire sienne. Peut-être si, mais pas sans avoir tenté d'autres méthodes. Courageux et calculateur à la fois : la rare addition des réussites à venir.

Désespéré un soir, il avait dérogé à sa règle de ne jamais voir Basa tant que tout son plan n'avait pas abouti au country club – avant la lettre de Germaïna, il pensait seulement devoir servir Maylis, pas tuer Ferben sans prévenir.

Basa, informée, avait quitté le canapé, son ventre déjà arrondi par le petit qui s'y nourrissait, fouillé dans un placard et lui avait tendu le carton plié remis par les Hell's Angels après leur séparation. Il l'avait pourtant jeté ! Elle l'avait récupéré dans la poubelle et gardé.

Iloba avait téléphoné au garage de Fatty Tom.

Il avait calculé que l'inauguration serait le moment idéal, Ferben étant moins protégé ce soir-là. A l'aube du jour dit, les Hell's Angels de Fatty Tom avaient enfourché leurs motos.

Ils adoraient rouler. Sans se presser, en occupant toute la largeur de la chaussée, ils avaient suivi la Route numéro 1 depuis San Francisco et traversé Los Angeles en fin d'après-midi sous un soleil cuivré que reflétaient leurs lunettes noires masquant les pommettes. Pas loin de Chino, dans une station-service, ils avaient garé les engins en ligne, posé un pied à terre et attendu.

Iloba les avait rejoints là.

Terrifiants par leur seule présence, leurs ombres noires et leurs cuirs, leurs carrures et leurs barbes, et leur casque en bol qui formait un crâne sombre de mort, ils avaient repris la route avec lui en tête, sur sa moto, au soir couchant.

Remontant au rythme des moteurs tonitruants qui faisaient se retourner tout le monde sur le chemin, ils avaient longé le Pacifique jusqu'à Malibu Beach et tourné à droite pour remonter les lacets de Sunset Boulevard. Le cinéma les intéressait peu. On en faisait plutôt des films, de leurs équipées sauvages.

Aux abords du country club de Ferben, ils s'étaient disposés en triangles, roues contre roues et, sur un signal, avaient poussé les gaz et foncé, phares éteints – chacun sur sa moto, sauf deux ensemble.

La vague noire avait dévasté le domaine.

*

Dans les toilettes, devant les cadavres de Ferben et de son garde, ils tournaient déjà le dos. Mais Iloba rattrapa Fatty Tom par le bras. Il sortit de sa poche un anneau, au bout duquel pendait une clé. Le gros Thomas reconnut celle d'une Harley.

— Tu connais ma moto, dit Iloba. Elle est sur la terrasse.

Il lui tendit les clés. Voilà pourquoi il avait exigé qu'un des gars au moins voyage sur un siège arrière : il repartirait avec sa moto.

— Sûr ?

Iloba hocha la tête :

— Sûr. Fini.

Fatty Tom vint tout contre Iloba. Il passa les doigts sur le revers moiré du smoking et donna une pichenette sur le nœud papillon en souriant :

— Sympa.

Iloba leva la paume, ouverte à plat, que la paume de Fatty Tom vint claquer, en signe de fraternité.

— *Yep yep yep !* hurlèrent les autres.

Laissant Iloba seul en bas, ils remontèrent le couloir en courant, comme des Indiens excités, traversèrent le salon dévasté en piétinant ce qui passait à portée de leurs bottes et sautèrent sur leurs machines.

En trois secondes, le vacarme fut à nouveau assourdissant et les quelques invités qui n'avaient pas fui se tassèrent derrière les arbustes jusqu'à ce que le calme revienne brusquement, dans la nuit sûre et paisible. La vague noire s'était retirée.

Revenu dans le salon, Iloba avait ouvert en grand le couvercle du piano. A l'intérieur, Maylis et Anaï semblaient enlacés. Il leur dit de sortir, en s'excusant, remettant son costume d'aplomb, tirant le rideau et se dirigeant vers la porte donnant sur la grande salle tout en parlant : « Il valait mieux, je ne savais pas où était passé Ferben... et son garde ! Et ces types, on ne sait jamais... excités par la bagarre. Navré, pas très confortable mais il fallait vous protéger... Sur le moment, je n'avais que cela sous la main, dis donc, Anaï, il est vachement profond ton piano, bon... »

Derrière lui, aucun bruit ne venait de la caisse du piano. Il réalisa qu'il parlait dans le vide. Il s'approcha et jeta un coup d'œil au fond : Maylis et Anaï restaient collés l'un à l'autre.

— Bon, ça va comme ça et...

Puis il vit leurs joues blanches. Ils étaient évanouis, peut-être asphyxiés.

Iloba prit peur. Il souleva leurs têtes, les gifla, les secoua, tordit leurs pieds, revint les gifler, et continua jusqu'à ce que leurs yeux s'ouvrent.

Il les aida à s'extraire de leur cage. Ils titubaient. Après leur avoir demandé de respirer plusieurs fois à fond, il les fit tourner sur eux-mêmes. Encore chancelants, Maylis et Anaï se tinrent les mains, pour garder l'équilibre.

En pleine confusion, un invité qui avait réussi à réintégrer le salon à la recherche de son épouse passa dans l'entrebâillement de la porte. Il vit danser un couple maladroit, dirigé par un homme en smoking qui les houspillait. Persuadé d'être toujours dans son cauchemar, il tituba jusqu'au fond et dénicha sans doute l'ultime bouteille d'alcool rescapée du raz de marée, et but au goulot, jusqu'à tomber.

Maintenant assurés sur leurs jambes, Maylis et Anaï dévisagèrent Iloba comme un diable surgi pour les délivrer. Il leur expliquerait plus tard.

Il consulta sa montre : le temps avait paru long. En réalité, l'assaut de la horde contre le country club, du premier rugissement qui avait affolé les invités les plus proches jusqu'au dernier ronflement qui s'estompait dans la nuit, n'avait duré qu'un quart d'heure.

La mort de Ferben avait dû survenir autour de la onzième minute.

Iloba prit Anaï d'une main et Maylis de l'autre. Il s'avança avec eux au centre de la terrasse. Après la razzia, le silence et la peur s'installaient. Une dernière torchère rescapée brûlait dans un coin. Elle éclaira le trio, que des invités hagards se regroupant vers l'entrée virent comme trois fantômes surgis d'un enfer, sans comprendre.

Iloba entraîna les deux autres vers la rampe qui descendait jusqu'à l'allée. Ils coururent, dans la brise que la nuit aspirait du Pacifique, bien plus bas. L'air dégrisa Iloba et réveilla les derniers nerfs assoupis de Maylis et d'Anaï. Ils se mirent à rire, sans savoir pourquoi, comme des jeunes courant vers une plage et un bain de minuit.

Iloba contourna l'aile du premier bâtiment et se dirigea vers un garage. Il sortit des clés de sa poche et, moins d'une minute plus tard, les trois roulaient vers la grille laissée grande ouverte.

Il voulait partir au plus vite, avant que la police n'arrive, certainement alertée à force – bien que l'endroit fût isolé et que personne n'ait pu saisir un téléphone sur place. Mais les invités fuyant, désormais à l'abri dans leurs villas, avaient dû se manifester. Cela aussi, il l'expliquerait demain, sans doute. Jamais, peut-être.

La capote de la Studebaker était baissée. Cheveux balayés par le vent, ils roulèrent vers l'est, sans un mot, simplement ivres à nouveau d'air et de silence sur l'asphalte lisse. La voiture glissait comme un bateau pointu.

En moins de vingt minutes, ils quittèrent les allées éclairées, bordées de résidences, et s'enfoncèrent dans une ville éteinte, où tout le monde dormait, bêtes comprises : Chino.

Iloba arrêta la voiture devant sa petite maison où dormait Basa. L'Indienne se réveilla en sursaut, inquiète tant qu'elle ne reconnut pas Iloba. Les deux autres, elle ignorait ce qu'ils voulaient.

Iloba abrégea les présentations. Sans allumer une lampe, il plaça les mains de Maylis et celles d'Anaï sur le ventre rond, énorme maintenant, de Basa. L'enfant palpitait dessous.

L'Indienne chantonna une prière, comme un murmure de mille ans, où il était question d'un cheval qu'on appelait Grand Chien et de bisons dont les nerfs servaient pour les cordes des arcs et les os pour tailler les couteaux.

Les autres ne comprirent pas, mais Iloba frémissait tant au son de cette voix qui les berçait, comme le petit dans son nid, qu'il pleura.

Les autres, sûrement aussi. Dans la pénombre, on distinguait mal.

27

Oh ! que les tracas furent longs à dissiper ! Comme il arrive dans une pièce si enfumée qu'on n'y voit goutte, on souffle dans un coin mais la fumée s'accumule à côté. On souffle là, et la fumée revient où l'on avait dégagé peu avant, et ainsi de suite... Un problème réglé, deux nouveaux naissaient.

Maylis fit le maximum pour éviter qu'ils ne se transforment en tourments insolubles. Ses avocats s'appliquèrent.

La police d'abord... Plus souvent appelée dans le bas de la ville, où commençaient à sévir les gangs, elle montait rarement vers les collines, Beverly, Hollywood, Bel Air et alentours, afin de régler l'enquête d'une razzia collective. Dans ces quartiers, les appels provenaient plutôt de villas ombragées où l'on découvrait, à l'heure du ménage, Madame affalée en satin blanc dans un fauteuil, saisie par la mort et la drogue ; ou Monsieur flottant sur le ventre dans la piscine, nu, crispé d'hydrocution après un plongeon plein d'alcool en frétillant devant trois starlettes qui croyaient au bonheur. Mais un country club entier, le plus neuf du comté, le plus beau, le plus cher, le mieux fréquenté, totalement dévasté par une horde dont la trace s'était perdue dans la nuit ? Jamais. Et l'on comptait deux morts, dont le propriétaire. Iloba joua l'effondrement. Son mentor... son maître...

Jauna ! Inconsolable. Puis, en essuyant une larme qu'il ne parvenait pas à verser vraiment – le lieutenant de police apprécia cette pudeur de jeune homme fier et noble dans la peine, bon gars solide –, Iloba précisa que le propriétaire, désormais, c'était Anaï :

— Mon frère, lieutenant.

Les associés ensuite... Mais le festin de ceux-ci s'alimentait de conflits. Or il y en eut peu. On découvrit que Tony « *Jauna* » Ferben mourait bien seul. Sans descendants ni ascendants, entourés de gardes ou d'acolytes qui prirent l'air le plus loin possible, il avait terminé sa vie sur une terre brûlée. Qui contesterait son dernier testament, que Maylis avait arraché de ses mains ? Tout le domaine appartenait légalement à Anaï. Quant aux affaires que le bandit avait conservées à Chicago, elles sombrèrent, ou plutôt les débris furent récupérés avec discrétion par d'autres familles. Les Ferbentxajaurregui, au pays comme en Amérique, étaient rayés de la surface de la terre.

L'époux de Maylis enfin, le jeune sénateur, Aloys... Ce fut plus rude.

Contrairement aux dires de Maylis qui avait sciemment menti à Ferben à ce sujet, il n'avait jamais été envisagé que le sénateur vienne au gala d'inauguration. Qu'il organise en sous-main le complot, soit. Que son épouse ait dû s'y montrer pour achever le travail, à la rigueur. Mais qu'il côtoie celui qu'il devait envoyer à Alcatraz, jamais.

Qu'ensuite il découvre que Ferben avait succombé pour rien, de son point de vue, et que « leur » fortune s'évaporait : alors non, non !

*

— Non et non ! hurlait-il dans le salon de leur résidence à Chicago, face à Maylis qui le considérait froidement. Je n'accepte pas !

— Peux-tu faire autrement ?

S'approchant de la commode où se dressaient des carafes et des verres, Aloys III se versa un nouveau whisky, à ras bord. Les doigts fébriles en jetant des glaçons qui firent déborder la liqueur sur le plateau d'argent, il surprit Maylis dans la glace, belle et blonde en tailleur de soie, jambes gainées qu'elle avait croisées sur le canapé, remontant la jupe sur des cuisses qu'il ne touchait plus.

Il remarqua, sur un ton faussement détaché :

— C'est curieux, depuis un moment tu ne dis plus « nous ».

Il se retourna brusquement et s'adossa à la commode en avalant une longue gorgée d'alcool. Cela le brûla. Dans un hoquet, il grinça :

— C'est vrai que je ne suis pas basque, moi.

Maylis leva les yeux au plafond, exaspérée.

— Ta petite mafia se reconstitue, hein ? grinça-t-il.

— Tu y passes du temps pourtant, quand tu voyages là-bas.

— Si tu savais, marmonna-t-il.

— Savoir quoi ?

— Rien.

Avalant une nouvelle dose, il vida son verre aux trois quarts. Respirant fort, l'œil vitreux, il ordonna :

— Et tu m'entends, je ne veux plus que tu files chez ces ploucs quand on retournera en France !

— Je n'ai l'intention d'aller nulle part, avec toi.

— Quoi ?

Maylis se leva. Sur ses talons, elle le dépassait. En passant un doigt entre son cou et son col toujours orné d'un nœud papillon, Aloys la suivit du regard. Elle arrangeait des fleurs dans un vase, puis remettait d'aplomb sur le mur un tableau qu'un abat-jour en cuivre éclairait par le haut. Elle l'éteignit. Ce salon, cette maison, Chicago... elle avait le cafard.

Revenue d'une nouvelle longue journée au siège de *Prescott Inc.* qu'elle dirigeait, elle affrontait son mari. Cela devenait une mauvaise habitude.

— Résumons, dit-elle en se rasseyant. Il fallait anéantir Ferben, c'est fait.

Elle n'avait jamais révélé à Aloys ce qu'elle savait du vieux *Jauna*, l'histoire de la famille Etcheverry, les drames provoqués dans la pauvre, si solide, tête de Germaïna. Pour le jeune sénateur, le plan n'avait pour but que la mise à l'ombre du bandit. Au passage, une accélération vigoureuse de sa carrière. Mains propres et Amérique ! Cher pays que Dieu protège.

— Non, c'est moi qui vais résumer ! s'étrangla-t-il.

Il reposa son verre si violemment sur le plateau qu'il se brisa. Un éclat cisailla son index. Entre deux doigts, il saisit la pochette qui pointait sur son veston et entoura la blessure. Il continua à cracher ses paroles en dressant le doigt emmailloté devant ses yeux, comme une marionnette imbibée de sang :

— Ton père, le vieux sénateur...

— A qui tu dois ton siège.

— Mouais, c'est ce qu'on dit. Ton père et Ferben d'abord, je n'ai jamais compris. Bizarre ça.

— Amis, ennemis, ils se haïssaient et ils ne pouvaient pas se passer l'un de l'autre.

— Comprends toujours pas.

— C'est que tu n'es pas basque, mon pauvre. Tu viens de me le dire.

— Ton nom de jeune fille, c'était quoi ?

— Prescott. Tu devrais arrêter de boire.

— Pas basque, ça.

— Ça doit être gai, les séances au Congrès, s'il faut rabâcher cent fois avant que tu te souviennes. Tu n'as pas oublié que nous sommes mariés ? Tu m'as épousée, souviens-toi, moi l'héritière Prescott, du nom de mon père. Ce père, le sénateur Prescott qui est mort maintenant, tu sais qu'il est mort, mon père, non ? Ça te revient ? Mon père s'était marié avec une jeune Basque, ma mère, la fille d'un berger émigré, Ibarra. Lui, il avait fait fortune en épousant carrément l'aînée du propriétaire du ranch où il travaillait.

— Des profiteurs.

— Bien sûr.

— Je peux continuer mon résumé ?

— Si tu y tiens. Mais si c'est pour poser des questions nulles, je préfère aller au lit, bâilla Maylis.

— Donc, il y avait ta famille, les machins-là... Ibarra. Et puis la famille de Ferben... tu m'as dit son nom d'origine, je ne sais plus, quarante syllabes au moins... quel pays ! Ça se marie, ça fait des affaires, ça se fait élire, ça se tue : parfait. Il n'y a plus personne désormais. Et puis *yupy yeah !* en voilà des nouveaux qui sortent de la boîte. Ça se renouvelle comme les mauvaises herbes. C'est ce que me disait le préfet, dans leur cambrousse.

Maylis sursauta :

— Il te disait quoi ? Quand ?

— « On en arrache un, il en repousse deux », voilà.

— Il parlait de qui ? demanda Maylis, tendue.

Aloys se mordit les lèvres :

— Laisse tomber.

Il se retourna pour saisir un nouveau verre sur le plateau, écartant nerveusement les débris de l'ancien, et le remplit aussitôt de whisky. Il en ingurgita une bonne moitié avant de se retourner, l'œil mauvais :

— Ainsi donc maintenant, le maître des lieux, c'est la fanfreluche qui joue du piano.

— Si tu voyais ses mains.

— Pour faire pâmer les rombières avec ses doigts de fée, je n'en doute pas.

— Les hommes pleurent aussi.

— Pas moi.

— Je sais. Je parlais d'homme.

Aloys serra les mâchoires. Puis il s'enflamma à nouveau :

— Et l'autre, alors maintenant c'est son frère, tu m'as dit ? Iloba... il paraît pourtant que ça veut dire neveu. Vous le faites exprès ou quoi ?

Il vit Maylis hausser les épaules. D'un ton menaçant, il ajouta, en sifflant entre les dents :

— Cet Iloba, on a toujours son dossier. A moi de te rafraîchir la mémoire. Le *deal*, c'était qu'il fasse tomber Ferben, qu'on le voie crever en prison et qu'on récupère tout. OK ? Je considère qu'il a raté.

— Non. Et on tient nos promesses, nous, « les Basques », comme tu le dis.

— Puisque je ne le suis pas : je peux sortir son histoire. Tu as oublié ? La prison, le cirque et la drogue, l'Indienne sans papiers. Retour à la case départ, dans ses prés là-bas, d'où il vient. Et tout seul. Vu ?

Maylis jaillit du canapé. Elle avait dans la tête l'image du ventre tout rond de Basa, à Chino. Elle gardait dans les oreilles les sons de leur joie à tous, mélangés à leurs gentils sanglots qu'on ne pouvait distinguer des grandes liesses – surtout l'Indienne, dont le rire ressemblait tant à un cri.

Aloys la vit arriver vers lui, grandir jusqu'à le toucher.

— Ne t'avise pas, dit-elle à voix lente. Là oui, tu connaîtras les Basques.

— Bien fanfarons ! Des éleveurs de moutons contre un sénateur des Etats-Unis ?

— Pas eux. Moi.

— Le berger et la princesse. Magnifique. Tu me tuerais ? finit-il d'un ton gourmand.

Maylis cligna des paupières, pour signifier oui, sans le dire. Et elle précisa :

— Je te ferais manger tes couilles molles avant.

Elle plantait son regard bleu glacé dans le sien, qui tressaillit. Il sentit une bouffée hargneuse l'envahir, saisit la main de Maylis et la plaqua sur son bas-ventre. Elle la retira, comme brûlée. Dans l'entrebâillement de son corsage, il soupesa l'un de ses seins et montra les dents en essayant de sourire, la bouche tordue, soufflant une haleine chargée d'alcool :

— Allez, viens baiser.

— Imbécile.

Il voulut lui attraper le poignet, mais elle s'était reculée, le toisant.

Le sang injectait les yeux d'Aloys. Elle savait que sous la colère et l'alcool il pouvait devenir incontrôlable. L'humiliation faisait battre ses tempes, elle s'en voulut, ignorant qu'elle avait eu raison, au contraire.

Car, du dos de la main, il lui tapait l'épaule, des pichenettes pour la faire reculer en avançant sur elle. Maylis fit un pas en arrière, puis un autre, poussée phrase par phrase, jusqu'à heurter le coin du canapé avec son talon, trébucher et s'affaler en arrière sur les coussins.

Lèvres amincies, il avait jeté ses mots sur elle comme des cailloux :

— Vous me faites chier, les Basques. Quand on voyage avec le Président, je ne fais pas un détour dans ce coin crasseux pour le plaisir des montagnes et des vallées, des fromages qui puent, des chansons qui me cassent les oreilles. Je participe, moi. Franco, c'est bien, ça les protège des communistes. La police, c'est bien, l'espagnole, la française, très bien, tant qu'ils collaborent. Ils sont vieillots. On les aide. On leur explique. On échange des fichiers. On les forme à nos méthodes. Tu vois ? Pendant ce temps, toi, tu leur rends visite, tu parles du bon vieux temps, et moi je travaille. En général, ça rafle pas mal derrière.

Elle eut simplement envie de lui révéler que, quelques années plus tôt, à l'hôtel du Palais à Biarritz, pendant qu'il dénonçait les antifranquistes et les clandestins basques, ainsi qu'il venait de le lui révéler en hoquetant, elle explosait dans les bras d'un jeune, le même Iloba, bien qu'elle l'ignorât sur le moment.

Elle y voyait les prémices d'une jolie vengeance, pour une fois dégustée chaude.

Mais elle se retint, sans mal : ces pensées venaient d'être balayées par le visage douloureux de Germaïna, là-bas.

*

Dès le lendemain, Maylis tint une réunion avec quatre de ses collaborateurs, qui préparaient un voyage en Europe pour le compte de Prescott Inc. Vendre, acheter, investir, envahir...

Elle avait réfléchi, au creux de la chambre, seule, fermant à clé la porte qu'Aloys essayait d'enfoncer à coups de pied avant de s'éloigner – ou de tomber sur le palier, ivre mort. Elle avait entendu, semblait-il, le choc d'un corps, mais que lui importait ?

Elle trouvait curieux de n'avoir aucune nouvelle de Germaïna depuis son retour ici. Iloba n'en recevait aucune, il le lui avait confirmé.

Dans la salle vide, où elle présidait des réunions plénières au bout de l'immense table d'acajou ciré le long de laquelle s'alignaient souvent quarante administrateurs, Maylis s'assit à l'extrémité et installa trois collaborateurs sur les fauteuils les plus proches. A voix feutrée, ils réglèrent les détails de la tournée d'affaires qui les mènerait à Paris, Rome et Londres. A la fin, elle en garda un près d'elle. Lui, il ferait un détour au Pays basque.

Maylis lui fournit les indications concernant Germaïna. « Une femme plus grande que moi, haute, qui se tient très droite, avec des cheveux blancs souvent tressés, et une canne. Une vieille ? Mon pauvre ! s'esclaffa-t-elle. Vous allez tomber amoureux. Mais vous pourrez recevoir un coup de canne, ça part vite là-bas. Bien, chaque matin à six heures, vous me téléphonez. Il sera midi ici. Voici ce que je veux savoir... »

Deux jours plus tard, l'avion des *Prescott Inc.*, un Cessna 320, se posa sur la piste du joli aéroport de Parme, près de Biarritz, et roula jusqu'aux bâtiments bas et blancs, couverts de tuiles rouges. Un chauffeur attendait l'homme dans un salon aux canapés de cuir, derrière les baies inondées de soleil. Dès qu'il descendit la passerelle qu'une hôtesse en bleu marine avait poussée sous la carlingue, l'homme ôta sa veste et, en chemise blanche, cravate fine au vent, il s'épongea. La chaleur humide collait déjà le tissu à sa peau.

Il monta à la Maison Etcheverry, mais Germaïna n'y était pas.

Au milieu des cris d'enfants qui couraient dans ses jambes, il tenta de se renseigner, dans un français à l'accent écorché. Les mots tombaient rarement à leur bonne place. De toute façon, le premier qu'il interrogea, un très vieil homme en béret, au frais sur un banc dans la cour de la Maison, pencha la tête sur le côté en l'écoutant, comme il l'aurait fait devant un Martien, et lui répondit en alignant des sons rocailleux. Pas une seule syllabe n'avait de sens pour l'Américain. Le vieil homme ne parlait que le basque. Quand il réalisa que l'étranger n'entendait rien, il hocha la tête d'un air douloureux, repoussa le béret pour se gratter le front, puis ramena la pointe sur le devant, fermant la porte.

L'Américain interpella une jeune femme – curieux mélange, ici, de tous âges, dans une cour au gravier neuf à l'évidence, où les enfants faisaient la course autour de massifs fleuris, suivis des yeux par des vieillards attentifs. Beaucoup tenaient à la main un étonnant bâton lourd, au manche de cuir tressé, au pommeau arrondi. Il en vit un qui le dévissait et se mit à frotter avec son mouchoir la pointe effilée, qui apparut redoutable sous les éclats du soleil qu'elle renvoyait.

La jeune femme que l'homme avait interrogée tira sur la veste qu'il tenait toujours sur l'épaule, étouffant de chaleur :

— Chez le maire, je vous disais. Peut-être l'abbé ? Allez savoir.

L'homme se secoua et repartit vite, se demandant sur quelle planète il avait atterri.

Il chercha, et trouva. Le lendemain, à six heures, la standardiste de l'hôtel du Palais où il était descendu lui passa dans sa chambre, comme il l'avait demandé la veille au soir, la communication avec Chicago.

« Cette dame Etchev... c'est difficile, hein ? Enfin, cette dame, elle n'est pas là. Elle est à Burgos. Une ville d'Espagne, oui. Voilà ce que j'ai appris : oui, plusieurs vagues de rafles, ici et de l'autre côté. Des terroristes qui... bien sûr, madame, je voulais dire... on a arrêté des gens, voilà. Justement, le mari de... ah bon ? enfin l'homme... c'est cela même, il en fait partie. Il est en prison à Burgos. Voilà pourquoi elle y est. Combien de temps ? C'est que... c'est assez étonnant, oui : deux siècles et demi de prison... Quand rentre-t-elle ? Demain, m'a-t-on dit. Si j'ai bien compris. Parfois, vous savez, ils emploient des mots, même en français je ne comprends... ce n'est pas du français ? Il me semblait bien. C'est entendu, je la rencontrerai. Que je fasse attention ? Pas facile ? C'est entendu. Je vous informerai. Lui dire que... ? Je répète : le neveu et le frère vont bien et sont riches, le *jauna* – iaouna ? – a rejoint l'*aita* – ahita ? le père... Le père de qui ? Je m'en tiens là, c'est entendu. Je dis tout ça comme ça, aucun problème. » Il raccrocha en s'essuyant le front.

Le lendemain, à la Maison, toujours pleine des cris des enfants en train de jouer, l'Américain arriva dans la cour au moment où une voiture comme on n'en voyait plus chez lui, sauf à se perdre au fond de l'Oklahoma, se garait devant le porche. En sortit une femme puissante et belle, aux cheveux blancs – pas en tresses comme annoncé, mais coiffés en crinière.

Elle se mit à marcher avec une canne, chaloupant des hanches en un troublant déhanchement chaque fois qu'elle s'appuyait sur la poignée.

Il s'immobilisa devant le regard dur qui le mit nu d'un coup et l'inquiéta : on ne l'avait pas prévenu de cela.

— Que voulez-vous ?

— Je... de la part de Mme Presc... de Maylis, viens.

Par la suite, dans son bureau où il l'avait suivie, Germaïna remit les mots de l'Américain dans le bon ordre quand il transmit le message de Maylis et ce qu'elle lui avait indiqué d'autre.

— Je préfère qu'elle ne vienne pas. Dites-lui qu'elle ne pourra rien faire, répondit Germaïna à la fin. Qu'elle décide là-bas. Elle me remplace. Le frère et le neveu sont à elle.

— Je dis comme ceci : le frère et le neveu sont... ?

— Comme ceci.

— En plus... attendez, je me relis : « Le iaouna a rejoint l'ahita. » C'est très clair, à votre avis ?

— Effectivement.

« Iloba et Anaï se sont retrouvés, Ferben brûle avec son complice, mon père, en enfer », déchiffra Germaïna en pensée. C'était très clair, et réjouissant.

Elle avait raison de dire qu'on peut faire le tour des hommes sans bouger : à des milliers de kilomètres de la Maison, elle avait achevé sa vengeance. Avant d'y parvenir, il avait fallu baptiser une nouvelle jumelle, Maylis. En baptêmes, Germaïna ratait rarement ses choix... comme une embellie dans le seul drame qui l'occupait désormais tout entière : Gudari, de l'autre côté.

— Donc, en résumé, reprenait l'Américain en s'épongeant le front, je peux cocher les cases, voyons... les cases frère, neveu, iaou... enfin l'autre, et ahi... celle-là aussi ?

— Aussi.

Avec un stylomine doré, étroit comme une brindille de blé, l'émissaire de Maylis striait son bloc de papier jaune sur sa cuisse en biais, comme un écritoire, la cheville posée sur l'autre genou. Fascinée, Germaïna fixait la chaussure noire et vernie, de cuir fin :

— Ça doit faire mal, ça.

— Je vous demande pardon ?

— Ça ! dit-elle en pointant le doigt. Ce n'est pas pratique. Dans la montagne, vous ne tiendriez pas un quart d'heure.

— Je... sans doute.

— Pendant la guerre, vos GI's étaient autrement chaussés. Ils sont venus ici. Avec Maylis. Comme ça, tombés du ciel ! Sur le toit ! C'était autre chose.

— Bien entendu.

— C'est tout ? Laissez-moi.

L'homme acquiesça, remballa son bloc et son stylo, et la salua sans tarder.

C'étaient des fous.

28

Germaïna avait compris. Gudari ne sortirait pas. Mais elle vivrait comme s'il devait frapper à la porte de la Maison dans une heure.

L'heure d'attente dura des années. Une lente patience. Un veuvage vivant.

Une fois par semaine, elle se rendait à Burgos afin de ralentir le dépérissement de Gudari. Pendant la visite qu'on autorisait aux familles, les barreaux qu'ils empoignaient chacun en se parlant doucement – puis plus fort parce que les gardiens n'aimaient pas les chuchotements – n'existaient plus.

Ce n'est qu'au début de l'été 1970 qu'une lueur d'espoir s'alluma. Le maire avait enfin obtenu le demi-maroquin dont il rêvait depuis des lustres. La réussite de l'étonnante Maison Etcheverry, foyer d'enfants et d'anciens qui allait devenir un modèle adapté çà et là, ne fut pas étrangère à sa promotion.

Un banquet salua son premier départ cocardier vers la capitale. Germaïna y assistait, tenant par le bras Neska, bien haute sur ses belles cuisses de quinze ans.

Cent fois déjà, le maire et Germaïna avaient lancé des appels à Paris, engagé des démarches, tiré des sonnettes et rédigé des rapports. En vain. Encore fallait-il que la relative puissance de Germaïna, le respect et la crainte qu'elle inspirait, permettent ces interventions. Une autre n'aurait pas franchi la première porte de ce labyrinthe où, malgré tout, elle se perdait. On lui conseillait de se taire et d'attendre. Elle attendait, sans se taire.

Avant de monter dans la Palombe d'Or, salué sur le quai de la gare par une *banda* effarante, le maire se pencha vers Germaïna :

— J'ai déjà pris contact.

Germaïna sourit tristement. Il dressait le doigt, sentencieux. La promotion le rajeunissait, ventre sanglé dans un costume croisé, pimpant comme un vieux bébé. Il savait gérer, bon et retors à la fois. Il traînait sous son chapeau mille compromissions et beaucoup de cadeaux. Chaque rayure de la couperose qui striait ses joues rebondies signalait une promesse enregistrée, parfois tenue.

— Je vais intervenir. Mon co*llll*ègue – on entendait quatre ou cinq « l » interminables, importants – de l'Intérieur va se... nous allons nous... ils seront les...

— Oui, oui, approuvait Germaïna. Montez vite. Les trains n'attendent pas les ministres.

— Secrétaire d'Etat, rectifia-t-il avec une modestie feinte. Plus tard...

Le sifflement de la locomotive étouffa ses derniers mots. Il se jeta en arrière, salua les amis sur le quai en agitant son chapeau, et fut emporté vers son sommet à lui, son jouet de vieil enfant, et le dernier espoir de Germaïna.

Or, celui-ci dura plus longtemps que les précédents. Vieux politicien, le maire – Monsieur-le-Ministre, doux chuintement des huissiers l'introduisant dans quelque cabinet – savait que les voies officieuses sont moins impénétrables que les officielles. Remontant mille petits fils, il tissa un lien dont personne ne fut prévenu, et que l'on chercherait en vain dans les archives si quelque oisif en prenait l'initiative.

Le chemin vers l'Espagne passait par les touristes, parfois les clandestins, souvent les hommes d'affaires, même les membres de l'ETA naissante, toutes voies interdites pour une quelconque intervention. Mais il passait aussi par le voyage privé du général de Gaulle.

Début juin devait avoir lieu ce curieux détour d'une statue contemplant son modèle très réduit mais tenace, dont la santé ne tenait qu'à un fil, qui serait un fil de fer tandis que l'autre s'abattrait peu après comme un chêne.

Privée, personnelle, prétendue simple, la rencontre de ces personnages fut soigneusement préparée. De l'ambassadeur de France en Espagne, Robert Gillet, jusqu'au chargé des déplacements du grand homme, le colonel Desgrées du Loû, en passant par le ministre de la diplomatie franquiste, Lopez Bravo, et le consulat général de France à San Sebastián, pas une seconde du trajet et du séjour qui ne fût encadrée, bien programmée. Dans l'ombre, de nombreux collaborateurs de toute nature travaillèrent sur le voyage et se rencontrèrent, profitant de ces liens pour pousser ici un pion, accélérer là une demande.

Le maire lança une nouvelle recommandation, une de plus, comme une bouteille à la mer, afin qu'en haut lieu « nos chers amis et co*llll*ègues espagnols veuillent bien se pencher sur... », ne serait-ce que cela, n'importe qui, n'importe où, que l'on secoue, oh ! à peine, la léthargie volontairement mortelle dans laquelle on plongeait les prisonniers, enfin celui-ci notamment : il gonfla à l'excès les liens de Germaïna avec le pouvoir gaulliste, issus de la Résistance, ce qu'elle aurait refusé si elle l'avait su.

Jamais l'affaire ne dépassa le niveau des conseillers des importants seigneurs, qui l'eussent traitée à leur façon en face de tout tracas : le mépris. Mais par le jeu discret de phrases glissées à l'issue d'une réunion, comme celle organisant la visite prévue du général au Prado, qui fut la plus efficace, par les murmures compréhensifs d'une bouche à une oreille, par une brève note passée à l'un et promise à l'autre, par un service proposé à un service accepté, un fragile sentier fut enfin tracé dans cette forêt opaque.

A la fin, le maire fut informé que l'inventaire du débit dû par ce Gudari serait pour le moins « examiné ». Certes pas sa libération, on ne rêvait pas. Mais une sortie de l'oubli, si possible. En diplomatie parallèle, l'annonce pesait lourd.

Il l'annonça à Germaïna, lui recommandant de ne pas se réjouir trop tôt, le regrettant quand elle lança malgré sa voix émue :

— Je me réjouis rarement.

Vieux sous-ministre bien épanoui par les banquets, le maire allait mourir peu après à l'arrière de sa voiture sur le pont de l'Alma, en chemin vers la Chambre des Députés – dans un cri si long qu'il tétanisa son chauffeur à l'avant. La voiture tangua, monta sur le trottoir et emboutit un réverbère qui fit sauter le capot fumant. Le chauffeur heurta le volant du front, évanoui. Les passants ne virent d'abord que lui, ensanglanté contre le pare-brise. Ils appelèrent les secours avant de découvrir, tombé sur le plancher à l'arrière, un homme en costume croisé, le chapeau tout cabossé sur le nez. Il expira dans les bras du premier ambulancier qui voulut l'extraire, et qui perçut ses derniers mots entre deux spasmes : « ... va bien sortir... mais oui. »

— On va bien vous sortir de là, mais oui, monsieur, essayez de ne pas parler, conseilla le sauveteur.

Mais l'homme n'avait rien entendu, déjà mort.

Et Germaïna continua d'attendre.

*

Assez vite, au cours d'une visite suivante à la prison, Gudari l'informa que ses conditions venaient de s'améliorer, sans qu'il comprenne pourquoi. Elle ne lui communiqua aucun détail à ce propos, patiente.

Ils ne parlaient pas en basque – interdit. Du coup, le mot régime s'associa en elle à l'alimentation, et elle sembla découvrir les sillons creusés dans les joues de Gudari, chaque fois plus profonds.

— Mange, mange ! implora-t-elle. Tu ne tiendras que comme ça.

– Tenir ?

— Pour nous.

Elle associait Neska.

Hélas, plus de trois ans passèrent après l'intervention du défunt maire. Rien d'autre ne se produisit. Désormais, la prison de Gudari n'était plus redoutable, mais pire, morne. Il arrivait que Germaïna fût reçue, à sa vraie surprise, lors de ses visites, par l'un des responsables de la centrale. Il l'accueillait avec un bon sourire, navré. « Mais l'on n'oublie pas, affirmait-il. C'est très long ici. » Germaïna ne répondait jamais. Elle préférait les yeux de haine d'autres gardiens, en s'imaginant bien qu'ils commençaient à leur tour à souffrir d'un frère ou d'un parent déchiqueté. La spirale les absorbait, ceux-là. D'un Etxebarrieta, clandestin mis à mort par la *guardia civil*, à un Manzanas, tortionnaire exécuté en retour, en de courtes années les prisons du pays regorgèrent de centaines d'accusés.

D'alertes en états d'exception, de frontières fermées en visites un moment interdites, Germaïna se faufilait dans ce magma, pas indifférente car elle avait initié peut-être, sans le savoir, à son échelle, cet engrenage dès la guerre civile en 1936. Il suffirait que Gudari sorte et alors – sans doute non, d'ailleurs – elle ouvrirait ses oreilles vers de nouveaux cris. En attendant, elle laissait à d'autres le désespoir d'en être assourdis.

Un jour, devant Gudari si pâle de l'autre côté des barreaux, elle comprit qu'il ne mangerait plus.

Après la route infernale qui revenait au pays, parcourue trois cents ou quatre cents fois, remontant dans l'encaissement de la Bidassoa, après les formalités au pont international de Béhobie plus longues ce soir-là – une nouvelle fermeture, bientôt ? –, Germaïna fit comme Gudari.

Elle dormit bien. Au matin, une fois les enfants installés dans leurs classes, Germaïna fit installer sous le grand arbre replanté quelques années plus tôt au bout de la cour, des toiles tendues entre leurs piquets, un matelas et plusieurs couvertures, des livres et de l'eau. Puis elle s'installa, sa canne posée près d'elle, le dos appuyé sur des coussins, en jupe marron et chemise de toile – sans se rendre compte sûrement qu'elle retrouvait presque les habits de sa guerre, si lointaine.

Elle demanda que l'on fasse revenir Neska de son lycée. Une fois les premières années passées à suivre les cours de la Maison Etcheverry, les enfants poursuivaient leurs études en ville. Rares furent ceux pris en défaut de n'être pas au niveau. Bien souvent, ils en savaient davantage que les autres. Et, sa fille près d'elle, qu'on prévienne... qui ? N'importe qui, peu importe, en quelques minutes la ville serait au courant.

Germaïna débuta ainsi sa grève de la faim, ou plutôt la leur : Gudari venait de faire de même dans sa prison. Ils ne se l'étaient pas dit.

*

Au début du quatrième jour, elle eut mal, vite, partout, sauf dans sa mâchoire insensible.

Ceux qui la connaissaient peu n'approchaient pas. Ceux qui la connaissaient bien ne disaient rien. Germaïna avait eu raison : les attroupements en bas de la Maison, sans être ceux d'une foule, se firent imposants au point de forcer la gendarmerie à installer un cordon sécuritaire autour de l'enclos de Germaïna et bientôt aux accès plus éloignés. Chaque matin, le journal publiait une photo, prise de loin, à propos du « combat désespéré de la pasionaria », formule bientôt reprise sur les ondes. Heureusement, Neska le cachait à sa mère.

Quand elle descendait en ville, Neska mesurait à quel point la rage de Germaïna, seule là-haut, enroulée dans ses couvertures et s'affaiblissant de jour en jour, portait des fruits dérisoires. Des amis au lycée, déjà satisfaits de tout et « ayant lu », expliquaient doctement que dans le monde, des manifestations rassemblant un million de personnes n'avaient abouti à rien pour sauver des causes autrement primordiales ! Ce qui importait ? La ré-vo-lu-tion – ils s'y connaissaient, l'un d'eux avait reniflé un effluve de gaz lacrymogène à Bordeaux, au mois de mai 1968.

Neska croisait des jeunes hommes en blouson qu'on ne voyait jamais jusqu'alors, le cou ceinturé par la courroie d'appareils photo, et d'autres qui se tournaient vers elle après avoir parlé à un commerçant sur son passage, un calepin à la main, et qui la montraient du doigt. Alors, elle courait se cacher.

Surveillée à intervalles réguliers par un médecin de la ville, qui tenta une fois de la raisonner – pas deux –, Germaïna attendait. Elle attendait depuis tant d'années ! Que seraient quelques jours supplémentaires ? Ses derniers sur terre ? Alors Gudari vivrait les mêmes. Sans doute s'éteindraient-ils tous les deux à la même seconde. Elle se moquait de ce qu'était une « cause ». Elle ne voulait que libérer Gudari, ou mourir avec Gudari. Neska ? Emancipée, elle mènerait sa vie, chacun son tour. Elle s'installait pendant de longues heures près de sa mère. Souvent elles chantonnaient ensemble.

La petite était devenue une jeune fille au teint de coquillage, d'une peau plus blanche que celle de Germaïna. Mais elle avait les mêmes cheveux que Gudari et que ceux de sa mère à son âge d'adolescente, bien noirs. Elle les portait mi-longs, arrondis à hauteur des épaules et séparés au centre. Souvent effrontée, elle traversait la ville vêtue en général d'un chandail moulant sa jeune poitrine sur un chemisier à col pointu, et d'un pantalon serré, sauf en bas où il s'évasait – les jeunes disaient « pattes d'éléphant ».

Surprenant tout le monde, Neska s'était prise de passion pour la cuisine. Chaque dimanche matin, elle occupait les fourneaux, dans un coin que libéraient le chef et ses commis à la Maison. A midi, elle régalait Germaïna d'abord, les résidents âgés autant que les enfants qui n'étaient pas rentrés dans leurs familles ensuite. De qui tenait-elle ce don ? Germaïna avait nourri, mais sans s'attarder. Gudari, autant qu'on s'en souvienne, n'avait pas su fabriquer une simple omelette. Absent depuis des années, il n'avait d'ailleurs jamais dégusté le moindre ragoût de sa Neska, qu'il n'avait pas vue grandir. Peut-être supportait-elle mieux cette attente, dont elle dissimulait la torture en elle, en mijotant des plats. Elle lui parlait ainsi.

Jusqu'à ces jours terribles pendant lesquels elle veillait près de sa mère, Neska dansait souvent le soir...

De jour en jour, le visage de Germaïna se creusait, dans une teinte de grisaille. Des cernes sombres gonflaient sous ses yeux, qui restaient d'une dureté étonnante, comme épargnés par le voile poussiéreux dont la peau s'enveloppait.

Durant les premiers jours, elle s'était levée seule pour aller aux toilettes. Désormais, deux employées de la Maison l'accompagnaient – peu à peu la portaient. Neska avait tenté de le faire, mais Germaïna l'avait repoussée :

— Laisse, fille. Quand tu auras eu des enfants, tu sauras ce que c'est de torcher. En attendant, laisse. Attends-moi.

Et de toute façon, souffrant tant et si constipée, Germaïna ne bougeait plus. On l'aidait à se vêtir, à se tourner sur son matelas, à avaler quelques gorgées d'eau, seul aliment qu'elle acceptait. Au début, elle se changeait seule, à l'abri des toiles tendues de cette tente inventée sous l'arbre de la cour, dont le pays parlait sans cesse, et bien au-delà. Au moins le retentissement espéré avait-il réussi. Mais les blancs-becs qui grattaient leurs barbiches en assurant Neska que le combat de sa mère relevait du spectacle n'avaient pas tort. Germaïna voulait l'ignorer, et eux évitèrent sans le savoir une raclée de canne.

L'abbé s'était présenté à la Maison dès le premier jour. Germaïna avait accepté qu'il pénètre dans son enclos. Le gros homme vieilli, toujours massif à plus de quatre-vingts ans, s'était accroupi à côté d'elle, dans sa soutane qu'il persistait à porter et qu'on se gardait de moquer. On aurait dit un énorme bouddha affaissé au centre d'une corolle noire.

Il n'avait rien demandé à Germaïna, rien justifié, parlé seulement, et de tout, et de rien, mais pour qu'elle sache, si elle avait douté, qu'il serait là toujours, tenant sa main, de loin, à distance, sans revenir la voir – « n'est-ce pas, on est d'accord ». Elle l'avait observé se relevant, en pestant, courbatu, emplissant d'un seul coup l'espace de sa tente et quittant le lieu dans une virevolte de sa soutane, se disant qu'elle la voyait battre l'air sans doute une dernière fois – elle pensait à sa propre mort.

D'autres édiles avaient tenté le déplacement, surtout si quelques caméras rôdaient. Aucun n'avait franchi le seuil de la tente. Les enfants étaient tenus à distance car « Mme Etcheverry se repose et pense à vous. Ne faites pas de bruit ». D'habitude dissipés, ils prenaient un air sérieux pour respecter la consigne, et jamais on n'avait autant parlé basque, avec les anciens, que pendant ces treize journées que dura la grève de la faim de Germaïna.

*

Par bonheur, l'hiver offrait un dernier cadeau de douceur. Aucun gel, pas de pluie. Comme bien souvent à l'approche de Noël, on pouvait aller en chemisette.

Car au matin du quatorzième jour, à bout de forces, mais tendue sur elle-même avec des yeux qui mangeaient les joues enfoncées, les cheveux défaits, en désordre sur les épaules, sale parce qu'elle ne se nettoyait que le visage avec le bout d'une serviette imbibé d'eau de Cologne, Germaïna vit, par l'entrebâillement d'une toile, le capot d'une ambulance s'avancer dans la cour et stopper à quelques mètres.

Furieuse qu'on s'occupe d'elle sans son ordre, elle saisit sa canne posée à côté du matelas et réussit à la brandir, au bout d'un poignet décharné, en tremblant de fièvre, proche de la syncope. « Imbéciles ! pesta-t-elle tout de même... auraient pu mettre le cul vers moi, plus simple... m'embarquer, incapables... » Sa vue se brouillait.

Les images dansaient devant elle. Il lui sembla distinguer des portières ouvertes à la volée, en tout cas elle entendit des ordres lancés. Elle tordait le cou pour suivre la manœuvre, et sa tête tournait, ses tempes battaient désormais au moindre mouvement. A l'arrière, on sortait un brancard à moitié masqué par les infirmiers qui le tiraient et par le médecin, celui du premier jour. Elle le reconnut, à quelques mètres, mais si flou, un fantôme.

On venait la chercher. Elle redressa son buste, sentant la bile envahir sa bouche, souffrant de lancements atroces.

— Non ! hurla-t-elle, mais le son sortit si faible que personne n'entendit. Deux employées de la Maison, à ses côtés jusqu'alors, s'étaient éloignées pour observer le manège autour de la voiture. Déjà, elles écartaient les rideaux de la toile, en prévision.

— Non ! répéta Germaïna, en apercevant le brancard sorti.

Le hurlement sortit dans un pauvre râle, moins sonore que le bruit de sa canne, qu'elle venait de lâcher et qui heurta très fort sa mâchoire, sans provoquer le moindre cri, car elle ne sentait rien, là.

Puis elle retomba brusquement sur le dos, dans une semi-inconscience, percevant quelques mouvements, quelques sons, sans les comprendre. Elle ferma lentement les yeux parce que soudain ses souffrances s'accordaient un répit, endormies à leur tour.

Dehors, les infirmiers tenaient le brancard et interrogeaient le médecin penché au-dessus :

— On le met où ?

— En haut dans la chambre, on va vous guider. Allongez-le sur le lit, tête relevée. Et redescendez vite. Il faut la monter, elle aussi. Ça suffit maintenant ces fantaisies, marmonna-t-il à la fin.

Ils montèrent le brancard à l'étage, attentifs à ne pas bousculer le corps allongé, qui pesait à peine plus lourd qu'un squelette.

Gudari venait d'être libéré.

*

On allongea à son tour Germaïna sur le brancard. Les employés avaient fait rentrer tous les enfants dans les salles de classe. Les anciens ne bougeaient pas, pudiques, entre eux. Seule Neska accompagnait le médecin quand les infirmiers hissèrent le brancard, l'un avec les montants sur ses épaules, l'autre à l'avant baissant les bras au maximum pour que la couche reste horizontale dans les escaliers. Neska tenait la canne de sa mère à la main.

Quand ils l'avaient emportée, Neska avait placé le bâton, bien patiné à force, le long de son corps. Elle avait toujours vu sa mère avec l'objet, une part d'elle-même. Mais le médecin l'avait repris et le lui avait confié :

— Malheureuse ! Elle peut se redresser, tu sais. C'est fou la force de certains réveils. Je t'expliquerai.

Germaïna tressautait sur le brancard. Le médecin l'observait, coincé dans le tournant des marches, très attentif. Mais pas inquiet : Germaïna délirait plutôt, sans doute des visions fulgurantes. Elle flottait entre la syncope et la conscience. Il entendait des râles, des grognements, il suivait des yeux ses mains où les doigts avaient fondu, secs comme leurs os, crispés sur du vide, et la bouche qui montrait les dents de temps en temps. Tout allait bien ! Tant qu'elle rouspétait...

Une fois allongée dans la chambre, à côté de Gudari qui avait suivi son entrée depuis le lit, flottant dans un corps de cadavre conscient, Germaïna avait été giflée par le médecin qui par ailleurs faisait un geste d'apaisement envers quiconque aurait pu s'inquiéter. Il fallait éviter que Germaïna ne s'enfonce.

Il recommença, plutôt fort. Enfin, Germaïna entrouvrit les yeux, et le médecin attendit quelques instants. Il savait qu'elle ne voyait presque rien. Devant elle devaient s'agiter des ombres bizarres.

Elle referma les paupières à trois reprises et peu à peu sa vision se fixa. On avait relevé sa tête sur un petit oreiller. Elle pouvait vomir, mais de la bile aigre, rien d'autre. Son estomac était rabougri depuis longtemps et elle n'avait presque plus de corps.

Avec Gudari allongé à côté, à peine redressé, on aurait dit deux gisants décharnés mais en paix. La chaleur de la pièce colorait timidement leurs joues.

Ou bien étaient-ce leurs yeux, brillants à nouveau, qui donnaient ce sentiment de vie ténue, prête à céder mais tenace ? Car ils se dévisageaient sans fin. Tout le monde se taisait.

Germaïna venait de découvrir Gudari à côté d'elle. En bas, quand le brancard avait été sorti, elle n'avait rien vu. Sa tête s'était révulsée à l'idée qu'on l'emmenait de force et qu'elle ne pouvait plus résister.

Elle se réveillait contre Gudari. Pendant un bref instant, elle se crut donc morte, avec lui. C'était doux.

Mais les bruits autour d'elle, mais le visage de Neska au-dessus de l'épaule du médecin, mais leur chambre... et Gudari dont elle sentait le souffle près de sa bouche ?

Elle étendit la main vers la sienne. Elle tâtonna plutôt, comme une aveugle. Lui aussi chercha et saisit ses doigts entre les siens. Chacun eut un frisson. Leurs peaux ne glissaient plus l'une sur l'autre, trop sèches.

A cet instant seulement, Germaïna reprit vraiment conscience. Elle redressa la tête. Des boursouflures d'épuisement, dans les cernes et autour des lèvres ternes, se cognaient contre des os saillants, un nez devenu lame, des mâchoires trouées sous le menton. Elle offrit à tous le sourire d'une immense mélancolie en suppliant :

— Piquez-nous...

Elle avait si souvent entendu et prononcé la formule au temps où elle soignait, à Bilbao, à Bayonne, qu'elle ne réalisait plus, dans ce délire, que les autres comprenaient : « Achevez-nous. » Ils se regardèrent, navrés. Ce qu'on murmurait, vraiment... d'ailleurs, avec ses cheveux blancs longs et sales, son visage cireux, ce regard affolé, elle était bien une *zorgina*... une sorcière.

Ils administrèrent effectivement une piqûre à Germaïna et à Gudari, mais de sérum.

*

Gentiment endormis dans leur chambre, Germaïna et Gudari furent surveillés par Neska dès qu'elle remonta du salon. Le médecin lui avait révélé ce qu'avait bien voulu lui confier l'attaché de la préfecture des Basses-Pyrénées, venu le réquisitionner avant l'aube.

Deux jours plus tôt, un appel du ministère de l'Intérieur avait informé le préfet. Le médecin se retrouva à l'arrière de la voiture noire du fonctionnaire délégué. A cette heure-là, la nuit s'achevait à peine et des brumes hivernales flottaient sur les rivières. Mais le temps restait doux, comme un printemps revenu en toute hâte.

— Nous allons assez loin, docteur. Nous tenons à éviter les passages fréquentés. Une ambulance est déjà sur place. La gendarmerie surveille. Cela va bien se passer.

— Mais quoi ?

— La livraison.

— Vous avez besoin de moi ?

— Oui. Il est très faible. Vous savez, il a fait une grève de la faim depuis treize jours. Comme elle.

— Mais qui ?

— Mais lui ! s'énerva l'attaché comme s'il désignait du pouce, par-dessus son épaule, la Maison, pourtant très loin du lieu où ils allaient. Comment s'appelle-t-il déjà ? grogna-t-il en extrayant de son costume une fiche pliée.

— Gudari ?

— Voilà, exact. Ils nous créent des histoires, ceux-là. Libéré à l'aube. Il paraît que ça grenouillait depuis un moment, je n'en sais pas davantage, en haut lieu, des interventions... avec Franco, c'est difficile, non ? Enfin bref. C'est bientôt Noël, de temps en temps, ils amnistient, ils libèrent en secret, pas souvent mais quoi, c'est peut-être ça, non ? Ils sont extrêmement croyants en Espagne, davantage qu'ici, non ? Surtout je pense, vous savez, il serait mort sans manger, hein ! Ils sont terribles ceux-là. J'officiais en Bretagne avant, c'est des têtes de mule aussi, non ? Que disais-je... oui, ils ont eu peur tout de même des remous, vous savez, partout dans le monde, on exécute et... *basta !* on dit comme ça ici, non ? Mais un simple condamné à la prison qui se laisse mourir de faim, ça fait peur. Faut avouer, c'est horrible, non ?

Le médecin ne répondait à aucun de ces successifs « non ? », qui n'étaient pas destinés à susciter la discussion mais à affirmer la certitude d'un distingué serviteur de l'Etat.

Celui-ci poursuivait :

— Voilà, très mauvaise impression. Ils le rendent. On le récupère. Si vous voyez autre chose, ne dites rien. Secret professionnel, vous me comprenez, non ?

Pendant qu'ils roulaient au plus profond du pays, s'enfonçant dans les lacets d'une route de montagne au-dessus de laquelle le premier jour nettoyait le sommet des collines, de l'autre côté un camion militaire gravissait lui aussi son chemin.

Sa bâche kaki et ses lumières jaunes comme les yeux d'un serpent faisaient se détourner les paysans qui commençaient d'ouvrir leurs étables, dans les minuscules villages traversés. A l'arrière, sanglé et menotté, Gudari bringuebalait contre les cloisons à chaque cahot. Il grelottait.

La voiture du fonctionnaire français peinait à son tour dans les derniers lacets vers le col de Lizarietta, poste de douane discret et souvent endormi qui avait été choisi pour le transfert. En ce lieu, selon les habitants, la frontière n'existait pas.

A l'intérieur, ils ne parlaient plus. La forêt autour restait sombre, mais, accrochées au sommet des arbres, s'élevaient des cahutes perchées si haut qu'à les voir on avait le vertige. L'attaché collait son nez à la vitre, cherchant à distinguer dans la brume les pantières d'Etxalar, tout près de Sare qu'ils avaient traversé peu avant.

Préférant rompre le silence, le médecin lui demanda :

— Vous connaissez, monsieur ?

— Quoi donc ?

— Les palombes.

— Qu'est-ce que c'est ?

— Une chasse de mille ans, mais... bon, cela ne fait rien. Si vous restez, avant d'être nommé dans un pays plat, essayez donc.

— Bien sûr. Ah, nous arrivons.

Une ambulance blanche attendait, garée devant le bâtiment frontière. Un cordon de gendarmes barrait l'accès. Au bout d'un quart d'heure, un bruit de camion de l'autre côté, au bout du virage, avait mis tout le monde sur le qui-vive. On demanda au médecin de rester en retrait. Autant la plaine amollissait la peau, autant le vent piquait le bout du nez en hiver dès qu'on grimpait. Piétinant pour se réchauffer, il lui sembla voir divers mouvements autour des deux véhicules. Les gendarmes masquaient la vue.

Après quelques instants de palabres, on lui fit signe, de loin, pour qu'il s'approche. Il put alors découvrir un homme, déjà glissé à l'intérieur de l'ambulance. Il l'examina, pendant que le moteur du camion militaire, de l'autre côté, se remettait en marche puis s'estompait dans le lointain, de retour en Espagne.

En le recouvrant d'une couverture, il échangea quelques phrases en basque avec l'homme, les premiers mots de ce dernier dans sa langue depuis des années. Il le rassura.

Gudari tremblotait, exsangue. Il se frottait les poignets où pointaient les os, que les menottes avaient écorchés.

Le médecin secoua la tête :

— Des menottes. Il ne pourrait pas faire trois pas sans tomber.

— Ça va aller, non ? s'inquiéta l'attaché.

— Mais oui, assura le médecin, tout en retirant l'aiguille qu'il venait de planter dans l'avant-bras de Gudari, une première injection de glucose.

— Parce que si on peut éviter de l'emmener à l'hôpital, vous comprenez ? Pour empêcher que cela ne s'ébruite, on a choisi ce poste où personne ne passe – il paraît qu'ils ont des chemins à moins de cent mètres, c'est très curieux ici, non ? Alors un hôpital, avec le monde qu'il y a, cela serait mieux d'éviter, non ? Les ordres, sauf votre avis contraire, docteur, sont plutôt de le déposer... où déjà ? soupira-t-il en ressortant sa fiche pliée.

— Maison Etcheverry sans doute.

— Voilà, exact. Vous connaissez ?

— Un peu. Pas besoin d'hôpital. D'ailleurs, pour le moral, cela vaut mieux. Sa femme et leur fille sont là-bas et...

— Très bien, parfait. Allons-y.

Si plus tard un paysan qui conduisait des bêtes d'une colline à sa ferme – en vérité, il passait quelques ballots de cuir d'un côté à l'autre – raconta le soir au café qu'il lui semblait bien qu'on avait placé quelqu'un aussi dans le premier camion qui repartait en sens inverse, jamais on n'eut la preuve du probable : un échange de prisonniers.

*

— Neska, tu en sais autant que moi, termina le médecin. Tu peux remonter près d'eux. Mais ils dorment. C'est le meilleur remède désormais. Je viendrai deux fois par jour. Des piqûres pour combler tous leurs manques d'abord. Peu à peu une vraie nourriture. Ne t'inquiète plus. C'était tangent. Quelques jours de plus...

Tangent, davantage qu'il croyait. Quelques jours de plus ? Un seul.

Le lendemain du retour de Gudari fut déclenchée l'opération *Ogro*, le surnom donné au dauphin de Franco, l'amiral Carrero Blanco, Premier ministre d'Espagne depuis six mois.

Sa voiture blindée pesant près de deux tonnes fut projetée au-dessus du cinquième étage d'un couvent.

Cent cinquante kilos de plastic goma, répartis en trois charges, explosèrent sous ses roues. Le cratère fut profond comme une fosse commune, en un symbole annonciateur de la répression qui suivrait.

Au lieu de libérer des prisonniers, on les entassa. Très tangent...

29

Peu à peu rétablie, Germaïna calcula. Gudari lui avait été enlevé pendant dix ans, sept mois et quatre jours. Elle n'incluait pas les treize journées de leur grève de la faim.

Ils s'étaient aspirés tous les deux vers la mort lente, ensemble, réunis à distance, contre le gré de tous. Elle ne les comptait donc pas.

Chaque jour, elle dormait de longues heures, à le frôler. La force réoccupait son corps. Avec timidité, l'énergie semblait frapper contre elle, contre une vitre fragile au début, une porte chancelante ensuite, peu à peu contre un roc.

Germaïna se relevait, dépensant d'un seul coup ces extraits de fougue revenue, comme il arrive lorsqu'on reçoit un coup de fouet. Puis elle s'affaissait et revenait dormir près de Gudari, jusqu'à la prochaine fois où elle se lèverait.

Mais Gudari ne se releva pas.

Il s'éteignit lentement, bougie vacillante que Germaïna rallumait chaque fois d'une forte tendresse. Elle attisa la flamme, sans s'essouffler, pendant vingt-trois mois.

Lui aussi lutta, de toutes ses forces qui déclinaient, ravivé par les mains de Germaïna quand elles se posaient sur son front, par les baisers au même endroit de Neska, qu'il ne vit jamais pleurer.

Plusieurs médecins se relayèrent dans la chambre qu'il ne quittait pas. D'analyses en examens, on constata que son corps ne se réparait plus. On parla de leucémie, d'autres noms à frémir, mais le vieux médecin qui l'avait récupéré là-haut, dans la forêt, fut plus simple :

— Il est usé.

Ses clavicules de rescapé de camp pointaient sous sa peau. Germaïna le regardait dormir. Elle voyait un abandon qui ne la gênait pas.

Un soir, seule avec lui qui semblait évanoui, et il faisait si chaud que les draps avaient été repoussés, elle le déshabilla et promena sa main sur tout son corps trempé, entre les côtes qui saillaient en se soulevant, sur les hanches dont l'os pointait, ses cuisses creuses et ses pieds comme des griffes grises. Elle recueillit les sueurs de sa fièvre et essaya de boire cette rosée aigre au creux de sa paume.

Les dix années passées au fond d'une geôle avaient râpé Gudari, par copeaux, comme un rabot qui ne va laisser bientôt à vif que le nerf de son bois. La grève de la faim avait cisaillé quelques fils, les derniers tendus. Germaïna, de son côté, les avait conservés, bien attachés. Sa force était innée.

Au cours d'une conversation avec le médecin, un soir à la fin de sa visite, tandis qu'elle lui offrait un verre de patxaran, il avait entendu sa question :

— Pourquoi lui, docteur ? Je sais, ma question est idiote. Personne ne choisit. Mais je me dis qu'il ne mérite pas... C'est injuste. A-t-il été jamais heureux ?

— Et vous, Germaïna ?

— Moi ? Mais ce n'est pas la question, que je sois heureuse, ricana-t-elle.

— Je voulais dire : et vous dans tout ça ? Vous vous oubliez dans son bonheur ?

— Je ne réfléchis pas.

Lui, en revanche, s'était mis à réfléchir à haute voix :

— Germaïna, les femmes sont plus fortes que les hommes. C'est un constat. Un homme peut procréer vingt mille fois dans une vie. Mais si ! Imaginons un pubère qui commence à quinze ans, tous les jours une femme différente, tous les jours fécondée, et cela jusqu'à environ soixante-dix ans. C'est une hypothèse, sourit-il, mais c'est absolument plausible. Une femme ? Elle peut enfanter, allez, disons quinze fois. Un peu plus... un peu *moinssss*, peu importe. Et beaucoup de ses petits meurent, du moins jadis. Vous voyez la différence, colossale ? Cela signifie qu'un homme qui meurt, ce n'est pas grave pour l'espèce. Le suivant n'aura pas assez de toute sa vie à utiliser sa semence. Autrement dit, un homme, ça se remplace comme ça, pof ! s'amusa-t-il en claquant des doigts. Tandis qu'une femme qui meurt, c'est très grave puisque chaque femelle permet à peine à l'espèce de continuer. C'est très précieux, une femme. Très, très précieux. Ainsi donc, la nature les a fabriquées extrêmement résistantes. Allez dire le contraire !

Germaïna avait opiné, pas tout à fait convaincue. Le médecin avait enchaîné, passant à autre chose :

— Votre mâchoire, à propos ?

— Rien de changé.

— Je sais. Mon collègue dentiste m'en a parlé hier. Il n'en revient pas.

— Ça lui économise une dose d'anesthésie ! avait souri Germaïna. Du moins s'il reste sur les dents du bas. En haut, je suis comme tout le monde. Je hurle devant la roulette.

— Ça m'étonnerait.

— Vous voulez que je hurle, pour essayer ?

— Non, non...

— Ça me soulagerait.

Le médecin ne savait jamais, les autres non plus, si elle plaisantait avec ce ton métallique. Il avait repris, ironique :

— Essayez de résister à la tentation ! Résister, ça vous connaît.

— Dommage.

— Vous ne sentez vraiment rien dans cette mâchoire ?

— Absolument rien.

— C'est un phénomène psychosoma...

— Bien, docteur. Je vous laisse. Il est tard.

Elle l'avait salué du bout de la canne, puis était remontée vers Gudari. En la suivant des yeux jusqu'en haut de l'escalier, forte femme toujours belle, troublante et boiteuse, le médecin s'était surpris à s'interroger en silence : d'où partirait-elle ? Indestructible... Personne n'est indestructible. Mais quelle courroie intérieure allait claquer un jour ?

*

Très longtemps, Gudari tint bon. Sans doute avait-il au fond de lui le désir de gagner. Il agonisa pendant deux semaines d'un automne tout mouillé.

Ce matin-là, celui du 20 novembre de l'année 1975, Germaïna se trouvait seule en bas, préparant du café dans la grande cuisine de la Maison Etcheverry avant le réveil des enfants, des anciens, et du peuple de sa Maison. Pas un bruit ne venait des étages, ni des salles le long du couloir, encore moins de la cour. Il lui tardait que celle-ci résonne du crissement du gravier qu'elle avait fait remettre. Elle porta sa tasse dans le salon, avec un biscuit tiède, et s'assit dans le canapé.

Gudari avait mal dormi. Pendant une partie de la nuit, elle avait bercé ce corps vide, qu'elle aimait autant que celui, vigoureux, qui l'avait fait voler au-dessus d'elle-même jadis.

Elle croisa ses longues jambes sous la robe de chambre foncée, une sorte de chasuble en tissu éponge qui la couvrait du cou aux chevilles, cousue par une lingère de la Maison sur ses indications. Sa masse de cheveux blancs, dont la densité élargissait le visage de nouveau rebondi – il semblait qu'elle avait épaissi en reprenant ses kilos –, dominait comme la tête d'une statue sur un socle immobile.

Neska, là-haut, irait sans doute réveiller Gudari, s'il émergeait de la léthargie qui l'assommait, pendant des jours entiers parfois.

Germaïna but sa tasse à petites gorgées, attendant le signal de chaque bruit de la vie. Au bout d'un moment, elle se leva et tourna le bouton de la télévision qui trônait dans le salon. Elle restait rarement devant. Si elle n'avait jamais eu le temps de contempler les heures qui passaient, depuis plusieurs mois elle ne savait plus que les heures existaient.

Entre la tenue de la Maison, l'activité des Transports G & G, les soins de Gudari, son corps fatiguait, son esprit renâclait. Les cent batailles menées depuis son enfance réclamaient leur tribut. Elle reposa sa nuque sur le dossier du canapé et s'assoupit en songeant qu'il valait mieux vendre l'entreprise de transports. Rien ne pressait.

Un crachouillis venu du poste de télévision la sortit de sa torpeur. Elle rouvrit les yeux, toujours seule dans le salon. Dehors, le jour se levait avec paresse, comme s'il rechignait à se battre à son tour contre la bruine qui tombait, le gris qu'il devait dissiper.

Sur l'écran, un brouillard de neige remplaçait les images. La panne était fréquente. Enervée, Germaïna se leva et enfonça des boutons, tapant sur le sommet du récepteur. Elle ne comprenait rien à cette mécanique, sauf qu'elle devait fonctionner toute seule, obéissante. Elle tourna une autre mollette. Des couinements sortirent du poste. Enfin, par miracle, elle capta une image et le son devint clair.

En soupirant, elle revint s'affaler dans le canapé, finissant sa tasse en mâchouillant la dernière bouchée de son biscuit, une sorte de madeleine étouffante, qui la calait jusqu'au déjeuner.

Elle regarda distraitement. Un homme parlait, l'œil triste et le ton retenu. Sur le moment, Germaïna n'y prit pas garde. Après quelques secondes, elle réalisa, en percevant le commentaire, que le poste était branché sur un canal de la télévision espagnole.

Les ondes, si proches, passaient dans le récepteur. Elle avait souvent surpris de telles émissions, dès que l'appareil se détraquait et qu'un résident de la Maison s'acharnait, comme elle venait de le faire, sur le gros meuble magique.

Elle prêta une oreille indifférente et elle s'étira dans le canapé une dernière fois, avant de remonter dans la chambre où Gudari dormait. Ses muscles grinçaient, elle les étira à fond.

Ainsi, les bras tendus vers le plafond, poings serrés et paupières plissées, grand animal qui bâillait, elle entendit la nouvelle qui l'assomma :

Franco ha muerto.

Germaïna se dressa, immense dans sa chasuble qui formait un tuyau sombre et droit, des épaules jusqu'aux pieds.

Franco était mort.

Elle fixait le poste où défilaient des images d'hommes et de femmes en pleurs, sur un fond de musique religieuse. Pendant plusieurs minutes, elle suivit l'émission, sans entendre. Le bout de ses doigts tremblait.

Dans son dos, le bruit d'une cavalcade dans l'escalier la fit se retourner d'un bloc. Neska dévalait les marches, affolée :

— *Ama*... maman, vite ! Il s'étrangle !

*

Germaïna suivit Neska dans l'escalier, essayant de courir, mais son pied abîmé lui faisait mal. La jeune fille passa devant, remontant quatre à quatre. Germaïna, essoufflée, lui cria :

— Vite, va ! Va lui dire. Franco est mort.

Quand elle surgit dans la chambre, le visage de Gudari devenait violacé. Les couvertures et le couvre-lit venaient buter sur son cou. Seule la tête émergeait, si étroite désormais, avec une ombre de barbe grise envahissant les joues, tandis que les cheveux demeuraient noirs. Germaïna le rasait chaque matin, quand elle remontait du salon. A l'instant, son pauvre visage déformé par la souffrance ressemblait à une tomate abîmée.

La mère et la fille se figèrent sur le seuil.

— Laisse-moi, ordonna Germaïna.

A contrecœur, Neska se recula et Germaïna ferma la porte à clé.

Des morts, depuis qu'elle avait plongé quarante ans plus tôt dans la guerre civile à San Sebastián, puis à Bilbao, Guernica, La Roseraie de Bidart, Pampelune, Bayonne et l'hôpital militaire, le sang dans la neige de la montagne, et ici, à la Maison... des morts, elle en avait tant vu qu'elle n'eut pas un moment d'espoir.

Elle s'approcha du lit. Pour la première fois, elle remarqua que Gudari était devenu si maigre que le drap semblait à plat sur lui.

Elle tira sur le bas de sa chasuble et remonta les pans jusqu'aux genoux. Puis elle monta sur le lit et s'assit à califourchon sur lui, sans appuyer, par-dessus le couvre-lit, buste dressé, exactement comme elle faisait naguère quand il voulait la prendre et qu'elle voulait le voir.

Et elle voulait le voir une dernière fois, qu'il ne quitte pas ses yeux. Le monde entier aurait pu forcer la porte, envahir la chambre, elle n'aurait pas bronché tant son geste hurlait d'amour.

Son geste d'amante, jadis, était de dégager sa poitrine en prenant la masse de ses cheveux, qu'elle sentait lourde, dans ses mains, derrière la nuque, et de bouger ainsi sur Gudari, en lui souriant, yeux mi-clos.

Cette fois, elle se pencha et mit ses mains autour de ses joues à lui. Il brûlait. Et elle garda les yeux bien ouverts. Les siens, qui ne la voyaient peut-être plus, ne la quittaient pas.

Comme jadis, elle sourit :

— N'importe qui serait mort depuis longtemps. Je sais pourquoi tu as tenu si longtemps. Tu voulais rester avec moi. Merci.

Elle se pencha sur lui, visage contre le sien. Puis

elle glissa contre sa joue et ne devina pas quelle larme mouillait quelle peau. La sienne ?

Elle chuchota à son oreille, si bas qu'elle entendit à peine sa propre voix étranglée :

— *Franco hil da...* Franco est mort.

Elle sentit un tressaillement contre son nez. Puis tout le corps se mit à trembler sous elle.

C'était, en tout petit, comme lorsqu'il se donnait à elle, mais en minuscule, un dernier frémissement d'enfant.

— *Milesker...* merci, chuchota-t-elle à nouveau dans son oreille.

Gudari ne bougea pas. Germaïna sentait sa poitrine inspirer, relâcher son souffle ténu, se remplir aussitôt, et se creuser dans un bruit de vieille forge. Elle resta longtemps couchée sur lui, adoptant le même rythme dans sa propre poitrine, le ralentissant à l'unisson, de minute en minute.

Elle eut la certitude que la dernière gorgée d'air arrivait, parce qu'elle vint du fond de son corps épuisé, comme si Gudari se sentait en paix.

Bien qu'aucun souffle ne frissonnât contre sa joue, Germaïna eut confiance en lui. Il l'entendait :

— Pars, maintenant. C'était si plein avec toi, si solide... On ne tombera pas.

*

Germaïna attendit avant d'annoncer la mort de Gudari. Rien ne pressait puisqu'il n'avait plus quitté cette chambre depuis sa libération. D'une prison l'autre.

Les premiers temps, après avoir repris des forces, il s'était levé, avait marché dans la pièce, soutenu par

Germaïna, pris l'air à la fenêtre avant de s'allonger et récupérer. Puis les minuscules promenades s'étaient raréfiées. Enfin, il n'avait plus quitté le lit. On le retournait pendant la toilette. Les escarres sous la peau l'auraient fait hurler s'il n'avait serré les dents à s'en briser les os.

Il l'avait quittée en silence, avec les derniers mots de Germaïna dans sa tête, son souffle sur les yeux. Elle l'avait peut-être étouffé, de son poids de femme pesante sur ce corps friable.

Germaïna se souleva enfin et roula sur le côté où elle dormait d'habitude. Elle y dormirait toujours. Dans la place vide, elle sentirait Gudari contre son corps. Elle le lui avait promis.

Enfin, elle bascula ses jambes vers le plancher et se leva, se hissa plutôt, debout, grimaçante, vieillie d'un coup.

Après avoir rouvert la porte, elle chercha Neska dans le couloir, avant de l'apercevoir à ses pieds. La jeune fille s'était recroquevillée contre le mur, les genoux très haut. Elle y enfouissait son visage, les bras sur la tête.

En entendant la porte s'ouvrir, Neska releva les yeux. Germaïna découvrit son visage ravagé. Elle avala sa salive avec difficulté et ordonna :

— Va me chercher la canne en bas. J'ai mal.

Neska se leva en glissant contre le mur. Debout, elle essaya de jeter un œil dans la chambre. Germaïna la masquait de toute sa taille.

— Va me chercher la canne ! répéta-t-elle d'un ton sec.

Rabougrie, les épaules tressautant, Neska s'éloigna vers l'escalier. Quand elle remonta, une minute plus tard, Germaïna vit d'abord le haut des cheveux apparaître, puis tout le corps, de marche en marche, émergeant peu à peu, poussée comme si elle naissait, jusqu'aux longues jambes minces. Elle tenait d'elle. Maintenant, elle allait souffrir un peu.

Neska tendit la canne. Germaïna s'écarta pour la laisser entrer.

Aussitôt, la jeune fille courut vers le lit et tomba à genoux, la tête sur la couverture d'où sortait seule la tête de Gudari. Son visage était moins violacé. Il semblait dormir, mais en la regardant car ses yeux restaient ouverts.

Germaïna s'approcha pour relever la tête de sa fille. Mais elle résistait, le nez enfoui dans la laine qu'elle inondait de ses sanglots. Germaïna lui tira violemment les cheveux, pour l'obliger. Puis elle se pencha à ses côtés, prit sa main et la plaça à plat sur le front de Gudari, la faisant ensuite glisser vers le bas. Ainsi Neska ferma-t-elle les yeux du mort.

Puis Germaïna se recula sans bruit et revint fermer la porte. Neska avait repris ses sanglots, à genoux contre le lit.

Il fallait qu'elles restent seules, encore un moment. Ensuite, trop vite, viendrait l'annonce aux autres, le défilé, l'enterrement ici – avec la mort du *caudillo* on ne pourrait rien envisager de l'autre côté avant de nombreux jours. Plus tard, on transporterait sans doute la dépouille en Espagne, chez lui, à condition de retrouver les papiers, les traces... Tant d'années s'étaient écoulées, le monde des morts avait changé aussi.

Germaïna revint au centre de la chambre, droite, bien appuyée sur sa canne. Elle observa le dos de Neska, ses soubresauts si tristes, ses sanglots sans fin. Elle-même gardait les yeux secs. Sa tristesse ne produisait plus de pleurs, depuis longtemps. Et seuls les imbéciles iraient mesurer un désespoir au poids des larmes.

Au bout d'un très long moment, vidée, Neska cessa de s'agiter. Puis elle se retourna brusquement :

— Mais pleure !

Germaïna ne répondit pas.

Neska s'était reculée, les fesses sur les talons. Elle arrangeait ses cheveux en désordre devant son visage. Germaïna vint s'asseoir au bout du lit, tout près d'elle. Elle se tint là, le dos très droit, le bras allongé sur la poignée de sa canne, dans une attitude qu'on aurait dit majestueuse. En fait, ses yeux ne regardaient rien, sa vue devenait floue.

Elle dit enfin, d'une voix lente mais fervente :

— Il est parti le même jour que Franco. Mais... plus tard, tu vois ? Plus tard ! Il lui a survécu. Tu comprends ? Il a gagné.

Elle avait crié le dernier mot. Mais Neska soupira, en essuyant ses joues :

— *Ama*... c'est ridicule.

Germaïna semblait ne pas l'entendre. Alors, Neska reprit, en reniflant, mais du ton dont on explique à un enfant :

— Le jour où Franco est mort...

— Aujourd'hui, fille. Aujourd'hui. Avant lui.

— Et alors ? Des milliers de gens vont mourir aujourd'hui. Des centaines de milliers. C'est quoi, cette idée de « victoire » ?

Germaïna se crispa. D'un coup revenait dans sa tête la voix rauque de sa mère Maritchu, un vilain matin : « Qui es-tu, toi, pour parler ? »

Elle serra sa canne. Neska ne baissait pas les yeux. C'était sa première révolte, et Germaïna fut contente.

Ses épaules se relevèrent :

— Bien sûr. Mais lui et le *caudillo*... essaye d'imaginer.

— Je n'imagine rien. Je vois. Je sais. Franco le connaissait ?

— Non, évidemment.

— Et lui, il connaissait Franco ?

— Oui.

— Qui a gagné alors, à ton avis ?

Germaïna prit une longue inspiration. Sa fille la troublait. Elle se releva et se mit à marcher en long, en large dans la pièce, appuyée sur sa canne, un peu moins droite à force. Elle semblait réfléchir, s'arrêtait après quelques pas, les yeux au plafond, puis reprenait sa marche solitaire.

Au bout d'un moment, elle s'immobilisa et énonça, en désignant le cadavre sur le lit, sans regarder Neska :

— C'est lui. Tout de même.

Neska haussa les épaules et attendit.

— ... parce que, vois-tu, à partir de cette seconde, je ne porterai jamais de noir, jusqu'à la fin de ma vie. Je n'y crois pas, tu sais bien, mais s'il existe une chance que Franco nous regarde de là-bas, depuis l'enfer, je veux qu'il me voie en couleurs. Qu'il sache qu'il a perdu.

30

Sept mois s'étaient écoulés depuis les obsèques de Gudari.

Les épaules de Germaïna, à peine voûtées, s'encadraient toujours, à longueur de journée, sur le seuil des portes de la Maison, quand elle vérifiait sa bonne marche, dans les salles de classe, les salons et la salle à manger, aux cuisines, dans l'entrée, en visite dans les chambres occupées par les anciens. Certains n'en bougeaient plus. Elle aimait qu'ils terminent leur vie avec elle.

Ses cheveux blancs n'incitaient plus à la curiosité chez les nouveaux venus. Ils s'accordaient à son âge, comme si elle s'était rejointe.

Sans allégresse, mais avec une gaieté qui revenait pas à pas, elle attendait quel avatar son corps lui réservait pour absorber le choc de cette nouvelle mort. Cheveux blancs... Mâchoire insensible... Mais rien ! Du moins ne se rendit-elle compte de rien.

Comme décidé, elle avait mis en vente l'entreprise des Transports G & G. Si elle avait été portée sur l'introspection, elle aurait expliqué que tenir à bout de bras cette activité et celle de la Maison se révélait au-dessus de ses forces, que l'un des G n'avait plus de sens, que Neska n'envisageait pas de prendre sa succession, que la fumée des camions l'indisposait, que... Assez discutaillé ! Elle n'avait pas assisté aux négociations, confiant ce soin à un avocat de Bordeaux, qui avait bien mené les enchères.

Le pays vivait un essor d'exception. Tout ce qui participait aux échanges augmentait de valeur chaque jour. Une flottille d'engins neufs, une entreprise prospère, une localisation rêvée dans une plaine où l'on prévoyait une zone industrielle : les candidats étrangers s'étaient bousculés. Un consortium hollandais l'avait emporté.

L'avocat avait simplement exposé à Germaïna, à mots tremblants, qu'on grognait dans la contrée parce qu'elle ne vendait pas à des gens du pays. Les sourcils haussés, comme si elle entendait une grossièreté, elle avait demandé : « Ils ont le chèque ? Eux, non. Les Hollandais, oui. » Elle l'encaissa. Elle était riche.

Une partie de cette somme fut employée sans tarder. Germaïna voulait transformer la Maison. Rien de spectaculaire, sinon aménager l'ultime hangar au bout du domaine, un ancien entrepôt à céréales du temps de la ferme, puis moderniser les cuisines, rehausser le fond du grenier pour y créer quatre nouvelles chambres : les travaux débutèrent dès le mois suivant.

Sanglée dans une robe beige qui épousait ses hanches et ses seins plus épais maintenant, Germaïna avait attendu les premiers camions en haut de l'allée. Bien campée, une main sur la hanche, elle avait assisté au débarquement des ouvriers, à la mise en route des machines, sans dire un mot, plutôt souriante quand un maçon et un charpentier la saluaient en passant près d'elle, ployant sous le poids d'un chargement. Ils s'étaient mis au travail tôt le matin. Germaïna avait simplement agrippé de la poignée de sa canne le bras du chef de chantier :

— Et si tu prends un quart de matinée de retard sur le plan, Battite Ithuralde, je vais chercher des gars de l'autre côté, vu ? Ils sont moins chers que les tiens.

On sentait, venu d'Espagne, un vent tout frais, même si la succession de Franco demeurait hasardeuse. Le nouveau maître, le jeune roi Juan Carlos, apparaissait à beaucoup infantile, inconsistant. Mais Germaïna, qui suivait quelques émissions à la télévision, l'y avait observé. Il regardait droit, cela lui plaisait.

Le bas de la Maison Etcheverry fut envahi par les parpaings et les câbles. Le soir, Germaïna et Neska dînaient ensemble, dans la pièce du haut, à côté de leurs chambres.

*

Neska avait séché ses larmes depuis longtemps. La jeunesse absorbait bien les chocs... Vivace comme l'avait été sa mère à son âge, elle insufflait dans la Maison une humeur enchantée. Germaïna s'en nourrissait.

Toutes deux devisaient le soir, jusqu'à ce que les yeux de Germaïna deviennent lourds – ce qui l'énervait car elle aurait aimé entendre sa fille sans fin, qui racontait tout et rien, en donnant l'impression de ne jamais reprendre son souffle. Les amis, les amours, les études, les colliers... Germaïna s'était rendue joyeusement à cette raison. Neska tenait de ces bavardes, à la langue bien pendue, qu'on résumait ainsi : « Celle-ci, tu lui dis bonjour, elle te dit tout le reste. »

Mais ces soirs de confidences s'espaçaient.

Souvent, après dîner, Neska embrassait sa mère en lui souhaitant bonsoir et disparaissait dans sa chambre. Germaïna savait qu'elle entendrait plus tard le bruit d'un moteur sur le gravier de la cour, une porte claquer, et le bruit disparaître peu après dans la descente, jusqu'au silence. Des amis – un seul ami ? – emportaient Neska, à la découverte des désirs immenses et insatiables. Elle ne le cachait pas. Mais Germaïna n'avait jamais voulu entrouvrir le volet et observer.

Neska dansait la nuit. Elle-même, à son âge – à l'époque, il fallait se cacher –, s'épuisait dans les fêtes à Biarritz, Guéthary, ou sur les terrasses de Ciboure. En quoi le monde changeait-il ? La Réserve, après guerre, avait été détruite. N'y subsistaient que les ruines des arcades, près de l'océan. On dansait donc ailleurs, de plus en plus, très tard et, paraît-il, les garçons et les filles ne se touchaient plus sur les pistes. Ça, Germaïna ne le comprenait pas. Pourquoi danser, sinon pour jouir d'avance ?

Ce soir-là, Neska quitta sa mère dès la dernière bouchée avalée – d'autant qu'elle évitait les gâteaux, suivant les préceptes des magazines féminins que Germaïna découvrait dans sa chambre. Mais après un quart d'heure, tandis qu'elle tendait l'oreille dans l'attente du fameux moteur, la porte s'ouvrit à nouveau.

Neska revint s'asseoir.

— Pas de danse ce soir ?

— Je voulais rester avec toi.

La jeune fille avait calé son menton dans une main. Son index masquait ses lèvres et les frottait.

Elle posa enfin les poings sur la table et prit une inspiration :

— J'attends un enfant.

Germaïna, qui raclait les dernières miettes d'un gros *pastissa* aux cerises noires, laissa tomber sa fourchette, sa mâchoire, et ses bras.

Neska suivait les yeux terribles et essayait de voir où sa mère avait posé sa canne...

Tirant sur le devant de sa longue chemise de nuit, en espérant s'aérer, Germaïna reprit plusieurs fois sa respiration, remonta en plusieurs étapes sa mâchoire. L'éclair perçant du regard fut peu à peu remplacé par le lumineux éclat d'un sourire immense, sur tout le visage, jusqu'à tirer sur les oreilles. Neska sourit timidement d'abord.

Et d'un seul coup Germaïna se renversa sur le dossier de sa chaise, leva les yeux vers le ciel et partit dans un rire interminable, aigu, inouï. Un rire irrépressible. Le rire d'un bonheur, à moitié un cri.

Cela dura une longue minute. Neska dévisageait sa mère, sans comprendre. Entre deux hoquets, Germaïna réussit à articuler :

— Va fermer la porte.

— C'est fait, elle est fermée.

— A clé.

Neska se leva, tandis que le rire de Germaïna s'éteignait doucement. Elle tourna la clé dans la serrure.

— Donne, ordonna Germaïna de loin.

Neska soupira et tira la petite clé de métal, pas longue, avec des crans sur la tige, toute plate, une clé moderne qu'elle tendit à sa mère, qui avait repris sa canne et appuyait un bras dessus.

Germaïna, en s'amusant, la fit sauter dans sa main et, d'une pichenette, l'envoya dans sa bouche.

— Mais... qu'est-ce que tu fais ? s'inquiéta Neska.

Comme dans un film rembobiné à une vitesse vertigineuse, Germaïna se retrouvait soudain dans cette

Maison, quand elle avait dix-huit ans et qu'elle avait annoncé une même nouvelle, avant de recevoir sur le visage le poing de son père. L'avenir réserve moins de surprises que le passé.

— Parce qu'il n'est pas question que tu partes, toi.

— Mais il n'est pas question que je parte, répliqua Neska, étonnée.

Comme elle ne sentait rien dans sa mâchoire du bas, Germaïna ne se rendit pas compte que la clé se frayait un chemin vers le fond de sa bouche. Et quand elle déglutit, par réflexe, là elle sentit, et bien ! Elle venait d'avaler la clé.

La main sur le cou, elle étouffait. Elle ne put s'empêcher de déglutir à nouveau, alors qu'elle essayait de recracher.

Neska la vit plisser les yeux.

— Qu'est-ce qu'il y a ?

En toussant, Germaïna reprit son rire :

— J'ai... avalé la clé !

— Mais tu es folle, *ama* !

Germaïna planta brutalement ses yeux dans les siens, canne levée, et tonna :

— Ne dis jamais ça, fille !

Elle avait la mâchoire en avant, les lèvres tirées sur ses dents, et ses yeux noirs foudroyaient sa fille. Neska eut vraiment peur.

Et soudain Germaïna serra ses mains sur son ventre.

— Mais que ça fait mal, bon sang !

Et elle bascula de sa chaise, tombant recroquevillée, en agitant les jambes.

Neska se leva, affolée. Elle se précipita sur la porte, tira sur la poignée avec véhémence, donnant des coups de pied sur le chambranle :

— C'est malin, on est enfermées !

— Appelle ! éructa Germaïna.

Neska tournait en rond, essayant de relever sa mère, allant partout, et pour rien. Elle tapa sur la porte, mais personne n'entendait. L'appartement se trouvait loin de tout, à l'extrémité de la Maison, en haut. Enfin, elle se rua sur la fenêtre et hurla à l'aide, dans la nuit.

Des lumières s'allumèrent en bas. Un ancien, qui faisait office de gardien, sortit dans la cour, revissant son béret. Il leva les yeux en cherchant à distinguer d'où venaient les appels. Découpée par la lampe de la pièce, il aperçut en contre-jour la silhouette du buste de Neska :

— Téléphonez, vite ! Les pompiers ! Le docteur !

*

— Il faut que ça sorte, d'un côté ou de l'autre.

Depuis dix minutes, le médecin gavait Germaïna de laxatifs et de vomitifs. Il s'adressait davantage à lui-même qu'aux pompiers, que le gardien avait appelés d'en bas. Germaïna ne voulait pas de téléphone dans l'appartement.

Très vite, ils avaient dressé leur échelle contre la fenêtre ouverte et jailli dans la pièce. L'un d'eux, avec une petite hache tirée de son ceinturon, avait fracassé la serrure, ouvrant la porte sur le médecin arrivé en même temps dans sa propre voiture. En bas, ils l'avaient dirigé vers l'escalier : « On va ouvrir de l'intérieur. Ça ira vite. »

Le médecin s'était précipité sur Germaïna, que le deuxième pompier avait déjà relevée et qu'il installait bien droite sur sa chaise.

Neska informa le médecin. Il ouvrit sa trousse et sortit des fioles, dont il versa le contenu dans la bouche de Germaïna qu'il maintenait ouverte avec trois doigts : « ...que ça sorte, d'un côté ou de l'autre... »

De l'extérieur, un grand bruit de fer raclant contre un mur écorcha les oreilles.

— Aidez-moi, Seigneur !

Le médecin ne se retourna pas, mais les deux pompiers virent d'énormes mains accrochées au rebord de la fenêtre. Ils se ruèrent. En dessous, bras tendus, soutane battant l'air, l'abbé tendait vers eux un visage rougeoyant, fou de rage.

— Tient pas, votre échelle ! Tirez-moi.

Même ces jeunes hommes musclés, et s'y mettant à deux, peinèrent à hisser à l'intérieur le corps gigantesque du vieux curé. Il tomba comme une masse et brandit le poing en les repoussant à coups de talon :

— C'est bon. Ça va. On est d'accord.

Le premier pompier revint se pencher à la fenêtre, incrédule. L'échelle, glissant sous le poids colossal de l'abbé qui avait dû gigoter contre les barreaux, reposait de biais, à plusieurs mètres de la fenêtre. En bas, un troisième pompier se relevait, époussetant son uniforme et remettant son casque d'aplomb. Il aperçut son collègue en haut et écarta les bras, désolé :

— Pas pu l'empêcher !

En colère, le premier interpella l'abbé qui se relevait avec peine pour s'incliner déjà vers Germaïna :

— Vous auriez pu passer par la porte, nom de Dieu !

Sans se retourner, l'abbé dressa un doigt au-dessus de sa tête :

— Ne blasphémez pas.

— Vous pouviez vous tuer, là !

— Les voies du Seigneur, voyez ce que je veux dire...

En ville, sautant dans sa voiture après l'appel du gardien, démarrant en trombe, le médecin avait failli heurter la masse de l'abbé, sorti sur le seuil de sa cure voisine, comme chaque fois qu'un bruit l'inquiétait. Le gros homme s'était accroché à la portière, retenant le volant. Exaspéré, le médecin avait lancé qu'il montait à la Maison Etcheverry. Contournant la voiture par l'avant, l'abbé s'était engouffré de l'autre côté. « Je connais cette Maison. »

Devant lui maintenant, Germaïna geignait et toussait.

Sentant soudain son estomac se révulser, elle se dressa, renversant tout. Elle se rua vers la porte, dégageant le passage avec sa canne.

Enfonçant plutôt qu'ouvrant les toilettes, claquant le montant derrière elle du talon, elle s'affala sur le carrelage, à genoux.

*

Penchée au-dessus de la cuvette, Germaïna vomissait. Ce fut le premier réflexe qui se déclencha. Les yeux baignés de larmes, elle rendait tout.

Enfin, dans un sursaut, tandis qu'elle sentait sa gorge râpée par un objet dur, elle vit, éjectée de sa bouche, la petite clé qui disparut au fond. Elle ferma les yeux, dégoûtée.

Mais déjà ses intestins se tordaient.

Toujours accroupie, elle fit un demi-tour preste sur ses talons, releva sa longue chemise et s'installa de justesse sur le trône. « ... serai bien légère après ça », pensa-t-elle en essuyant avec l'avant-bras son front trempé de sueur.

Puis elle fut reprise par un hoquet joyeux. Ça lui allait bien, de rire.

Ici, il n'y avait pas un bruit. C'était le bout de la Maison.

Les effets des substances continuaient. Son ventre dégonflait et la douleur partait loin, loin...

Les coudes sur les genoux, fixant le mur en face, blanc et nu, sans poussière ni fissure, Germaïna imagina le bébé qui gonflait dans le ventre de Neska – son premier petit-enfant.

Et elle fondit en larmes.

Germaïna commença enfin à pleurer, comme on pleure de joie pour la première fois dans une vie.

Epilogue

La Maison Etcheverry existe toujours.

On n'entre pas, Germaïna est là.

A condition d'être patient, on peut apercevoir dans les allées d'un joli parc près de Bayonne, chaque après-midi, une très belle et très vieille dame qui se promène lentement en balançant ses épaules voûtées. C'est elle.

Ne pas approcher : elle a sa canne et sait s'en servir.

Ne pas engager la conversation.

Ce sera dommage d'ailleurs, car la voix de Germaïna s'est aiguisée au fil des années et s'entend désormais comme une voix de libellule.

De toute façon, elle ne parlera pas. Inutile de rêver à une réponse si quelqu'un tombe en arrêt en la reconnaissant et balbutie : « Madame Germaïna Etcheverry ? Je vous baise les mains. » Il aura les genoux qui s'entrechoquent, et elle n'aime pas cela. Elle ne répondra pas, sauf « Tss ! » comme jadis et naguère, chassant aussi bien une mouche ou dix soldats armés à la fois.

Qu'espérer d'ailleurs ? Qu'elle raconte l'histoire de la Maison Etcheverry ? Elle n'a jamais voulu.

Certes, toutes les très anciennes dames et les très vieux messieurs marchent, dans ce parc, en s'aidant d'une canne. Toutes et tous portent les cheveux blancs. Que Germaïna ait affiché ses tresses de neige dès l'âge de vingt ans et qu'elle ait appuyé sa jambe abîmée sur une béquille de bois n'est pas d'une grande aide pour la distinguer d'eux.

Comment la reconnaître alors ? Le moyen le plus sûr, à condition d'avoir du temps, est de s'asseoir sur un banc. Puisque de dos, on pourra la confondre avec d'autres, il faut attendre qu'elle passe devant vous et la voir de face.

Ensuite, éliminer celles qui s'habillent en noir. Depuis la mort de Gudari, elle respecte son vœu de n'en jamais porter. Elle est donc tout en couleurs (« Pour que Franco, qui me regarde depuis l'enfer, sache qu'il a perdu », et elle s'en souvient chaque jour car si elle perd la mémoire immédiate, plus le souvenir remonte dans le temps, plus il est précis ; or, Franco et elle, voilà quatre-vingts ans que cela dure.)

Là, se concentrer sur le visage. Oublier les rides et les joues en rigoles, elles en ont toutes. Chercher une mâchoire encore ferme, comme si d'être serrée sans douleur l'avait fortifiée ; chercher la peau sans taches, Germaïna les masque d'un infime voile de poudre.

Fixer les yeux, surtout. C'est-à-dire, essayer. Et si l'on ne peut pas supporter, si l'éclair qui en sort réduit en cendres, si l'œil qui repère le blanc transperce, si la prunelle lance un rayon absolument noir, terrible, si ces yeux ne se sont à l'évidence jamais baissés, devant personne, mettre alors ses mains sur les paupières et se féliciter : c'est elle.

Souffle repris, la suivre des yeux quand elle s'éloigne et achève son deuxième tour quotidien dans le parc. Elle va presser le pas, autant qu'elle pourra. Elle ne veut pas tarder, car en fin d'après-midi on illumine sa Maison Etcheverry.

Tous seront là : le petit, Iloba – quatre-vingt-deux ans –, son gamin de frère, Anaï – soixante-seize ans –, et la femme d'Iloba, l'Indienne, Basa – soixante-dix-sept ans –, enfin la fille de Germaïna, la bavarde effrontée, Neska – soixante-deux ans.

Que l'on se poste en bas de l'allée, et l'on en verra des voitures, des fleurs, des couleurs ! Et des enfants, ceux d'Iloba, de Neska, et les époux, les épouses, leurs petits-enfants, donc les arrière-arrière... de Germaïna. Ils ont compté, et rameuté des cousins d'Amérique, d'Australie, et jusqu'à Saint-Jean-Pied-de-Port, c'est dire ! aboutissant au total magique de cent invités, pour le symbole : cent, comme le nombre d'années de Germaïna.

Car en ce printemps de l'an 2018 on fêtera ce soir l'anniversaire de Germaïna Etcheverry. Ses cent ans.

*

Dans la Maison, c'est un capharnaüm. Depuis quarante ans, depuis que le premier petit-fils de Germaïna est arrivé sur terre, on n'a pas cessé d'aménager, de transformer, d'étendre. La bâtisse est toujours là, dressée contre le vent d'ouest. Des bâtiments l'entourent, des immeubles où naguère on roulait dans les prés, une deuxième autoroute plus bas, un éclairage qui supprime la nuit.

Germaïna emprunte la grande entrée et, une fois de plus, elle occupe tout le cadre, même si son corps s'est rapetissé. Une question de port de tête, sans doute.

Elle traverse le couloir, jusqu'au fond, avec des gamins dans les pattes, qui l'appellent *amatchi*. Leurs cris la soûlent, mais elle est heureuse – ce n'est pas le mot ; enchantée, c'est mieux. Cela s'accorde mal à elle, mais c'est bien cela : enchantée. Cependant, elle craint un faux pas, et de tomber avant d'atteindre sa chambre en haut, toujours la même. Puis elle aboutit sans encombre à l'ascenseur qui a été installé à l'aplomb de sa chambre en 2008, quand on célébra ses quatre-vingt-dix ans. La porte automatique glisse et elle y pénètre, seule, en grognant. Pourquoi ? On n'a jamais vraiment su. Peut-être parce qu'elle doit se tourner à l'intérieur afin de faire face à la pièce lorsque la porte s'ouvrira à nouveau, tout en haut de la Maison.

Elle vit seule, là-haut. Cela lui convient à merveille. Si c'est ainsi, c'est qu'elle le veut.

En bas, ça grouille d'enfants et d'autres vieux qu'elle a souvent connus en culottes courtes. Trois autres femmes ont l'âge de Germaïna – les centenaires se multiplient. Une est coriace aussi, qui a déjà fait exploser un poste de télévision dans le salon, en bas, avec sa canne, parce que l'émission l'exaspérait. Germaïna l'aime bien. Son dernier jour approche, elle n'est pas dupe. « Pourvu que ce soit bref », marmonne-t-elle parfois.

*

La fête est familiale. Il est loin le temps où les édiles organisaient très à l'avance, et dans un décorum fastueux, la cérémonie d'un centenaire, si rare jadis. Désormais, avoir passé un siècle sur terre ne relève toujours pas du banal mais déjà du familier.

A l'issue de la fête qui la célébrera, Germaïna va découvrir ce qu'elle ignore encore.

Depuis cinq mois, Iloba a fait tourner un film dans chaque lieu de sa vie d'Amérique, depuis le premier pâturage où il a fait le berger jusqu'aux tours de verre qui abritent ses studios de télévision à Hollywood, en passant par Chino, Bakersfield, et le country club – vendu depuis des lustres à un groupe asiatique.

Germaïna va le découvrir tout à l'heure. Iloba lui a demandé l'autorisation auparavant. Elle a accepté.

Iloba lui a demandé s'il pouvait également réaliser un deuxième film, au pays celui-ci, et qu'elle lui indique tous ses lieux à elle, son effroyable vie, ses chemins de guerrière. Il aurait aimé voir. Tous ici auraient aimé. Germaïna a simplement répondu : « Non », d'une voix froide.

— N'auront qu'à lire un livre, un jour, a-t-elle grogné. Mais qu'il ne tombe pas dans ma canne, celui qui le fera, malheureux !

Elle sait ce qu'elle fera demain, à l'entame de sa cent unième année. Elle ira à Guernica. Le bébé y est enterré. Il n'y a plus de frontière.

En attendant, rideau ! Le film.

*

Derrière Germaïna, le clan Etcheverry s'installe, et ça piaille. Elle se penche à l'oreille d'Iloba, en s'installant dans le fauteuil qu'on lui a avancé :

— Pas trop long, fils ? Mes yeux se fatiguent.

Elle l'appelle fils, enfin. Et lui, il a demandé à son oreille, criant parce qu'elle a l'ouïe faible : « Je peux t'appeler *ama*... maman ? »

— C'est le vrai cadeau que tu me fais.

Il n'est pas certain que Germaïna aura suivi tout ce qu'Iloba lui expliquait, pendant que les images défilaient sur un large écran plat. Elle retient surtout les épisodes après la disparition de Ferben, son dernier ennemi, parce que sa mémoire se fixe mal sur les événements plus proches.

Evidemment, à dérouler ainsi le passé jusqu'à ce jour, on comptera plutôt les morts.

Les frères Etcheverry figuraient parmi les vingt fortunes les plus importantes des Etats-Unis.

Aurait-il émigré un siècle plus tôt que la créativité d'Iloba aurait fait merveille dans le pétrole. Il avait choisi l'image. La révélation apportée par le petit appareil photo de Maylis pendant la guerre à la Maison, où il avait compris que la « vraie vie » n'existait pas autour de soi mais dans les viseurs et les cadres, avait enfin pris forme. Rien n'aurait été possible sans elle, or tout l'avait été.

Anaï est associé à son frère. Héritant de tout le domaine laissé dans le testament de Ferben, il avait exigé de Maylis qu'elle récupère son bien. Elle l'avait prévu. Anaï, qui n'avait jamais connu d'autres femmes que celles des bordels, avait découvert en Maylis sa compagne, sa maîtresse, sa complice, son impresario, sa mère – celle qui lui avait manqué, mais pas celle de ses enfants : Maylis ne pouvait pas en avoir. Alors, Anaï avait cessé de jouer en public, pour inventer des instruments pour tous et réunir des sons que Dieu n'avait pas encore associés.

Avec Iloba aux images, Anaï aux sons, et Maylis aux chéquiers, les frères Etcheverry bâtirent en quelques décennies un immense empire audiovisuel.

Aloys III n'eut pas la carrière qu'il escomptait. Trop nerveux, divorcé, menacé désormais par la puissance des Prescott, glissant vers l'alcool, il perdit son siège aux élections. La campagne de son concurrent avait été financée par les affidés de Maylis.

Maylis accueillit un matin Anaï très durement. Au vrai, elle le chassa de sa chambre. Elle lui jeta qu'elle ne voulait plus le voir, elle allait changer de vie, changer d'homme. Anaï souffrit, à mourir ; Maylis souffrit aussi, et mourut. Les médecins qui se relayaient à son chevet l'aidèrent. Elle avala un soir une mixture, sucrée à son grand plaisir, qui l'endormit définitivement. C'était le jour où ses bras, après ses jambes, avaient refusé de bouger. La paralysie les gagnait. Pas question qu'Anaï assiste à l'agonie, qui serait longue, affreuse, la maladie gagnant en silence tout le corps. Comme il serait resté, quoi qu'elle dise, elle l'avait chassé d'abord. Elle avait le double de son âge. Il souffrirait beaucoup. Moins qu'en l'accompagnant en des mois d'horreur. Elle ne voulut jamais le revoir – plutôt si, elle en rêva chaque seconde jusqu'à sa mort, mais elle ne le revit pas. Maylis avait bien appris les leçons de Germaïna. Elle devenait bien sa nouvelle jumelle. Et lui n'apprit sa mort que trois jours après son décès. La crémation venait de s'achever. Maylis n'avait eu qu'un regret dans sa vie, ne pas avoir eu d'enfants d'Anaï.

Fatty Tom s'était tué à moto.

On avait retrouvé son corps écrasé sous sa Harley colossale, au creux d'une clairière près de Big Sur, au bord du Pacifique. Atteint du sida, qu'on ne guérissait toujours pas à l'époque, il s'était peut-être suicidé en faisant un « tout droit » volontaire dans une courbe de la corniche. Bien dans son style.

Basa avait eu neuf enfants. Trois étaient morts, dont un tout petit, d'un coup, et la moustache d'Iloba avait blanchi, d'un coup aussi – un gène dans le sang Etcheverry ? Les six autres seront là, avec leurs propres enfants et, pour les trois aînés, leurs petits-enfants. L'un d'eux est champion de pelote au *jaï-alaï* de Miami. Il parvenait à courir sur les murs. L'une des filles multipliait les mariages. La vie de son père, magnat de la télévision, chamboulait un peu son équilibre. « Regarde, *ama*..., confiait Iloba à l'apparition de sa fille sur l'écran, au bras d'un homme solide, le bonheur sur les joues. C'est son quatrième époux, l'actuel. Elle a l'air bien. Le précédent était hors d'âge, un vieil acteur du muet, tu imagines ! Il est mort dans ses bras pendant la nuit de noces.

— C'est mieux qu'elle n'ait pas eu le temps de s'attacher. »

Bref, Iloba et Basa se trouvaient à la tête d'une tribu d'environ vingt-cinq descendants, un bon quart de l'assistance qui fêtera le centenaire de Germaïna.

*

Maïama s'était effondrée devant son restaurant, le Gentle Lamb. Après le dîner, tout rangé tout briqué comme d'habitude, elle avait baissé le rideau de fer à l'extérieur. Elle n'avait jamais voulu qu'on installe un système électrique, « trop cher, et mes bras ? ». Ainsi tira-t-elle le rideau sur sa vie, au sens propre. Lorsque ses bras avaient atteint le sol, ils y étaient restés. Elle ne s'était jamais relevée. Des voisins, car ce quartier isolé de Bakersfield se peuplait, au frais sur leur balcon, rassurés par le craquement quotidien du rideau qui signalait une sorte d'extinction des feux de la rue, l'avaient vue résister un moment, dos courbé, mains crispées sur les poignées. Puis son corps avait semblé recevoir une décharge électrique – un comble, après son refus. Elle était tombée sur le sol, qu'elle grattait chaque matin depuis plus d'un demi-siècle. Elle aussi, comme Germaïna, n'avait jamais quitté son lieu. Les Basques ne voyagent pas, contrairement à l'idée commune. Ils peuvent aller loin, mais une fois trouvé le nouveau nid, ils ne bougent plus.

Et Iloba, sans interroger Germaïna qui n'aurait pas répondu, mais en parlant à d'autres, reconstitua en pensée les séquences qu'on aurait pu tourner au pays.

Quelques mois après la naissance de son enfant, le premier petit-fils de Germaïna, sa fille Neska avait épousé le père, un étudiant en droit à Bordeaux. Professeurs, elle et lui venaient de prendre leur retraite. Neska avait toujours été proche d'Iloba et d'Anaï. C'est elle qui avait tenu Germaïna au courant de leur réussite fulgurante.

L'abbé n'était pas mort en chaire, son rêve. Il allait sur ses quatre-vingt-neuf ans. Il avait fini sa vie à la Maison Etcheverry ! La chambre que Germaïna lui avait offert ne fut pas occupée très longtemps, un peu plus de deux ans.

*

L'écran s'éteignit. Germaïna dit simplement :

— Vous avez fait tout ça, mes enfants ?

Et comme elle n'applaudissait pas, ils l'applaudirent, elle. Sans doute se dira-t-elle « enchantée ». Allons, elle était bouleversée de fierté !

Enfin, pour la première fois de son existence, Germaïna se laissa bercer et emporter par la vie autour d'elle. Quelle chanson, ces prénoms ! Germaïna ne savait pas à qui correspondait chacun, car de génération en génération on rebaptisait du nom d'un oncle, d'une grand-mère... sauf « Germaïna ». Qui aurait osé ? Sinon, partout des Txomin, Inaki, Neska, Mayalen, Anton, Maïder, Iloba, Battite, Jon, Mirentxu, Anaï, Dago, Mattin, Goïzane, Peio, quelle chanson ! Et parmi eux, les prénoms qu'elle avait inventés.

N'avait-elle pas initié cet enchevêtrement désormais planétaire (l'un ici avait épousé une Australienne, Iloba et son Indienne, Anaï à qui l'on n'aura jamais révélé son origine, plus loin une blonde qui porte un gros bébé tout noir, et d'autres, capharnaüm prodigieux) ? N'avait-elle pas gagné, au bout de cent ans ? Ah té !... le chemin avait été tortueux, sans doute le prix à payer.

Les uns les autres se regroupaient au rassemblement annuel que Neska organisait chaque fois dans un pays différent, mais jamais « au pays ». En somme, la Maison Etcheverry risquait fort de durer cent ans de plus.

*

Le lendemain, Germaïna alla à Guernica. Elle n'y était pas retournée depuis quatre-vingt-un ans. Elle ne reconnut rien, ni les ponts ni les routes, sauf les monuments du peuple basque sur la colline, et puis les colonnes entre lesquelles vieillissait le chêne millénaire. Germaïna était seule au monde à savoir que dans la terre, à quelques mètres, reposaient les ossements du petit bébé Eder, son fils, enterré ici durant la nuit du bombardement. Elle l'avait fait, seule, de ses mains.

A ce dernier voyage, car elle savait qu'elle n'y reviendrait plus, elle cria dans la voiture où n'avaient pris place avec elle que Neska, Iloba et Anaï. Elle cria, simplement parce qu'elle entendait mal :

— Enfants, vous m'enterrerez dans cette terre, pas loin du chêne, je ne me souviens plus, je pense que c'est à droite, il faisait nuit.

Germaïna accrocha sa main sur le bras de Neska avec une force étonnante, comme sa jumelle Goïzane quelques secondes avant sa mort au sanatorium :

— Promettez !

Ils allaient promettre, c'était certain. Bien entendu, ils savaient que la volonté de Germaïna ne serait pas respectée. Qui pourrait décider de sa tombe, là, au pied du chêne sacré ? Peu importe, Germaïna mourrait avec cette certitude.

Mais Neska ira, seule, une nuit, passant derrière le monument et vêtue de noir, enfouir dans la terre les clips d'argent qu'elle ôtera des oreilles de Germaïna, le matin où elle la découvrira morte. Elle connaissait leur histoire.

Ils seront là, ils y sont, à jamais peut-être, au pied du chêne de Guernica. Bien prétentieux, celui qui osera creuser ici... même s'il est l'un des innombrables qui croient à cette grande histoire de *zorgina*... sorcière. Les os pourraient lui sauter au visage et le ciel rugir.

Achevé d'imprimer par N.I.I.A.G.
en janvier 2006
pour le compte de France Loisirs, Paris

N° d'éditeur : 44870
Dépôt légal : Novembre 2005

Imprimé en Italie